蝴蝶翅膀上 有星辰闪烁

HUDIE
CHIBANG
SHANG

YOU
XINGCHEN
SHANSHUO

百年女性散文诗选

王幅明 主编

河南文艺出版社
·郑州·

图书在版编目(CIP)数据

蝴蝶翅膀上有星辰闪烁:百年女性散文诗选/王幅明主编. —郑州:河南文艺出版社,2019.1

ISBN 978-7-5559-0773-2

Ⅰ.①蝴… Ⅱ.①王… Ⅲ.①散文诗-诗集-中国-现代②散文诗-诗集-中国-当代 Ⅳ.①I226.6

中国版本图书馆 CIP 数据核字(2018)第 291614 号

出版发行 河南文艺出版社
本社地址 郑州市金水东路 39 号出版产业园 C 座 5 楼
邮政编码 450018
承印单位 河南瑞之光印刷股份有限公司
经销单位 新华书店
纸张规格 700 毫米×1000 毫米 1/16
印　　张 33.5
字　　数 578 000
版　　次 2019 年 1 月第 1 版
印　　次 2019 年 1 月第 1 次印刷
定　　价 58.00 元

图书如有印装错误,请寄回印厂调换。
印厂地址 河南省武陟县产业集聚区东区(詹店镇)泰安路
邮政编码 454950 电话 0391-2527860

◎冰心题词

有了爱就有了一切

冰心题

◎中国现代文学馆内的冰心雕像

所有的……

所有的生命不必注释
所有的形容词都已隔世
所有的精巧意味着艺术的自杀
所有的魅力消逝于灵魂的贫乏
所有的乡音背向故乡一千个问号
所有的高峰终于留下遗憾
所有的流星变成青色白色的鸟儿
所有的大树在风暴中拒绝沉沦

——录旧作之一

幅明诗友 正之——

王尔碑
1995.5.14.于宜川

◎王尔碑手迹

◎王幅明夫妇与王尔碑先生

散文诗观

脑子里有一点诗意却又懒得去找诗的格律，就赶紧用散文写出来，于是就成了散文诗。

——冰心

散文诗是在内在结构上属于诗，而文字则是散文的。 什么是诗的内在结构？简单地说就是诗的思路的跳跃、突兀；转折的非逻辑；突破时空的秩序等叙述文学所没有的特点，当这种结构成为一篇散文的骨骼，就产生了散文诗。

——郑敏

散文诗，不是大山而是小草，不是鹰而是蝴蝶。

小草绿遍天涯。

蝴蝶迷人，翅膀上有星辰的眼睛。

——王尔碑

当初与散文诗邂逅，纯粹是个意外，这个意外就像一个涉世未深的人偶然面对海洛因的诱惑，先是对峙、好奇，继而是俯身触摸。 现在，散文诗是我内心丢不开的魔，就像我的爱人，我需要他牵着我的病体走向一个个生命的黎明……所以，我固执地认为，只有散文诗才能让我抵达神曲的高音部……

——水晶花

散文诗是非处方用药。

——爱斐儿

散文诗是诗的可能，抑或是诗歌的延续。 自波德莱尔和兰波始，它便是表达现代人生活独特的声音，因此它将为诗人复杂的感受押上更悠长的韵脚。

——蓝蓝

瞬息持久，短暂永恒。 灵动深邃，出奇制胜。 散文诗无所不能，它是最小的盐和水滴。

——宋晓杰

散文的外在形式使得这种文体获得了更大程度的自由、丰富和广阔，而诗歌的内在品质又使得这种文体以最敏捷和最优美的姿态抵达心灵的腹地。

——乔叶

从格律体到自由诗的过程，都伴随着散文诗的痕迹。 散文诗是自由诗的进一步解放，有些诗歌不能表达好的内容，用散文诗来抒写反而更好，相对来说散文诗的容量要比诗歌大。

——清荷铃子

散文诗尚无明确的既定模式，应进一步拓展对其美学特征的认知，实现创新写作的更多可能。 我个人认为好的散文诗作品应该对人的思想、心灵或者情感产生某种内在的震动，让人在审视和共鸣中领受“意义的照临”。 这种“意义的照临”，来源于作品的精神磁场和灵魂圣坛，它处于我们仰望的高处，具备“光”的质感和价值。

——语伞

前辈们的散文诗作品中呈现出的写作气象与审美立场、决绝的先锋气质都是我们当下散文诗创作最为缺失的。 我一直认为，叛逆精神是散文诗创作最为核心的元素，散文诗应是有着新的思维的诗、新的语言的诗，我们需要从叛逆中探索，不断地在自己的创作中进行内部的更新与自我的升级，在破坏过去的审美、内容的过程中，重构当代散文诗经典的文本。

——郑小琼

百年女性诗人的精神朝圣史

——《蝴蝶翅膀上有星辰闪烁——百年女性散文诗选》序

爱斐儿

应王幅明先生邀请，有幸为《蝴蝶翅膀上有星辰闪烁——百年女性散文诗选》写作序，在诚惶诚恐中认真拜读了近百年来有代表性的女性散文诗人的作品，仿佛徜徉在灵性摇曳的百花园中，如精神朝圣者般探寻。钻研弥深，感受弥真，如闻百花之香，如啜琼浆玉露，在精神的芬芳与灵性的音符中感受爱意的同频共振，在思想的盛宴中与美好纯粹的灵魂以心传心，在“超越并包容”的诗境与哲思中和真善美相伴同行。

无疑，在所有从事诗歌写作的诗人中，散文诗作者属于更具有自由探索意识的一群人，女性散文诗尤属最特殊的一群。她们常常不被世俗观念所左右，喜欢选择荒僻之径，更容易被曲径通幽所吸引，与那些蕴含着深邃、宽广与美好的思维相遇，就像遇见了最好的爱情，因为爱的伴随而轻易穿越了心灵的旷野，就像阳光轻易穿越了水晶。她们在思考和写作状态中不断提升自己的能量，并将独特的思维过程记录下来，所以，她们的作品更容易给我们带来不一样的心路历程、不一样的人生风景。尤其是对女性散文诗写作者来说，散文诗这一探索性写作方式，已然带领她们脱离了琐屑与庸俗，为那些世俗眼中毫无意义的事物重新赋予意义和价值。她们自身的善感性，让她们拥有了对爱和真善美的非凡感知力，对自己思想情感的发生和涌动模式更加敏锐，比常人更容易看到生命的真相。

女性与美是天然的结合体。“九叶诗人”提出“美应当有记忆”，就因为万物有灵，灵性有美。美是私人的，更是女人的，因为女性散文诗人优雅、知性、智慧的审美情怀，增加了百年来散文诗共同的美学高度和文学依归。有文化主体性的美才是真实的，唯有美的东西才能真正引发共鸣，让人瞬间实现生命维度的提升。散文诗作为美的载体，令她们拥有了化腐朽为神奇的力量，在某种程度上说，散文诗写作已经成为她们的一种信念，并引导她们把生活过成了诗和远方。百年散文诗始终贯彻着对美的追求和倡导，以大雅、大美的思想食粮，反哺着这个为之提供了苦难经历，同时又塑造了她们顽强品格的民族精神。

在《蝴蝶翅膀上有星辰闪烁——百年女性散文诗选》中，我们可以清晰地看到一条从被动寻爱到主动去爱的线索，这是对传统女性文化的深刻反思，更是近代女性解放史的缩影。从“前行代”代表冰心老人“有了爱就有了一切”开始，到“中生代”袒露的“大胆地爱、真诚地奉献、无畏地创造”，再到“新生代”所展露的“从木头里逼出火星，从风里抽出嫩芽”的情怀，都秉承对光与爱的传承。这些散文诗既充盈着对爱的呼唤与期盼，更代表着对真爱的沉思与真挚的追求，在超越且包容世俗观念的过程中，完成对自我的救赎，去爱且成为爱的本身。

这些优秀的女诗人，已然脱离了众生合唱，以一个人的独步、独舞、独唱，铺开百年诗路，在爱的指引下捧出自己的真善美。正如胡品清所言，“人在被爱且享受爱之时，大自然也会有奇迹出现”。女性百年散文诗俨然就是一部爱的罗曼史。历经对爱的探索与发现，心灵中最美丽的地方，被爱的光芒照得通亮，这让她们的生命沿途充满了爱与光明。因此，散文诗写作让她们的生命不再是一次平常的旅行，而是自性发现的过程，更是一场恢宏的朝圣。

坎贝尔曾总结出自性发现之旅的四个阶段：启程，启蒙，考验，归来。人类若想获得最强大的光与爱，必然将引发他最深刻的黑暗与恐惧，就像那么多先贤圣人如释迦牟尼、耶稣，或者圣雄甘地、特蕾莎修女所追求的那样，无论自己处境如何，无论世人如何看待，持续地活在无条件的爱与慈悲中，在没有道路的地方，也清楚地看到那个永恒光芒的指引，并在那个信念的支撑下，勇敢地穿越一个又一个的考验，最终臻于完美的境地，完成对人世间痛苦的超越。这是自性发现之旅，是每位朝圣者到达觉悟必经的过程。她们通过诗歌创作来完成持续地向内观看，直到“外”变成了“内”，那个真善美的本我与外部世界贯通合一。一个人只有完成了“小我”到“大我”、“有我”到“无我”的转变，笼罩在心灵中的黑暗和恐惧才会真正消失。

当代女性散文诗创作中这些优秀的篇章，展现的维度、深度虽然各不相同，却真诚记录了她们通过散文诗写作完成生命的自我发现、自我完善和自我超越，并对我们产生了引领和鼓舞的作用。 正是源于创作者亲身经历了这样一条“少有人走的路”，这些作为开路者的女诗人，才会让我们念念不忘。 她们的散文诗作品唤醒了我们心灵中最真的那部分，同时也将对人类共有经验的思考，以及进步与更新的能量传递给了我们，为有志于探索生命奥秘的人们留下思想坐标和精神路标。 她们的思想和文本之美，共同打造了一艘散文诗的挪亚方舟，以爱为桅杆，以真善美为风帆，带领我们共同驶向集体觉悟的彼岸。

·南方青年诗丛
一切都会成为亲切的怀念
华姿 著

何环珠◎主编
东莞文化艺术系列丛书第4辑
疼与痛
郑小琼◎著
大众文艺出版社

梅卓 著
梅卓散文诗选
贵州人民出版社

Of Years
穿越岁月的激流
姚
著

前言

苍鹰与蝴蝶，哪个更美？

——百年女性散文诗概览

王幅明

前辈女诗人王尔碑先生说：“散文诗，不是大山而是小草，不是鹰而是蝴蝶。小草绿遍天涯。蝴蝶迷人，翅膀上有星辰的眼睛。”这是以女性视角对散文诗的诗意诠释。

这段话引发了一个话题：苍鹰与蝴蝶，哪个更美？

若从美学范畴划分，苍鹰之美属于阳刚之美，蝴蝶之美属于阴柔之美。两种美的形态，本无高下之分；但把蝴蝶与苍鹰作为两个个体意象进行比较，差别就出来了。苍鹰常常被当作英雄的象征，需要仰望，色彩较为单调；而蝴蝶虽小，常与花草相伴，色彩丰富而迷人，更为众人喜爱。从审美的丰富性而言，蝴蝶显然优于苍鹰，且蝴蝶具有女性阴柔之美的特征。如此分析，把蝴蝶比之于散文诗，或更贴切。

中国散文诗伴随着新诗，已走过一百年的历程。一百年横跨两个世纪。回望百年，20 世纪的散文诗基本上在寂寞中走过。21 世纪是散文诗从寂寞走向绽放的世纪，特别是近十年，散文诗获得蓬勃发展。其间涌现出许多新秀，而女性作者，是其中一道夺目的风景。

百年女性散文诗，如果以创作年代划分，可大致分为三个诗群：40 年代以前发表散文诗的诗人，可称为前行代；中生代指 50 至 90 年代发表散文诗的群体；21 世纪以来进入散文诗队伍的为新生代。新生代人数之多，甚至超过前行代与中生代人数之和。

本文拟以此划分，简述百年女性散文诗不同时段的特点。

一　前行代:开拓与引领

前行代的开山人，当之无愧地属于世纪老人冰心（1900—1999）。冰心集诗人、作家、翻译家于一身。她是泰戈尔《飞鸟集》《吉檀迦利》和纪伯伦《先知》的译者，影响波及几代人。

冰心是现代散文诗的开拓者之一。她前期的散文诗大多收入《往事》中。主要歌吟爱和美，以情、理、趣打动人，富有才思，善于想象，常常超越时空，将不同的情景缀合在一起创造诗的意境，具有典雅端庄、清新隽永、秀丽活脱的风格，在早期散文诗坛独树一帜。她的哲理小诗《繁星》《春水》，及《寄小读者》《往事》等在20世纪二三十年代拥有众多的读者。著名文学史家阿英曾说，当时"青年的读者，有不受鲁迅影响的，可是，不受冰心文字影响的，那是很少，虽然从创作的伟大性及其成功方面看，鲁迅远超过冰心"（《谢冰心小品序》）。冰心的散文小品及散文诗为何能在当时的青年中激起这么大的影响？其中很重要的一点，是读者对她的"爱的哲学"的共鸣。她的爱主要指母爱、儿童爱和自然爱，这是人人心中都具有的爱的情愫。

《笑》是她早期作品中一篇颇有影响的佳作。诗人写了天使、儿童和老妇人的微笑，宛如三幅形神兼备的肖像画。三个笑容都是相对独立的，互不联系的。但由于诗人在构思上的匠心，通过两个"默默的想"的天衣无缝的自然过渡，用一根无形的线把三个笑容串在一起，"一时融化在爱的调和里看不分明了"，深情地歌颂了母爱。

"有了爱就有了一切。"这是冰心的一句名言，也是她一生坚持的信念。"永远的爱心"融入她近八十年的文学创作，洋溢在她七百万字的作品的字里行间。冰心被誉为"文坛祖母"，不仅因为她活了九十九岁，更在于她那些流淌着爱的作品，宛如祖母般温暖宽慰。巴金曾对冰心说："有你在，灯亮着。"而今，在回望中国散文诗诞生百年之际，冰心的一盏大爱之灯，依然在照耀我们。

陈敬容(1917—1989)，20世纪40年代中期开始发表散文和诗歌作品，步入文坛，是"九叶诗人"之一。她的艺术思想，受西方象征派和现代派的影响，但不沉浸在个人的小天地里，为个人的命运鸣吟，而是诅咒黑暗，歌唱光明，能将个人的情怀与大众融合在一起。因此，这派诗人又被称为新现代派。她的散文诗，大多收在《星雨集》中。她善于运用意象抒发自己的情怀。诗人笔下的意象意蕴较深，富有象征意义。想象丰富奇特，色调变幻流丽，行文跳跃自然而饶有诗的意蕴，从而抒发了诗人对人生探索的心声，留下了诗人寻找光明的踪迹。20 世纪 70 年代后期恢复创作自由后，继续散文诗的创作，结集为《远帆集》出版。

郑敏（1920— ），教授，是“九叶诗人”中唯一健在者。1943 年由西南联大赴美留学，1955 年回国，长期在北京师范大学执教。1940 年代初开始诗歌创作，有多部诗集出版。她的散文诗作品不多，但风格独具，耐人品味。《黢黑的手》引发美与丑的深思：“美不是自天而降，美有母亲，美应当有记忆。”《春耕的时候》如同一则寓言。三个人对于春耕的不同态度，影射了三种不同的人生观。作者肯定了脚踏实地埋头苦干的人。《一个平常的冬天上午所想》的内在结构，如一道彩虹，在现实与幻象之间架起。空难带来的突然死亡是十分现实的，它触发了一系列关于死亡的冥想，冥想中出现了雪峰的幻象。几幅冥想中浮沉的画面，表达了思维和情感的流动场景，抒情与意识得到结合。作品艺术的微妙在于乘冥想往返于虚实之间，生活的真实场景有时淡化，而冥想中的形象（如雪峰）则突然涌现。哪个更真实呢？一切交给读者思考。

论及前行代，王尔碑（1926— ）是散文诗创作时间最长、成果丰硕、影响较大的一位前辈，是无可争议的女性散文诗的引领者。她的创作发端于 20 世纪 40 年代，成熟于 20 世纪 80 年代，并于 20 世纪 90 年代、新世纪两次华丽转身。三本散文诗集《行云集》（1984）、《寒溪的路》（1994）、《瞬间》（2008），留下了不同时段的足迹。2007 年获“中国当代优秀散文诗作家”称号。她是一个善于做减法的诗人。作品称不上高产，但都短小精致，篇篇珠玑，深蕴诗情。诗风轻柔恬淡，是惜墨如金和不倦探索的典范。《行云集》柔和纯净，《寒溪的路》厚重深沉，《瞬间》里的新作更显睿智，技巧炉火纯青。本书所选均为她后期的佳作。

成幼殊（1924— ），20 世纪 40 年代就开始了新诗与散文诗的创作，之后长期从事外交工作。晚年出版诗集《幸存的一粟》获第三届鲁迅文学奖。她的散文诗记录了漫长人生经历中的珍贵片段。

台湾写散文诗的女诗人不多，身为教授、著作等身的学者诗人胡品清（1921—2006）留下了传世之作《星上树梢头》。人在被爱且享受爱之时，大自然也会有奇迹出现，星与树都会放出光芒。一切都源自“识你之后”：“闪烁的星子是你，照明我生之旅的迷蒙。挺拔的绿树是你，使我在脆弱的时刻里向你仰望，让萝藤型的我有所依附，在心灵上。”

二　中生代:坚守与探索

2007年11月11日，由中国现代文学馆、文艺报、中外散文诗学会、河南文艺出版社联合举办的纪念中国散文诗九十年系列评奖，在北京中国现代文学馆举行颁奖典礼，十八部作品被评为“中国当代优秀散文诗作品集”，其中女性诗人占了七部。有几部出版于20世纪90年代，可视为中生代的代表作品。

《梅卓散文诗选》(1998)是青海藏族作家梅卓二十年散文诗创作的精选。梅卓是一个细腻敏感的观察者，珍视生命中的每一次际遇，用充满大爱之心的宗教情怀创作。她的笔下万物有灵，作品充满感情且富于变化，具有流动的空灵美和温馨的女性美。该书还获得青海省第四届文学艺术优秀作品奖。

《行走的风景》(1993)为福建作家楚楚的作品集。该书以散文诗配摄影图片的形式，令人耳目一新，有宋词的余韵。已获福建省第八届文学艺术优秀作品奖等五项奖。谢冕评价说：“《行走的风景》通过一幅又一幅摄影画面，展示出心灵的独白与私语。所有这些画面组合成了一位为爱情而期待甚至受苦的女性形象。温柔的幸福感蒙上了一缕缕淡淡的哀愁，使楚楚爱的沉湎格外委婉动人。自我的心灵解放与典雅风格的羁束，现代都市女性因古典情调甚而禅宗意蕴的渗融造出了十分独特的风格。她的纯情弃绝了世俗的轻飘和浅陋，是别有追求的综合。”(《动人的楚楚情怀》)楚楚唯美风格的散文诗获得了广泛的好评，各地报刊对她的评论多达近三十篇。

《无题的恋歌》(1994)，作者为浙江诗人天涯。一部爱情题材的散文诗集。作品具有一种悲剧美，体现了女性自主意识和对人生价值的追求，出版后广受好评。之后又出版了《再见钟情》(1998)、《只为你开花的树》(2009)、《蓝的情人》(2011)等多部散文诗集。

由于评奖只评参评的作品，一些优秀的中生代诗人被遗漏是在所难免的。至少以下几位应该被列入：萧敏、华姿、蓝蓝。

重庆作家萧敏20世纪80年代开始散文诗创作，共出版过三本散文诗集：《三月，女人的三月》（1990）、《萧敏散文诗》（1995）、《远水》（2009），其散文诗作品多次获得重庆市和文学报刊的奖励。诗评家蒋登科评价她的作品“所表现的生命现状与精神渴求是复杂的，爱与恨、苦与乐、无奈与渴望、希望与失望等等交织在一起，构成现代人特别是现代女性真实的生命情景。但是，与那种充满哀怨、彷徨的作品不同，萧敏的散文诗在面对生命的惶惑时所表现的不是传统女性柔弱易碎的形象，而是大胆地爱、真诚地奉献、无畏地创造，充满自我省思、自我变革意识，体现出一种不屈的人生意志，使她的散文诗具有一种令人沉思的人格魅力，形成一种具有穿透力与感召力的强张力效应”（《自然、和谐是她永远的梦想》）。

湖北诗人华姿，80年代写出爱情散文诗《一切都会成为亲切的怀念》，在大学生中风靡一时。后来陆续出版散文诗集《感激青春》和《一只手的低语》等，受到读者喜爱。她的散文诗写出了一个普通女性对人类情感体验的深切哀叹和对人类生活的强烈向往。华姿后来转写散文和传记，成果丰硕，被誉为湖北文学界最沉静最低调最深刻的女性作家之一。

河南诗人蓝蓝的《飘零的书页》（1999）是一部关于自然、人生、爱情的散文诗集。它饱蘸着永恒之梦的笔墨，虔敬而沉重，对市场经济威胁下的人性、良知充满着悲伤和担忧。作者以自然之目、平常之心、感激之情、纯洁之灵抒写了大地万物之美和人间悲欢之爱。之后出版的《燕麦草》，每一页都沾满了田野的清香，飘散着草木河流深情的芬芳。蓝蓝是多面手，诗、散文、童话，均有建树。2006年当选为“新世纪十佳青年女诗人”，获票最高。有评论认为她“宁静、纯朴的诗风有一种古典美，与现代的浮躁和张扬形成强烈反差”。这句评语同样适用于她的散文诗。

舒婷、张烨、叶梦等著名诗人、作家，都写有优秀的散文诗佳作。舒婷的散文诗和她的诗歌一样，象征性极强，意象的内涵丰厚。它骨子里是现代的，但其形式则极富古典韵味。《无题》中的小鸟是个象征物，诗人借人与鸟由隔阂到相知、相悦，揭示了人与人之间不单是靠语言这个信息载体来沟通的，有时无言的心之交流会胜过万语千言。张烨倒有几分超现实的味道。《脸上的风景》从两个不同视角摄下了人生精神的内涵。一张哲人型的脸，一张英雄型的脸。诗人从静态和动态的不同方位和视角，全方位地把握人生理性和感性世界的内涵和冲突，用弹性的语言显示了极强的哲学意味和情感起伏。《猫与门》用象征主义的手法，表现了一种追求。那扇紧闭的大门无疑就是艺术的大门，黑猫，极像冲撞艺术大门的勇士，冲撞的过程痛苦而又悲凉。叶梦的《女人的梦》，展示出了被艳丽的衣装和容貌遮挡住的女人丰富的内心世界。这世界是一片不时有细细的涟漪暗涌的不平静的海。

除此，还有陈慧瑛、园静、潇琴、郭建华和香港的蔡丽双、文榕等，都出过散文诗集，艺术个性迥然有别，属于中生代的坚守者和佼佼者。

被誉为"诗坛女旋风"的台湾画家诗人席慕蓉，散文诗写得不多，散落在她的诗集和散文集内。《无怨的青春》(六章)选自她的诗集《无怨的青春》中的引言和后记，它们全用散文诗写就。言情的，又是离情的。她要人们把自己的情感从道德的层次上升到理智的层次，进而到达审美的层次。

华人作家芊华在新加坡是一颗灿烂的星,其散文、散文诗的成就引人关注。她出版过散文诗集,不少作品在海峡两岸发表。芊华曾参与两届国际文艺营青年工作坊,并为华文地区的文化交流,尤其是对沟通海峡两岸的文化,做了许多工作。她的散文诗朴素无华，充满深情。

三　新生代:新世纪之光

《蝴蝶翅膀上有星辰闪烁——百年女性散文诗选》一书共收女诗人一百七十六位，其中70后出生的占据了半壁江山。她们大多是21世纪从事散文诗创作的，其中也有少量60后，按前文的标准划分，她们属于散文诗的新生代。

新生代是当代散文诗创作的中坚力量，代表着散文诗的未来，名副其实的新世纪之光。

2007年评选的"中国当代优秀散文诗作品集"，有几部属于70后。其中有宓月的《人在他乡》(2007)，该书作品自然优美、感情细腻、富于灵性，既具有女性作者特有的越轨的笔致，又有对内容的深度和广度的开拓。宓月还是优秀的散文诗编辑家，任《散文诗世界》编辑和主编近二十年。

雪漪的《我的心对你说》(2004)，是一部爱情散文诗集。优美的草原牧歌式的吟唱犹如一朵朵清纯的雪莲，幽雅，卓尔不群。

客居美国西雅图的姚园的《穿越岁月的激流》(2007)，是一部文图并茂的散文诗集。作者用细腻的笔触抒写出她对大自然与人生的独特感受。她同时又是一位有成就的作家、编辑家和文化使者，为中西诗歌交流做出了独特的贡献。

广东省散文诗学会会长、花城版《中国散文诗年选》主编陈惠琼是一位以散文诗为生命的女作家兼编辑家，是广东省散文诗的领军人物，默默地为散文诗做了不少实事，多次组织过本省及全国性的散文诗活动。她的散文诗集《西关写意》（2002）描写具有悠久灿烂文化的广州西关风情，用哲理去感悟和驾驭人生。她也因此书被誉为“西关小姐”。

2003 年，《散文诗》杂志与中国诗歌学会联合举办的全国散文诗大奖赛中，郑小琼、林海蓓、陈丹笛子、宋晓杰、王玮（霜扣儿）获女娲奖。2007 年，《散文诗》杂志举办的全国十佳散文诗人评选中，丹菲、宋晓杰、庄庄获奖。2013 年，《星星》诗刊举办的全国散文诗大奖赛中，水晶花、卢静、清荷铃子、木寻、青蓝格格、宫白云等人获奖。2014 年，《星星》诗刊举办的全国散文诗大奖赛中，贝里珍珠、金铃子、青荷铃子、绿袖子、离离、谈雅丽等人获奖。

自 2010 年开始，《散文诗》设立“中国·散文诗大奖”，每年一届，每届奖励二人，至今已举办八届，共有十六人获奖。这已成为《散文诗》的一个品牌。此奖注重专业性，突显文本的创新，对散文诗的发展起到了引领的作用。获奖的十六人中有四位是女性，她们是郑小琼（2013）、宋晓杰（2015）、语伞（2016）、爱斐儿（2017）。宋晓杰与爱斐儿属于 60 后，语伞属于 70 后，郑小琼属于 80 后。语伞专攻散文诗，其他三人则分行诗与散文诗兼写。

评委对郑小琼的评语是：“持续对生活底层的发现，对社会有真切的体验，对生命有独特的感悟，为散文诗反映打工族生活，留下了一份特别的备忘录。”这只是对她一个阶段主要作品的评价，并非全部。其实，她的作品无论题材还是技巧，都具有超出她同代诗人的丰富性，且才气逼人。郑小琼倡导散文诗的叛逆精神：“散文诗不应该是弥漫着一种孤芳自赏般的后花园气息，它应该是野草，是忧郁的巴黎，是地狱一季。不应该是后花园那般的低吟浅唱，它应是来自生命内部的嚎叫。我一直主张在散文诗创作中，每一个散文诗创作者都应该成为另外一个，另一个，而并不是我，是传统，是太过于经典化与模式化的一个。只有我们从内心深处不断地想成为另外一个，另一个，你才会有清晰的面孔呈现出来。需要我们不断地让自己从传统中、从同时代的人群中区别开来，构成一个独立独行的自己，这样，才会构成散文诗的未来面孔的多样性。”（《散文诗的叛逆与重建》）她本身即这一理念的践行者。她把自己的散文诗集命名为《疼与痛》，体现了她与众不同的审美观和强烈的担当意识。

宋晓杰的散文诗超越了泥实和具象，执意于思考和发现，将之冶炼为一系列的诗意寓言，凸显出难以克隆的个性，具有独特的思想性重量。宋晓杰才华横溢，且高产，她在多个领域都结下硕果。较之更具轰动效应的宏大叙事，她更倾心于领受“日常生活的诗意”。她的一篇较长的书写生命意识的散文诗《稻草人》获得了“天马奖”。宋晓杰有一篇名为《不断地挖一口井》的散文诗作品，其中几句写道：“不是挖许多井——浅尝辄止，贪婪地攫取，打上私有的徽章——而是挖一口井，刨根问底，追根溯源。从木头里逼出火星，从风里抽出嫩芽，终归要有个可交代的结果。”从中可以窥探出作者的创作追求。

2011 年，语伞的散文诗集《假如庄子重返人间》问世，立刻引起读者与专家关注。很难想象，一个生活在大都市里的年轻女性，竟然对两千多年前的哲人如此钟情。显然，这是一部有“野心”的作品。语伞的散文诗文本立体、多元、复调，与庄子哲学互融互渗，成为人本对现世生活理想困顿解惑的精神来源，关注现实社会的文化整体，针对现实存在问题进行积极的解剖，揭示了现代人性的悖谬和精神价值取向的偏离。她在自序中说：“我认为，诗歌是人类精神的粮食和心灵的药方，它作为安抚自己或者他人心灵的工具是伟大而合理的，我并没有觉得这会影响到诗歌的神圣，反而在脑中无数次套用里尔克的诗句，比如：‘如果我突然感到悲伤。’默哀之后，我就去翻阅《庄子》，求证最合理的方程式，不断亲自体验着人类光怪陆离的精神磁场。从某种意义上讲，《庄子》就是我的精神仙丹。”（《人间只有一个庄子》）远古时代的伟大智慧在当代人的心灵里得到共鸣，这是散文诗的骄傲。

爱斐儿毕业于医学院，之后一直从医。2004 年出版诗集《燃烧的冰》。沉寂多年，在默默中寻求突破，2011 年出版散文诗集《非处方用药》，广受好评并频频获奖，成为她的成名作兼代表作。她在自序中说：“我这个久病成医的人，认真写下了这本《非处方用药》，贴着我的‘爱氏’标签。它们曾经为我疗伤，为我强筋健骨，给我热爱的理由和动机，让我生长出强健的心肌去对抗孤独感的夜袭……现在，我只想把这副具有温和疗效的方药呈现给你，它已经经过了我灵魂的炮制，以生命为‘君’，以灵魂为‘臣’，以思考为‘佐’，以热爱为‘使’。”诗评家孙晓娅认为：“毋庸置疑，在当前活跃于散文诗坛的众多女性诗人中，爱斐儿的写作是独特而成功的。她并没有囿于自己的一片小天地、小情绪，或是在狭小的个人经验里寻找突破口，而是采取一种超越性的书写姿态，对人类所共有的经验进行着思考，为陷入时代精神困境中的人们寻找出路，以达到一种灵魂悸动的交响。”（《文本间性与意象的生态诗学内涵》）2013 年出版《废墟上的抒情》，同样受到好评。 2014 年出版《倒影》。《倒影》为前两本的精选再加入一些新作。 用散文诗开出一副副心灵的处方，让众多的读者受益，同样是散文诗的骄傲。 爱斐儿还有一个贡献：她是年度选本《散文诗选粹》的主编，兼任多家刊物散文诗栏目的编辑。

除了《散文诗》刊的“中国 · 散文诗大奖”，由新疆伊犁晚报社设立的“中国散文诗天马奖”，也是一个颇有影响的散文诗常设奖项，至今已举办十届。 获奖的女性诗人有姚园、郑小琼、文榕、沈珈如（天涯）、金铃子、爱斐儿、语伞、弥唱、南小燕、清荷铃子、三色堇、卢静、转角、青玄、宋晓杰等，她们中的大多数属于新生代。

《散文诗世界》《散文诗》《星星 · 散文诗》及全国部分文学团体，还举办过多次主题性的散文诗评奖活动，瑞娴、刘慧娟、香奴、潇琴、风荷、雨倾城、梦南飞、水湄等获得大奖。 另外，还应该提及卜寸丹、陈茂慧、霜扣儿、子薇、清水、朵而、王长敏、布尔布泰、如风、王小玲、孙新华、邱春兰、耿永红、霍楠楠等等，她们的作品颇具个性。 卜寸丹还是一位优秀的散文诗编辑，为《散文诗》刊的发展多有贡献。 她认为“灵魂与品质高于一切。”她的散文诗集《物事》，便是这一理念的践行。

四　文体自觉与艺术多元

前面提到的一些女性散文诗人的散文诗观及创作实践，都可作为新世纪散文诗作家文体自觉的佐证。 文体自觉还表现在女诗人性别意识的淡化及诗人意识的强化。 一些女诗人并不以女性身份出场，而是站在一个超脱性别的立场去俯瞰世界，以终极关怀的襟怀和思想高度进行创作，以“巾帼不让须眉”的气概纵横于各种题材间。 当然，写爱情及情感类题材，是女性诗人的优势，她们不会掩饰性别，特有的细腻与柔情往往成为她们征服读者的撒手锏。

文体自觉与艺术多元紧密相连。 艺术多元也是多元阅读人群的需要。 诗评大家谢冕说：“散文诗是一个文体形成、完成并获得独立的过程。 文体的自觉从鲁迅开始。坚持自身特点，继续为完善文体而努力。保持原样，不设边界，可以拓展，可以深刻，也可以凝重、厚重、沉重，但永远的清浅不是它的耻辱。重申一句，这是青春的文体，青春的感受是所有人的永远的需要。”清浅是一种审美形态，清浅不等于平庸。平庸永远是散文诗的大敌。

艺术多元首先来自审美的多元，表现在审美趣味的多样性，追求大众、唯美与先锋写作的相互包容。在不同媒体上常常会看到陌生的面孔，创作洒脱、自由。中国散文诗的未来也许由他们书写。

作者群体来自不同的民族也是艺术多元的一个特征。收入本书的少数民族诗人有回族禹红霞，藏族梅卓、才登、梅里·雪，蒙古族额鲁特·珊丹、娜仁琪琪格、王力强、布木布泰，满族关玉梅、苏兰朵、李明月、薛梅、海默，彝族禄琴、蓝狐，畲族朝颜等。她们的作品，既有表现各自民族富于地域色彩的个性，也有表现中华民族共同追求的主旋律。不同音色的融汇，构成一部雄浑的回荡着民族精神的交响曲。

近年来，多地出现了一些充满活力的女性作者群体。譬如，青海有梅卓、肖黛、才登、清香等。她们的作品具有浓厚的民族和地域文化气息。上海有语伞、子薇、刘慧娟、巴伶仁、清水、朵而等，她们多为松江区华亭诗社的成员。而河南一个周口市，竟有孙新华、韩冰、申艳、霍楠楠、鲁芸妍等多位女诗人入选，而这些作者大多出自商水县。华亭诗社因其纯粹的艺术追求和持续不断的集体成果，被首届上海国际诗歌节评选为“最佳诗社”。商水县因其诗歌传统和当今的群体成果，被中国诗歌学会命名为“中国诗歌之乡”。由此可见，地域的文化氛围对诗群的产生具有何等重要的影响。值得一提的是，周口的韩冰与鲁芸妍、信阳的叶晓燕与马原、香港的蔡丽双和蔡佩珊等都是母女，母女同入《百年女性散文诗选》，可谓百年女性散文诗的佳话。这也昭示着中国散文诗的光明前景：后继有人！

除了不同风格的大量女性散文诗作品的发表和出版，还有一个可喜的现象值得一提：已有两位女性学者的散文诗理论专著出版。女诗人兼评论家章闻哲的《散文诗社会》（2015），以哲学和诗论兼容的方式，探讨了散文诗的历史身份和本质，以及现代散文诗与现代社会的内在关系，是一部关于散文诗美学的综合论著。另一部为女学者张翼的《散文诗文体学研究》（2017）。这两部专著填补了长期以来女性学者散文诗研究专著的空白。

蝴蝶自古受到文人墨客的青睐，古诗文中常常提及蝴蝶。 其鼻祖当推庄周。“庄生晓梦迷蝴蝶”，庄周梦蝶，还是蝶梦庄公，似乎成了难以说清的千古公案。《庄子》因有蝴蝶飞出，平添了它的绮丽，也使它与散文诗有了不解之缘。

阅读女性散文诗，似有梦蝶之感，蝴蝶翅膀上有星辰闪烁，美妙绝伦，目不暇接，燥热的心境顿时吹进一丝清凉。

/散/文/诗/集/
人在他乡
REN ZAI TA XIANG
宓月 著
大众文艺出版社

我的心对你说
雪漪 著
内蒙古人民出版社

●当代散文诗精萃●
DANGDAISANWENSHIJINGCHI
天涯
四川民族出版社出版
无题的恋歌
WU TI DI LIAN GE

新生代文丛·散文诗
飘零的书页
蓝蓝 著

目　录

往事
冰心女士著

·曙前散文诗丛书·
SHU QIAN SANWENSHI CONGSHU
远帆集
花城出版社

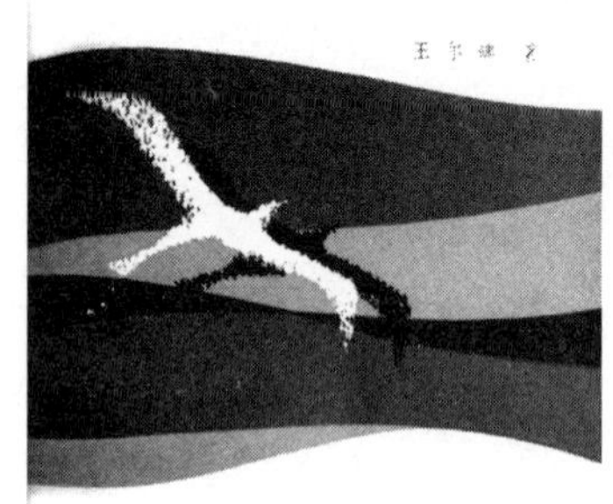
王尔碑 著
行云集
重庆出版社

大地诗系
主编:唐大同
寒溪的路
王尔碑 著
四川文艺出版社

冰　心

冰心（1900—1999），原名谢婉莹，福建长乐人。诗人，作家，翻译家。著有小说集、诗集、散文集等，有《冰心全集》（八卷本）出版。她是泰戈尔《飞鸟集》《吉檀迦利》和纪伯伦《先知》的译者，影响深远。

笑

雨声渐渐的住了，窗帘后隐隐的透进清光来。推开窗户一看，呀！凉云散了，树叶上的残滴，映着月儿，好似萤光千点，闪闪烁烁的动着。——真没想到苦雨孤灯之后，会有这么一幅清美的图画！

凭窗站了一会儿，微微的觉得凉意侵人。转过身来，忽然眼花缭乱，屋子里的别的东西，都隐在光云里；一片幽辉，只浸着墙上画中的安琪儿。——这白衣的安琪儿，抱着花儿，扬着翅儿，向着我微微的笑。

“这笑容仿佛在哪儿看见过似的，什么时候，我曾……”我不知不觉的便坐在窗口下想，——默默的想。

严闭的心幕，慢慢的拉开了，涌出五年前的一个印象。——一条很长的古道。驴脚下的泥，兀自滑滑的。田沟里的水，潺潺的流着。近村的绿树，都笼在湿烟里。弓儿似的新月，挂在树梢。一边走着，近乎道旁有一个孩子，抱着一堆灿白的东西。驴儿过去了，无意中回头一看。——他抱着花儿，赤着脚儿，向着我微微的笑。

“这笑容又仿佛是哪儿看见过似的！”我仍是想——默默的想。

又现出一重心幕来，也慢慢的拉开了，涌出十年前的一个印象。——茅檐下的雨水，一滴一滴的落到衣上来。土阶边的水泡儿，泛来泛去的乱转。门前的麦垄和葡萄架子，都濯得新黄嫩绿的非常鲜丽。——一会儿好容易雨晴了，连忙走下坡儿去。迎头看见月儿从海面上来了，猛然记得有件东西忘下了，站住了，回过头来。这茅屋里的老妇人——她倚着门儿，抱着花儿，向着我微微的笑。

这同样微妙的神情，好似游丝一般，飘飘漾漾的合了拢来，绾在一起。

这时心下光明澄静，如登仙界，如归故乡。眼前浮现的三个笑容，一时融化在爱的调和里看不分明了。

选自《小说月报》1921 年第 12 卷第 1 期

山中杂感

溶溶的水月，螭头上只有她和我。树影里对面水边，隐隐的听见水声和笑语。我们微微的谈着，恐怕惊醒了这浓睡的世界。——万籁无声，月光下只有深碧的池水，玲珑雪白的衣裳。这也只是无限之生中的一刹那顷！然而无限之生中，哪里容易得这样的一刹那顷！

夕照里，牛羊下山了，小蚁般缘走在青岩上，绿树丛巅的嫩黄叶子，也衬在红墙边。——这时节，万有都笼盖在寂寞里，可曾想到北京城里的新闻纸上，花花绿绿的都载的是什么事？

只有早晨的深谷中，可以和自然对语。计划定了，岩石点头，草花欢笑。造物者呵！我们星驰的前途，路站上，请你再遥遥的安置下几个早晨的深谷！

陡绝的岩上，树根盘结里，只有我俯视一切。——无限的宇宙里，人和物质的山，水，远村，云树，又如何比得起，然而人的思想可以超越到太空里去，它们却永远只在地面上。

1921 年 6 月 20 日在西山

选自《晨报》1921 年 6 月 25 日

往事(一)·七

父亲的朋友送给我们两缸莲花，一缸是红的，一缸是白的，都摆在院子里。

八年之久，我没有在院子里看莲花了——但故乡的园院里，却有许多：不但有并蒂的，还有三蒂的，四蒂的，都是红莲。

九年前的一个月夜，祖父和我在园里乘凉。祖父笑着和我说：“我们园里最初开三蒂莲的时候，正好我们大家庭中添了你们三个姐妹，大家都欢喜，说是应了花瑞。”

半夜里听见繁杂的雨声，早起是浓阴的天，我觉得有些烦闷。从窗内往外看时，那一朵白莲已经谢了，白瓣儿小船般散飘在水面。梗上只留个小小的莲蓬，和几根淡黄色的花须，那一朵红莲，昨夜还是菡萏的，今晨却开满了，亭亭地在绿叶中间立着。

仍是不适意！——徘徊了一会子，窗外雷声作了，大雨接着就来，愈下愈大。那朵红莲，被那紧密的雨点，打得左右欹斜。在无遮蔽的天空之下，我不敢下阶去，也无法可想。

对屋里母亲唤着，我连忙走过去，坐在母亲旁边——一回头忽然看见红莲旁边的一个大荷叶，慢慢的倾侧下来，正覆盖在红莲上面……我不宁的心绪散尽了！

雨势并不减退，红莲却不摇动了。雨点不住的打着，只能在勇敢慈怜的荷花上面，聚了些流转无力的水珠。

我心中深深的受了感动——

母亲呵！你是莲叶，我是红莲。心中的雨点来了，除了你，谁是我在无遮拦天空下的荫蔽？

选自《小说月报》1922 年第 13 卷第 10 期

陈敬容

陈敬容(1917—1989),四川乐山人。20世纪40年代"九叶诗派"女诗人。她以写诗的态度写作散文和散文诗,著作有《星雨集》等。诗集《老去的是时间》获全国优秀诗集奖。

陨落

这是谁底脚步声呢，又轻又细，在窗外格格地，平匀地响着。是小雨滴吗？——可爱的圆润的小雨滴。在少雨的北方，夜中微雨因一种特有的甜蜜之感而变得珍奇了。

然而我立时记起，该是那个甲虫又在纱窗上飞扑；每晚，当我底倦眼徐徐下沉时，这低微的格格声就模糊成一片梦底飘忽的弦乐。

但我现在是醒着吗?

一丝微风轻轻飘过，落在槐树底叶子上，碎了——不，碎的是梦里白发，那我刚握着时还是长长的美丽的发丝，后来全变成雪白，碎在我底手中了。

不是下着雨吗？怎么不听见滴滴的清声了——也许刚才是母亲眼中的凄迷的雨吧。

真记不清了，哀愁和欢愉一样地容易失落。

秋霜一般的银发还在我底手中，是碎成了细屑的，不复是缕缕的了。每一粒细屑现在跳跃着，映出各种色调的往事，令我吟味着秋天黄叶衰草的清芬，和寒冬霜雪的冷艳；又像是夏夜的郊原里，一颗金色的星子悄悄地陨落……

一九三五年春，北平

昏眩交响乐

凡亚铃在苍白地叹息，吉他在作着夏夜的情话，钢琴倾诉着一些神圣的、庄严的悲哀同欢乐，曼陀铃呢，它琐碎地说着一些记忆中早已褪淡的事物……在这一切之上，凡亚铃苍白地叹息着，带着对于宇宙的极大的悲悯。

对于发热的心，这一切的总和是一个昏眩，一个长久的、沉湎的昏眩，它也昏眩于那些鸟语和人声，昏眩于至高的寂静，与台阶上那仿佛来去的热切的足音……

一些影像压住我底记忆有如沉重的香料。一些影像，一些已流过了的欢歌和哀歌，一些故旧的和陌生的面影。而在这层层帷幕之后突生出来，你，我底希望！

我已叹息得太多了，以致我忘了如何叹息；我已哭泣得太多，以致我任怎样睁开又阖上我底双眼，我都不再能迸出一滴眼泪。

我仿佛从一个美丽的沙岸绕进了一座暗黑的林子，在那儿转旋又跌仆，跌仆又转旋，因为不能忘情于沙岸上明媚的阳光，与海上白鸥的回翔。

但是忽然有一天我发现自己已经走出林子，来到一个沙岸上了；在我惊喜的昏眩中，我很清楚地看到这个沙岸绝非以前那一个，它是更清洁更辽阔；照耀在这里的阳光也更明媚，这里的海上飞翔着更多的白鸟。

我底心发着热，我有一个昏眩，——它交融了声音和颜色，微笑与轻叹，痛苦和欢乐。

我是昏眩着吗？

我看见你突伸着，我底“希望”，在高高的透明的蓝空，你突伸着如一个未来世界的巨灵，向着生命底早晨的土地，播散着一粒粒黑油油的坚实的种子。

1945年4月22日晨

选自《星雨集》，文化生活出版社1946年版

火焰——燃烧和光荣

两种不同的燃烧：太阳和火。

没有太阳，没有火，宇宙就无从得到光和热，我们也无从得到温暖。

美丽的赤子，人之子啊，你要创造光荣吗？ 那么，先燃烧你自己。

投入火焰，快乐而勇敢地投入火焰吧，让你的生命也变成火焰。 你燃烧，燃烧而且照亮别人和自己，也许你照亮了别人而毁灭了自己。

既然照亮了别人，那么即使毁灭了自己，那不也该用眼泪和热血去歌颂吗？

在燃烧中你如同一块金属，烈火将你渐渐熔化，你失掉了所有的顽固而变成流动的液体，当你通过了火焰而重新凝固时，你就有了比原来更美丽百倍的赋形。 而这回，你的质地也就比原来坚韧，不会那样容易折裂了。

火焰也决不会真的使你毁灭了自己。 虽然它光荣地照亮了别人。 你读过物质不灭的定理，你怎么能被毁灭呢，即使化为灰烬，你也不过是以另一种形体而有了另一种不同的存在。 而这存在是更为完美更为高贵的，因为它已经有过最美丽最光荣的燃烧了。

那么，为何怕火，为何对火退却呢？ 人之子呵，你知道普罗米修斯——那冒着宙斯的震怒替人类受难的火神么？ 你知道他的功绩，他所延绵的世界万代的文明么？

为了“成仁”，为了“取义”，投向火吧！

为了艺术的光荣，为了科学的光荣，投向火吧！

为了空间万物，为了时间万代的光荣，投向火吧！

美丽的赤子，人之子啊，让我为全人类和你自身的光荣，向火颂歌！

选自《人世间》1947 年复刊第 4 期

郑 敏

郑敏，1920年生，福建闽侯人，“九叶诗派”中唯一健在的诗人。1943年从西南联大毕业后赴美国攻读英美文学硕士学位。1955年回国，任研究员、教授。早期诗集有《诗集（1942—1947）》（1949）；另有诗集《寻觅集》（1986）、《心象》（1991）、《郑敏诗集（1979—1999）》（2000）及六卷本《郑敏文集》（2012）。

黢黑的手

这只黢黑、干裂的手。 让人想起深冬的树皮，海边的礁石，干涸的河床。它也许烧过柴火，拾过粪，拾过白薯，当日子还很穷，但又热烈的时候。

在城市的高楼下，它扶着一只嫩白的奶瓶，在瓶子的那一头，一个嫩红的脸，星星样闪光的眸子，一头比夜还要黑的软发：一只小绵羊，一个苹果，一个幸福的婴儿。

生命从这干涸了的手流向那张待哺的嘴。

什么是美？ 什么是丑？

有人称赞黢黑，干裂的皮肤，肿大如树根的指关节。 然而，去掉了这只又丑又老的手，那鲜艳的荷花似的婴儿就要垂下头，沉寂。

美不是自天而降，美有母亲，美应当有记忆。

春耕的时候

这里有一块土地。

一个住在花园里的人走来，看了看，说："铺满了砖头、石砾。太费事了，我们还是回到自己的花园里去吧。"

一个在寻找耕地的人走来，他跪下，捧起瓦砾下的泥土，看了看，说：

"行，咱们干吧，今夏就有瓜、豆和月季花了！"

一个魔术师来了，他戏剧性地喊道：

"请相信我吧，我能让土地长出黄金的叶子、宝石的花朵、白银的瓜果。我们就要富啦！富啦！谁也不需要劳动了，好日子就在门口了。"

人们回家去查了查历史。他们说让第二个人来吧，咱们和他一起耕种这块土地，因为他是一个真正有理想的人。

选自《榕树文学丛刊》1981 年第 4 期

一个平常的冬天上午所想

天蓝得厉害，蓝得让人糊涂，是冬天吗？北京腊月天。

小汽车开在西郊路上，除了司机，车上坐着三位六十好几的老教师。

"就那么早上欢欢喜喜，晚上就没有了。"一堆泡沫打在岩石上，唰一下退到海里，但是那架飞机上都是些抱着憧憬和幻想的正奔驰得很欢的"马"。

"就差那么一念，我就乘那趟飞机了。"也许我们都正在一架飞机上，忽然出现"系好安全带"图样。那是深夜，飞机颠簸得厉害，上下飘动，左右颤抖。有什么硬颗粒群打在飞机的玻璃窗上，有一种紧张的兴奋，我在想我们在穿过雹层吧，不知下面是什么山，如果是阿尔卑斯山脉……立刻我看见白雪山峰上面浮出的云气，很美，很迷人，也许落在这样的山巅上是销魂的。疼，当它到了头时就不疼了，怎么会有机会将自己抛在瑞士的白雪山巅上呢，最好永远不被发现。没有一个墓比这更伟大了。人在活着的时候就为自己和别人的活而幸福地努力，在忽然停止活时，能死得这么美，是无法事先设计的。当然生活有开始就会有终结，问题是终结时的心态，要做好准备，没有什么抱憾的，所有没有完成的都会有人去完成。

窗外的景物忽然格外的鲜亮，白杨的树干充满信心。晒着太阳的高楼很高兴地站在那儿，其实它们里头够破旧的了。下水道漏水，电梯坏了，六楼以上常没有水，但它们看来怪神气的，也许应该这样。

汽车停下来了，三位老教授轻松地走出来，在前面大红门里正有更多的老教授在交谈着，发出嗡嗡声，看起来很有信心。活着的时候就为了活而想、说、笑、骂，拄着拐也还眉飞色舞，终结不存在，直到它忽然存在时，那时“不存在”就变成最真实的“存在”了。还有什么遗憾呢？

选自《青年散文家》1988 年第 3 期

胡品清

胡品清(1921—2006),浙江绍兴人。我国现代女诗人、作家、文学翻译家、文学研究家。她能用四种外文阅读,三种文字写作。用英文写《李清照评传》、用法文编《法国文学简史》。曾到巴黎大学研究现代文学多年。任教于台湾文化大学。出版有《人造花》《玻璃人》《冷香》等著译五十余种。

星上树梢头

窗外有一株油加利树，挺拔青翠。入夜之后，树梢有时挂着一钩弦月，有时挂着一镜满月，有时挂着一枚星子，像今宵。(自然，也有时幽晦一片，星树两苍茫。)

常常，倦读之余、倦写之余或倦谱之余，我就拉开窗帷，透过窗户，仰望那株油加利树和那枚荧荧星子，我不知每次挂在梢头的是否同一枚星子，但它老是那么明灿亮丽。我遂凝望久久，出神入化地，直到那帧夜景有了象征的意义。

自始，我非巴那斯派的信徒。星和树美则美矣，却无法在我的心湖中激起涟漪，除非能使我有所寄托，有所联想。

我曾说过，自己有点像乔治·桑，生活中的拂道和委屈总是多于欢乐和亨通，不论在大我方面或小我方面。置身于逆境中的时刻里，我对风景就变得冷漠无双。

是另一种否极泰来吗？识你之后，我的心灵世界变得不可思议地美丽，星和树也有了你的品质，吸引着，支持着我，不可抗拒地。

闪烁的星子是你，照明我生之旅的迷蒙。 挺拔的绿树是你，使我在脆弱的时刻里向你仰望，让萝藤型的我有所依附，在心灵上。

选自《古今中外散文诗鉴赏辞典》，中州古籍出版社 1994 年 6 月版

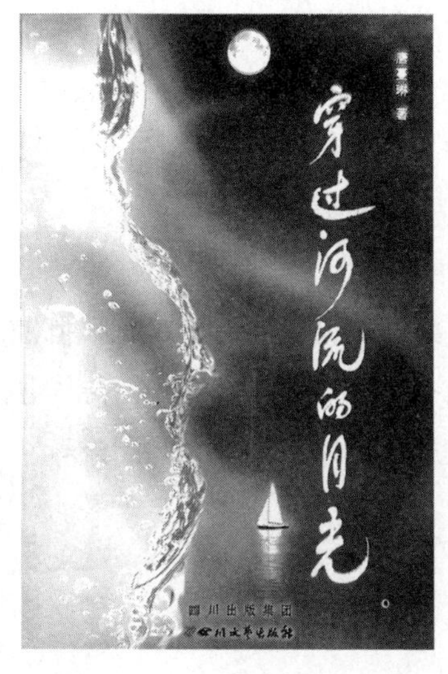

新加坡华文散文诗半年刊《回响》，芊华创办

成幼殊

成幼殊，1924年生于北京，原籍湖南湘乡。1946年春与屠岸、陈鲁直等在上海共建“野火诗歌会”。1953年以后长期从事外交工作。著有诗集多种。《幸存的一粟》获第三届鲁迅文学奖。

圣诞夜归

车，戛然停了，簸醒了凄迷的人，眼睫竟已承满了泪，又为北风拂凉。下车，踉跄入静。归来了，夜色暗朦中，敲拍岑寂的后门。凝郁的寒空闪烁着幽冷的小星。哦，沉醉吧，莫抖落了零乱的梦影。空枝的残痕，如此疏落。

归来了，啊，归来了。

可泣的荒诞呵，欢悦的圣诞夜之宴。

选自《散文诗世界》1943年12月24日

夜火畔

他们一共是多少个，也没有人去数。大家都只是团团的坐着，几十张脸上都跳动着篝火的嫣红，而显现得更其稚气了。一把白晃晃的弯月亮已经将夜空刈破，旁边散落着些银的谷粒——小星星。

他们只是团团坐着，虽然四野是如此沉寂，而夜里的寒气又雾一般飘落到裸着的膝上，这整个的世界不会有一点侵犯，去加于这年青的一群狗，在迢遥的村前零落的吠着，河水只是静静的流着，没有喧嚷。

这些平日像南风里的树叶子一般转动着，摇曳着白亮的阳光的人，如今竟已学得化石的庄严。 有的紧依在一起，有的离得稍远，火的光尾不时跳上女孩子们浓烟般的头发，又把男孩子们裤管的直线加上金边。

方才的嬉笑喧嚷已经沉沉的睡去，方才的歌声仍在夜空里流连，然后轻轻的落到旷野的蔓草和冷湿的地面。 明春吗？ 是的。 田亩会变得更肥沃而丰腴，因为生命的声音已渗入了泥土。

火光摇晃着，映红了柴堆旁蹲着的执棒的人。 他守着火，拨动柴片，更加上新的枝条，火光低暗了又更加高扬。 你会想起那汪洋上看管灯塔的人，把自己的年华交付给无涯的碧水，为了仓皇的舵手，在迷途的舟上。

红色，镶着黄及蓝的辉煌的光焰，跳动着，卷舐着柴枝，从每一根木条上偎拢，聚合到一起，像普罗米修斯的发被海边的逆风挽起，把心里的光和热都伸向天空。 灰黑的烟雾升腾上去，在寒夜里挥动着愤怒的拳。 金红的火星随着柴枝的低微的爆裂声，飞溅入无垠的黝暗。 虽然是如此短暂的一瞬，它已迸发出了生命最热烈的喜悦和爱恋。

噢，如果生命都能如此光辉，死，又有什么可以畏惧？

所以这年青的一群是应该被祝福了。 他们懂得忙碌，是以才懂得安静和休息。 他们已学会怎样用自己的辛劳，去抹干别人的血痕和眼泪。 设若天上真的还有主宰，他将为他们骄傲而且欣慰。 你看，今夜的风是缓缓而来的，今夜的流水是轻轻走过去的，今夜的树枝都伸展着手臂，要抚摸这一群滚热的心灵。

你应该永远的记住这一夜，大家团团的坐着，围着寒夜的篝火。 生命，在这一刹那显现出如此地神圣和庄严。 请相信，它将永远不会凋零湮灭。

选自《麦籽》月刊 1946 年第 3 期

丹麦早春

春天，从雪地上走过来了，雪中留下她一窝窝绿的足迹。当绿的足迹越来越密，只剩下一道道雪的浪花，看，冬天正提起她白的裙裾，就要离开丹麦。春天已进入哥本哈根港湾，春风消融了小人鱼座下的冰雪，轻拂过她铜铸的肩，来到我窗下的草坪。雪中那些竹叶般的鸟迹哪里去了？听，百灵在透着绿意的枝间说：“这里，我在这里。”

雪还没有退尽。傍着老树的根已探出了细小的蓓蕾——嫩黄的，刚啄出雪之壳，唱出雏鸡啾啾的歌。

飘飘洒洒，一瞬间，漫天雪花又盖满了湿润的草坪，是冬回来了吗——披着白色的纱？不，这只是她在丹麦踏着的舞步，回旋的，退退又进的舞步，仿佛借口遗落了什么，总回到我窗前寻找，然后，再提着她白的裙裾离去。但，走不远吧，也许就倚着邻家的门，憩息一会儿，又会回来。

春，总那么谦和，从来不说一句“这已经是我的季节”，却只在静悄悄地把白天拉长。偶尔，还在晴空下送来一只金翅的蜜蜂，落在晒着太阳的小花上，并和她一起醉倒，在我窗前。

1985年3月续写于哥本哈根

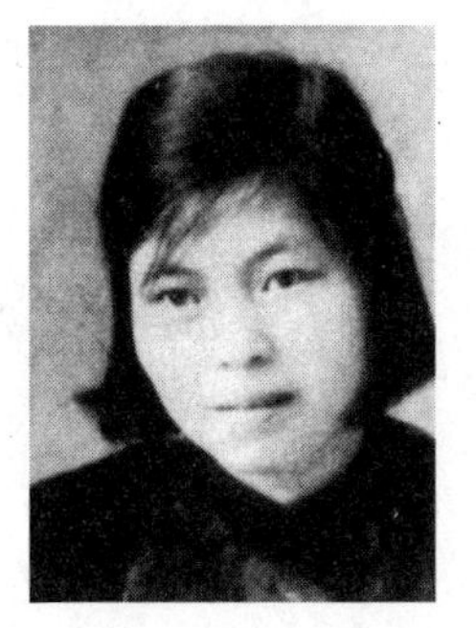

王尔碑

王尔碑，原名王婉容，1926年生，四川盐亭人。中国作家协会会员，长期从事报纸副刊编辑。著有诗集《美的呼唤》《王尔碑诗选》，散文诗集《行云集》《寒溪的路》《瞬间》，散文集《云溪笔记》等。2007年获“中国当代优秀散文诗作家”称号。

瞬间

百年后，荒原会记得那个瞬间。

一只白鹰和一个牧羊人相遇了。飞着的忘了飞，走着的忘了走。

久久地相望无言。

夕光的潮水，翻卷着两个激动的灵魂：

今生，我们能再次相遇吗？

醉者

恍若一滴水珠、一个婴孩，睡在荷叶上……瞬间，你老了，瘦瘦的雪山，在旷野独坐。

隔世的青鸟匆匆飞来，竹林七贤携琴而来，李白伴明月飘然而来。

群山举起酒杯……

再一次，你醉了，唯那最后的琴声已去未去，袅袅诗魂，徘徊燕子……

烟雨愁深处，一群红鱼如花怒放，琤琤淙淙游进你的梦境。

选自《散文诗世界》2003 年第 1 期

门外

群山，苍翠着古老。

那小木屋，坐在两棵菩提树之间。屋顶上金瓜熟了。红红白白的玉米串儿，在屋檐下织成一排珠帘。

小院很静。一只母鸡红着脸正在生蛋。月季花闲闲地开着。花台上，猫睡了，彩色积木、玩具汽车也睡了。小风吹过，那只塑料做的大天鹅，在水池里游来游去。

人呢？

门关着，没有锁。两个门神，古代的，英武而又和气，似乎在说："请进来吧。"我去叩门，忽又落荒而逃。——那肥胖的狮子狗，卧在石磨下面呢。

我躲在树后，看那正在做梦的狮子狗。它通身雪白，而那梦境似乎很深。远方河岸，它会不会遇到屠格涅夫的木木？目送着《伤逝》里那位惶惶的阿随？

它睡得好沉！

八月的阳光，散发出炒黄豆的香气。鸽子们回来了，在石磨旁边飞上飞下。狮子狗醒来，黑莹莹的眼睛闪过某种疑惑。

不能去叩门。

可是，我感谢这一天——难忘这门外的图画。

选自《散文诗世界》2005 年第 6 期

郑 玲

郑玲(1931—2013),重庆江津人。中国作家协会会员、中国诗歌学会理事。曾任株洲市作家协会主席,从事文学编辑工作多年。出版《风暴蝴蝶》《小人鱼之歌》《瞬息流火》《郑玲诗选》等诗集,散文集《灯光是门》等八部。部分作品译为英语、法语。获首届"艾青诗歌奖""曼殊杯诗歌终身成就奖"等。

你是这样的夕阳

你是这样的夕阳：饮醉了的阿波罗在云霞的沙滩上漫步。你以你宇宙首富的慷慨把红宝石洒在所有的物体上，分离的、对立的、彼此抵触的颜色都统一于你灿烂而幽邃的红光之中。你无意于统治天空与大地，而万物却献给你一个灵魂的王国，凡是被你照耀的都醉入你的怀抱。

你是这样的夕阳：你用浓郁的幻想氛围笼罩现实，引着梦幻翩翩而来。望着你，我全身的精力往瞳眸里凝聚，成了亮眼睛的鸟雀；石头，却成了人。你看，那个绝望的失意者正从坡谷奔向江心，想躲到水的深处去避世。但他一抬头，肃然止步了，他被震撼了。原来宇宙中有这样的大美，有这样包容一切的宏富！而人，为什么连自己都不能接受自己？为什么要在矛盾与分裂中消耗精力，让真正的人生从狭隘的视野溜走呢？啊，夕阳，你的光明照亮了他内部的地狱了，他不愿死去，在沉思中化成一尊岩石，年年月月站在那里仰望着你。他眼中饱含泪水，心中充满希望，深信许多幸福与你相连。他那不动欲动的姿态所表现出来的无穷的情思，不可抗拒地迷住了我，竟使我觉得自己与他情愫相通，竟使我也久久地伫立着，仿佛，梦，原是要站着完成的。

你是这样的夕阳：你的光芒音乐般展开又隐去，隐去又展开，搭一架云梯把我从地上升入空中，为我出现另一个星球上的景色。望着你，我身后传来颠沛流离的声音，我恍然听到第一个人来到世界之时发出的一声尖啸，他在被洪水围困的陆地上凄惶地奔跑着，好像地球不是他的家。也许，地球只是人的逆旅，人的故乡在上空。要不，人们为什么老是想要“乘风归去”，老是向往火星月球？我猜想，那些地方的人们不是弗洛伊德的病人，而是身心健康的自我实现者，是充分发挥了创造力的人，是没有任何力量可以从外部把他击败的拥有信念的人！啊，夕阳，我真想返回你给建造的这座既古老又现代的心灵的迷宫，为了追寻我理想的人类，即使迷失在里面，被你的剧热所消融，我也会化为江水，流到每一个渴望美的人的梦里！

啊，夕阳，你是怕我想得太缥缈了吗？你的光芒渐渐向下，暗示我该回到人间了，我又站在这座高山上了。此刻，云彩们穿着奇丽的服装进进出出，天边舞台上正演出《人生》，花园的侧门轻轻地启开，蓝色探戈的音乐从大厅里怅惘地流了出来。你，一位着红色制服的年轻的军官悄悄地走到外面，解下你的战马，即将跨上征鞍，你的乌云女郎匆匆地赶来了，她的玄色披风轻扬，张开凤的翅翼拥抱着你。千言万语都说过了，时候到了，你只好温存而坚决地挣脱出她的双臂。她深知，为了使命，你将付出生命的代价，因为除了生命，别的代价都嫌太轻。她留不住你，也离不开你，她洒下大滴大滴的泪珠，随即缩小了，化成一朵黑郁金香别在你胸前，随着你隐入山的那边。有一滴泪，落在我的唇上。

这时，深山某处的一口孤钟，敲响了一种历史的壮丽！

啊，夕阳，你这年轻的热血沸腾的灵魂，谁说你是垂暮？我的日之将尽的哀伤被你升华了，我祝愿我生命的黄昏，也有你这样一轮落日！

1987 年 11 月于株州

张晓风

张晓风，1941 年出生于浙江金华，江苏铜山人。八岁随母亲一起赴台湾就读，毕业于东吴大学，曾任教于东吴大学和香港浸会学院。三十六岁时，被台湾地区的批评界推为“当代十大散文家”之一。阳明大学创校后任该校教授。有著作四十种，并译成多种文字。

春之怀古

春天必然曾经是这样的。 从绿意内敛的山头，一把雪再也撑不住了，噗嗤的一声，将冷脸笑成花面，一首澌澌然的歌便从云端唱到山麓，从山麓唱到低低的荒村，唱入篱落，唱入一只小鸭的黄蹼，唱入软溶溶的春泥，软如一床新翻的棉被的春泥。

那样娇，那样敏感，却又那样浑沌无涯。 一声雷，可以无端地惹哭满天的云；一阵杜鹃啼，可以斗急一城杜鹃花。 一阵风起，每一棵柳都吟出一则则白茫茫，虚飘飘，说也说不清，听也听不清的飞絮，每一丝飞絮都是一株柳的分号。反正，春天就是这样不讲理，不逻辑，而仍可以好得让人心平气和的。

春天必然会是这样的：满塘叶黯花残的枯梗抵死苦守一截老根，北地里千宅万户的屋梁受尽风欺雪扰犹自温柔地抱着一团小小的空虚的燕巢。 然后，忽然有一天，桃花把所有的山村水郭都攻陷了。 柳树把皇室的御沟和民间的江头都控制住了。 春天有如旌旗鲜明的王师，因长期虔诚的企盼祝祷而美丽起来。

而关于春天的名字，必然曾经有这样的一段故事：在《诗经》之前，在《尚书》之前，在仓颉造字之前，一只小羊在啮草时猛然感到的多汁，一个孩子在放风筝时猛然感觉到的飞腾，一双患风痛的腿在猛然间感到的舒活，千千万万双素手在溪畔，在塘畔，在江畔浣纱的手所猛然感到的水的血脉……当他们惊讶地奔走互告的时候，他们决定将嘴噘成吹口哨的形状，用一种愉快的耳语的声量来为这季节命名：“春”。

鸟又可以开始丈量天空。有的负责丈量天的蓝度，有的负责丈量天的透明度，有的负责用那双翼丈量天的高度和深度。而所有的鸟全不是好的数学家，它们吱吱喳喳地算了又算，核了又核，终于还是不敢宣布统计数字。

至于所有的花，已交给蝴蝶去点数。所有的蕊，交给蜜蜂去编册。所有的树，交给风去纵宠。而风，交给檐前的老风铃去一一记忆，一一垂询。

春天必然曾经是这样，或者，在什么地方，它仍然是这样的吧？穿越烟囱与烟囱的黑森林，我想走访那踯躅在湮远年代中的春天。

选自《台湾散文鉴赏辞典》，北岳文艺出版社 1991 年版

三 毛

三毛，原名陈懋平，后改名为陈平，祖籍浙江定海。1943 年出生于重庆，1948 年随父母迁居台湾。1967 年赴西班牙留学，后去德国、美国等。1973 年定居西属撒哈拉沙漠与荷西结婚。作品有散文集《撒哈拉的故事》《雨季不再来》《稻草人手记》等多部。

榄榄树

这明明是一只孔雀，怎么叫它一棵树呢？

我想问问你，如果，如果有一天，你在以色列的一家餐馆里，听到那首李泰祥作曲、三毛作词、齐豫唱出来的《橄榄树》，一个中国人，会是什么心情？

以色列，有一家餐馆，就在放《橄榄树》这首歌。

当时，我不在那儿，在南美吧！ 在那个亚马逊河区的热带雨林中。

是我的朋友；那个，在另一张南美挂毡的照片故事中提到的朋友——他在以色列。 是他，听到了我的歌。 那时候，我猜，他眼眶差一点要发热，因为离开乡土那么远。

回来时，我们都回返自己的乡土时，我给了他一张秘鲁的挂毡。 他，给了我一只以色列买来的孔雀。 然后，把这个歌的故事，告诉了我。

1989 年，如果还活着，我要去以色列。 在那儿，两家犹太民家庭，正在等着我呢。

席慕蓉

席慕蓉，蒙古族，原籍内蒙古察哈尔盟，1943年10月，在父亲的军旅生涯中出生于重庆。1949年随父母迁至香港。1954年到台湾读书。1964年入比利时布鲁塞尔皇家艺术学院专攻油画。毕业后任台湾新竹师专美术科副教授。举办过多次个人画展，获多种绘画奖。出版诗集《七里香》等多部，散文集《生命的滋味》《走过岁月》等。

无怨的青春(选六)

初相遇

美丽的梦和美丽的诗一样，都是可遇而不可求的，常常在最没能料到的时刻里出现。

我喜欢那样的梦，在梦城，一切都可以重新开始，一切都可以慢慢解释，心里甚至还能感觉到，所有被浪费的时光竟然都能重温当时的狂喜与感激，胸怀中满溢着幸福，只因你就在我眼前，对我微笑，一如当年。

我真喜欢那样的梦，明明知道你已为我跋涉千里，却又觉得芳草鲜花，落英缤纷，好像你我才初次相遇。

谜题

当我猜到谜底，才发现，筵席已散，一切都已过去。

筵席已散，众人已走远，而你在众人之中，暮色深浓，无法再辨认，不会再相逢。

不过只是刹那之前，这园中还风和日丽，充满了欢声笑语，可是我不能进去。 他们给了我一个谜面，要我好好地猜测，猜对了，才能与你相见，才能给我一段盼望中的爱恋。

当我猜到谜底，才发现，一切都已过去，岁月早已换了谜题。

回首的刹那

在我们的世界里，时间是经，空间是纬，细细密密地织出了一连串的悲欢离合，织出了极有规律的阴差阳错。 而在每一个转角，每一个绳结之中，其实都有一个秘密的记号，当时的我们茫然不知，却在回首之时，蓦然间发现一切脉络历历在目，方才微笑地领悟了痛苦和忧伤的来处。

在那样一个回首的刹那，时光停留，永不逝去。 在羊齿和野牡丹的阴影里流过的溪涧还正年轻，天空布满云彩，我心中充满你给我的爱与关怀。

前缘

人若真能转世，世间若真有轮回，那么，我爱，我们前生曾经是什么？

你若曾是江南采莲的女子，我必是你皓腕下错过的那一朵。 你若曾是那个逃学的顽童，我必是从你袋中掉落的那颗崭新的弹珠，在路旁草丛里，目送你毫不知情地远去。 你若曾是面壁的高僧，我必是殿前的那一炷香，焚烧着，陪伴过你一段静穆的时光。

因此，今生相逢，总觉得有些前缘未尽，却又很恍惚，无法仔细地去分辨，无法一一地向你说出。

水笔仔

在今日的世间，有很多人不愿意相信美丽和真挚的事物就在眼前。 为了保护自己，他们宁愿在一开始就断定：所有的美好的事物都只有一种虚伪的努力。 这样的话，当一切都失去了以后，他们也因此而不会觉得遗憾和受到伤害。

水笔仔是一种珍贵罕有的植物，就像一种珍贵罕见的爱情，在这世间越来越稀少，越来越不容易得到。 因为，太多的人已经不愿意再去爱，再去相信。

而我对你，自始就深信不疑。

最后的一句

再美再长久的相遇，也会一样地结束，是告别的时候了，在这古老的渡船头上，日已夕暮。

是告别的时候了，你轻轻地握住我的手，而我静默地俯首等待，等待着命运将我们分开。

请你原谅我啊，请你原谅我。 亲爱的朋友，你给了我你流浪的一生，我却只能给你一本薄薄的诗集。

日已夕暮，我的泪滴在沙上，写出了最后的一句。 若真的有来生，请你留意寻找，一个在沙上写诗的妇人。

选自《无怨的青春》，花城出版社 1989 年版

陈慧瑛

陈慧瑛,1946年生于新加坡,祖籍厦门。民族英雄陈化成将军嫡系五代孙。中国作家协会会员。首届中国散文诗学会副会长。全国优秀新闻工作者,享受国务院政府特殊津贴专家。已出版二十二部文学著作,其中,《无名的星》一书荣获全国优秀散文集奖。

海色

凡是涉过青春之河的人们,谁没惹过一朵两朵恼人的相思浪花? 谁没留下一星半点悱恻的生命潮水……

我的可爱的斑纹贝哟!

那一夜,月光滴银,秋风在棕榈树梢轻盈地唱着歌。

你说,在南洋的什么岛上,得到一枚珍贵的蓝贝,带在身上多年了,真像一位知心朋友。 它使你怀念热带的海,还有海一般迷人的少年生活……

"人家都说,你的眸子,有一缕动人的柔蓝——你的心灵之窗,永恒地孕着一片海色……

"地角天涯,湖海有黑海、黄海、红海、青海之称,海色呢,一色的只有蔚蓝;

"世态炎凉,人情有冷色、热色之分,你呢,但愿永远只有正派的海色。

"天下颜色千万般,博大、光明、永不变易的海色最难忘。

"我这海贝,多像你的瞳仁……"

说着，你把那蓝色斑纹贝悄悄塞给我。

月圆。 月缺。

如水的年华就在这圆缺不停的循环中流逝……

一天，你微笑地看着我："历尽劫波，你眼中的海色依旧！"

我也笑了："蓝贝健在，还给你吧！"

"不必了！ 那是我青春岁月里的一章华彩……留下它吧——那一段美丽的情思，那一抹神圣的海色！"

选自1983年3月《人民文学》

茶之死

也有壮烈而缠绵的死吗？

有的，那便是茶之死。

当初，在青山上，在朝晖夕岚里，她是怎样一位幸运的女儿哟！ 盈绿的青春，妩媚的笑靥，自由、洒脱……

不也可以选择嫁与东风么？ 她将舒坦平静地花开花谢、叶落归根……

可她却甘心把万般柔肠、一身春色，全献与人间。 任掐、压、烘、揉，默默地忍受，从无怨尤；在火烹水煎里，舒展蛾眉，含笑死去……

她的心中，不也有一滴苦涩的泪吗？ 这滴泪，却酿就了人世永存的甘甜清芬！

茶呵，海隅天涯，但有人迹处，何人不思君——

倘若你是黄叶飘零、空山寂寞的死，谁会记取你的芳名？

选自1986年3月《人民文学》

萧　敏

萧敏，1947 年生于重庆綦江。中国作家协会会员。出版散文诗集《三月·女人的三月》《萧敏散文诗》等。

独坐野码头

一

独坐野码头，怀抱一片冷风景：江湾、卵石、岩岸……

江风，漫不经心地从沙滩上掠过，那些船桅、水手、号子，那些无数与野码头有关的故事、传奇，乘着波浪而来，拍溅出远去的声音，久久在苍穹下回旋……

二

故事里的“野码头”是一个女人的绰号，是一个被玷污被损害被无数流言淹没的美丽女人的绰号。是她，竖起一面蓝色的酒旗，在野码头，风流了船夫们销魂夺魄的梦想。那些侠肝义胆的桅灯，那些拉江拽河的纤绳，那些摇山撼水的桨板，总爱把辛苦和疲惫停靠在这里，把温情和爱意泊碇在这里，把滩吼浪啸、惊魂甫定的胆识和智慧留存在这里。从此，这里声名远播，从此，这里让许多走水人、生意人怀念终生。

三

野码头吞吐过无数南来北往的货物，吞吐过许多波翻浪涌的船夫号子，吊脚楼上永远摆着大碗茶和老酒坛，永远是开怀畅饮开心大笑。

那些粗鲁的调侃，那些酡红的酒意，那些长声吆喝、野味十足的情歌破空而来，惊飞“江河水”缓缓的慢板……

岁月如水，野码头消失了雄性的喉结，消失了块状的肌肉；消失了捣衣洗菜的女子和站成石头的女子。消失了满江澄澈的流淌，消失了满眼绿莹莹的清凉。野码头属于过去，野码头的名字、风景、传说一起被日子折叠成历史……

四

独坐野码头，江风呼呼如旧，灼人心扉的号子早已沉没江底，船笛高亢的长鸣，一阵阵撕裂心旌。看两岸霓虹闪烁，看满江灯火如星，眼底却翻卷着白色的泡沫和垃圾的漩涡。推开时间，问一问过去和未来，谁在呻吟？谁在喊痛？恍如隔世的预言，让我无法表述……

独坐野码头，灵魂出窍，却无法逃避，只在心里默祷：愿所有的泥土都能填海，愿所有的岩石都能补天，轰轰烈烈之后重返自然与和谐。

选自《红岩》杂志 2004 年第 6 期

重庆半岛

划呦！ 划呦！

然而，雾却最爱从江上漫起。淡淡地，飘来飘去；浓浓地，挡住了视线……

那棵指示阴阳的黄桷树，已经长成高高的桅杆，桅顶似乎也在雾海里沉浮，时隐时现……

人，难道就是这样与大自然默契的吗？

划呀！ 划呀！

想划出几千年的迷惘，想划出重重雾障！ 让那些盆栽的山杜鹃，不再是千古悲怆的传说，而是红艳艳的火苗……

两弦终于伸出强有力的双桨，一支伸向嘉陵，一支伸向长江。

雾，被尾舵搅散了，化一片暮云，丢给匆匆逝水，化一抹晚霞，丢给远山的羞惭……

划呀！ 划呀！

水手们爬上生锈的舷梯。 船头，正升起山杜鹃点燃的太阳！

选自《人民文学》1986 年第 7 期

凉意

无风也有凉意，无雨也有凉意，无言更有凉意。 月色太寒，凉意从心头掠过；山色太冷，凉意从肌肤骤起。

面壁，拈花；静坐，入禅。 有谁能解悟心深之处的感应？ 尼僧吟诵，热闹处自有一股幽幽的凉意，从头至踵滴落。

暮色四合，夜凉如水，白日的喧嚣、争斗、欲念、躁动，渐渐消融。 无韵的宁谧，静静的夜思，宇宙风轻，空间寥廓。 那凉意呈现于永远不会完美的情节，永远无休止的过渡，呈现于执意伸向未来的手或者只是入定后透彻心扉的感觉。

选自《散文诗》1994 年第 3 期

张　烨

张烨，上海大学教授，中国作家协会会员，上海作家协会诗歌专业委员会主任。出版诗集《诗人之恋》《彩色世界》《绿色皇冠》《生命路上的歌》《鬼男》等及散文集《孤独是一支天籁》。作品选入百余部诗歌选集与多种诗歌鉴赏辞典，并被翻译成英、法等多种语言。

脸上的风景

一

这是一幅宁静、柔美的风景画。

你整个的脸是深深的海，前额无限伸延成一片辽阔的沙滩；眼睛是两只黑白相间的小船，闪着神奇的亮光悠荡在微微起伏的海面，海面匀称的气息隐约可闻；鼻子是一堵岩壁，虽是岩壁线条却刚中兼柔，就像某些外形刚强的人仔细看来其实是温柔的一样；嘴唇是一朵湿润的红珊瑚，仿佛刚被海浪吻过似的，神怡自在地开放在湛蓝的海面；头发散发着海藻的气息在波浪中柔荡……

恬静的脸……你躺在什么地方，竟让人产生天水浩渺相连的感觉。紫薇色的傍晚飘起一片亲切的温馨融入你的遐想。

在远处，你被另一双眼睛久久凝视着、吸引着，目光因感动而微颤。那人浸在你脸上的风景里，好像在将生活中所有的痛苦与烦恼、骚动和喧嚣全都淹没在大海的清凉与安宁之中。

二

这是一幅动荡不安的风景画。

风暴的巨手猛撼着你的头发狠歹歹地连根拔着。你整个的脸是一个愤怒的海，直立的海。头发已变成一群黑色的海燕勇敢地搏击风暴；辽阔的前额涌起一浪超越一浪的愤恨；两只眼睛是黑色的深渊回响着浪峰拍天的巨响。这就是海底，蕴含着痛苦与希望、生与死的海底；鼻子是一座巍峨的灯塔耸立于海面，嘴唇便是燃烧着火焰的灯芯。由于海的直立，灯塔便倒置在海水里了。在这天倾地翻的一瞬，灯塔的熊熊之火照亮了海底。这真是千载难逢的时刻！藉着海底之灯，天空的目光才能洞穿这无底的深渊。

这是一张双手紧扼命运喉管的人面临着绝望的脸，一张挑战者血性阳刚的脸，一张竭尽全力对抗苦难的脸。

你被欢乐遗忘在何方？逆境使你的脸、你的精神超越现实，成为人类珍藏在心底的一幅永恒的风景，

选自《文学报》

猫与门

雨打残雪。光秃秃的梧桐枝柯，朦胧的灯雾白蛇般蜿蜒，如一个冷滑的梦。

从一位画友家出来，我打着伞，弟弟拎着油画箱。顶着呼啸的寒风一路回家。突然，一道刺眼的车灯掠过幽暗的街面——一只浑身湿漉的黑猫，直立着身子趴在街角处一扇紧闭的门上不停地叩抓，叫声呜咽凄凉。一忽儿黑猫紧紧蜷缩在门边瑟瑟发抖，瞬间又起身重复刚才那一幕。

弟弟望着我风趣地说，这猫是我们两人的象征，这门是生活和艺术的化身。

人生啊，人生！ 我俩大笑，笑过以后便是一段长时间的沉默。

选自《新潮散文诗精选)，花城出版社 1990 年 2 月版

火山草

在新西兰辽阔的土地上，生长着欲与成人试比高的火山草。 蓬蓬勃勃，粗粗壮壮，一丛丛，一棒棒，几乎是抱团涌向一望无际的天涯。 犹若女子刚焗油的金发，在阳光下闪闪发亮；风过处，如大河之水，浩荡有声。

新西兰是地震和火山多发之国。 当地人说，火山喷发时大地汹涌着滚烫的岩浆，隆隆声里冒出黑烟，天空也被染红、熏黑，所有的树木花草焚烧成灰烬，满目恐怖凄凉。 可不承想两年后，在这片焦土上竟然长出了金黄色的小草，长势凶猛，向着四面八方蔓延，连成一片漂亮的黄金海。 就像奇异果一样。 我们从未见过这样奇异的草，就称它们为火山草。 我问，到春天它们可是绿色的吧？不，永远都是金黄色；我又问，草堆里有蛇吗？ 当地人惊异地看了我一眼，问得好，影儿也不曾见，能在这种土壤生存的只有火山草。 这草啊，当地人跷了一下大拇指。

我一时无语。 火山，就像强权暴君残酷虐杀生灵。 想当年，这些嫩绿轻柔的纤纤小草是如何在烈火的炼狱中，向死而生，把根留住的；它们犹如涅槃后再生，再生时已不是昔日的体态容貌了。 瞧，我又有点异想天开了：这些草的内部一定贮存着有关火山与生存的神秘信息、符号与记录吧？ 像历经磨难的人一样，这是一些有着故事的草，但我又如何读得懂，只有上帝知道。

面对着那奔腾的火焰般的灵魂，众多令我敬慕的英雄人物一一掠过眼前。 而流逝的年华中，自己面临逆境时曾有过挑战意味的种种记忆也向我涌来。 然而，我感到自己是如此的渺小，身子不由自主地走进火山草的队伍里，瞬间便被淹没了。

于是，在往后的岁月里，我便经常怀想起神威的火山草，新西兰的英雄草。

选自上海《新民晚报》夜光杯专栏

梅绍静

梅绍静，1948年生，重庆市人。长期居住在陕北，曾任《诗刊》编辑。中国作协会员。出版诗集《兰岭子》《唢呐声声》《女娲的天空》《莫望落叶风天》，散文集《月露之台》《根》《内心的丘陵》等。《她就是那个梅》获全国第三届优秀新诗集奖，《唢呐声声》获1984年陕西省文联文艺开拓奖。

月

一

在这片水波上，我们的影子和一大把星星一起荡漾，水中的星星有鱼鳞的光泽，而船像大提琴被桨弹拨得咚咚作响。

我们穿过那琴弦般秀逸的桥，却不知道突然覆盖头顶的桥拱竟会如此沉寂，使我俩靠得紧紧，仿佛桥抱住水，你俯身向我。

桥洞正像一轮望月，透出圆圆的天空。

二

你不知道这里，正是我们旅行的终点；从此后每年的望月，每一座重逢别离之桥又都是我们瞳仁里的起点。 它通向光明，背离黑暗，会使心猛然跳起来，使梦静止不动。月呵可知道自己就是一张大网，将为我们打捞起所有的黑夜？无论你背向我，还是我背向你，沉默将似月托出我们的身影。月会把寒气吹到我们的胫上，使我们的呼吸渴望合在一起；月会把乌云吹向我们眼睑，使我们的眼渴望一起闭上，一起睁开。

三

当我站在栅栏边凝望你，如耳环闪烁的仍是月光。你会看见我的凝望摇晃过多少个小时了吗？沉静的春草之色弥漫到栏杆上来了，而月如音画，在遥远的地方嘤嘤呜呜，我俩始终是寄居在月里。不管有多少现代建筑把我们的思念保存起来，情不自禁的圆满仿佛只需有月就足够安慰孤寂了。

选自《星火》

叶　梦

叶梦，1950年生，湖南益阳人。湖南省作家协会副主席。著有散文集及长篇小说多种。作品入选多种选本。获中国首届当代女性文学创作奖等多种奖项。

女人的梦（组章）

风里的女人

在一个陌生的城市，一条陌生的街道，黄昏的街灯闪闪忽忽。

长风卷起黄沙，铺天盖地而来，淹没了一切灯光，一切人影。

天地之间已是一片混沌，人与人之间皆被黄沙阻断。

大风里走来一个女人，谁也不认识这个女人，这女人是一个过客。

她在风里来来去去，谁也猜不透她的心思，谁也不知道她究竟要干什么。

这女人穿一套黑色的裙衫，她板着脸，一点都不招人怜爱。她睁着一双看不透的黑眼睛，困惑地在风中来去。长风撩起她长长的黑发，经幡一样在夜风中招摇。

人们匆匆在风里走过。

她的黑眼睛透过迷惑的黄沙，穿透一切建筑物的屏蔽，电波一样在风里扫描。

她既有这种特异功能，谁知道她是不是一个专探人隐私的女巫？

她的黑眼睛穿透豪华的宴会厅，一切握手、干杯，一切拥抱、亲吻，一切媚笑、假笑，都被她那黑眼睛储存起来。 谁知道她收藏这些派什么用场?

她的目光像一架全息摄影机，一切森严的没有灯光的门洞里的交易，它都能追踪拍到。 她的目光又像一架小型的超声波的探头，能测出幽暗如迷宫的灵魂深处的丝丝缕缕的微波。

她的幽灵般的目光也曾出入于艺术家的沙龙，紫红色的丝幔下笼罩着温文尔雅的“艺术”的氛围。 然而这个女人却不无恶毒地说，她在这儿嗅到了小菜市场的味道。

黑夜的风沙之中，谁也没有注意到这个黑衣女人，谁也没能识破她的勾当。

夜风撩起她黑色的长裙，哗啦啦黑旗一样飘忽，发出声声凄厉。 长发如风中的野草。

她在风沙里吐出长长的一声喟叹。

天上开始下霜，风里开始有了磺胺软膏的味道。

来复去

我本是赤条条来。

一路风尘，无牵无挂地来。

岁月是一条白白胖胖的大蚕，它在时间的风里吐出绵绵不尽的彩色的丝来，那丝束舒缓有致地裹住我赤条条的身体。

从此我不再赤条条了。

我开始懂得裸露的羞耻，同时也有了虚荣心以及趋同时尚的种种念头。

我被挤挤挟挟的人流推着拥着，大家都穿一式蚕丝织就的衣衫，分不清谁是谁，一窝蜂似的往一座山头爬。

谁也不肯落后，我亦不能免俗。

这一路上，真是挤得厉害。 后面的人时常把乌黑肮脏的胸毛蹭到我后肩上。手臂上常常有长而尖的指甲抠进去。 山路太窄，时不时有人从崖边摔下去，幽黑不见底的深谷传来空洞的回响，谁也不去望一眼。

我常被挤翻，有人便踩在我的后脊上，发出一阵刀剁排骨的脆响。 我嗅到了一种牲口圈一样的汗臭味。

我终于被挤到临崖的一块大石上，额上立时撞出一个凸起的大包。 我揉着青紫的额，睁开困顿迷蒙的双眼，石头上依稀跑出一片蝌蚪一样的图纹来。

这是远古的文字吗？

我居然无师自通地读下去。

…………

我突然明白了。

颓然若失地蹾坐在石头上，开始用力地撕扯紧裹在身上的那件蚕丝的衣裳。

那衣早已和皮肉长在一处了。 我像剥青蛙皮一样撕扯，生痛。

最后只剩一个血肉模糊的赤裸的我。

我于是拨开人流，回头复往山下而去。

人们皆以惊诧的目光望着我。

我也不理睬，我一点也没有羞涩感了。

正午的梦

那是一个盛夏的正午，太阳很毒，街上没有一个人影。

丈夫正在午睡。

我捏着一支笔，枯坐在窗前。

突然我觉得乏，便趴在他的身边沉沉地睡去。

没有梦，像死去一样地睡。

很久很久，我们同时醒过来，已是黑夜，不知道是什么时辰，木钟早已锈坏了。

黑暗中摸到一盒火柴，划燃，点上一支残烛："你是谁啊？"他久久地盯着我，遮不住一脸困惑地问。 这个人已经不认得他的妻了。

我不答。 一如既往地望着他。 我只觉得他是一个陌生人，我从来都不认得他。

困惑的四目对峙良久。

他又在问了："你是谁啊？"那声音却像是从很远很远的空间传来。

沉默许久，我突然说出这样一句："我是一块石头呢！"

我说完，便不再吱声，眼皮儿沉重地垂下来，酥软的四肢开始变得像柴棍一样。

心脏一下一下地慢下去，很快要停摆。

血管里的血也逐渐凉起来，慢慢地像要凝固。

…………

我感觉自己真的变成了一块石头。

我的石头的脑子里已没有了思想、感觉和记忆，等等。

我常常从这样的深睡中醒来，莫名其妙地以为自己是一个梦，以为世界是一个梦。

一切又都不曾发生过。

于是，我重新吹灭残烛，重新在他的身边睡去。

选自《散文选刊》1990 年第 1 期

舒　婷

舒婷，1952年生，原名龚佩瑜，厦门人。福建省作协副主席，厦门市文联主席，中国作家协会全国委员会委员。20世纪80年代"朦胧诗派"的代表诗人之一。著有诗集《双桅船》《会唱歌的鸢尾花》，散文集《心烟》等。有德国、法国、丹麦等国家翻译出版其诗集。

回答

我相信我们在另一个世界见过面。

是一对同在屋檐下躲避风暴的小鸟？ 是两朵在车辙中幸存的蒲公英？ 我记起我是古老的大地，簪着黎明的珠花；你是年轻的天空俯身就我，垂下意义无限的眼睛。

一戴上假面，我们不敢相认。

我相信我们还有其他未泄露的姓名。

你是梦，我是睡眠；你是巍峨的冰峰，我是苍莽的草原；你是躺在受辱的土地上的不屈的弗拉基米尔路，我是路旁履着绿苔的一汪清泉。

在我们以颜色划分的时候，我们彼此不信任。

我相信我们都通晓一种语言。

花钟喑哑的铃声，陨星没写完的诗，日光和水波交换的眼色，以及录音带所无法窃听的——霞光嫣红的远方给予你我的暗示。

如果一定要说话，我无言以答。

选自《心烟》，上海文艺出版社1988年版

无题

一

一只小鸟，落在窗前的柴扉上。 它乜斜着眼睛，偏过脑袋，时时扑拉双翅，向我唱了又唱。

是告诉我飓风过后覆巢的忧伤，告诉我道路逐渐干燥，而且已走过一位捉蜻蜓的小姑娘，还是告诉我遥远的雾水、遥远的村庄？

我听不懂另一个国度的语言。

于是，我拿出我的小本子，握紧拳头，涨红了脸，朗读起我的诗行：灯笼花，礁石上的月光，映在宝蓝色天幕上那尖顶与圆顶的楼房……

我寻觅那小鸟，我已不知去向。

我这才明白：在那最好的时刻，我们只该默默相望。

二

还是那只鸟。

它不是已经飞走了吗？

可是，晨间在林荫道上，它颤悠悠的啼声洒下，如含着露水的清亮的阳光；傍晚它在我头上做花样飞行，像热恋中的少女经过心上人面前那么轻盈、自信。

夜里，不知在什么地方（也许就躲在玉兰树上），它芬芳的歌声像无数小蒲公英，轻轻降落在我的梦中。

我醒来时想：我们把它叫作飞鸟的东西，更像一种无所不在的欢乐。

三

我摆好纸和笔，做出诗人的模样。

我的心是捕鸟机，就安放在柴扉上。

早晨像无猜疑的孩子蹦蹦跳跳过去了；日午喘着气，不情愿地挨过了；傍晚时分，我哭了。 因为那柴扉上，除了枯萎的白玫瑰，什么也没有。

突然，在我心灵深处，响起了那熟悉的歌声（人人的心，都可能成为一只神奇的八音鸟吗？），我们把它叫作欢乐的东西，也像飞鸟一样有自己的性格。

选自《榕树文学丛刊·散文诗专辑》1982 年 4 月版

读《秋天的情绪》

因为是情绪，所以应是无迹可寻。

或许是缅怀一种逝去。 在秋天里像叶子一样飘落的人和事？ 也可能是由于那飘落的人和事而感到秋意森然，又何必翻阅旧历，是否已到秋分？

死亡固然辉煌，活着较之愈显凶险暗淡。 但生命必有它无可推诿的承担，之重？ 之轻？ 皆义无反顾，《搜孤救孤》故事里那人说：“活下去难，引颈就义容易。 兄弟，让我做这容易的，留下难的给你吧。”在这里，生和死才真像一把火。 后人从最后一颗火星中读他们的微笑：死得慷慨无憾，活得悲壮怆然。

死亡的足音旁边，一阵震颤过后我们也常常感到解脱之后骤然的轻松，以及终极的美丽。 如果真到了很远的地方，是否有快乐的声音传给你，我不知道。我料想，无论这里那里，快乐都是相对而言。

美丽也是。

我不惧怕死亡，但我不赞成试验。 叶子飘落，就让它飘落吧，树脱去旧衣，它的根还紧紧抓住生之源，它的枝干依旧不屈不挠，即使在冬雪中。

日落方向嫣红如梦，我们终将向它驰去。 在这之前，让我们先完成那最难的生之旅吧。

选自《太行山》1989 年 3—4 期

园　静

园静，原名董元静，1952年生于上海。中国作家协会会员。著有散文诗集多种，多次获奖。供职于四川德阳市文联。

如此雨巷

是偶然还是必然呢？ 你，大步走过这诗中的祭地，如一株伟岸的桦木。

不，分明是远山的形象啊！

寂静。 冥冥之中传来一个梦幻般的声响。 低沉，但却那么有力，仿佛来自地底。

仿佛我已经走了几个世纪了。 几个世纪，如一支孤翎的忧郁。

不肯沉溺于浊世的浮云？ 一定要执着于那颗北辰的昭示吗？

命运之鞭，因此而驱策我踏入这空谷音弦。

一步，一步。 以小人鱼走在刀尖的痛楚，谱写那结着愁怨的丁香的旋律……

任凭旋风将油纸伞吹上夜穹吧，嵌成一枚无眠的冷月。

我，甘愿步入这狭窄的清纯，就注定了要承受那苦雨纷纷如落英！ 尽管没有企盼的安谧……

走过十字架的丛林，前面就是忧郁的墓地。

是偶然还是必然呢？ 你，大步走过这诗中的祭地。

冥冥之中有个梦幻般的声响。 低沉，仿佛来自地底。 然而不可抗拒……

远山也忧郁

一

地火在沉沉地运行。

风在走，我与无眠的月儿在走。 然而怎么远山也在走呢?

真想走进你的森林。 真想走进你亘古的神秘。

我在走。 无眠的月儿在走。

地火在沉沉地运行。 可怎么远山也在走呢?

消尽了，最后一支雨的哀曲。

迎面，却有片片彻骨的清寒……

二

静穆。

这便是你吗，远山?

冰雪的透明，覆盖着你孤高的峰顶。 孤高的峰顶，寂寞地支撑着低垂的蓝宇。

熊熊的火，那宝石般的光熠，就汹涌在你深海的心底呵!

然而静穆。

静穆中燃烧着你的孤愤。

静穆中飘洒着你的愁绪——

那么多洁白的琼花从遥远的高寒中飘落，纷纷，成无言的礼赞……

这正是我心中的你呵，远山!

或许你明天就会爆发，或许你永远是缄默。

当一种庄严如白云升起，不再彷徨了，一个生命已在我的心中吐蕊。

透明的根，缓缓扎入炽燃的地底。 远远地，我擎起自己的蓝色花。 擎起一角小小的天空。 是的，只放一只黄鹂儿飞去。 只放一只黄鹂儿飞去。 飞向——

你远山的忧郁……

选自《诗歌报》1986 年 11 月 6 日

献给谁

走出书房，走出园圃，我哭泣无人需要的献祭。

曾经，我献上园中最美的芳菲，一束娇嫩的芬芳的百合，相伴窗前苦读的身影。

但，无人问津，直到花儿凋零枯萎，直到残瓣冷落成泥。 唯一爱我的神秘的王子，却不爱我虔诚的心香……

曾经，我献上心湖中深藏的珠蚌，每一颗里面都包裹着尖利的细沙，一层层含泪的痛楚的凝结，透出历尽沧桑的光泽。

但，等待了一个世纪，收藏家们却认不出价值。 颗颗珠粒，还原成颗颗苦咸的泪水……

曾经，我献上片片洁白的心页，每一页都是会唱歌的诗笺，声声赞美，属于上帝，属于心中梦想的圣爱。

但，片片羽翎，敲不开天门。 我的诗笺坠落在泥潭，如同片片染污的纸钱……

走出坟墓，走出死寂，我的衣襟泪渍斑斑。

忽地，我看见了撒旦！ 它步步逼近，血口如盆：“献给我吧！ 我需要你真实的绽开……”

失魂落魄，我退回坟墓。 是的，即使死上一万次，我也不能装饰魔鬼……

选自《羊城晚报》2002 年 3 月 22 日

肖 黛

肖黛,1955年生,山东荣成人。中国作协会员。曾任青海省作协副主席。著有散文集《寂寞海》,中短篇小说集《美丽的女人》等,电视剧本《骆驼泉的故事》。曾获庄重文文学奖、青海青年文学创作奖、青海省第四届文艺创作优秀奖等奖项。

六月雪

雪，从六月的原野上走来，走来……

不知道是哪一簇风，抢先把你牵到了别处，不知道是哪一座山，挡住了你严冬的脚步。

你可是在天池那边，耽搁了一些时辰？ 你可是为昆仑山巅，留下了过多的梦幻？

然而，你终于来了。

在才抽了新芽的草地上，在刚刚复苏的地隙中，在牧人手里的笛鸣，在骑手脚下的蹄声……四处，八方，偌大的西陲，都成为你初夏的传奇童话。

戈壁最知衷情，把你迎到了怀里；

热土最通人心，把你揉成了水丝；

羊群和马帮子寻找水源，草丛和森林正渴望滋润，你送高原早到的夏天以一件晶莹的纱衣，你给戈壁喧腾的干燥以一阵清心的沐浴。

看清晨的炊烟变得更蓝、更浓，看夜半的篝火燃得更红、更旺。 只剩下牧场上牛羊还像雪一样洁白、洁白。

驼背上的孩子

瞧你的小手，紧紧地扶着驼峰上的毛簇，然而你却睡着了，嘴边正滴答着甜甜的涎水。

这时，骆驼已经不再是漠地的探险工具，不再是沙海里简陋的车辇；它是一只摇篮，一只孕育美的幻想的摇篮。

睡吧，孩子！ 骆驼操着稳健的步履。 你不用为祖先们曾经恐惧过的暴风雪担心，你没有父辈们随时被瘟疫侵袭的危险，你只需尽情地陶醉于蓝天下的草原，你只需沉湎于少年对未来的憧憬……

在你的幻想中，骆驼也许会长出坚实的翅翼，也会升腾到天上驾驭彩云；在你的梦境里，牧童也去叩动大学或者研究院的门环。 反正，你在想最好的事，你在做最美的梦。

倘若许多年以后，你是从祖国的中心重返边塞，你是从辽阔的大海边归来，你可能将牧童的心声和都市的繁华，化作一行行诗歌倾吐？ 你可能把草原和大海，绘就一幅幅精美的图案？

…………

一列火车长鸣着，从你的身边掠过，惊碎了卧在铁轨边的土砾、云片，却惊不醒酣睡在骆驼背上的孩子。

选自《诗刊》1985 年第 1 期

红　筱

红筱，本名刘小红，1955 年 9 月生，湛江师范学院副研究馆员。曾任中国散文诗学会常务理事。广东散文诗学会常务理事。主要著作有：散文诗集《筱露斜阳》《散文诗创作与鉴赏》等。

灯塔

灯塔，她用眼睛在歌唱。

海水听见了歌声，一股暖流向心中流淌，波涛不再汹涌，浪花不再喧闹；

礁石听见了歌声，烦躁不安的心静了下来，整齐了容妆，排好了队列；

风儿听见了歌声，仿佛在听妈妈唱的催眠曲，快乐地进入了梦乡；

晨雾听见了歌声，张开蒙胧的眼睛，抖擞起精神，闻歌起舞；

船儿听见了歌声，像是听见了牧童短笛，飞快地向家园跑去；

渔人听见了歌声，那是在品味人生：有爱人的喃喃低语，有亲人们的欢笑声，有丰收的喜悦，有奋斗的激情……

灯塔，用她美丽的眼睛歌唱。

选自《中国散文诗》2004 年第 3 期

瞳辉

——三星堆青铜雕像启示

一

我看不见他的瞳孔。 我努力睁大了双眼，凝神关注，很想、很想看清楚。

不是因为年代的久远，也不是因为来自人为的损害，是因为什么呢？

是因为生命的历练没能企及智者的门槛？

是因为神灵的高贵世人无法窥视？

还是因为先人本无瞳，却了然世事于心呢？

二

我看见了他的瞳孔。 那是从心底里升腾起来的生命质感；那是从天而降的智慧光束。 穿越了时空，浮出了地表，洒落在了众人的肩上。

怀着一颗奔鹿似的心跳，张开羽翼，用心凝神地迎接那从眼眶里溢出来的一抹瞳辉。

刹那间，一股电流燃遍身心！

仿佛看见了，世上最迷人的微笑；

隐约听到了，来自天外的袅袅仙乐；

空气中充满了，沁人心脾的兰馨花香。

三

不是因为您戴着金色的面罩，也不是因为您头顶上那高高的凤冠；无论您是平头还是圆顶，也无论您是长衣飘飘还是辫索盘头。

是因为：从那向外延伸的纵目流淌的光辉，展示了您高贵的气度；是因为：千年的尘土掩埋滋养，铸就了您灵魂的不朽。

您的尊贵，源自一颗俯视苍生的心灵；您的气度，来自天、地、大自然的恩赐。

即使您双手空握，双足赤裸，依然是世上最富有的神灵，最尊贵的使者。

选自《散文诗》2008 年第 12 期

水晶兰

一

把美丽与希望，建造于枯萎衰颓的生命之上；
智慧与灵秀，源自腐败植物的汁液；
虽没有绿叶的陪衬，却无与伦比地美丽妖娆；
从黑暗中走来，却惊世骇俗地晶莹剔透。

二

在死亡中孕育、生长；
在污浊、秽气、邪恶、黑暗、腐败、病毒中吸取营养；
使绝望生辉，让腐朽开花；……
慢慢地脱胎换骨，华丽转身，成为了人世间罕见的珍宝！

三

如此这般地透明，但又不虚无。

阳光下，拥有了彩虹一样的色泽。那是青春生命在起舞；

月光下，释放着银色的光波。那是星星在歌唱，撩人心弦。

就算是在黑魆魆的夜里，也要燃起一盏心灯，为生命指引航程。

注解：

水晶兰，又称“死亡之花”。属鹿蹄草科，浑身没有叶绿素，所以不能进行光合作用，靠腐烂植物获得养分。无毒，株高十多厘米，一簇一簇地生长，浑身晶莹剔透。

选自《散文诗世界》2016 年第 10 期

胡绍珍

胡绍珍，1955年生，四川省南部县人，四川省作协会员。作品散见《诗刊》《星星》《散文诗》《散文诗世界》等刊物。有作品收入多种年度选本。出版散文集《故乡情怀》，散文诗集《我一直轻轻地叫你》《城市魂灵》，诗集《临界点》。

风水城市（组章）

海洋森林

大海被浅薄者划伤之后，大海也变得浅薄了。

把鄂尔多斯鬼城、把滨海新区、把全国的烂尾楼摆在一个楼盘里。

把故宫、布达拉宫，阆中古城，罗浮宫、巴黎圣母院，威尼斯商城，摆在一个楼盘里。

不必动用作料加工，真相就撂在那儿：辉煌矮了一截。

时代的弄潮儿或先知先觉者，把心搬到太阳下晒晒，事实慌了手脚。

海水翻过堤岸，台风收割大片大片的庄稼，钢筋掀翻几千年的历史重来。 鸟巢被推倒被置换被愚弄。 大地冒出关系森林、隐患森林、海洋森林。

树上驻扎不长羽毛的鸟，生出不会飞的笨鸽。

那些不会挖坑栽树者，种植了大片大片的僵尸森林。

视野里，不时钻出一张张刻着伤疤的脸，一张张狰狞而恐惧的脸。

纸上森林东一堆，西一堆，无骨无韵，挤破沙滩，压碎奔跑的路基。

十年二十年，弄破一摊大事，留给后代一堆残局。

逆向航行，是特色中的特色，一盏灯，为它照明。

2015 年 9 月 9 日

碎片河滩

睡床高出河流半截，梦平平展展，星星睡在上面，光制造不出突兀。

沙滩上玩耍的孩子，沙粒卵石芦苇阔叶林湿地草坪，追着日出日落，河滩有老鼠样的生殖能力。

河流的宽度，主宰着沙滩的宽度；河流的长度，丈量着历史的长度。

河岸上的童话，把绿色裁成两截，一半给古代，一半给现代。

野鸭鹭鸟燕子是河滩上的亲密姐妹，成群结队地筑巢生蛋孵化小鸟。 城市在河滩上起起落落，扑棱棱地飞向河的对岸，生成一幅幅动感的中国画。

太阳裹着大红绸，溅醒清晨的江面，满江的红烧成火焰。 河滩上，牛羊牵着缰绳，风筝悬在半空。 两岸的蔬菜和庄稼跳进江水里，构成风水城市完美的细胞。

硕大的后花园，江水时时逗留河滩；更有野心者，会围堵城市的大街小巷。水迷恋城市人的夜生活。

洪水季节，河滩垂直往上涨。 无序而泡涨的海带，抓住天空往云层里爬。咆哮的河水绕过层层障碍，进入城市的中心，爬上更高的楼房，登高望远，俯瞰城市的愚昧和笑话。

一座座悬浮的岛屿，像击碎的星球，被困在水中央。

汉语失去完整的意义，河流丢掉翅膀，人类越过水的国界。 风水连同城市，被抛入大江的漩涡中。

时代的挖掘机、运钞机，翻卷河滩上的卵石和芦苇。 河滩，只是偶尔露出肢体延展的碎片。

2015 年 9 月 6 日

无脚山峰

跪拜：大街牌房钟楼榕树，古老的现代的，色调斑驳或崭新的。

站在峰顶，接过霓虹雨水蓝天白云，接过中华五千年的滋养，城市头戴星辉攀缘。

世上没有两片树叶或两条河流相同。 山河纷披星光，田园阡陌多情，溪流归入大江。 山峰是大地凸出的部分，它以钢筋铁骨之心，构建出大自然完整的骨架。

我用暖风淡化云的愁绪，我用柔肠融化冰的坚硬。 沿袭风水学说，一叶小舟，划过几千年。

依山傍水的城市，太阳沿山顶倾泻，依次照耀佛塔、楼群、广场、大江。 历史阴凉的大树下，蓬勃的风，潇洒的雨，为青山绿水抒情。

时间骑在世纪门槛，那些黑色幽默，按级别和钞票出笼，大地阴阳失衡，山峰被围困在簇簇纸花中央。

器官移植的风行，百年不遇的洪水击不断的骨头，却大批置换形体和地貌。 绿色屏障后退，无脚山峰围着城市旋转。 烂尾楼泄露出的断崖，流水望尘莫及，鸡窝样的零乱覆盖视野。

无视和抛弃灵魂的城市，留下对大地、对祖先最为不敬的证据。

2015 年 10 月 11 日

选自《星星·散文诗》2016 年第 7 期

韦　娅

韦娅，原名左韦，1956年生于青岛，宁波成长，1990年代初定居香港。历史学硕士，香港演艺学院语言系中文导师。著有小说、散文、散文诗、新诗及儿童文学等不同体裁的作品集五十余种。获“冰心儿童文学新作奖”等多种奖项。

鹤魂

一

她是来自大地的鹤。她飞翔，因为她热爱；她沉寂，因为她欢喜。她是天地间的不安的灵魂，她是大自然跃动的精灵。

可此刻，飞翔已成为她往日的情节。蓝天在她眼前飞快地旋转，白云在她羽毛上痛苦地翻卷。她的翅翼扑打着，发出悲恸的哀号。

胸前，刚刚穿过寻欢者射出的子弹。

二

她多么不愿意、多么不愿意下坠。风飕飕地在她耳边低唤，白云为她拭去惊慌的汗水。可她分明在下坠，身不由己。

让她停留吧，让她寻找清静的湖泊、她故乡的芦苇丛。

辽阔的天空里，她如一片冬日的雪花，凄迷地飘落。 薄雾哭了，泣出一片雨雾，阳光不忍了，躲进哀伤的云层。

她开始怀念水湄之上的恋歌，思念平静如镜的往昔。 哀伤伴着绝望撕扯着她的心，记忆如秋日残败的落叶，美丽的往事纷纷凋零。

三

她飘落着。

前面有烧毁的林木，身后是淹没的村庄；山地里奔走着哭泣的生灵，江面上漂浮着污染的泡沫。 什么时候开始，这天空不再湛蓝，这雨水不再清润，这土地越来越少，这森林愈来愈疏。 辛劳的农人踩亮了每一个清晨，却走不出贫困和不幸；珍禽奇兽躲过了频繁的天灾，却未能躲过野蛮的人祸。

渐趋澌灭的难道仅仅是白鹤吗？

她愿最后一次轻盈地舞蹈，让善良与美丽再一次呈现人间。 持枪的人，你黠慧的眼睛为何合上，你的手心可曾战栗？ 山脚旁炊烟下那惊呆了的女孩子，你可否肯竖一方小小的墓碑，凭吊一只鹤的眼泪？

她渴望停留，渴望一双有力的臂弯，将她承托。

四

她苦痛，她挣扎，她舞蹈，她悲吟。

多想展开她的翅膀，飞向清新的天空。 前胸已染成一片灿红，浸透着一只鹤深情的牵挂；鼻翼微微地翕动，喘出她最后的气息。 一滴滴血带着她的悲咽与哀矜，燃成一片思念的红霞。

她听见草叶们伤悼的哭声，听见空山长长的祈祷：覆盖她吧，天空！ 还有大漠，还有沼泽。 让一朵柔弱而美丽的灵魂安息。

苍茫大地，只遗下几片殷红，几声空怅的回音。

选自台湾《自立晚报》1998 年 6 月 25 日

芊　华

芊华，原名黄明贞，1957年出生，祖籍福建金门，现居新加坡。新加坡作家协会永久会员。《赤道风》文学杂志出版人兼编辑。著有散文诗集《外婆的发髻》等。

喊不出娘

看到她来，我莫名地害怕，躲得远远的。

我宁死也不肯唤她一声“娘”！ 仿佛一喊，另一个也叫“娘”的会突然吼成猛兽，把我吞噬掉。

她失望的眼神没一丝怨责，总是默默地望着我，我怯怯地看着地。

我和她站成一条宽阔的大河，听不见声音。

大门吐出她远去的背影，我在门缝里偷偷地瞧，轻轻地、轻轻地叫她一声“娘”！

回应的是空荡荡的小路。

娘她听不见。

十五六岁那年，夫弟用摩托车载我到百里外的彼岸，看娘。

娘就住在胶林里。

我走进她热烈的眼神，邻人围来祝贺她母女团圆。

林中升起了炊烟，缠绕胶林亲亲密密，胶叶响得沙沙，无言的依然是我。

我走出她黯然的眼神，也走出她眼中的迷雾，我多想唤她一声“娘！”

但，喊不出。

蜿蜒而崎岖的胶林小路，在我身后延伸、延伸，留下风的叹息。

娘她听不见了。

一百元使我们骨肉永远地分离：您尝尽孤独，我受足欺凌。然而，那样的日子，那样的岁月，已一去不复还。我的媳妇不再是童养媳，永不会。

娘呵娘，我深深地呼唤着您，可是答我的是满谷的反响，应我的是胶林的回音，您怎不答应？难道山谷是您的魂，胶林是您的魄？

一抔黄土埋着您终身的遗憾，祭我终身的悔恨。

那掠过您坟头呼呼的山风，是我悲鸣的呼唤。

娘，您听见了吗？

选自《回响》创刊号，新加坡《赤道风》出版社 1994 年 7 月版

寻找旋转木马

——致春妹

为了旋转木马，我在长长的巷子里寻寻觅觅，寻觅一个叫童年的记忆，不让你醒来的梦继续荒芜。

原没抱太大希望，在转身踏出店外的刹那，惊喜的视线悬挂在柱子上——什么叫作踏破铁鞋无觅处，木马正等待它的伯乐，痴痴望着如鲫的游人。我小心翼翼捧着一个春天的梦，从千里外航向欣喜的你。

叮叮当当飞扬的音符，与木马共舞，木马转呀转呀，一圈圈，凝视的目光似流星，像窗外星星围绕月亮跳舞，漩在绮丽的梦乡，纯真得不想醒；涡—卷卷挚爱的亲情，还有与伴侣在韩国共骑木马的浪漫，让你沉溺。

当音乐画下休止符，木马停歇不转，在缤纷世界里，静静地陪伴你，怡然自得。

然而，童心未泯是一种不老的传说吗？

选自《藤上行》，美国天涯文艺出版社 2010 年 12 月版

贾秀珍

贾秀珍,笔名灵子,籍贯河南登封,1957年生于锦州。喜欢鉴赏收藏,现居北京、珠海。现任北京宝艺苑文化发展中心理事长。珠海散文诗学会、珠海诗歌学会副会长,广东省作家协会会员。出版诗文集《追梦》。

蔷薇花开

蔷薇花开的季节……

六月天，与蔷薇花相遇，芬芳迎风而来，氤氲你的气息，你的梦……

一花一世界，何况你是一团团，一簇簇。你的花语是爱情。

蔷薇花的瓣儿，透着一股花香的沁染而出。清晨空气中弥漫的水汽滋润着花朵，一滴水珠由花尖滴落，最后消失在了日光下。

蔷薇的花瓣浑厚而紧簇，似玫瑰的无瑕与高贵，亦似月季的清新与自然，袅袅微风撩拨着它们的花瓣，蔷薇花盛开着，向世人展示着它们的千娇与百媚。

蔷薇花生长得那样肆意汪洋，向着天空伸展。

它们都在用各种姿态，尽力绽放着自己的生命。

红的、黄的、白的、深红的、粉红的，每一种颜色都在诠释着生命的多彩，就像青春，本就应该充满惊奇，充满颜色，充满勇气。

那满目的蔷薇正在用它们最美的时光来诠释夏日的到来，挣脱羁绊的束缚，向着最美的蓝天，向着阳光生长绽放。

粉色蔷薇象征少女的初恋，羞涩温馨；

白色蔷薇象征爱情的纯洁，美好；

火红蔷薇象征爱情的热烈……

蔷薇花，蔷薇花……人间六月天……

蔷薇花，一株株一枝枝，连绵不断……

瞧！ 风吹花香，红了蓝天，蓝了蔷薇，醉了游人。

选自 2015 年"世界华文散文诗年选"微信平台

了一段尘世细腻风月情

——永远的绛珠仙子黛玉

为何你泪花儿不断，春流到夏，秋流到冬。

只因你是灵河岸上，三生石畔绛珠草一株。

神瑛侍者甘露灌溉，纤细的绛珠草方得以久延岁月。

经天地精华雨露滋养，绛珠草脱却草胎木质,修成婀娜的绛珠仙子。

绛珠仙子,终日徘徊于离恨天外。

饥则食蜜青果为膳，渴则饮愁海水为汤。

只因未酬报神瑛侍者灌溉之德,心里郁结缠绵不尽之意。

恰有那未能补天的"千年顽石"，化为莹洁美玉。

由神瑛侍者佩戴入尘世。

因你无甘露水可报恩，为偿还那惠水之恩情，黛玉你唯有用那滴滴晶莹不断的泪水，冬流到春，春流到夏……

了一段尘世细腻风月情……

选自《2011 南方诗歌年鉴》

郭建华

郭建华，1958年出生，现居大同市。出版过文学作品集《圆梦》《别韵·别韵》《风雨春秋》等四本。曾获全国冰心杯、艾青杯等文学大赛奖项。曾为大同市政协常委。

编织

织一件枯黄的毛衣，让孩子在三岁时，品尝甘甜的金橘。儿子啊，那每一根毛线里，都有妈妈的祝福。

结一条绿色的毛裤，让孩子在五岁时，感受生命之树的美丽。儿子啊，那每一行针眼里，都结着妈妈的希冀。

编一条蓝色的毛裤吧，男孩子长得快。儿子啊，七岁的你，将畅游在知识的海洋里，将生活的浪花收集。

再编织一件厚厚的上衣吧，九岁的你，儿子，该是一位硬朗朗的小男子汉！孩子啊，你要飞翔，妈是你的双翅，你要远航，妈是你的风帆。

只要你愿意，只要你有足够的勇气！

风啊，不要呼啸得这样紧；灯啊，不要跳得这样凶。当蜡烛燃尽的时候啊，死神啊，不要催得这般猛！

我亲爱的，一岁的儿子啊，妈细数了你十八岁的每条小路，石头太多，险关重重。妈要用生命的最后一缕游丝，编织你无悔的年华，编织你无怨的青春；妈要用亮丽的色彩，镀亮你无憾的足迹，镀亮你辉煌的生命！

选自《圆梦》，北京师范大学出版社1993版

醉酒

一

北方人豪爽，北方人奔放。

要喝酒就端大碗，想唱歌儿就亮开嗓子唱。 举起满腔挚诚，你大声地唱着：“天上有个太阳，水中有个月亮。”胡子像茂密的森林，眼睛像北方的狼。 那迷惑，那酸楚，明明白白写满了你的脸，也刻满了我的心。 是啊，我也不知道，哪一个更圆哪一个更亮。

来，我给你把酒满上。

二

干杯，在朦胧中获得新生，在梦中放出禁闭的魂。 干杯，在叮当的脆响中放开喉咙，在迷离中观察花儿的苏醒。

再来一杯，朋友，我们干杯，将纯情和挚爱痛饮。

干了吧，你！ 你看那杯中有你我的倒影，月亮会记住这次痛饮。

三

月牙儿勾出了满天银星，烛光里燃烧的是姑娘时的梦境。 有缘和你痛饮，为什么不醉个心明？ 人啊，不醉的时候最糊涂，醉了以后才最清醒。

敞开你的心怀，放开你的酒量，今天我们用不着化装。

四

你的泪洒成满天星，你的杯子是万花筒。

暴风雨过去了，风平浪静。

再干一杯吧，燃烧的喉再也不会唱出歌声，以后也再难有这千杯少的畅饮。

干杯，这一辈子，我们谁也不许为打碎了杯子，而痛哭失声。

被缚的骆驼

烽火台下有一匹被缚的骆驼。

四蹄被铁镣锁住，肌肉失去了弹性。 让人不忍直视的是那双失神的大眼睛。

大眼睛曾是沙漠的湖，流淌着真诚，滚动着炽情。

那山丹丹花似的闺女给它饮水时，它眼里闪动的是欣喜的彩云；那小马驹似的少年给它喂盐时，它眼里闪动的是钻石般的光泽。

垛口的那一边，有塞上跌宕的风云，边墙的那一面，有大漠坦荡的情怀。

在无边无际的沙海里，任四蹄踏出迷天的狼烟，在瀚海的波涛中卷起金色的狂澜，那多么舒畅！

那纯情，那洒脱，那鼓荡雄风的肌腱，那山一样浑厚的驼峰，是被缚的骆驼壮年时的资本，也是每夜按捺不住的旧梦。

唉！ 一声沉重的叹息，是它终生的懊悔——怎么就弄丢了，那只叮铃铃、铛啷啷的驼铃。

骆驼在沙海等我吗？

选自《别韵·别韵》，四川民族出版社 1992 版

蔡丽双

蔡丽双，1961 年出生于福建石狮，现定居香港。文学博士，中国作家协会会员，中华诗词学会常务理事，香港文联主席。获冰心散文奖、当代首届长诗金奖等。出版各类著作九十余部。作品编入《大学语文》，诗文被翻译成英、法、德等十多种文字。

新季

黑夜中索求一个黎明，在一处绝壁，生一帜新绿。

腾活的火焰，将照耀所热爱的一切，绝不因任何阻碍，而动摇、放弃，执着地做一个时代的代言人，历史的记录者，未来的预见家。

邪不能胜正，恶不能敌善，假不能抹真。 凛然教尘世的种种丑饰，纷纷凋谢！

大地铺展于脚下，以坚韧的意志，走着一条博爱仁厚、宏义大德的道路。

天道酬勤，赋予开拓的智勇，让这棵斧痕斑斑的巨树，长出新芽，盛开一个蓬勃的新季。

选自《温泉心絮》，妙韵出版社 2006 年 4 月版

生命的嫩绿

生命茁长的嫩绿，载负着我美好的憧憬：追随阳光，沐浴雨露，绽放花果，回报天恩地德。

寒夜，偶然孤寂，读者长吟浩歌的热情，让我眷眷依偎着取暖，来迎接朝阳的喷薄升起。

早梅冲破冰封，瓣瓣心香，簪在我的发鬓，芬芳着串串诗行。

天风嘶吼，海潮咆哮，愿把红尘俗世的纷纷扰扰，过滤而升华为忧国虑民的强音，厚重仁义道德的底蕴，永不言倦！

静坐苍茫，凝视人间的恩恩怨怨，月圆月缺，花开花谢，惟爱心始终不渝，长圆永馨！

爱，在生命的叶脉中，是长盛不衰的新绿，永远是一种活力，一种动力，一种毅力。

选自《大学语文》，中国科学技术大学出版社 2014 年 4 月版

承诺

每当我想起母亲对我殷切的期望时，平静的心湖便油然泛起涟漪，那是我一遍遍地重温自己应有的承诺。

尽管这义不容辞的承诺，只是默默地植根在我纯洁的心壤上，它却成为我奋斗的动力。

母亲对我的期望，宛如一串串玲珑别致的珍珠；我对母亲的承诺，恰似一颗颗晶莹剔透的宝石。

无论何时何地，这令人刻骨铭心的“珍珠”“宝石”总是在我心中闪闪发光。

天地茫茫，岁月悠悠。 在逆境里，第一个雪中送炭的，是母亲；在顺境中，第一个教诲我居安思危的，也是母亲。 母爱既温柔又神奇。 她抚养我茁壮成长，赋予我勇往直前的毅力，赐给我敢于攀登的天性。

羊有跪乳之恩，鸦有反哺之义。 生我者母亲，育我者祖国，回馈的信念鞭策着我持之以恒地努力，锲而不舍地追求。

慈爱的母亲，亲爱的祖国，我赤诚凝聚的承诺将跨世纪地绵延下去，直到永远永远……

选自《大学语文》，人民教育出版社 2009 年 9 月版

潇　琴

潇琴，原名李孝琴，1962年4月生，籍贯山东即墨，现居泉州，中国作家协会会员，中外散文诗学会副主席，出版作品集十多部。获全国、省市文学奖多次。

山庄记忆

鸡鸣辗转于磨盘，叫醒了碾不碎的时光。狗吠跌落于幽谷，寂静无声。一段漫长的乡间旧梦，了却在残墙碎瓦。

零落却有华美的理由，我找到了可以收容心灵的圣域。

脱颖而出的是化蝶的日子。蝶影轻拂人烟，老农如古屋的门面，安详似油菜花的香，年年结籽，是它的轮回。

迁徙的日子，是另一种背井离乡，依依惜别寂静的山庄，迎面而来的又是怎样的欢喜？

古厝如装满记忆的老箱子，如残墙上斑驳着歪歪斜斜的往事，抬高游人眺望的目光。让曾经漫长的岁月止于瞬间，荡气回肠。

失落还是崛起？

生命的原野在仰望和俯瞰中如山高，如谷底。

来了，去了，去了，来了——成古今。

溪水如镜。

迷人的村庄

绿化树支起一个美丽的村庄，池塘倒映着远山远景。 临水蜿蜒的小路，走过村庄七彩的背景。

夕阳下，村民似倦归的燕子，烹调着忙忙碌碌的生活，将酸甜苦辣调成另一种美味，只要味道不错，就算是美满。

红砖厝里的温馨，是贴心的冬暖夏凉，那是家的感觉，让心绪，不再是零乱的线头。 幸福就像池塘里的鱼，自由着未来的遐想，令人享受风平浪静的淡泊。

有时候，故乡的美丽，不在于她的华丽，而在于是否有母性的温馨与端庄。让海外游子魂牵梦萦。

画家来了，因了你浅浅的笑，还有那娇花照水般的娴静，为你补妆。

来自千年的祈祷

天高，云淡。

寺院的钟声，震落村庄草叶上的露珠。

祈祷越千年，落地生根，让含苞的枝丫颔首。

百年大树打开生命的枝蔓，庇荫无数生灵，树下的慈悲为谁而生，信众开始倾听自己。

高屋建瓴是一种境界，如燕子归巢，支起梳理的翅膀，恬静于风雨过后的知足。

芸芸众生，门内门外，门外有过客，门内是皈依。

镇寺铜鼎顶天立地，启示沉默的力量，让香客插上希望的支柱，青烟缭绕，形象地将天地维系。

如梦如幻，像失神的花香迷路。

无声无色的善意，为远行人送行，保佑一路春光。

选自《诗情画意——锦绣罗溪》，人民美术出版社 2013 年 7 月版

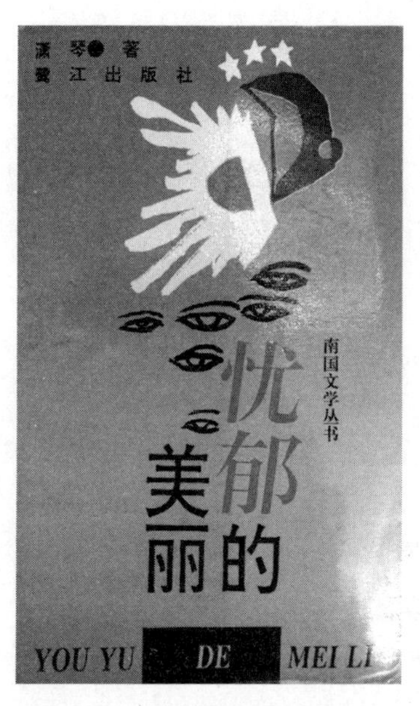

白　梦

白梦，1962年生于安徽桐城。中国作家协会会员。著有诗集《白梦真情诗选》、长篇历史小说《父子宰相》等。曾获第二届庄重文文学奖等多种奖项。

情人之夜

一

滚滚红尘。

在无边的嘈杂中，我为自己筑起一座城堡，不让世俗的风雨进来。当你的心将我忽视的时候，我将自己幽禁在孤独中，或者放逐到无垠的海上。

情人，我绝不向你乞怜，绝不试图引起你的重视。

红尘滚滚，我在红尘之外，你在红尘之中。

二

这是一座清贫的园子，没有华筵美酒，没有丽服艳妇，只有满园鲜花是送给你的礼物，那是我心的色彩。鸟儿的歌唱全是诗歌，风雨的音乐全是天籁，我为这一份宁静而感谢天恩。不是腰缠万贯，却是心灵的贵族。

情人，如果你已厌倦了灯红酒绿，厌倦了歌舞声色，如果你已决定敲我的门扉，请先洗去你心的尘垢。记住在这座园子里，没有现实，只有童话，有一位冰雪公主，永远穿着白玫瑰的新装，等着做你的新娘。

三

你从不注意我的服饰，从不注意我为赴你的约会而精心搭配的颜色，你也从不注意我飘飘的短发已悄悄长得漫长。时间流水般流走，你还当我是二十岁的姑娘。当你有时惊奇我面上奇异的光辉，你也从不去想，那是因为你的到来，你不经意的探望已足以将我的心融化。

你从不注意我。对于你，我的名字就是一种存在；我的影子、我的声音、我的诗歌就是一种存在。无论我是丑是美，是黑是白，你都无须深究。我实实在在的人生，于你浓缩成一个概念，我是你永生永世不离不弃的——情人。

而我，却总要将女性的心思化作春天的细雨，一丝丝体味你的激情、你的苦难和欢乐。

我自豪地在人生中扮演强者的角色，我柔弱的双肩从不在男性面前低垂。只对你只对你，我是女人，是个平平常常、细细腻腻的小女人。

被征服的心，没有尊严。

四

你接受我的爱，像天神接受贞女的献祭。你以王者的气概在我面前享有绝对权威。你偶然赞美我的蓝眼睛，像婴儿渴望大海的洗礼。可你没发现蓝眼睛也有忧郁的时候，像远天飘过淡淡的云翳。

你的心是翱翔的苍鹰。你总是渴望遥远，渴望高山之巅的苍松和雪莲。当你疲惫的时候，自有我为你洗濯风尘；当你孤独的时候，自有我抚慰你的空虚。

你永远是骄傲的，你不知道你桀骜不驯的心，已做了我爱的俘虏。

五

一扇窗里流出粉红的温柔，那是别人的氛围；二扇门里走出一对夫妇，那是别人的幸福。

我独自走遍小城的每一条街巷，回想与你共度的时光。没有你的夜晚，我无法走进诗歌，无法走进仲夏夜的童话。

抑或远方的城市，也有同样的相思，扰乱夜的宁静。天上一轮明月，地上两处孤影。没有你的夜晚，谁能陪我吟风弄月；没有我的夜晚，谁能与你共此良宵。良宵便是苦夜。

六

以神性的光辉普照你，以人性的谦卑崇拜你，以母性的情怀关心你。让我的爱跨过漫漫长夜，跨过千万年阻隔情人的银河。这颗心能刺穿黑夜，这份爱不可阻挡。当我们的情感已超于男女欢爱之上，还有什么理由能扼杀我们？还有什么力量能借助道德的利刃分离我们？

我们是百年人生中相互寻到的另一半自身。我们的相互发现，便是使神惧怕的完整的“人”！

选自《诗歌报月刊》1991 年第 5 期

华　姿

华姿,1962 年 10 月生于湖北天门。现任湖北广电报业公司总经理、总编辑。著有散文诗集《感激青春》《一只手的低语》、散文随笔集《自洁的洗濯》《两代人的热爱》《花满朝圣路》《赐我甘露》《奉你的名》等,传记《德兰修女传》《史怀哲传》等。获屈原文艺奖、长江文艺散文奖、冰心图书奖等奖项。

一切都会成为亲切的怀念

一

我忘记了昨夜有没有星星。

我只记得，黛色的湖浪轻拍湖岸，沿岸的艾草荫蔽虫声，只有湖风穿透心灵的秘密，使人忆起衣裙漫飞的夏夜，遥远而亲近。

一切都不能归于沉寂。

一切都不仅仅是暗示。

冰冷的石凳仍等待着来者，茫昧的彼岸，泊着看不见的小舟。

然而，对我说话的人却不是你。

心中充满爱情，而身边没有爱情。

二

何日我才能求得允许，越过这段风景接近你。

青色的密林不能早发繁花，心闪烁悸动，曼陀罗列队而立。

薄暮里静听你的跫音，在我的小路上迟缓地隐显。轻抚你潮湿的肩，我却不能在无月之夜里，勇敢地拆除这道美丽的栅栏。

爱情因这幕风景般的忍受，而静默而深沉，而备受珍惜。

三

你轻轻的抚触，就能使我满足。

今夜雨声潺潺，我能在你的抚触下，孩子般地纵情么？

梦中的石榴可望而不可即，而愿望迷蒙似雨声。

然而我仍将为你换上一块红窗帘，只是你不要看那天空的色彩缤纷。

足音远远近近。

今夜无人敲门。

四

我将很久很久才能回来。

这夜静得使我发慌。而时间的另一端不知在哪个陌生的地方嘀嗒作响。一切都不可言传，不可合而为一。只有沉默骚动着，怀念将成为历史。

然而我会把影子拖得老长老长，把钥匙摇得叮叮当当，残月下，走着归路。

我将很久很久才能回来。

但如果有一天我突然走进你的屋子，你要视若以往。

五

我真想放弃这一切，跑回你身边。

这个世界空洞而苍白，齐整的足步声和孤独的旅行者，都使我不寒而栗。

每个白天都像夜晚一样过去了。 我就在这儿等，我等了一百年了，每一个时辰都似最后一个时辰。

然而你用什么暗示我？ 这个季节除了枯叶，没有什么可以编织花环。

而我渴望与你同处时，大地升腾而起的那一片和谐。

这个秘密除了你无人知晓。

六

我不会离开你，然而我会悄悄地死去，把世界孤独地留给你。

最后的告别将难以觉察，也许在你记住我的新址之前，我的墓碑已被忘记。

然而，为了这必然到来的死亡，我要忠诚不移。

你看许多不该伐倒的树，都被伐倒了。 你的头发也会在阳光的裸露中变白。然而你将最后一次听见门响，我将以心之所感的终极，与你合而为一。

为了这千年无异的爱情，我决不把世界孤独地留给你。

选自《诗神》1986 年第 7 期

巴伶仁

巴伶仁，又名秦华，居上海。中国诗歌学会、上海作协会员。获“鲁黎”诗歌奖等全国性文学奖几十次。著有散文诗集《春天的玉兰》等。

秦川的记忆

一

一段秦腔、一段碗碗腔、一段迷胡，五千年的天籁之音在渭水、洛河的两根琴弦上弹响，抖动我的思绪，如潮、如歌、如平川上奔腾的烈马。

二

渭水、洛河，一对日月剑，银光如镀，收拢河山。削平战乱，削平八百里坎坷，却削平不了思念的冈峦。我的相思在江南发芽，藤蔓向北、向北延展。

三

十年，弹指间，舞动过夏的芳菲，舞动过秋的果香，醉倒一川玉米、小麦、红高粱，却不能填平我笔尖墨动的诗意。

四

秀美的红肚兜、豪放的红坎肩和着华清池的水波，玉脂盈盈杨柳飘荡。云翳远逝，剪不断我脑海里生长着的一丝丝念想。

五

思恋的轨迹、情感的列车，运动在一串记忆的脉络上，我等待能够背靠华山，听沉香救母的续篇；我等待黄河大鲤鱼跃上我的龙门；我等待相约春天的飞翔，与秦砖汉瓦的余音接弦。

选自《散文诗》2008 年第 3 期

江南梅

是你么？用红颜点燃冬天；用笔尖削薄霜寒，雪峰下青春依旧灿烂。

是你么？落座在江南的木格窗前，品味屋里的酒香，聆听朗诵的诗句，用花瓣抚摸岁月逝去的语言。

是你么？纤指轻舞，弹拨江南的丝竹。琴声悠悠，催熟春的乳芽，把一个寂寞的季节修炼。

是你么？透过薄冰的珠帘，你的影子瘦瘦地站立，静静等待一滴化冰的水迹能够擦去凌乱的记忆，或是用坚韧把忧郁退却，记忆的碎片粘连情歌，在春枝上展开。

是你么？汽笛的颤音里老屋的墙角下一颗童真的诗心，在流逝的时间后长大。看清飘忽来去的风流，脸颊上的红晕更艳。

江南梅哟，江南梅哟，你的音容连同你的诗篇，余韵不减。

你在我的断章里驻足，我一定也会在你的梦魇中出现。

选自 2012 年《齐鲁文学》2012 年第 9 期

李晓妮

李晓妮，笔名“幽谷幽兰”，1963年出生。贵州省作家协会会员。作品发表在《诗刊》《星星》《诗选刊》《绿风》《解放军文艺》《延河》等刊物，入选多种选本。多次参加全国诗歌和散文大奖赛并获奖。主编出版文学作品集《诗噙着梦在飞》和《倾听特美的声音》。出版散文诗集《高原上那一片爱的水域》。

七夕，爱是一条鱼的历史

一

七夕，我的爱趴在窗子上，和星星草谈着星星。

我藏在云朵里的话语，跳入鹊桥仙的河流。悄悄把爱放在莲塘的水面上，开花。

用花朵的眼睛看到同类，李清照的菊花。爱也热烈，爱也惨然。

月光下，花朵的声音穿过我的发梢，闪烁美丽而细小的光泽。在光泽和泥泞中爱的心语直抵秋水之上。

二

花用奇香氤氲一条红鱼。任凭心事，鱼游在水面上，清清淡淡。鱼背上，在鱼舌尖与舌尖之间狭小的空间里，写满潮湿的诗句。 鱼顶着一盏莲花灯向我游来。

黑夜里不尽的芬芳把伤痛升向月光般的高度。

喜鹊相约云集。

爱聚在箫孔。 七月的箫横吹。

湖面轻轻轻轻荡起了涟漪。

三

一潮汐涨过莲塘。

一只红蜻蜓立在一枚宽大的莲叶上，看到苏轼的《鹊桥仙·七夕》，月亮水面。

“相逢一醉是前缘，风雨散、飘然何处？”爱是微妙的气息，鱼携带着希望和绝望四处漂游。 像你的脚步，越走越远。

红蜻蜓很快跌进瘦瘦的秋水。

神奇的前缘和后缘。

孤独地浸渍在肋骨之间。 漫漫人生几次宁静？ 几多挚爱？

四

我的爱情历史只是一条鱼的历史。

热爱鱼来自血统里的优雅。 唯独爱情飘游，无怨，也不悲。

鱼和我的灵魂去寻找一处高地——云贵高原。 高原上挂满了星星和月亮，诗意栖居。

那里的爱情比地大，比天小。

我的爱属于高原，博大的爱。 必须学着回到高原下的大河，珍藏所有的太阳雨。

神灵和魔鬼在云雾中分开。

爱的湖水从天河飞流直下。

五

这条鱼像是一位巫师。 把我的月光宝盒藏在你的生命里。

你中有我，我中有你，无法区分。

此时，我和你已经幻化成仙。

一池即将枯萎的莲花忽然临水开放。

一只只喜鹊身穿礼服，羽剪快乐，狂舞。

心中有爱，永恒不息。

选自中国散文诗研究中心微信公众号 2017 年 8 月

楚 楚

楚楚,1964年生于福建福州。祖籍山东荣成。中国作家协会会员,福建省作协全委会委员。出版散文集、散文诗集多部。作品收入多种选本,获多种奖项。现供职于《福建日报》。

最后一笔激情

看是飘落,不是飘落,是一段缠缠绵绵的牵挂。

真想为你好好地活着,但我疲惫已极。 在我生命终结前,你没有抵达。 只为最后看你一眼,我才飘落在这里。

千年万年,我会整天含着泪水等在这里。 每一个时刻,都可能是你将来临的最后一个时刻,我不敢离去。 若能深深爱过一次再别离,我将欣然坠地,腐朽化为泥。

你从来不知道我是谁,但你永恒地拥有我。

一步之遥,隔绝了一个一辈子不能对你说出的渴望。 思想无罪,终我一生以沉默相许。 爱是什么? 它是这网上小小的扣儿,一个衔着一个,无始无终——

等你,让我清瘦,让我憔悴,让我死去活来,让我在枯萎和褪色里,把痴情走成千古绝唱……

蜡染午后

如果望不见你，这扇窗，用来做什么？

等远行的你回完最后一眸，我就掩上它。风景为全世界的眼睛而生。我，只为你。

你的鞋声宛然在回廊，你插的芦苇花犹自在青花瓷瓶里憔悴，你放上的低音号唱片，一直辗转到秦代也不肯回头。

不问归期，我怕听《大约在冬季》，我怕霜降前就老去，我怕你踏月归来，已是我不在的日子。

临行你将我托付斜阳照料，每当起风的午后，它就窃了树的背影，覆我一袭蜡染长裙。我遂绾长发成髻，斜簪一支金步摇，古典给谁看？相守的时光是一组曼妙的编钟，让我无你时，盘膝而坐，一一敲响。

据说在远方，有一双眸子始终朝向我白屋的朱红窗口，有一张返程车票，已经在那人的口袋里。那么——

谁在乎明天窗外的红砖道上是否有一地落叶？

谁又在乎一下午路过的遮阳草帽，都蜷回谁家的屋角？

红唇海滩

说我是船。

你以灼热的胸口贴紧我面颊，我怎么能不痛痛快快地哭出淋漓尽致，把你湿成大海——有多少水就有多少柔情。再用我仅有的一生，生出一万簇红唇，吻你成唇印斑驳的海滩。你的存在便是我的坦然。纵使沧海之外更有沧海，我是一只倦游的鞋，我要——搁浅。

远处有涛声隐隐作痛，我不让你忧郁。

为你瘦瘦地醒着，点一盏唐诗宋词里的夕阳读你。 在你浅浅深深的眼波里，我就失去年龄，将青春很久，然后猝然死去。

死得栩栩如生。

选自《给梦一把梯子》，河南人民出版社 1999 年版

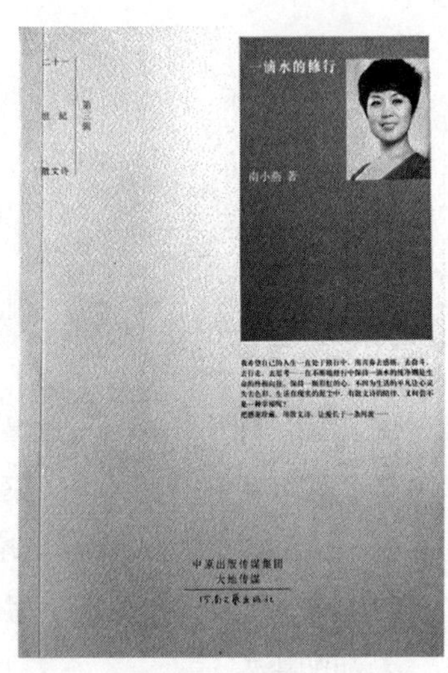

晏　子

晏子，本名谢春燕，1964年生，河南商城人。中国作家协会会员，中国电影家协会会员，影视编剧、导演、制片人。作品入选《河，是时间的故乡——河南散文诗选》等文集。出版散文集《我的灌河》《欧洲的旅丝风片》，为电影《杜鹃花飞》《走山人》《草木之恋》的编剧。

江南（三章）

四月的江南

我珍藏了江南的旧时情结，水墨的无锡小景、空蒙的小巷、斜飞的雨丝，轻描出彩伞与旗袍的丰韵。昨年的乌篷小船，依然拥有青涩的爱，沉淀的情，和讲不完的故事。昆曲依然可以穿过年轮，温软着墨屋顶上的微风与白云。

四月的江南，已经越过白描、写意和水粉，长成关于树和花的油画，以及心仪之人，泼洒的墨迹。

不必为逝去的青春忧郁，我已然拥有淡定与优雅，却依然会炙恋，拥有爱、梦想与激情。

绣娘

你就是一幅静默了几千年的画，一如那一尊绿色的绣娘的铜像。你无须以吴依软语诉说，岁月已把你凝固成低头凝眉。你用细密的心思和柔指、梦想和纤丝，刺绣出挚爱与善美。

我们以目光向绣布上的松针、河流和鸟儿，少女、母亲和麋鹿致礼，心中充满了对才情的钦慕与敬意，甚至不敢坐一下绣娘的座椅。

太湖

我被你无边的清澈与蔚蓝所折服，我想把自己的心跳、倾慕，和潜藏心底的爱人，一起投入你的温柔的怀抱，相互给予无须言说的会意。让蓝天、行云与白鹭作为心境，让清波、微风和爱情消弭彼此的伤痕。

湖边，张网的老人、儿童和女郎，收获了红虾、银鱼和开心。友人定格了时光、风雨和相濡以沫，享受着岁月、挚爱与初心。

岸边，强烈的太阳和炙热的恋情，掩盖了芦苇应有的优雅、沉静，与浪漫风情。而我，还是由于爱的缘故，留下了眷恋、回眸与憧憬。或许远方，还有一幅如此柔美的愿景。

选自河南省散文诗学会微信公众平台

额鲁特·珊丹

额鲁特·珊丹，蒙古族，出生于1964年，文联编辑。出版长篇小说《宫廷情猎》《大野芳菲》、散文诗集《未完成的骑士像》及专著《蒙古秘史·文学本》《额鲁特·珊丹中篇小说选》《郭尔罗斯蒙古族婚礼歌》等十四部。发表十余部中篇小说及四百余首散文诗。

蒙古菊

一

已经有很多年了，我都没有和一个活着的男人说过想说的话。

我守着一具毡人，开花，结蕊。

我说过的那些话，大风般行走，铺下沉缅、倥偬的隔世之谜。

我刹不住的琴弦，藏着一匹云青马。我真想告诉你呀！可是我不能大声尖叫，你的清白高于人世，你是石头里的花。

做一朵蒙古菊吧，在牧草深处隐现。你是唯一的那朵花，如我灵魂深处的寂寥。

二

蒙古菊，说开，它就开了。这焐热的石头，常常使我陷入更深的惦念。

我已经不能弹奏。余生，或许是一场空欢。我攥不紧的拳头里，岁月的流水无声无息。

三

这抬起的花朵里，珍藏着你的名字。我一次一次地升高，只怕年老时忘记初衷。

冬天里藏着八月。那个女巫般的人，从皮鼓里找到预言。

这是何等的沧桑。仿佛，一切都在；仿佛，一切正远。这襁褓中诞生的花，被我称作小小的孩子。

四

你转身的那一刻，我便爱上那片水域，爱上了无边无际的蓝。

仿佛，云青马还在原地，我的歌从未停止。

这是浪迹的天涯。你的宁静，将引我走向归途。在毡房之外，我只愿欢喜地读出你的芬芳。

五

猝醒的晨光如梦，当我醒来。

快回家吧，我以母亲的名义，点燃火灶。鞍嚼放在哪里，那是我的权利。

你必须留在这里，这也是我的权利。

你必须为我开放，这也是我的权利。我想天天和你道一声晚安，也是我的权利。

哦，这个在黄昏深处哼着歌谣，默默为情侣引路的蒙古女人。

六

不求，什么都在；求了，什么都缺。

她提着自己的心，打开，放下。 稍不留神，那一朵蓝色的蒙古菊，就撞疼了她的腰身。

她能够放下谁呢?

谁能见到那么深的井，有谁能穿过她的眼睛?

白天在她的手中开放。 夜里，黑黑的两颗星子藏着欲说不能的爱。

七

她的心无处安放。

火焰一样的夜晚，将她灼伤。

在沉寂的夜色中，她默默地赶路，护着自己的心肝颠沛流离。

不过是七步之遥。

有人在脑袋顶上唱歌，有人用一根细长的马尾，拽伤了她的脚趾。

八

她不能在此久留。

她皮肉里的疼痛，流出火焰，流出蜜汁。

她用湖水洗净额首的疲惫。

一定有一根头发落入水中。 这漩涡带走的，也必将是她在尘世间带走的一切。

九

她的疼说不出来。

这不是他的错误。

这疼，让身体遍地开花。 她一低头，就掉泪了，这结满盐粒的花朵。

刘慧娟

刘慧娟,1964年出生于江苏省新沂市,现居上海,中国作家协会会员。供职于国家电投集团。散文诗入选多种选本。著有诗集《无弦琴》《白云的那一边》。获2015年度人人文学网优秀诗歌奖,多次在散文诗大赛中获奖。

天使的翅膀

——致人民警察

一

静止或奔腾的样子，如同花朵或烈马。

空间是多彩的谜，回眸或前进。

原野如同斗室，高山如同平地。

有时幻化为猎豹，有时是一匹狼。 游荡或捕捉。

没法相信文静的竹子，也没法相信石头的疯狂。 更不相信眼泪。

时间纷纷向前拥挤，你的脚步是追逐的车轮，没法停息。

叶子绿了又黄，黄了又绿。 你的生命悄悄升华。 匆匆穿梭在岁月里，冷暖不知，仿佛行走在世外。

当偶尔凝视月亮的时候，那是你突然思念某个人。 白发的母亲，年幼的孩子，携手未来的妻子。 他们踩着白云，在你和月亮之间轻轻飘过，仿佛怕惊扰你的梦。 凭借那轮皎洁的月光，对你微笑……

你傻傻地望着，望着。酸酸的，久久不敢回味。

名字是自己的，而生命却言不由衷，你把生的意义交给了一种神圣。

大地干涸，你是水。冰天雪地，你是火。你活在责任里，更多活在梦想里。

你时刻准备一不留神的咆哮。不是别无选择，而是生之拔节和绽放。

时刻准备用火焰的光芒照亮，用火山的力量奔腾。

二

天使的翅膀，注定为使命飞翔。

飞翔，风雨无阻，不分昼夜。使命，是一种力量。

步履轻捷如燕，似细雨，如雷霆。

弘扬正义，彰显豪情。用坚韧和血，守候清纯。

在阳光里，你是一缕微笑。在暗夜里，你是闪烁的光明。

作为柱子，你拒绝坍塌，高高擎起一片天空。作为灯塔，你纠正方向，果敢明示征程。关键时刻，也作为刀子，翦除邪念，分割是非，将对与错，解剖得了了分明。

三

风吹落残败的花瓣，你总是于冷雨中，托起一种凋零。

你的背影，成为春天的胸怀，并有了铜墙称号。

刀光剑影，寒光逼人。而你，依旧俊杰中透出温情，对鱼龙混杂的种种场景，以闪电的姿势照亮或粉碎。

万家灯火是温馨的背景，你手擎正义，走街串巷，义不容辞的姿势，如战马，咴咴嘶鸣。

四

当利益和良知发生碰撞，脸谱与内心相悖，你不顾岁月掩面而泣，在危险中冲出来，又冲出来。

云彩颤动，夕阳挥汗如雨，你的智勇双全缩短了心的距离。江河滔滔之后，树，依旧绿；天，依旧蓝。鸟儿啾唧，人群欢笑。

你不停地振动天使翼翅，让正义无处不在。

原野中，正义是茁壮的秧苗；校园里，正义是绿色的希望……

是山，是钢铁，是你的意志，是永恒不弯的倔强。

五

鸟语花香中的阴谋，阳光和煦中的血腥，曾不断蜂拥而来。你没有胆怯，没有畏惧，纵使粉身碎骨，也在所不辞。

于是，你走上了荆棘丛生的不归之路。

你明白，你是一名警察，是人民光荣的卫士。

那个月黑风高的夜晚，因为你的流血，成为英雄之夜。而你，却仍旧是你，一个平凡的人，沉浸在智斗之后的憨笑里。

梦中，振动一双天使翅膀，播种和平，扫除邪恶。

忘却与铭记

夕阳若无其事，向大地回眸一笑之后，就径自转过身去。

我却深陷沉重。在黑白边缘处，审视，剔除。重塑青山绿水，塑一曲新歌，塑健全的天地和辽阔。

且找一处清静的地方坐下，敛气收神，刮骨疗毒，疗伤。疗岁月失去的元气，疗尊严受损的地方。

我不喜欢配乐的痛苦，也不欣赏粉饰的幸福，更厌恶华丽的肮脏，虚假的纵横。所以，我经常用忧郁抒发，用蓝天的手语暗示。

经常在思维落脚的地方，等待一份好心情。等纷繁乱象归真返璞。

常在草长莺飞绚丽中，等一场雪，或等一场好雨。等内心若隐若现的那场相会。

当我把最温柔和最沉重的词汇，都交给那个夜晚之后，我以从未有过的明亮，迎接新的云开日出。 风吹过来，沉默的情怀开始舒展，每一个标点符号，都表达得艳丽仔细。

今天，我将打开另一扇门扉。 我这样对天地说。 对我无数次宠爱的那条路说。

我决意不再等待。

我收拾起叹息和伤感，携一缕往昔，第一次霸道地走出，瞭望天际。

我记住了那个季节，以及那时那刻的夏日之美。 我将一池悲欢全部倒掉，换一片崭新的芳菲。 从此，我不再描摹过去，不再提及江山和那个名字，我只记住飞舞的火焰和清冽的寒风，记住失火的田野和尖锐的呼啸。

记住极限，在冰冷之后，发出的光芒。

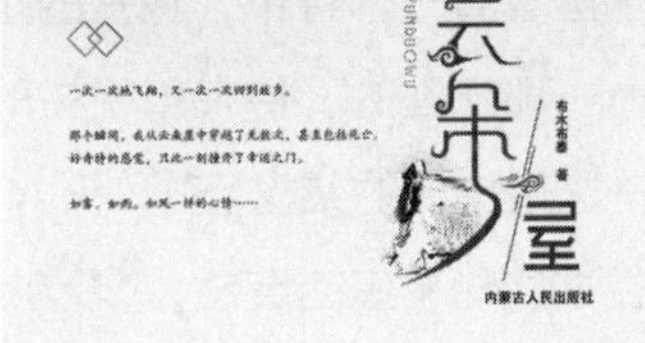

高 伟

高伟，1964年出生于青岛。《青岛晚报》副刊编辑。中国作家协会会员。出版诗集《玫瑰·蝴蝶·梅花》《风中的海星星》，随笔集《她传奇》《他传奇》《生命从来不肯简单》《包扎伤口还是包扎刀子》《痛苦，是化了妆的礼物》等近二十部。

芳心

那些互联网上的阴谋阳谋、被审判者、情色和骚乱，我想知道得再少再少些，比一个婴儿知道得还少。

我就保护了芳心，那神在我出生时赐予我的心肝宝贝。我活着活着就把它弄丢了，丢在人堆里面和我的欲望里面去。

这个夏天，风顺着自己的意思吹。风吹我，把我吹得纹丝不动。

我是有意识的落伍者，正在虚度自己的人生。

我手里拿着一本诗集，翻开的正是阿赫马托娃的那一页——

“……那死去的、将来和现在的人都罪孽深重，我活该躺在疯人院里的病房里面——这是伟大的荣誉。”

我在这些句子里面哭泣。我在那么好的女诗人的命里哭泣，哭她那很大的芳心。

我哭时，我知道，我也有一颗芳心，我不知道她在哪里。她在我活着的路途上被我弄丢了。

我用我的还没有找到的芳心去哭泣。

童年

我有没有童年，我一直不很清楚。 它已不像是我的，像是我看过的一个电影，老旧时代的，默片，穿越剧。

我回到童年，其实是回到自我这个穿越剧的源头。

我的一生是一个幻象。 我的身体，我的疼痛，我的爱恨情仇，都来自这个源头。

它是我编剧的一个片子，并且导演出一个跟头一个跟头的悲欢离合。 连我的生与死都是幻象。

我的童年，是这个幻象的起头。

我很重要。 活在人间并且属于它，重要得让我头破血流、人鬼不分。 我认同对自己的虚构，虚构得像散文，被自己抒情得一塌糊涂。 黑寡妇自杀炸弹式的抒情和月晕般恍惑的抒情，被感动的除了自己，没有另外一个人。

因此它是一个货真价实的幻象。

从童年开始，我只擅长于这个。 如果童年是可爱的，那也是因为，我可爱得寸土无争，一开始不知道要那么多，像动物那样，和小孩子打架了不记仇。

我的童年，是一个没有穿衣服的孩子，长大就是在成人路上的奔跑。 冰天雪地的成人路，孩子的受伤是注定的。

而美并无其他起源，美只源于伤痛。

伤痛产生的美，一如从死里逃出来的生。

从童年开始，我一路变得老旧，仿佛电影演到了后半截。 剧情会有的，结尾和谁都一样。

就算还有一点时间，我却没有了梦想。 如果我还有梦想，我也不准备去实现它。

我的幻象人生还是幻象，我不再认同它。 活在人间，我已不想再属于它。

活着不是奖赏，死亡不是失败，痛苦也不再是一种惩罚。

主呵，是去爱的时候了

主呵，是去爱的时候了。

他们和我一样，是物欲的难民，我缺的正是他们缺的。

主呵，是去爱的时候了。

爱我爱的人是多么容易。爱我已有和没有的物质，爱起来像擦滑梯。主呵，爱我陌生的人，爱我的敌人，我还是多么地不习惯。

如果我还不会爱，就让我把头低到泥土里，借助于种子破土的力量去爱吧。

如果我依然不会爱，我就借助于你父一样无上的仁慈去爱吧。

你那十字架上的血呵，早就被你恩准在我的血液里。

主呵，今天我检点自己的内心，那里面有多少垃圾呵。主呵，今天我像洗内裤一样清洗它们，它们像我私处的垢物，终日不见光线，让我难以去爱。

是爱的血统里浓厚的胆固醇。是灵魂血脉里的斑块和脂肪。是无数个小我在制造的妄念。

那仇视别人的东西，其实是让我苦难和堕落的东西呵。

主呵，帮助我取消偏见和抱怨，哪怕小小的敌意也帮我取消吧。

帮助我去爱，像心脏病患者血管里打上的支架那样去扩展爱。

主呵，我这个原本没有的东西，活下来其实已经是超值的利润。

我这个原本没有的东西呵，本质上的尘埃。我爱自己爱得生疼，把一个没有的东西爱得这样性感和排他，我已经是怎样无明地糟糕地活着呵。

主呵，我遭罪是我胡爱得罪有应得，我遭罪是因为我不知道怎样去获得那广大的爱。

主呵，全世界的动物和植物都在等着人类去开悟。我在等着你的力量，温暖地落实到我的生命里。

选自《青岛文学》

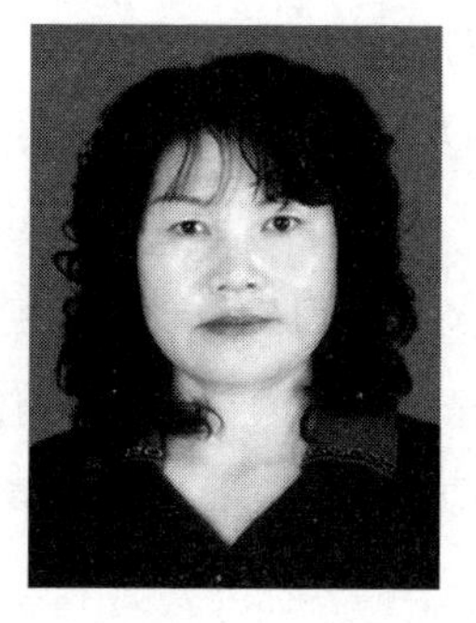

禹红霞

禹红霞，笔名叶子，回族，1964 年出生于宁夏泾源县。有作品被选入《跨世纪青年作家诗文精萃》等选本。出版散文诗集《叶子的低语》《星辰的光芒》。

我读着你，写着你的名字

在暗夜的呓语、晨光的柔丝、正午的热望中，我读着你，写着你的名字。

在冬天的宁静温暖、春天的明媚芬芳，在夏天的热烈欢畅、秋天的厚实丰盈里，我读着你，写着你的名字。

在所有儿时的梦境，青年热情的歌吟，中年探索的脚步里，在我一生的青春激情，茫无边际的爱的疆域，我读着你，写着你的名字。

在田间明媚的庄稼里，玉米忠实的供奉中，在光明与阴影的交移，写满美德的文字里，我读着你，写着你的名字。

在盛开的花朵、牛羊纤细的毛发里，在鱼自由的畅游、鸟儿飞翔的翅膀里，在枪手抛却武器的手掌上、麋鹿欢快的奔跑中，我读着你，写着你的名字。

在晶莹的露珠、冷冽的风里，在晨露的笼罩和轻快的时光中，我读着你，写着你的名字。

在静谧的空间、闪烁的灯火、疾逝又新生的根茎，静止和觉醒的黑夜，在狭隘的小径和宽广的大路，在独处的居所和热闹的街市，我读着你，写着你的名字

在印满铜臭的脸上、大山的移动和海洋的上升间，在忧郁的笑容、太阳的光斑里，我写着你的名字。

在泥沙俱流的河面、花瓣被碾碎的瞬间，我写着你的名字。

在我每个手指、每道目光、每一个脚步、每一个音节、每一个移动的空间中，我读着你的名字。

从我浅绿的梦境到柠檬的手心，从暗淡的白日到璀璨的夜色，从思想的幸福到自由的天堂，从得到的满足到给予的快乐里，我读着你，写着你的名字。

在相聚与离别的时间里，在出生到死亡的路途上，我读着你，写满你的名字。

在时光消逝的悲愁到滋生希望的容体，在燃烧丑恶的灰烬到诞生美好的吟诵里，我读着你，写满你的名字。

从希腊神话到霍金预言，从甲骨文字到互联网传播，从兽性狂野到人性尊严，我读着你，写着你的名字。

从生命的先验到自我的理性，从存在的反思到现实的超越，从对世界的认知到对终极意义的追寻，从语言的碎裂到思想的寂静，我读着你，写着你的名字。

从阳光的阴影到暗夜的光明，从古老的光辉到未来的明灿，从隐秘的美好到眼中的风景，我读着你，写着你的名字。

从沉思者的额头到探寻者的脚步，我读着你，写着你的名字。

我活着，是为了读你；我死亡，是为了更深情地读你。

我读着你，写着你的名字，好像我从未诞生，也不会逝去。

我读着你，如水、如光、如星，与大地一起呼唤。

我写着你，与时光一同流动，与苍穹一样永逸。

与星辰永耀

我以云和树的沉默与你对话。

我将天空，当作了抒情之美的灵感；把梦想的力量，当成了完成形态。

把祭奠化作飞鸟的灵魂。

为了释放比阳光还重的意义，我向你，献上这些文字。

给仰望的你，我生命的荣耀。

冰封的伤疤，如流星陨落；飘飞的云，碾碎了谁的梦想？
我的梦像无边的夜色，经久闪亮。 我不会被风成殇，被尘埃锁定。

相遇了孤独，就在诗中栖居；
遇见了光芒，只与星辰永耀。

当我离去

当我归来，与海浪、大气、阳光的微粒亲昵；
当我离去，只对未来的灵魂低语。
请不要有泪，也不要用尘土。
我只想携无畏的灵魂，清水一样的内心，不带一缕草，一滴水，一点点泥土和火焰。

活着，我已经浪费了太多的文字、空气和语言，消费了最低限度的粮食和颜色。
逝去，我必须更加干净。
世俗的冲撞与我无关，一张白布都是多余。

我不曾伤害过，一片阳光，一个眼神；心中也无一点伤痕。
我对世界的感觉微小，只对我热爱的人，远离我、不爱我的人，还有我亲爱的牛羊、树木、河流和土地有点记忆。

此刻，我只想要我落下的文字渗出鲜血，散发金光。
此刻,我只想对我享用过的阳光、空气和水说声：对不起。
此刻，幸福的泪水已飞出屋檐，濡湿整个天空。

清　香

清香，本名井芬清，1964年生于青海德令哈。现居西宁。青海省作协会员。获青海省第七届文学艺术奖等奖项。出版诗集《清香集》《浅蓝色的时光》。

叫你一声尕海

情人湖、连湖、褡裢湖、可鲁克湖、托素湖，这两个血脉相连的湖，竟然有这么多动人心弦的名字，可我还是要叫你一声尕海。

叫你一声尕海，你才能听得出我积攒了多年的相思是多么的痛，听得出我在远方的孤独。

叫你一声尕海，那个在你身边长大的孩子，就会在你的身边跪下来，跪拜八百里瀚海的蓝天白云，跪拜八百里瀚海的飞沙走石，跪拜八百里瀚海的雪山草地。

叫你一声尕海，抓起一把咸涩的泥土，找到一粒前世的盐。那一粒盐吐出一朵晶莹洁白的雪花，雪花所背负的，就是我要背负的。

叫你一声尕海，才能盛得下我忍了太久太久的泪水，装得下我魂牵梦萦的乡愁。

荡漾

湖水荡漾，芦苇丛中，传来一声声黑颈鹤、渔鸥、麻鸭急切的呼唤。

芦苇是这面湖水的天然屏障，它的上层枝繁叶茂，下层则是枯枝败叶，这丝毫不影响湖泊的美与澄净，丝毫不影响它们紧紧依偎在一起说尽世间缠绵的情话。

湖水荡漾，我会想起一些人，那些失足掉进芦苇丛中丢了性命的人。为了得到鸟蛋，他们义无反顾地进入芦苇丛。我想，他们一定先是摸到了鸟蛋，兴奋之余忽视了安全。

与湖水一起荡漾，他们就是一朵朵失足的水花，那让芦苇点中他们的死穴是多么轻而易举的事。

湖水还在荡漾，只是不见了冒着气泡的那一串串水花。

白公山

自从那个叫白渔的诗人发现了你，你就有了一个诗意的名字。

你被世人皆知，来瞻仰你的人，也因为他们来过，也开始瞻仰自己。

可是，他们不会担忧，哪一天你会被黄沙掩埋，哪一天你会被盐碱吞噬，哪一天你会被大风连根拔起。

望着摇摇欲坠的你，鸟儿们轻手轻脚地筑窝垒巢，鸟儿们小心翼翼地飞翔。

如今，诗人老了，你也是风烛残年。一想到这些，我便不敢大声呼吸，也不让家人高声喧哗。

如果注定无力回天，还湖泊一个静，也许会更好。

高原蓝

等不到乘坐游艇的规定人数，那就乘一艘快艇飞驰于湖上。

顿时，天空的蓝与湖水的蓝呼啸着涌入我内心的深渊，疏通了我内心的万顷碧波，我感到一种畅快淋漓的痛，我几乎要被这蓝驾驭的蓝窒息着死去。

这才是我心驰神往的高原。

突然听到驾驶快艇的司机说：到湖中心了。 我赶紧拿出事先预备好的空矿泉水瓶子，灌了满满的一瓶湖水抱在怀里，仿佛，我十八年的苦苦相思才有了一丝的缓解。

选自 2016 年 4 月《湖州晚报》

萍　子

萍子，本名张爱萍，1964年出生，河南临颍人，现居郑州。中国作家协会会员，河南省诗歌学会副会长、秘书长，河南省直文联副主席，河南省文学院专业作家。出版诗集、散文集多部。曾获“中原诗歌突出贡献奖”。

芦花如雪伴天涯

写下“芦花”两个字，不由得心头一热，眼睛泛起泪花。

芦花依然在路上，与风相依，与水为伴。

或者说，意念中的芦花，始终在旅人行经的道旁。

“蒹葭苍苍，白露为霜。”孤独地坐在一只渡船上，看水阔岸高，苇丛茂密——这是我第一次出远门时留下的深刻印象。母亲百思不得其解，后来恍然道：“哦，想起来了，是你三岁的时候，你松森哥进城拉煤，托他把你捎到父亲那里住几天。那时沙河上还没有桥，水又大，来回都要坐船。才三岁，怎么就记得？”

真真切切记得，是从有排房、垂柳、小河流、自来水的许昌城回到农村家中的路。那浩荡的河水、高高的堤岸，那望不到边的芦苇、苇丛间向上伸展的坡路，还有人力车后帮忙推车的人弯腰用力的身影，都记得清清楚楚。只是忘了那带我出远门的堂兄和年轻的父亲彼时的模样。

或许，正是这最初的记忆开启了我对旅途的热爱和向往。

三十多年后的一个深秋，刚刚从内蒙古东乌珠穆沁草原深处归来的我，在黄河岸边邂逅大片芦花。 在花丛前伫立良久，直到正午的阳光渐渐抹去眉头的忧伤。 那一刻，我看到自己心若止水，思绪如同无声无息的芦花一样轻盈而安详。

人生之秋就这样开出了花朵。

甚至，期待着冬天里恬静的温暖。

就像眼前美丽的芦花，谦逊而自信，柔韧而优雅。

爱上芦花。 这轻寒中暖人的花朵。

别说世态炎凉。 如果可以相逢一笑，又何必孤独悲伤？

别说时光易老。 纵然芦花如雪，不也是颜如玉，笑如花？

想对你说，有一天，当我从你的眼中看到芦花盛放，恰似一阵清风吹来，甘露飘洒，打湿了我的眼睛和面颊。

“所谓伊人，在水一方。”我会一直走在追求的路上。

天香满仲秋

“嗒”的一声，一滴露水落下来。

是白露之露，在曙色熹微时分，从枝叶间滴入草丛，从草尖上滴入泥土……

天地间幽然荡起一丝寒意。

九月，白露之后是秋分，很快，秋天已经过了一半。

岁月难留，一滴清露仿佛一声轻轻的叹息，唤起远行者心中的共鸣。

北方来的鸿雁也是远行者——它略显悲凉的叫声，像露水一样打湿了赶路人的心事。

即将南飞的燕子也是远行者——它依依惜别的呢喃，露水般打湿了故园的衣襟。

同时被打湿的，还有桂花。

仲秋早晚寒凉、白天燠热的天气，像是一场深刻感情的发生与发展，在沉默中蕴藉，在歌声中张扬——“八月桂花遍地开”，谁能忽视这场盛大的花事呢！

看！ 无论是在江南还是中原，不管是在乡间还是城市，金桂、银桂、丹桂，一簇簇，一树树，一片片……开得如金、似银、若霞，开得繁茂、浓郁、烂漫，让人怎能不歌咏赞叹！

“桂子月中落，天香云外飘。”桂花的香气飘得很远，有“七里香”“九里香”之称。而在传说中，桂花是长在月宫中的仙树，它配得上“天香”这一美称。

农历八月，古称桂月，是赏桂和赏月的最佳时期。桂花、月饼和中秋明月，在中国人心中是相伴共生的诗意存在。月圆之夜，在院中摆上刚刚采摘的瓜果，摆上香甜的月饼，执一杯白露清茶，对月，望月，任谁都会满心欢喜。清风徐来，桂香扑鼻，此情此景，我们只能做一个深呼吸，然后深深沉入陶醉之中……

“嗒”的一声，有什么东西轻轻落下。

那一定是从月宫落下的一滴甘露，或一朵桂花吧。

选自《时代青年》2012 年

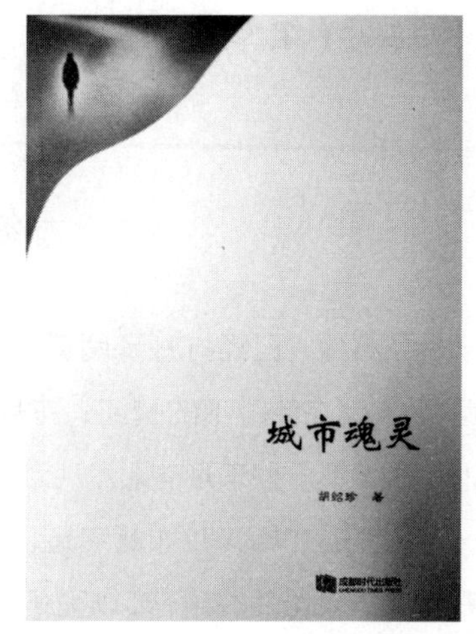

李明月

李明月，满族，原籍辽宁本溪，长于河北承德，现居广州。写诗画画，素食参禅。做过企业管理、媒体采编、自由撰稿人。出版《每个人都是一盏灯》《每件事都是一扇窗》等。2016年出版散文诗集《思想者的狼》。在《诗刊》《诗选刊》《散文诗》《诗潮》《星星》等三百余家报刊发表作品、开设图文专栏。

即将来临的（组章）

一朵花的合鸣

一朵野蔷薇，已经打开了两瓣，还有三片花瓣卷曲着，半隐半露的、欲说还羞的妮媚。就在我蹲下的瞬间：三片卷曲的花瓣一下子伸展了——一朵花的全部展开，我只能用一秒来形容。

一个真实的在场，我如此幸运，花瓣伸展的瞬间，分明听到一种声音，我看到了听到了一朵花开的声音，无法形容也无法表达。

也许"无法"就是法了，就是一朵花开的如如本性了！

那么，是我带来的清风，

是我俯下身时触动了花枝的琴弦，

是我月光如水的眼神，

是和野蔷薇一样的纯美花心，

引发了最后的透明玄关……

就在我惊艳未定时，一只蜜蜂落在了刚开放的花朵上。 小蜜蜂抵达这朵野蔷薇时，圆鼓鼓的后腿已经裹满了金黄的花粉，它在新鲜的野蔷薇的花蕊中不停滚动着，试图多粘些花粉。

现在是上午十点三十分，一只蜜蜂在花蕊的光影里滚动着，一只小蜜蜂，短暂的生命，它如此尽力，演绎着生命的本分……接着是第二只、第三只，还有蚂蚁和小飞虫……

午时过了，蜜蜂和小虫们休息了。 我依然坐在一丛野蔷薇旁，顶着高原的太阳。 风动花影，树叶沙沙，天空纯蓝，我看到一条透明的线，如流水涓涓——

从一朵花到一棵棵树，

从一枚青果到一座座山，

从一棵小草到一颗颗星，

从一只蜜蜂到一个个生灵，

一个个闪着七彩光的音符，在事物之上演绎着一朵花开的琴瑟合鸣……

即将来临的

一个即将来临的……让我萌动着缕缕柔情。

白云带着春天的队伍，正悄悄临近——

此刻，我却惊讶自己的空，对于自己的空，居然有点莫名的感动——

感知的空洞，就像一朵昙花，一瓣一瓣，徐徐开展——

突然的一个闪念——一千只手从身体内部，伸展于空。

我多想每一只手心能长出一只眼睛，但没有长出来。

一池白莲，在天水间渲染，接天碧叶，百里荷香。

高处飘来一阵鸟语，一队大雁飞过秋山，长空无痕。

一个戴斗笠的人，用一节树枝，垂钓满天风雪——

我感知了那人的空——接收了他内在的喜乐。

跑来了一群孩子，就像从天上掉下。 一个孩子堆雪人，很多孩子堆起了雪人。雪地，成了一个雪人方阵。我被孩子们簇拥到雪人中间，看身前身后，雪人居然会笑，无声地会心地。我也不由自主，嘴角的笑容从小到大，涟漪一般，漫过身边，成为远方的一个微笑……

雪人们张开了手，迈出了脚，也有摔倒爬起的，他们能走动了，走着走着，就成了一个个学步的孩子，走着走着……念头刚冒出，就看见一个孩子鼓出了翅膀的芽苞，回一下头，很多孩子的翅膀，开始伸展……

过程无声，没有一点原因。

在事物中超越肉身

总有些说不出的，我感到了一丝一缕的气息，它们和我在一起。

我感到有种给予的能量，超过了我的肉身和思想。

是什么在我的墙壁上走动，贴在玻璃窗上，在我四周的空气中，它们在看，感觉它们在监督，在盯着我，我想什么，都逃不出它们的法眼——

每当我感知它们，我眼前的空间，就会一圈圈放大——

有时是桃花掩映的村庄，有时是发光的外星人，有时是自己坐在对面，

我一分神，不见了；我一定神，它们出现了。

它们通晓我，关注我的一举一动。我今天要穿上漂亮的白色长裙，让黑发垂下腰间，要写一首禅心如水的诗，画一幅虚实相生的画。因为它们在看。尽管，我不知道它们是何方神圣，但我相信。

像我把一个真空妙有的宝贝藏在暗中，我怀揣着纯净和美好，期待着它们，就像它们期待我……

它们又催促了，要我打开锦囊，快点长出翅膀，在事物中超越肉身。

选自《星星·散文诗》2015 年第 7 期

才　登

才登，笔名达玉牧女，藏族。1965年生。青海省作家协会会员，青海省海北州文联副主席。著有诗集、散文诗集《我从草原来》《心在高原》《牧人的祁连山》《转山转水》等。

木羊年转湖（组章）

情人崖之殇

我去的时候，刚察的情人崖在晨光中静卧着，五颜六色的经幡像陨落的彩虹。沙柳河轻拍着悬崖，爱情的宣言，将长及百米的崖壁涂成彩色的画幅，成为高原藏城的一道美景。

而情人崖，据说收藏誓言，也收留生命。没想到一堵石壁，成就了爱的全部，并最终抵达殉情后的长相厮守。而后，又让许多慕名而来的旁观者，列队惊讶！

我去的时候，沙柳河板着老成的脸，由西向东，以亿万年不变的忠诚追随着青海湖。“半河清水半河鱼”的季节已悄然远失，滨河两岸，桑烟如霞，沙柳成阵。

我去的时候，藏城刚刚睡醒，前往情人崖立誓的情侣也许还在路上，而那些妄想在此殉情的恋人，一定会因为崖顶上那一尊信仰的佛塔，打消轻生的念头。从此，让爱的语言在崖壁上生长延续，让沙柳河继续承载起沉甸甸的誓言。

我去的时候，湖风轻拂，草已渐黄，沙柳河变得陌生，在我身后，不断奔腾，不断释放……

黑马河之日出

海湖日出之瑰丽壮观，在黑马河遇到了。

晨曦里，带着漫天的血光临盆的，是一个闪耀着光芒的婴孩。

挣脱一个漫长的黑夜，喷薄而出的样子让人怦然心动。

顿时，青海湖由刚才的暗灰色变成一湖闪耀的金子，太阳在远处的湖面跳跃而出，像一轮圆圆的火球，被无数游人捧在掌上，收入相机。

顿时，牧草醉倒在晨露的温柔里。炊烟撑开天地的辽阔，一些不知名的花儿，在被绮丽之光环照耀的草原上，眨巴着眼睛。

黑马河的早晨，在一盘带着血水的、半生不熟的羊肉里打开，四周弥漫着游牧的味道。

地平线上，圣门开启，虔诚的民族将第一个信仰的长头叩向神圣的太阳！

此时，黑马河醉了……

151，触动灵魂之雨

那个季节，青海湖美得一塌糊涂！

在151景点一所幽静的别墅里，听雨点落地的声音，宛如玄妙的丝竹在声声吹响。

云中有多少雨滴，心里就有多少虔诚。“转山转水转佛塔”，其实是一种清洁灵魂的美丽行走，是在一步一叩首的膜拜中追求人心向善的正能量。是“时时勤拂拭，勿使惹尘埃”的修身养性和洁身自好！

此时，云雨蒸腾中的青海湖，让我居住的小别墅成为一艘幽静的帆船，薄雾倾泻成莲花的帷幔，酒香并着茶香。不远处，隐约看到转湖的族人，披一身泥水，走向更远的远方……

选自2016年4月《湖州晚报》

三色堇

三色堇，本名郑萍，山东人，现居西安。中国作家协会会员。陕西省文学院签约作家。获“天马散文诗奖”等项奖。出版诗集《南方的痕迹》《三色堇诗选》《背光而坐》等。

悸动

一

风是有骨头的——

只因她带着彩色的诱惑，带着琴音的舒缓，使春天生出喜悦。

生命在巨大的画板上张扬着欲望，于是便有了风骨。

这个世界让人惊奇的已经不多，而你的心音漫过田野，漫过空旷，漫过比远方更远的风景，漫过命运的窄门——这无比寂然的尘世。请你别说春风有多么放荡，漫游者在途中，不会卸下沉重的行囊。

什么在诞生？宇宙里的帷幕，苍穹里的星光，这些闪烁不定的色彩把曾经遥远的事物带到眼前，带到我们无法倾诉的心灵世界，落地生根……

二

多少年了，这片真实的疆域，在苍茫和凛冽中感受生命的坚韧。

请你允许青山与绿水如约而来，请你允许疲倦被春光所消弭，请你允许心与大自然在这里做最动情的演绎。

我面对的风景，你同样面对。

我不敢偷窥她的素朴与华美，也不敢打扰那些戏水的鸟儿，它们正在鼓荡着迷人的歌喉，拍打着被红尘弄脏的宿命。

还有什么奢望？ 只想拥抱丰腴的宇宙，爱会停留。

三

有种由来已久的节奏，给人带来心跳，带来蝴蝶羽翼的震颤，带来水的风声鹤唳。

我们无法停下来，以至于要像光一样摆脱阴影的纠葛。

可以触摸的声音穿越生死，穿越比美还美的生命，穿越无比浩大的空间。

那束光会倾泻而下，我就会奏响多声部的命运，而不是用想象来填充人生的风景。

四

我们吟着大风狂奔，将神的旨意再次抛向空中。

一千次的赞美，不如一次动情的聆听。

你让我感受到生命中的那种强烈绽放的力量。 更大的风还在远方，在我奔来的路上。

生命因为邂逅，黑暗便在光明的出口戛然而止。

波澜壮阔的人生总需要一些色彩来支撑自己，就像你的屋檐晾晒着一堆金黄的谷粒，它会驱逐你变暗的忧伤，让你内心怦然辽阔。 你清除了体内的淤泥，使眼睛变得光亮。 我只愿意为你祭献爱意，为你的美而狂饮。

我愿意用心跳包裹你的葳蕤之美，你的信仰，你无处不在的神韵。

灵魂埋在一场大雪之中

这是一场心照不宣的相遇。渭河之水涨了再涨，当河水彻夜失眠，发出慈悲之光，当红尘的利剑早已顿挫，当夕阳落下，暮色溅起，当狭隘与宽容不再相互为敌，当细碎的星光不失信仰，当盈目的风景偾张着我的血脉，我不得不说，此生即使有再多的电闪与雷鸣皆无法让我绝望与颓废，祈福的人还在路上。

你看，晨光正在摇摇欲滴，它正穿过黑暗，穿过教堂的塔尖，落向万物。那些光芒无可置疑，它将落在我们的灵魂与双手之上，这是白昼最初的洗礼。

我曾一度忽略了它的恩典，在沉默恍惚的镜中，在明亮与喧嚣的途中，在一只鸟的眼里。

我很清楚，如果没有了晨光，我们的生命有何意义，我们的灵魂也将埋在一场大雪之中。

选自《散文诗》2017年第1期

禄　琴

禄琴，彝族，本名阿单玛玮，笔名禄琴，1965年生，贵州威宁人。中国作协会员。出版诗集《面向阳光》《三色梦境》《水中之梅》，获全国少数民族文学“骏马奖”及贵州省政府文艺奖等奖项。

桃花古渡

一

古渡。古渡。掠过点点苍鹭。月琴或长箫，咏给自己抑或是岸边的伊人，桃花依旧，十指抚过如风，那随时光一同逝去的古典谣曲。

属于液态的唱词，顺水一段段流走。

关于桃花，所有的镜像，静止于一叶河岸的绿，你身上的香味飘过来，鬓角一枝桃，花影婆娑，伊人伫立花树中，轻回首，双眸一闪，勾住了谁的魂儿？

二

桃树下，古渡旁，前世今生，仍在梦中。听风声穿越，在旧书籍里，细数思念，凝眸含情。以爱的名义，与一场久别的盛开相逢。

没有预谋。只能相信这份缘，由天定。邂逅，无语，所有的细节，在瞬间完成。文字与花香在疏密相间的枝头盘绕，在古意弥漫的渡口徘徊。

三

一行诗句进入内心，芳华在你的唇边，香气袭人。之后，许多段落，被传唱，如旧时的青铜镜，蔓延出久违的沉香，醉卧花丛。

花朵上的梦境，照见前世的容颜。桃之夭夭，秘密在岸上，预兆呈现在水中粉红了谁的世界？

四

从不问方向，或许那些妩媚的眼神，只为考验，远古定力有多深。叩开桃瓣的门扉，伊人泊于场景中。你可以绕道而行，但千万别误了花期。

花事需要在灿烂中诉说，说尽千古的惆怅与相思。不需要灯盏照明，就能演绎一场经典的爱情，你说又见时，有关桃花古渡的情节再一次神秘呈现，选择捷径，与你布下的棋局相遇。

五

春天盛开着温馨这个词汇，展露许多细节，关于桃花或水色。在你念诵的古渡篇中，如月色般朦胧闪现，古典的真情与话题，被季节之手轻轻撩开美丽面纱。

八月，一抹漫过眼帘的金色

一

八月，我们相约，寄情于那一抹金色，温馨的热气，一浪高过一浪，渲染心中浓浓的情愫。

放眼处，一场叶的舞蹈，披着金色的羽衣，在铺开的场景中上演。 此刻，叶，是个需要焐热的字眼。 一柱烟，在灿烂的笑靥中，往梦里飞。

二

伫立，仔细看一眼晃过的日子，那些随风而来的轻言细语，盘绕在夏天的枝头。

绿着，黄着。 拂过季节的心事，传递，关于太阳描绘的另一种色彩。

半梦半醒间，汗水穿过手指，一地烟苗，源于播种之始。 柔软的外表下，始终包裹一团炽热的火。 在身前身后穿梭，金黄了四季的梦幻。

三

八月，有种声音是金色的。 蓝空下，绽出光焰。

我们从一片片叶脉的走向中，打捞捕获远景。 淡黄色的思绪，浅浅浮出。焦点于此，照见前路。

那些努力向上生长的叶，在八月的掌中，闪着迷离的光，我们俯首，细细抚摩。 迷人的香味，诱惑在一刹间袅袅弥漫。

四

时间仿佛是树上的叶片，从吐芽，到缓缓伸开掌纹。 它攥着我们，走在陌生的田野，看收获的人，将一篓沉甸甸的阳光背上，缓缓擦身而过，仿佛带着虔诚赶赴一场约会。

一次不经意的邂逅，透露无数秘密，而我们只留意关于爱的祷词。

播种！ 收获！ 让所有心怀希望的人们，梦想成真！

五

阳光丰沛时，把熟透的微笑，如酿陈酒般装进双眸，试着在纵横交错的烟田里，播下他们的名字。

许多希望的隐语，静静浮出。八月，那一抹漫过眼帘的金色，漫过了许多人，一生寄托幸福的渴望，让彼此的生命，在某一个点，或某一个瞬间有了奇异的关联。

选自《新世纪贵州散文诗选》，贵州民族出版社 2012 年 1 月版

孙新华

孙新华，笔名枫岸，1965年生，河南商水县人。中国作家协会会员、河南省作家协会理事、河南省诗歌学会理事、河南省散文诗学会副秘书长、周口市作家协会副主席兼秘书长。现任商水县文化广电旅游局局长。

长满诗歌的小屋

我有一间小屋，四面墙壁上，长满了诗歌的秧苗。
一面墙壁种满荷花，荷花一开，
清风就来。

一面墙壁上坐着斟酒的李白，一面墙壁上站着面朝大海的海子。
一面墙壁上蜿蜒着，通向诗歌花园的小路。

暗红色的思绪，爬满所有的空白，
和我。

在马家冲

清晨，阳光推开梦的门，花儿醒了，
小山村也醒了。

太阳把金子洒在水面上，鸟儿的歌声把蓝天
装饰得更蓝。

与隔岸含笑的群山对视，我便成了山脚下的一株小树。

山村歌手

太阳升起来，山村被涂上神话色彩，
紧紧拥抱着的花草们，仰着笑脸。

散淡的家禽们，在水塘边的小路上，
走来走去。

远处，一畦一畦的荷塘，在渐行渐深的仲秋里，
变得意味深沉。
性格清冷的红荷，粉饰着秋意。

她们是小山村的主角，也是秋声里，
嗓音最嘹亮的歌手。

水晶花

水晶花(1965—2016),本名邓易珍,四川达州市人。四川省作家协会会员,作品收入多种选本。出版诗集《抱瓦罐的的女人》,散文诗集《大地密码》等。

大地情人(三章)

菊花台

我从不抄袭玫瑰的花语和手势。

(你为我预约了万亩荒山)

你是帝王,有辽阔的空城供我来走失。 你说,秋风吹来时,“满城尽带黄金甲”。 我为你表演抽象的美和孤绝的弧线。 在大地的舞台,我的确列席了人和虫的明争暗斗。

百花残,我不会笑傲红尘。 也无所谓妖娆。

我愿意在秋雨中自吻。 为你,瘦出原始的峭壁和峰峦。

我与你交换这人间山山水水……

向日葵在秋风中没有了方向感,我想在故乡复原你的长天。

如果水位一降再降,那么,我要在泪水中反刍光芒。

东风破

本来，我内心的山河秩序井然。

在王的土上，我想护送一曲《高山流水》穿越你的枪林弹雨，我想它在刀光剑影中平稳过渡。我想二月的雪，擦拭万物。

你的桃花宝贝没有被正式点名之前，流水不能分娩落花的忧伤。

道路可以隐退。月亮可以在暗处繁殖。我这肉身，可以与大地产生更多的歧义。

我越来越误解自己。神明慈悲为怀，举着青油灯引领我，走入二月的经卷。我该怎样来叩谢这灵魂的灯盏？

我看见你二月的河床上铺满信使的谎言，它们熟得像你怀中的樱桃。

东风不可一世。东风吹跑了我的邮差。东风借走了我的船夫。你为什么不快马加鞭，弄得一地野草陪我在春天的药铺里生病。

溪水动荡不安。小鸟忙不迭地更衣，梳妆，赶赴黎明……

你要用东墙的风来弥补我西墙的漏洞。

梅花引

邪念是魔。一朵梅故意半开半隐。

我怀揣暗箭。步步为营——

从梅花渡拉开剧场，想从梅的内心找到冬天的药引。我从干瘦的土壤上，为她抽出枯树枝。这失去水分的枝头，等待一朵梅来指认。

暖冬。雾霾遮天蔽日。我想为她

引来大雪——

是的。我与梅隔着一朵雪花的距离。她渴望神器降临。

谁是她当今的霸王？

大雾遮蔽神物，我的利器藏在梦的水中央。

“潜入梦的深渊捉住它，并吻热它的冷锋。”这是唯一的捷径，我与梅冰释前嫌。

我与梅如何把手言欢？

谁是我的虞姬？

梅，紧抱冰冷的潮汐，我想渴饮她。

请大地之上的雾霾，为我让开一条光明的歧途。

选自《散文诗世界》2015 年第 7 期

关玉梅

关玉梅，满族，1965年生，黑龙江宝清人。现任宝清县文联主席。中国散文学会会员，黑龙江省作家协会会员。双鸭山市作家协会副秘书长。作品在《星星·散文诗》《散文诗》《诗选刊》等报刊发表。出版散文集《那片荷》《鸟非鱼》。

花开，不为倾城

先期抵达的，都已粉墨登场了。

一场戏，要演到极致，才有掌声；一朵花，要开到酴醾，才嗅得芬芳。

形的诱惑、色的诱惑、香的诱惑，已使这个世界不安分了。

空寂，孤独，把所有的心思藏于冻土之下。

等待一片一片的雪花儿覆盖，等待何其漫长。

土冻僵了，水冻硬了，风冻醒了。

自然界，只能听到风打着哆嗦与雪对话。

一种声音，蹑手蹑脚，咬破了冻土层。

一朵花儿，提着一盏又一盏心灯，金色的灯光，照着她单薄的身体和冻得有些发紫的脚，我听到了脚下的破冰之旅。

一个脚印，一个雪坑；一个雪坑，一个脚印。

坑里渗透着红色的血水、白色的雪水、黑色的泥水，像极了鸡尾酒。

冰凌花，踏破冰层，以春天的名义，出席一场盛宴。

早知道，有一种花容“倾城倾国”。

早知道，有一种花影“疏影横斜，暗香浮动”。

早知道，有一种花纯，“出淤泥而不染”。

也知道，有一种花娇，“红杏出墙”。

也知道，有一种花艳，“招蜂引蝶”。

也知道，有一种花美，“梨花带雨”。

可有谁知道，千里冰封，万里雪飘的张广才岭，完达山脉，有一种生命顶着严寒冰雪，携一缕金黄，压倒群芳，最先抵达春天。

有人说：花开，只为倾城。 它一辈子贴着泥土，一辈子顶着寒冰；它是村妇、村姑、村妮，一辈子守着土地，守着大山，守着儿女，守着村庄。

有人说：花开，只为留香，它一辈子藏于大山深处，杂草丛中，腐叶覆盖着它的头顶，羊粪压在它的身上；

它侧着头，歪着身子，只有一枚硬币大小、圆圆的花盘，低到尘埃里。

它的芬芳只有泥土知道，小草知道，放羊娃知道。

它是百姓心目中的女神啊！ 它是盛开在北方的雪莲！

它是无数个小小太阳，照亮了山川、河流、森林、小草，照亮了北方的春天。

有一种花开，不为倾城。

选自《星星·散文诗》2017 年第 7 期

就如这梨花

雪花走了一会儿，你就来了，不偏不倚，就在我驻足的那一刻。

个性清高、纯洁，不善交际，有一点我的臭脾气。

多少人追着动车，赶着飞机，去看油菜花海；

多少人，风尘仆仆，身背行囊，为的是赶上一场桃花盛宴。

可你，固守着你的领地，不施粉黛，似一个村妇登场；我则不修边幅，散乱着头发出来。

我们对视在风的怀抱里。

春风的每一个暗示，你便回应一片洁白的花瓣；春风无数次呼唤，你便无数次地以身相许。

你总是依了春风，默默无语。

你喜欢雨，在春雨落下的那一刻，整理好心情，一瓣一瓣地梳洗。 有时候，你忧伤的眼泪挂在花蕊中，分不清哪个是泪，哪个是雨。

这是一个僻静的小院，就像我此时的心境：

仰望一朵云的高，俯瞰一朵花的白，在一个宁静的午后竟那般禅意袅袅。

一瓣花儿落在我的手中，柔柔的，体温冰冷。 我轻轻地托起，再轻轻地放下。

起风了，满地洁白。

我两手空空，无力为你埋葬。

人生的足迹，多像一朵花儿：一朵儿盛开，再一朵儿落败。

纷纷地走，纷纷地来，不留一点痕迹。

选自《散文诗》2017 年第 5 期

丹　菲

丹菲，本名王桂红。1966年生于太原。做过白衣天使，还做过媒体人，曾任炎黄地理杂志社社长兼总编。现居北京，从事非物质文化遗产的挖掘、研究与推广。著有《背面》《地理书》等散文诗集。

行走（组章）

云冈石窟——我想弄清那个绝对弧度

我们在时间的后退中，已经无能为力。看着丰满圆润的肌肤一天天变得憔悴干瘪，甚而间杂了白发，这些略含轻蔑的小谶语。问题是，我们在这庞大的后退中，孤注一掷地挽留着爱情，不惜动以世间的雨水风暴。

连佛都不能解决的生之苦闷。

他们以最后残损的身姿，诱导我们想象高大雄伟，以石头推断牢固，颜料表明闪烁不定的发言。更何况那个朝代，如故事的一段情节，严重遗漏。

这已是时间着意留下的证据，免予自己起诉自己。我们幸运地看到来不及撤走的零乱佛迹。

一千五百年，时间的一小寸步伐。红男绿女匆匆丈量完毕，嬉笑着与九死一生的大佛合影留念。

而我必再来。一尊面东而立的无名菩萨，她深深抿嘴的微笑，摄我魂魄。

我想弄清那个绝对弧度。 它或许就是一道救命符，可以让我按着明晰的路线洄游。

有一天，我要久久地站在她面前，直到那微笑透过身体，印到心尖。 让我自由而快乐达观。

平阳铁佛寺——赐我一生安宁

伸手，我只能触摸到佛宽大的耳垂。 佛左旋的螺发直抵四十米高处，那里有隐匿的星空。

佛面端庄慈祥，双颊丰满，含着唐贞观年间的春风和气度。 铸铁的光芒从未涣散，依然照得见塔外景色。

几个信徒，每天围绕这华夏第一铁佛头，目光平静专一，在命运的轨道上唱诵阿弥陀佛。

而我心怀不安，礼佛时神思分岔，一眼先看中佛的耳下就是一个小小港湾，度过清康熙三十四年的八级大地震。 同样我可以依偎着他，躲避未来莫测风云。

从此，人生旅途中，我不必再东张西望，只消紧抱缘分，温柔地望着他的眼睛，直至他越过芸芸众生注意到我，赐我一生安宁。

寄死窟——为庞大的爱负责

足龄老人主动从红尘中撤退，比寺庙里的修持还要干净。 他们正式与死亡交谈、握手。 庄严地立下墓碑：

春风过后，我就是十万株戴露的青草。

那时，死亡是祖先的一项事业。 他们慷慨地为我们留下秋日荒原。

雏鸟褪下了壳，飞临灵魂的又一季。 世上火炬渐次传递，万物保持平衡。

千年后，这些高耸隐秘的岩洞如一道宇宙语录，提醒我们时刻牢记，缱绻时为庞大的爱负责。

选自《诗歌月刊》2012 年第 9 期。

梅　卓

梅卓，藏族，1966年夏出生于青藏高原。中国作家协会全委会委员，青海省作协主席，享受国务院政府特殊津贴专家。著有长篇小说、小说集、散文诗集多种。曾获全国少数民族“骏马奖”、庄重文文学奖、青海省政府文学艺术优秀作品奖等。

红颜

白度母的眼睛

着布衣的憔悴画师，把丝绸穿在你的身上，丝绸里面，渐渐鼓荡起血脉。

凡人的眼睛，看见了血的流动，看见血涌到了你的脸上。

于是，你复活了。

你楚楚动人。

那尽善尽美的庄严，那无穷无限的本真，那优雅宽容的举止，那智慧敏锐的眼神。

苦难和艰辛，早已是沧海一粟。

剩下的，唯有善。

唯有善，才有这份境界。

告诉我，你来自何方？

仓央嘉措:我的王

在喜马拉雅山麓，在达旺，在苦难的三百年前，诞生了一位承接神的灵魂的婴儿，那就是你。

那就是你，善慧宝梵音大海，在你承接神灵的同时，你承接你族人的信仰，你承接愿望，但你无力实现，更无力回避那断灭万念的劫难——

我的王，那就是你!

你陷落于无妄之灾。

二十四年后的初冬，一个没有雪的日子，神灵悠然离去，你终于能够幸免，你终于能够沉睡。

我们不停地走近你的坟茔，可没有谁能够得到你散落的全部灰烬——

那些珍宝，那些拉藏汗杀不绝的情感，已渐升天际，已灿若星辰缠绵于晴空久久不去。

我们也伏地。 我们把真挚和敬仰，涂抹在同你一样年轻的额头。 我们的唇，日夜不绝吟诵你的空灵。

于是，我的王，你年年飘浮于达旺的田野上，飘浮于麦穗饱满的光泽间，飘浮于高原之外的远方他乡。

于是，我的王，三百多年后一个仍然无雪的冬日，你飘浮到，未被察觉地飘浮到我的藩篱之中，我伸出手，感受到你陷落时的永恒之痛楚。

纪念智者阿克顿巴

阿克顿巴，很多年前，你黑色的目光，看着这块赤色高原从海中升起。

当海退去，你握着血的珊瑚、青稞的琥珀、春天的绿松石，走向柏香飘散的地方。

从那时起，阿克顿巴，你走向你的旅行。

你孤独地行走于白天，走过国王、僧侣、商客、贫民，取下帽子，答谢途经的糌粑。

你孤独地躺卧于黑夜，辗转反侧，对未来无法释然于怀。 阿克顿巴，你为谁食不下咽？ 又为谁苦苦无眠？

没有人知道你的内心。

百年过去，阿克顿巴，你仍然行色匆忙。

许多人传颂你的智慧，却挽留不住你轻烟般的脚步。

选自《北京文学》1994 年第 7 期

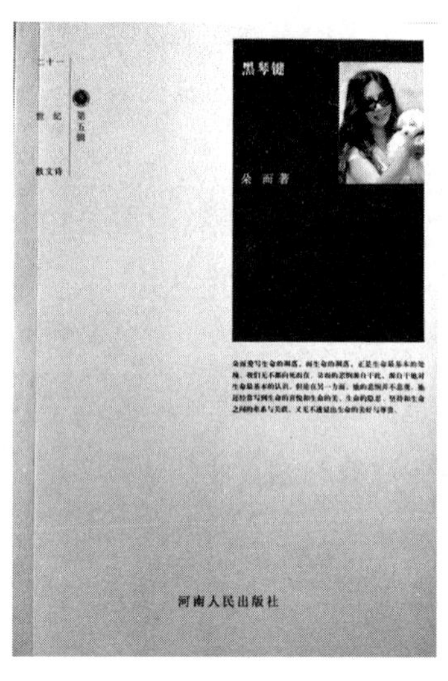

爱斐儿

爱斐儿，本名王慧琴，曾用笔名小雪，祖籍河南许昌，从医多年。中国作协会员。作品先后被翻译成英、日、法等文字。出版散文诗集《非处方用药》《废墟上的抒情》《倒影》。获首届“中国屈原诗歌奖银奖”、第八届“中国·散文诗大奖”等多种奖项。

桃花散

“……你要快乐！”说完这句话，冬天就隐遁了寒冷。

多少种语言，都不及这几个字带给我的惊喜和惆怅。

让我失手打碎眼中的星空。咬紧牙关的星星终于滚鞍落马，允许我放纵声音的缰绳，把你的名字从我紧紧捂住的喉咙放还给一声颤抖。

该有多大的草原，才能放下你温暖的风声？

该有多深的海洋，才能深藏你侠骨中的柔情？

爆竹声里，烟花撒下的烟雾，已无法挡住我在春天的节骨眼上，动用一场灵魂的风暴，平复人间苦难的褶皱。

想。平静或者不平静。

反身关闭所有的门，面对大门洞开的春天，把你嵌入一首诗里。

就像三月把桃花嵌入春天。

任多长的日月，也休想把你从一颗桃木的心里带走。

可待因

所有的等待都有原因。

菩提等如来。 拈花等微笑。 因果等轮回。

我等你，今生的命运。

等到羊群找到了牧人，琴弦找到了知音；

等到金秋穿越了绿色的森林，时间不改变速度的一贯；

等漫山遍野的野罂粟找到了病因般的美，等到真理般的诗歌成为一种瘾。

我等在文字的那端。

等不来被爱就去爱你。

天色尚早。 道路上正行走着微暖的春寒。

打扫完前尘往事与来世轮回，剩下比虚无更真实的余生足够等一次美景重现。

无论早晚，伴随恍惚的清醒与醒后的麻醉。

症状必须是爱到痉挛，疼到不能忍。

剂量是关键。

适量的等是药。 过量的等是毒。

不宜久服。 成瘾难戒。

穿心莲

一箭穿心。

留下寒凉与苦味。

穿心而过的空洞，疼得比莲花要美。
比雪莲更耐高寒，在深夜白得尤甚。

谁会在命里遇见你？ 仿佛火遇见了金。
风不吹，它也会吐出悬在舌尖上那个滚烫的名字。
苍茫抱紧夜色，你在火焰中制造飞雪降临。
花开得沉默，心飞得恍惚。
太轻的誓言和太重的命运之间，
一种爱怎样摆放才能平衡一个人的一生？

选自《非处方用药》

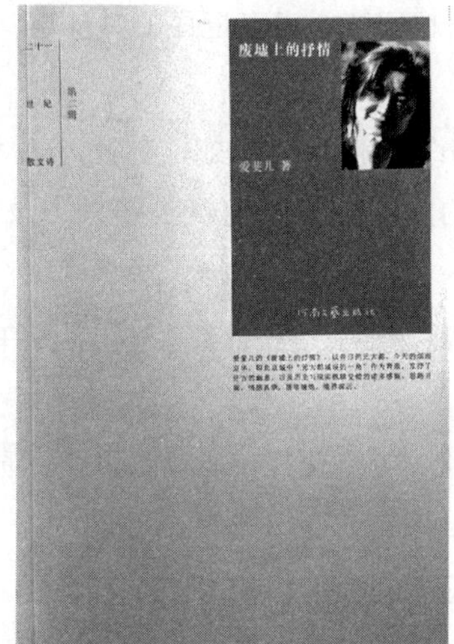

小　睫

小睫，本名马小洁，1966年出生，祖籍辽宁，现居天津。作品散见《散文诗》《星星·散文诗》《中国诗人》《诗潮》《诗歌月刊》等，偶获奖，部分作品入选多种年度选本。参加第十六届全国散文诗笔会。

春天来临之前

酒杯里的液体渐渐由浓变淡，就像多年前想用整个青春记住的某件事，某个人。

时间是隐形的魔术师，总会改变一个人的许多东西。比如：容貌，身材，性情，甚至于命运。也可以让生活中更广泛的内容每天发生着改变。比如，天气，环境，生存在环境中的物与事。

我们被时间包围着，无法挣脱，只能跟随它行走，或者自己为自己撕开一个带着血的缺口。

时针又一次指向了二月。许多人用来期盼，等待花开，或者借助于一场柔软的细雨进行细腻的抒情与描写。而我更想于此时进行一场无声的颠覆。

在春天来临之前，彻底打扫一下冬天遗留的战场。有形的，无形的，上浮的，下沉的。它们占据了太多精神与物质的空间，以至于让呼吸偶感压抑。

房间已经被清扫了多遍，东西所剩无几。柜子上那一堆厚厚的书籍，却始终拥有着仅有的空间。一次次把它们的棱角对齐，仿佛只有这样，内心才会整齐，思想才不会滋生旁枝错节。

它们也仿佛对我说，你的目光必须从我的身体里走完，才可能走进你梦里梦外无数次想象的春天，而灿烂必须被满天的星光擦亮。

春天即将抵达，我需要焚烧掉冬天残留的所有痕迹与秘密，无论美丑，甜蜜与苦涩。

寒冷依旧的最后一个夜晚是干净的，春天的火焰已悄悄开始生长。

从一本书的序言开始。

当寒冷再一次袭击春天

北风又一次呼啸而过，在立春刚过后的北方。

街道清冷了许多，行人脚步匆匆，他们要快速离开这从冬天返回的冷，回到家的温暖中。

随风一起奔跑的还有树枝的摇曳声，汽车的呼啸声。 生活暂时被一场春寒包围。

走在通向明天的路上，需要随时增减行囊。 比如继续穿上冬季厚重的衣服，保持体内的暖。

坚硬的事物在冷的笼罩下，继续着自己的主义，柔软的事物一下子拉开了与花朵的距离。

它们必须捧出内心那团跳跃的火焰，让心一直明亮。

春暖花开是一首歌曲，也是人们对美好生活的向往与期待。 它需要我们交出多少个与清冷共度的夜晚？

严寒阵阵的春日，不由得让人想念起八月，以及与八月有关的人和景致。

而一首诗歌滋生出的火焰，正在驱逐着大面积的寒，让冷回到冬天，让春天的步伐更加矫健。

风起云涌。 当云朵全部化作棉絮，世界会是怎样一番景象？

选自《鹿鸣》2017 年第 8 期

染　香

染香，真名李亚利，生于1966年。现居石家庄。河北省作协会员，某佛教杂志主编。诗歌作品散见于国内外刊物，著有散文诗《染香散文诗》、散文集《染香集》。

把你写进长卷

——佛欢喜日

一

你是世间最吉祥的咒语。

你被长夜化生、被晨钟敲醒的时候，我还是一滴未经母胎运化的清露。 我路遇娑婆，等待清凉的皈依。

等你温柔暴力的拯救。

等相遇，相知，相互拆分、融合的善侣，等一个提供献祭的节日。

——我们有幸在同一颗星子中被缔造和解体，尽管并非必然，也并非偶然。

从你热情奔放、光明觉照的额头，我将求得一条坦途。 或卸下负重，将一具粗陋的凡体放逐到轻飞漫扬的七月黄昏

——从此后放慢诗心，只细细读你。

从此后，只关注苦海行舟，流浪的村庄与黎庶。 关注佛子，孤魂，受难的众生。

只俯首，看蝼蚁们卑微的生存。承认每一个无凭据的空相都是芦苇花对风的期待，给漂泊一个岸。

我感动于一个个清净和觉悟，在伽蓝盛开。我感恩，你赐予我整个红尘的教化。包括脚下的土石，都是贴紧肌肤的温暖、芬芳。

你是人间福田。

二

当太阳在你掌心里慈悲、发光，沉溺不醒。当天空倾下暴雨的深省与悔过；当迷蒙的舍利之光，朝向我，确立我，却不能安慰之外的盲聋喑哑、一切残缺；当云音、霹雳，大水，声势浩荡的激情催生出万千昼夜的低落和高涨——

你古老的、泛红的瓦檐，再次还原了一个神秘的你。

羞赧的黎明，所有时间的覆盖都成为不可说，不可说。

走过八千里云月，与你一起缱绻。所有密约，所有贴心贴肺的呼吸、执子之手的暖，都无关情色。你是我生生世世孜孜以求的清净莲花，是令我遍体通透、身心安详的道场。

你是夜的深蓝，白昼的贤良

——你暗生一切契机。请宽恕，我凡夫的欲念。请宽恕我的满面泪痕。

请加持我，庄严我，慈爱我。

三

燃一炷心香，证实我长跪于佛前的安宁。

那鼓音，仍是你精致、错落的心跳。

我诞生，梦醒，一步一韵，体认自己。我仔细分辨你上一世遗留在我骨血里的颜色与体味，只为依附你滚烫灼热、不着一字、无声无息的爱意，你土木构成的辽阔，深厚。

只为膜拜你的经纬，密度，飘飞的经幡；

只为看一眼，你沉厚威严、令芳心颤动的影子。

我修习你莲的品质。 无染，安详，一团和气。 七月，炎炎烈日是我舍生奔赴你的勇敢。

以山海变迁之壮阔，以色的抽象，以光阴的层叠，你成为广大虚空衍生的云卷云舒，有真实微痛的触感，温暖明媚，无论以何种姿势，始终在。

我懂你的一切悲喜。 我心疼你，被年华染黑的情态，被西风吹皱的眼波。

我深爱——你于历史中毁灭，在灰烬中复活的霸气！

请度我。 从青涩枝叶，从庄周之梦，从最初一声微妙的胎音。 请给我裂痕、枯黄、空格、一切伤痛的回答！

四

把你写进长卷。

让你身形迤逦如大山的超拔高远，让你浑厚的声音绕遍红尘回响成萧萧森林！

让你银白的须发更富有先哲般神意邈远的启示，和英雄魅力！

让我与我的手足、我的兄弟姐妹们一起合掌，为你圣僧的威仪倾倒一万次，再卑微至尘埃！

让乌云作为一种华而不实的衬托，见证你在世间声色铿锵，广大壮观！

让落满时光的钟鼓楼在你温和深情的逼视下袒露烟火微醺的前生今世。

让你鬓边的苍苔苦恋我，净化我，把我染成夏日深深、葳蕤碧绿的钟情。 让我青丝乱绾，笔底生花，无论如何不能舍你而去！

这一日，只听你悲音四起，唤醒天堂，地狱，万劫生死。

这一日，只读你檀香袅袅，从远古到末世，照亮三界贫瘠。

这一日，一切在者与往世对话，全无答案。

这一日，把你俯吻过的日夕星辰再复述一遍。 在铺天盖地的白毫光芒下一起数息：净土，莲池，摩天塔，霁月之迷①。

---

① 天台霁月，藁城八景之一。

这一日幻觉一再呈现黑洞，狂像，罪果。翻滚的血浪，啮噬，腐朽和变生……一切游魂与敕令。

如若还有迷乱、不平衡、丧失智性，一切罪愆，请在焚香池，自焚于真理之火。

佛欢喜。你骄傲的气质。

这一日。要具足善德。不开花争艳，只施净食，跪诵盂兰盆经。

霁月之迷。

卑微至泥土

选自《诗潮》2017 年第 9 期

叶晓燕

叶晓燕，1966年生，河南固始县人，中国诗歌学会会员、中国散文学会会员，河南省作家协会会员。作品发表于《星星》《诗选刊》《新民晚报》《散文选刊》等报刊。出版散文集《幸福遐思》《辗转成歌》。获河南省“五个一工程”奖等奖项。

湖中

一

这一生，我只这样认真看了一个人，是你。

从湖中看你，我甩尾，搅动一池碎银。

从镜中看你，烛影摇红，你是桌上的砚，我是穿堂的风。

从云缝偷偷看你，透过月亮，透过竹影。

或者，做一滴晨露，擦过你的脸庞，再回眸。

看你，从冬到夏。

到十年后，你生出第一根白发。到翠羽凋残，时钟停摆。到星辰坠入仙女湖的涟漪，你我泛舟其中。

到生死无际的虚空，天也白，地也白，我们赤脚站着，宛如婴孩。

最后一次看你，我已经在心里描摹过千万遍。

拥抱，握手，平静告别。

这一生，我只这样认真看了一个人，是你。

二

如果，如果。

如果有一天，我注定先走。 踏着莲子挽歌，踏着如水的月色。

羽衣垂地，再前一步，时空凝结成格，静止。

这一次，换你看我，临别一眼，请夺我命。

像一幅薄薄的绢画，风吹即破。

像一片莎草，遇火即焚。

一眨眼，月升。 一眨眼，月落。

倘如这些太易碎，那索性把我粉碎，再弥合。

风来，我颔首，像一根喝水的芦苇。

风过，我抬头，像一尾怀春的鲤鱼。

只有你能看懂，我是莲蓬。

三

爬过虫洞，将时间对折。 回到千万亿年前，所谓寰宇，不过小小一核。

鸿蒙之初，仙女湖，尚噙在仙女的眼角，将落未落。

等到太虚幻化出清与浊。 等到无机物挨了一声棒喝。

等到地球从混沌中挣脱。 等到原子爆炸，细胞蠕动分裂，一只又一只，团成生命。

终于等到第一颗眼泪落下，飞升永不蒸发。 三万尺之上，仙女泪落倾盆。

生命有了意识，仙女就要离去。

她把长发剪去，拧绕成绳。 挂着最后一道晚霞。

亿万年后，我坐岸观湖，湖中有日月。

日月观我，如蚁的庸碌，不知来处的众生。

选自《诗选刊》2017 年第 6 期

春雪

天公收起太阳，霎时风起，铅灰色的云朵如军团，一拨又一拨，在天边密密麻麻地陈列。

这时节，已过了雨水，扑面的风也有了丝温柔的意味。 万物潜在地底，静等那道号令般的雷声。

铅云层层翻涌，好似包裹了一个婴孩，他越长越大，云朵无力承重，颓然撒手。

是雪孩子！

他咯咯笑着，跌跌撞撞在空中学步。 他手舞足蹈，一挥，便抖落半幕雪花。

天空是舞台，大地是画布。

六角雪花伸开细弱的臂膊，你拉我，我拉你，翱翔时轻舞飞扬，落地时紧紧拥抱。 轻柔酥软。

地面浮现浅浅的白，雷未起，雪却至。

惊的是玉兰，急匆匆吐好的芽苞来不及吞回，半张着小小的口，被覆上了细细白雪。

莫急，莫慌。

天公以雪为掌，慈爱地抚上大地。

时光还早，且让种子好好酣睡，让幼兽多些佑护，让湿润的水汽浸透干冷板结的泥土。

熬过最后一场寒冷的考验，你且细听——

春天的风声，雷声，雨声，正在赶来的路上。

选自《星星·散文诗》2017 年第 10 期

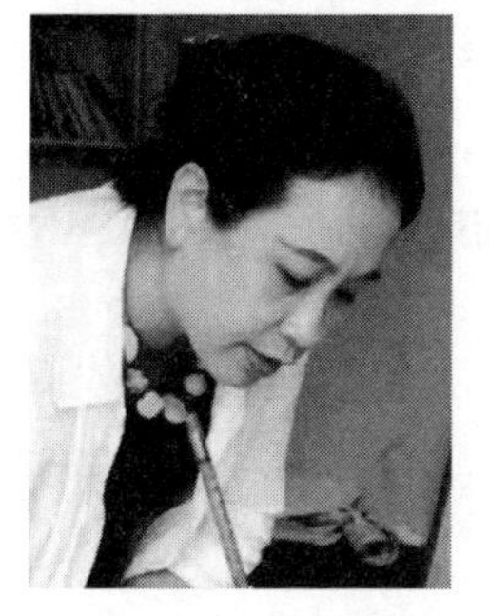

木 京

木京，广东新会人。广东省作协会员，广东散文诗学会理事。作品多次获奖，并在《人民日报》《深圳特区报》《江门日报》《散文诗世界》等八十多家报刊、年选发表。著有散文诗集《大地沉香》。

宾川有梦

清寂如水。一粒荧光在草丛间静静地舞蹈……

夜还深，我对宾川的向往已经按捺不住了。

我怀揣欢喜，摸黑赶路。

来到宾川时，宾川还在熟睡。鼾声此起彼伏。

今夜，宾川有梦吗？

听说宾川是个干旱的地方。可是，今夜的宾川很是滋润。

但见露水在叶子上滚动，伴着小草拔节的声响。更见许许多多的水果在趁势生长。

红色的是红提，黑色的是黑蜜，翠绿的是北极星，紫色的是阳光玫瑰……在碧云层叠的叶片下尽展芳容。

这饱满的葡萄密密匝匝，如满天繁星。戴着小皇冠的石榴也是我所钟爱的，多籽家族的石榴籽亮起红玛瑙般的小眉眼，一派清纯。

还有那青涩的小苹果和熟透的桃子、李子……水果们吸吮着宾川人的汗水生长。水果家园的蓬勃正是宾川人梦境的蓬勃。

今夜。清寂如水。我却怀揣欢喜。

只为今夜我来到宾川，放轻脚步走向果园。

我成了宾川梦里果园的一个不速之客。

可宾川的夜梦已然滋润了我多梦的心田……

牛角巷

嘀嘀嗒嗒的马蹄声如歌悠扬，踏出了三千年盐马古道。

遥遥三千里，接西昌、攀枝花、盐源、宁蒗、丽江……

驮着川盐入滇的马队一路颠簸跋涉缓缓前行。

马身上流淌着汗水，马汗的味道便是盐的味道。

一去家千里。

赶马人背着家乡和对亲人的思念比马背上的盐更重。

实在扛不住了，泪水在眼眶里打个转便往肚子里吞，还得继续赶路。

最后走不动了，或许暴尸荒野，化作尘埃。

宾居牛角巷是一条又窄又短的踏马石巷道，却承载过那段历史。

时光覆盖着时光。 脚印重叠着脚印，更迭着许许多多的故事。

村庄摇曳着橙黄的灯光，如多情的眼睛，带给赶马人温暖和慰藉。

终于可以放松下来歇一歇，像回到家一样。

经过的次数多了，村民也熟络成亲人。

宾居成了赶马人的第二故乡。

会不会有人听到嘀嘀嗒嗒的马蹄声会怦然心动？ 月亮含笑不语。

悠扬如歌的马蹄声已经走远，盐马古道的传说依然诱人。

我从牛角巷走过，走着走着我便成了一匹马。

走着走着我的背上卸却了沉重的盐包，我背着诗歌奔跑。

牛角巷，像是我的故乡，回响着嘀嘀嗒嗒儿时祖母月下的吟唱……

灵辉鸡足山

古木参天之上，云雾缭绕……

巍峨宏伟的鸡足山缥缥缈缈，高深莫测。

山离天庭很近很近，以至我总疑心它是仙界的一部分。

山上栖息着的鸟儿、猴子、蛇等动物是天庭放养的宠物吗？

要不，它们身上哪会有那么多与众不同的灵性？

当你听到烧香鸟提醒你“洗洗手，烧香……”时，

你还能当它是只普通的鸟吗？

释迦牟尼大弟子迦叶尊者选鸡足山做了道场，讲经弘法。

佛寺精巧庄严。 僧侣云集，参禅悟道。

昔日佛祖“拈花一笑”，迦叶尊者便从一朵花中看到了整个世界。

迦叶尊者跟这座山一样，缥缈中高深莫测……

高深莫测间，竟能高僧辈出，一个个名字灿似繁星：

明智、护月、慈济、源空、本源、普通、法天、担当、虚云、自性、宽霖、了凡……

仿佛真是栖居天国里智慧明艳的众多大臣。

引来朝山的香客络绎不绝，道场香火日日鼎盛。

鸡足山真乃有灵的福地。 晨钟暮鼓警醒着芸芸众生，一念成魔一念成佛。

诵经声一遍又一遍地淘洗蒙尘的心，灭妄念，脱苦海。

我在佛前闭目冥想我的前世今生，因果循环，领悟神的暗喻。

人间历尽千年悲苦，惟信仰能救么？

当我轻轻放下欲望，心中已然有了莲花送爽的清雅与敬畏。

选自《散文诗世界》2017 年第 7 期

陈惠琼

陈惠琼,1967 年出生,广州西关人,《粤海散文》编委、编辑。《中国散文诗年选》《中国年度诗人作品精选》《世界华人散文诗年选》主编。中外散文诗学会副主席,广东省散文诗学会会长。作品选入三十几种选本。散文诗集《西关写意》获“首届中华之魂优秀文学作品”一等奖。

从春天的财富里挥霍

一　悲哀不断,世界缩小

相知不相识时，其抽身的理由，是从冬之梦喜欢上春之花。 贪求的贪求，厌饱时候的猛烈饥饿！ 生出的饥饿，喜欢损伤，损伤照耀过的人；喜欢劫掠，劫掠曾给予的人。

——饥饿于为恶。

哦，买醉的日子，还沉湎于幻象中。 当悲哀不断放大时，世界定会缩小。请放一条溪流吧！ 照一照其藏匿的一面，不能随意相信翻脸的天会横亘彩虹。

爱不经常涌溢出来时，往往就会死掉。 烦恼和忧悲找上了凸隐凸现的游戏，有了视线之外的神秘，强求没有可能。 一夜之间倾空行囊，不屑地弹起自己，走上荒诞。 不知东边还是西边的纠缠，黑夜和白昼都会嘲笑愚蠢的泡沫。

二　忘却季节

居住在一个不死不灭的梦幻里，流血的伤口，升起一首歌……

透过许多脸，脸会从一扇窗，飞至另一扇窗?

为何还徒劳地摆弄着时间的流水？ 为何还假装微笑将脸遮盖？ 迷失，已忘却季节。 如果在夜的风暴之前扯起有意的风帆，击断船桨，就不会后悔；在黑袭击之前，赶紧渡河，就不会后悔；在摆渡之时，拿取酬金，就不会后悔。

后悔会变得敏锐而笃定。

三　该失踪就失踪

现实，一条无性别的真理。 支走在衣服上擦拭的脏手，梦幻不再沿着心划船……把曾握紧的,弃于尘土中，把困扰和情绪打包。

黑夜，手因冰而燃烧!

供奉心灵的殿堂吧！ 思想的队伍抵达绿洲，走过的路该失踪就失踪，借助马的速度摆脱命中厄运。

四　给夜开门

走出酩酊大醉，砸了叮叮当当的脚镯。 彼此陌路人，不会再将声音变为自己的声音。

给夜开门,让出空间给晨光，快马加鞭地把欺骗连根拔起。 记住：时间匆匆走过，命运没有把一切骗走，想唱歌时就唱出声……

选自《阳光》杂志2012年增刊

文　榕

文榕，本名顾文榕，1967年生于江苏，现居香港，教师，编辑。香港文联常务副秘书长，著有诗集《轻飞的月光》、散文诗集《比春天更远的地方》等六部，获第三届中国散文诗天马奖等奖项。

花间迷失

我在花丛中迷失了，那艳丽的花丛像环抱我的河流。我从下游逆流而上，踏着碎石遇上荆棘，仍微笑着。这是我选定的路。我开始有些吃力，仍笑着，为了繁花似锦的小路，为了怀抱春天的感动，为了彼岸真的有光。

在花丛中我迷失了，并非为了某朵花，而是整个花树的森林，她们在我和我的幻影之间流淌，使我分不清幻象和真境。我在幻象的世界游走和奔跑，看见了花的眼泪和笑影，真实的情境却流不出一滴泪。

我在花丛中迷失了，不想再回到真实的世界，现实嘈杂又寂静，虚空又苍白，荒谬和失重让我却步，我在现实的丛林中嗓音暗哑，一如我在花的海洋纵情徜徉，恣意歌唱！

我在花丛中迷失了，从此花海对我有别种深义，我不想分清幻想和真实的距离，恰似我始终怀抱美梦的憧憬。我不再寻找自己，恣情迷失。繁花的天地多美，我穿过一扇又一扇门，门扉轻掩，我悄悄过去打开门扉，每一朵花之后都是笑脸，每一种色彩之后都是斑斓的光阴……

选自香港《橄榄叶》诗报2017年6月

森林情人

我走在森林深处，交错的树盖迎迓我，我似得道高僧神态自若，迎着森林的风声，一切自喜自足，有微云送上的飘带，也有远方哈达的飞舞。

我走在森林深处，次序与节奏不重要，甚或爱情和等待也可弱而化之，我只是走着，像婴儿，如少女，走进我明澄的中年；我只是走着，披着风，穿过爱和痛，失意或得意。一切在减弱，唯森林在茁长，仿佛所有的绿都在护持，使森林成为我唯一的情人。

风猛烈起来，树枝开始混乱，交错冲击中说不透的和谐优美，我的情爱也随之动荡，振动出最悦耳的强音。

我走在森林深处，一切结束又开始，在开始和结束时都学会感恩，如同我的翅膀一度遗失又接上，现在它透明地，在森林中随着飞鸟翔舞，守着信心的号令。

我走在森林深处，万物已是崭新，因我走在莽山的溪水边，于将军寨的丛林里呼吸。我的信心朝向远方，即便远方换上新的内容，我的歌声飘向远方，它不再是从前的模样，我为种种改变惊喜，正似我因静止神伤。迎着风行走，我再次迷恋上魔方的生活，痴心于深绿浅翠的甜蜜云朵。

选自《大公报》2017 年 1 月 15 日

月河，船过无声

当阵阵喧闹在桨声灯影里远去，我又回到我幽静的庭院，那灯影里的欢笑和泪痕，那桨声里的酒歌和耳语，已隐匿在南湖的水面，不留一丝波纹……

我发现我在笑语里的惆怅，几许温热，已渡不过此生的憾意，当黄色百合再度盛开，也有飞不过沧海的蝴蝶在折翼。 喧嚣时，有谁在聆听？

南湖的水面，就这样在酒歌中错失，失之交臂的还有星光、火种和深沉的呼吸。 我憾然，无法在水面栽种一亩玫瑰，也无法让百合在月色里飘升灿烂……

我栽种的只是逆旅的机缘，顺随的种子，在无法描述的夜晚用言语歌唱，在曲折的街巷用脚步丈量一寸又一寸的落寞，深埋在月河苍白的臂弯。

嘉兴，已然有玫瑰在盛放，百合在低语，却逃不脱宿命的预设和纠缠，于一个平凡的夜里，点燃千种芬芳，万般遥念……

我在馨香里小酌，看群鱼深吻，花落无声。 当身体的欢宴凉寂，再不愁寂寞深深。 踏在月河的石板桥上，俯首水的怅然，我要做月河里的小舟，漂泊在桨声灯影里，船过水无痕，浅笑于漾起的微澜……

选自《大公报》2016 年 9 月 4 日

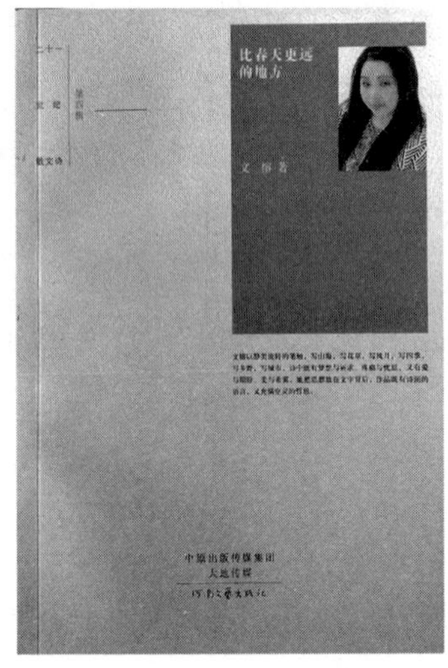

青　青

青青，原名王小萍（王晓平），出生于1967年。现居郑州。中国作家协会会员，河南省诗歌学会副会长，河南日报报业集团驻三门峡记者站站长。著有《白露为霜》《采蓝》《小桃红》《落红记》《访寺记》等。《白露为霜》获孙犁散文奖，《落红记》获杜甫文学奖。

写给大自然的情诗

大鲵谷的月亮

走进大鲵谷时，月亮已经升起来了。就在山上的树梢上游弋。天空乌蓝，月亮那银色的笔在细细描画着山的轮廓，那山当真如卧着的黄牛正在温柔地呼吸，草木在山的脊背上也正微微呼吸。随便走上几步，月亮的位置也开始变化，刚刚在这个山头，现在飘移到那个山头。何不月下漫步，就在这山谷里。

山谷里有溪水的声音，路边的树都静默着，黑魆魆的好像有许多神灵藏在里面，远山如睡，也静静地沐浴在牛奶一样的月光下。这时候月亮好像是世界的主宰，世界的一呼一吸就在她的怀抱里，满山谷的白月光静得似乎要响起来。月光的确是和一川溪水一起鸣响着，轻轻淙淙地弹奏着。路边有一处院落，有人在月下推门，吱吱呀呀，听得见撩水洗身的声音，却看不见人影。再向前见有人或者是一个怪异的黑影站在路中间，高大而黑暗，像小时听说的路神。我的脚步有些迟疑起来，终于不前了。他紧步趋前，抱住一棵大树。月光幻化了万物。树、人、神灵完全可以混为一谈。

已经有蟋蟀在叫了，也许不是蟋蟀，是绿色的豆娘，在草丛里，在石头下，正在月光里轻吟低唱。远山越来越近，山的轮廓更加静默起来，山头上的那颗星星更亮了。“今晚的月色真美！”我顺手拍下月亮，发给一个好友，他会不会明白我的心呢？据说夏目漱石曾将 I love you 翻译作此。非常喜欢这样用词的含蓄与隽永。这远远比直接说出来更加美好。但这个世界上，哪里有如此相契的人呢？不是缘木求鱼，就是对牛弹琴。高山流水的知音有时只存在于想象之中。想到这里，满山谷的月光也怅惘起来。

回房间的路上，我还是没有忍住看看手机，他的微信黑着，他没有看到我发的月亮。

白云

下午雨停，白云自山谷缓缓升起，一大朵一大朵的白莲花，开放，散落，再次凝聚，开放，不倦地开放。白莲花开始上升，绕着山顶做缠绵状，山峰时隐时现，两分钟变幻一次，突然白云撤退，好像做了决绝的告别，雨里青山是那样洁净明亮，绿得发亮，万物犹如新生。

我刚刚拍了几张，只一阵风，白云漫卷，重新又占领了山谷，这次白云升得更高，除了白云，大堆大堆的，好像兵气森森。一片迷茫，一团幻觉。山谷里白茫茫的，一片暂时都匿迹不见——房子，青山，河边吃草的牛，穿行的燕子，还有山上采药的人。好像世界坠入了梦境，软绵绵的没有力气，脚脖子也开始软起来了。就在于梦将醒未醒之间，世界若存若失，若即若离。这时候风来了，风像个猛汉，推动着这个梦幻世界向前趄趔，白云旋转着，形状迅速改变着，本来在峰顶上的缠绵悱恻突然成了告别，白云开始飘移，青山面目洁净，娇艳异常。再抬头，白云已经不见了踪影，难道白云都是精灵化成的，说来就来，说去就去？失去了白云缠绕的山峰看上去孤零零的，少了许多韵味。就像一个失去爱情的女子，有点失神。

刘　霞

刘霞,1967 年出生于湖北,现居海南。海南省作协会员。作品散见于《星星》《散文诗世界》《散文诗》《海南日报》等刊物。有散文诗入选《中国年度作品·散文诗》等。

心弦的颤音(组章)

清明,寄一份思念给您

春雨纷纷，油菜花黄……

我悄悄寻来，举目四盼，这么美丽的田野里，却不见您的身影。

父亲！ 哪里去了呢？ 昨夜的梦里，我分明见您来了。

我急匆匆向油菜花地寻去，小心地分开花枝，钻进那条被花浪淹没的小径。

记得多少次，你牵着我的小手走进花海，用小草笠遮挡雨丝，在我头上撑起一片晴空。 记得多少次，你让我在花田撒欢，追逐彩蝶，你为我拭掉小鞋上沾上的露水，轻轻弹去我裤脚上撒落的花瓣……

我在寻你呀，父亲！ 在油菜花开最浓最艳的地方。

自您走后，每年清明，我都会想起这片油菜花地。 不为花香，不为美景，只想寄一份思念给您！

摘棉时节

棉田里，有丝丝轻响，却重重地叩击着我的耳膜。

那是棉花桃裂铃吐絮的声音。 摘棉时节，我又想起奶奶……

那棉絮的白云间，影影绰绰的身影，是乡亲们在收获汗水的结晶。 人群中，总有奶奶弯腰的背影，汗水顺着脸上的皱纹，在流。

棉花朵朵，纺出丝线，织成布匹。 夜晚，奶奶总在手摇纺车旁忙碌。 有时，一边纺，一边还给我讲多彩的故事。

天刚入冬，我就穿上了暖暖的小棉袄。 那是奶奶亲手摘的棉，那是奶奶亲手织的布。

如今，又到了摘棉季节，却听不见吱吱呀呀的手摇纺车声。

那架手磨得光亮的木头织布机呢？ 也已无处寻觅。

奶奶呀，你到哪里去了？ 我在寻你，寻你。

母亲回来了

那一年，母亲走了，走进了秋天的落叶里。

我虔诚地捧起一轮轮落叶，寻找母亲的身影。 从一个秋天再到一个秋天，在纷纷落叶间，我看见母亲向我走来，越走越近……

那些年，儿子常常缠着我讲故事。 他仰起小脸听我讲，听得津津有味。 这个时候，我就觉得听故事的人是我，而讲故事的，是我的母亲。

那一天，在老家的妹妹，在微信群里晒出一个火烧粑。 那香软可口的火烧粑，是母亲的一手绝活。 于是，我学着母亲的样子，烙起火烧粑。 这个时候，我感觉母亲又回到了我的身边。

如今，我生病发热时，迷糊间，总觉得母亲温暖的手，在抚摸我的额头。

如今，我在闲暇时，总爱翻看书架上母亲常翻的那些书。 书页间，我总闻到有母亲双手的气息……

秋去，秋又来。

岁月，在轮回。 可是，母亲呢？ 母亲，你也该回来了呀。

苏　扬

苏扬，本名韩芝萍，1967年生，江苏省扬州市人，鲁迅文学院第三十三届中青年作家高研班学员。作品散见于国内外百余种报刊，入选多种年度选本，著有诗集《镜像》、散文诗集《青鸟》《苏醒的波澜》等。

汉曲（选章）

刘细君，江都（今江苏省扬州市）人，西汉江都王刘建之女，汉武帝刘彻之兄刘非嫡孙女。元封六年（公元前105年），汉武帝为结好乌孙，共制匈奴，封细君为江都公主，下嫁乌孙国王昆莫。后从乌孙国俗，再嫁昆莫之孙岑陬（乌孙王军须靡）。细君是中国历史上第一位名传史册的和亲公主，为国家的利益和民族的团结，做出了巨大贡献。她善书画音乐，为人柔顺，因不适应乌孙风俗习惯，且语言不通，思乡心切，与军须靡生下一女后，便忧郁成疾早逝。细君在乌孙生活了五年，留下一首脍炙人口的《黄鹄歌》。

——题记

广陵曲

那是父王的叛乱，我小得无权说话。

我只能看着父王的荒淫和野心让美丽富饶的广陵[1]沾满了血腥。 然后，父王与母后从覆灭的王道走下地狱，向惊恐的祖父请罪。

广陵从此不国，而我也成为一个没有家的孤魂，沦落到人间，忘记了自己的身份。

倘若真能永远忘记，是否就能太平？

可我身体里流淌着皇家的血液，我无法选择出生，也无法选择逃亡。

我做不了平民，只能在国破家亡中寄情于诗文音律，祭祀我的山水。

谁不羡慕我被册封为江都公主呢？ 多么盛大的排场啊！

旌旗蔽日，鼓乐喧天，车队浩浩荡荡，数不清的金银珠宝、绫罗绸缎……

和亲乌孙，这是女子的命运，也是历史的真实。

西域有多远？ 乌孙有多远？ 国王什么模样？

不能问，不敢问。

我已是一个丢失出处的人。

琵琶曲

大雁啊，你看到塞外风光，看不到汉关脚下的血泪诗章。

帝[2]命我昼夜兼程，美其名和亲，却是以美色做贡品。

罪孽深重的父王啊，你躺在故乡的墓地，可知女儿跋山涉水，有去无回？

叹，叹，叹，细君身世飘零。

大漠茫茫，天涯苍苍。

转身眺望，已不见雁行，无限惆怅。

空旷，越来越使生命荒芜。

奶酪与动物的腥气混合表演，胃以泛酸代替抒情。

---

① 江都国首都，今扬州。

② 汉武帝刘彻。

大漠粗糙，粗糙得失去浪漫之心。丝绸之国的文明与礼仪，被野蛮孤立。

王①老得像故园腐朽的老槐树，只有悲啼的秦琵琶声声断肠。

罢，罢，罢，凄凉琵琶曲中怨。

和亲是国家的安邦大计，一个失去出处的人有什么值得自怜？

还是强作欢颜吧！让跌宕的曲调保持清醒。

复活曲

芦苇在最寒冷的季节埋下种子，等待一场复活。

那时候，会有数不清的大鸟搭起彩桥迎候我的新生。

善良的巧匠在彩桥上刻满一万个福字，为我祈祷平安。

享受恩泽的乡亲在万福桥的两岸建造了雄伟的城阁和美丽的花园。

古代与现代的界限被夕阳镀上了金辉，瘦削的芦苇像河道的骨骼，反映着更加幽深的人间。

我在刺木丛中找到我的洞穴，找到我的头发和皮肤。

我开始创造自己，我将腐烂的苇叶和断裂的苇根堆在一起，点燃了火焰，代表将过去的苦难和丑恶扔进火里。

接着，我又用河水和芦苇的汁液配制我的鲜血。

大火燃烧着旧的制度和新的诞生，芦苇的能量传输给我，疏通了我的经络，我的身体有了温度，血液开始畅流。

我重新醒来的时候，矗立的芦苇更加轩昂，万福桥发出通天彻地的光芒，世界有了更加清澈的光明。

选自《九州诗文》2017 年第 3 期

① 乌孙王猎骄靡。

蓝　蓝

蓝蓝，原名胡兰兰，1967年生于山东烟台。著有诗集、散文集、童话集、散文诗集十余部。获刘丽安诗歌奖等多种奖项。作品被译为英、法、俄、西班牙、希腊等语种。河南省文学院专业作家，中国人民大学第二届驻校诗人。

在那片草地上

在那片草地上，野花星星点点开在脚旁。我们被阳光晒着，醒着却如做梦，一只白头翁掠过时的叫声把我们的呼吸染香。

我们说起那个秋日，说起冬夜的炉火，我们互相望着，却又像在自言自语，独自回忆起共同的过去。

那片草地年年绿了又黄，如果没有你令人伤心的诗句，这一切原本不会是这样——可它又会是什么样呢？我们的眼睛轻轻与往日的草地接触，在此刻的草叶上化为露珠。

我们感到大地正托着我们飞驰，这也是生命的风俗：当这片草地在时光的轮回中成为草地，我们想着我们怎样在怀念中成为人。

槐树里谁在说话

那是我不知道的名字，槐树里谁在说话？

它的根在大地深处比天空更远，远到别处的黑暗泉水，远到黄土下面的瓦棱——紫色的瓦棱被一阵不知来自何处的风吹着。

也许……槐树在那里不是它自己？ 它开出的串串白花是另外的东西？

它会沉思地说出一个词，使地下的一条河醒来——一股深蓝的激流冲到人间，一阵槐香在大街上飘散！

我猜想，它在一个世界洗脸，它也会在另一个世界藏起来，羞涩地脱去衣裳。

散步

一棵年老的狗尾草在秋日的阳光下打盹。

远处的城市在渐凉的风中像一头灰蒙蒙的巨兽。

一棵萎黄的草，它回想着春天时的青嫩和招摇。

一切都已过去——雷雨、烈日、蜂蝶的嬉闹。 它在静静度过安详的余下的时光。

散步的人被它的静默突然拦住了——一棵年迈的草！ 它以它应该成为的样子使一个找寻生命意义的人深深弯下了腰……

选自《飘零的书页》，河南人民出版社 1999 年版

杨慧思

杨慧思，香港某中学教师。著有诗集多种。现任香港蓝叶诗社秘书长，香港散文诗学会副会长。

曾经

站在阳台悼念对岸的灯火，黯然的淡黄浮泛着，一段难以忘怀的曾经。

明媚的春光里穿梭街角小巷，如画如诗点缀城市的绿洲，璀璨夜色奏起蓝色的恋曲，追寻一刹浮生若梦的繁华。仲夏的夜空遥看银河星海，恳求黑暗中的明灭引领前景，深邃的黑眼睛却阴晴不定，雷电前夕显得格外平静。

游走在秋意绵绵的街道，飒飒凉意穿越炽热的都市，秋风秋雨敲碎闹市的喧嚣，眼前一片顿成赤色的荒原。冬雪降临南方的季节，城市的步伐逐渐迈向终结，无语叹息伴随欷歔的回音，刺痛两瓣受伤的洋紫荆。

让季节放逐的风景，深深埋葬，很遥远、很遥远的曾经。

两个失落的季节

悠悠的岁月风景，缀挂着两个失落的季节。

严冬是候鸟远遁的日子，万物萧索如刚落幕的舞台，四处覆盖纷飞白雪的布景，灰蒙蒙的天际不辨黑夜白昼，黎明赶来前，大地已失却她的血色。

初春是候鸟归航的日子，轻轻奏响明媚的乐章。 姹紫嫣红的调子，为迷幻的舞台，点缀缤纷色彩的虚拟真实。 欢笑声带来光明和美善，憧憬幸福与盼望。

传说有一种缘分，让两个失落的季节轮回。 就在最短暂的车程中遇上，列车在漆黑的风雨里，感受着岁月的茫茫。 轮子划过轨道的火花，旋即成了今生的绝唱。

选自《香港散文诗》

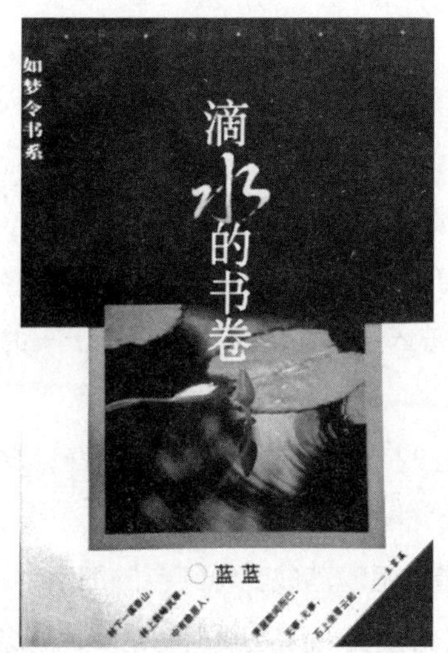

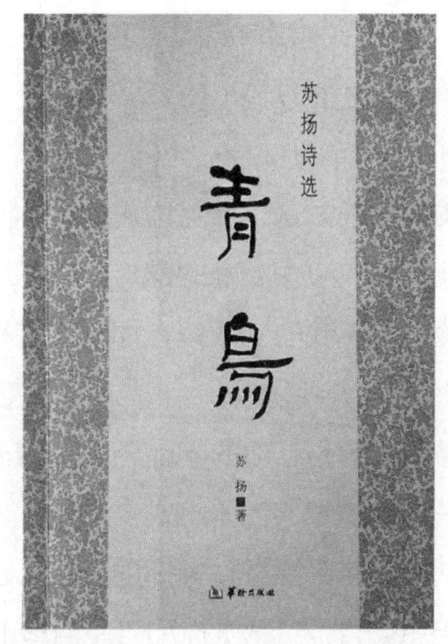

曾 洁

曾洁,1967年生,海南省乐东县人。海南省作家协会会员。在《星星》《散文诗》《海南日报》等报刊发表诗歌、散文诗、散文等。作品编入多家选集。

深冬,思念远方的你

夜，月静如水，月光皎洁。一种思念，温馨在我心的峭壁上。

此刻，我坐在寂静的窗口，细细地扯一窗月光，编几支弯弯曲曲的歌。深冬的风铃响起，我的梦依然在你的思绪里。那曾醉过山城的箫声，淹没于一曲婉约的音符中。

曾经，远方，你的翩翩风姿和着五月渐进的节拍走进我空旷的视野，定格成翠柳石旁那株擎天的木棉。

从此，花影叠着你健朗的身影，在深冬腊月里飘落成我粉红色的细雨。

相思如月，总感觉你如月般温馨的柔煦，将我灵魂深处凝重的落寞，荡涤得没有丝毫痕迹。在遥远的北国，你用相思的雪花，那饱满的热情舞动着我的思念。

那款款深情，悄然地沿着你的明眸、你的皓齿、你的伸长的臂膀次第升华，在我每一寸朦胧的空间灿烂开放。

于是，我丰富的想象，在你款款深情的目光里滋长。我全部的思念和期盼向空中无边伸展，于思恋的最高度将你凝望。

此刻，我的心已装进洁白的信封，邮向你北方的驿站。

你那流淌的眼波，滋润着我的心花绽放。温厚的眸子，隐着长长的睫毛，流淌着深邃的光芒。你舞动的臂膀已在我视线的旷野定格。我读懂了距离，是一弯甜蜜着的美丽的弧线。

我不知道，你生长的地方是否寂寥？ 当祝福贴足邮票后，余温是否还能点燃篝火。 就这样，在深冬的月夜里，我守望一支长箫，吹出心中久久的思念，奏响深情无比的歌谣，为远方的你！

选自《散文诗·校园文学》2015 年第 11 期

宁静的午后

怡人的山城，宁静的午后，天空湛蓝湛蓝的，远看几乎透明。

树上的鸟雀也消了声息，隐遁在梧桐摇曳的倩影下。 几处的凤凰花，红艳艳地点缀了山城的晴空。 风吹走了喧哗与躁动。 而我的乐趣之一是，静悄悄地放牧心灵。 在红尘以外，在那片心灵的牧场，在那个最向往的地方，支撑起一片属于自己的蓝天。

窗前洒满了阳光，膝上，是一本墨香、恬淡的书籍。 在这瞬间的欣喜中，选择以这样的一种方式，与一本书对话。 在这午后的柔光里，打开心扉，跟着它的脚步，漫步在它心灵的牧场，满眼是湖水的纯洁透明，满眼是山林的茂密翠绿。

阅读，这是一朵一直芬芳在生命旅途上的花儿。 阅读可以让心灵悠然安静舒畅，将红尘的喧嚣阻隔，将浮华的世相掩抹。 沉醉在阅读带来的这个澄静世界里，沉醉在纯真的快乐里。 我眷恋的眼睛，反复触摸着一行行文字，啜吸着每一滴来自一颗清澈心灵的滋养，安享那一刻的宁静。

静坐时蓦然绽开在唇角的一抹浅笑，轻盈地盛开，从心灵到心灵，不动声色地绽放。 那是一处美丽的风景。

一杯茶，一本书，一首歌，于清风拂面的午后，或是细雨拂尘的晚上，在一捧文字中任心灵遨游。 思绪，如翩飞的蝶，在墨香的明媚中把幸福写在花上；把花香揉进风里，融合成一串永恒的诗行。

选自 2016 年 10 月 16 日《海口日报》

王力强

王力强，网名微笑丽人，1968年生，蒙古族。内蒙古通辽广播电视台党总支书记，高级编辑。通辽市科尔沁区作家协会副主席。出版报告文学集《走进阳光地带》《凤鸣九天》，诗集《惊扰黎明的响指》。荣获全国报告文学一等奖、内蒙古“五个一工程”奖等。

朝圣组章

我愿三世做你的羔羊

在你广袤的胸怀里，我只是一个不起眼的符号，

但我愿意如此靠近你，哪怕只是衣服和皮肤的颜色。

我在秋的烈日里和你站在一起，没有拥抱无垠的碧绿，却可以一起染黄大地。

这金色的秋天是庄严的，有滚滚马蹄在群山不息，

我甘愿做你的羔羊，懒散在你的怀里不离不弃。

我知道你是爱我的，用乳汁喂养我，把我当成你的羔羊养育；

我知道你是爱我的，用清澈的蓝天明眸我的心灵，把我当成圣女怜惜；

我知道你是爱我的，用你的胸怀温暖浩荡，赐予我长生天博大的洗礼。

曾有南方的歌者远道为你而来，站在枝头为你鸣唱，并且化成一棵树，让灵魂和千年古榆不朽在这里。

今天，四面八方的朝圣者为你而来，

和草浪共舞。

你的神圣让我如此骄傲，我怎会远走他乡，

我愿意来世还做你的羔羊，在你的怀里在你的心底在你的脚旁。

撒娇打滚和放歌远天，呼唤你的名字，

用白云的圣洁感恩你的养育，化身遍野的萨日朗火红着你的胸膛。

一杯烈酒和一颗狂热的心，都在燃烧我的爱，

天地明鉴，前世今生和来世，我都是赤诚守候你的羔羊。

朝圣

沸腾和寂静，都是无法掩饰的心情。

很多大小不一的石头，都在祈祷，感化着夜晚和黎明。

万物如初春的草儿，开始在松软的大地萌动。

慈悲和大爱，起伏绿波大片的美梦。

鸟儿盘旋，祈福的人静默。石头在唱歌。

五颜六色的风马旗，飞舞着斑斓，哈达浸着祈福飘动。

蓝天和白云，在头顶奔涌，万物的影子，都双掌合十朝圣。

追寻着召唤，匍匐于你的脚下；古今，都无法改变你的希望和憧憬。

圣洁，在你的怀里和太阳一样闪烁，幸福和安康，都成了大众能读懂的圣经。

风里雨里，你都站在那里，普度众生。

敖包，广纳天下向善的心。秋蝉和夏虫，甘愿把身体安放在这里，献给心中的圣灵。

爱在这里，家在这里，圣洁在这里，平安在这里。福报和草原一样，都广袤碧绿地虔诚。

日月轮回，古往今来，都无法改变长生天，以博大的悲悯，护佑脚下的圣地和子民，奏响悠扬的马头琴声。

孤帆远影

远足的梦，在这里实现。 每一颗沙粒，都金光四溢。

沙漠，让沉淀已久的心，经过暴晒，经过雨淋。

没有什么能阻挡前进的动力，毫不畏惧跋涉的艰辛。

看不到草和树，却可以放眼一望无际。 浩瀚，让灵魂响起阵阵驼铃。

烟海浩荡，放大蓝天和白云，这里的足迹清晰，印证了生命无敌，所向披靡。

饥渴的心，饱受磨炼在你的怀里，暴烈的光芒，让人性学会静默和隐忍。

多少志士，把酒问天，看不清前面的路有多远，希望却总是在天边。

辨不清方向，就会强烈滋生出求生的欲望，大片灿烂的向日葵，让理想和信念发光。

独特的苍茫，让人有机会体验和沉思，一滴水对大地对生命的稀有和珍贵，让人懂得了珍惜和感恩。

雄鹰在这里可以随心所欲，边飞翔边俯视大地的辽阔，让自由的心驰骋。

可以有充裕的时间让思绪留有空白，沉淀于此，静守花开。

不在喧嚣中口舌论剑，纯净的大自然，可以闭口不谈，可以坦荡无言。

在沙海跋涉，对绿洲有更强烈的幻想，浩瀚的海洋，还有相伴而不孤独的时光。

一望无际，任由自己的心畅想，看不见世间的污浊，尽情享受无私的暖阳。

这里让生命变得坚韧而又刚强，筋骨如铁，意志如刚。

睿智的心，可以让沙漠变成海洋，扬帆远行，让干枯的万物充盈茁壮，用脚印留下壮美诗行。

生命总在前行，目标，总会在不远的地方。

选自《美篇》2017 年 8 月

夏 吟

夏吟，原名夏玲。1968年生，现任云南昭通市作协副主席。著有诗文集多种。作品多次获全国性文学奖。

仰望天空

仰望你，天空。你拥有美丽云霞，把世情山水呈给我观赏，我深深地为你陶醉。你拥有月亮星辰，明亮我看世界的眼睛。你拥有光辉太阳，照亮我身外的世界，疏导我心中热血的流向。

曾经我是一只云中穿行的鸟，披红戴绿，陶醉于写意蓝天，漫游田园，用身体在空中画彩色曲线，踩响树枝上美果，唱生动歌谣，点缀芳草茵茵。

突然有碉堡立起排排的枪炮，打落我轻盈展翅飞羽，鲜血如注喷涌四射，记忆成嶙峋的梦境。作为一只鸟，我飞行时，伤害我的是教堂锋利的尖顶。

仰望你，天空。多少年我步步将你跟随，执着于奉献你的热情。我年年的祈祷，改变过天空的景致。而今我从噩梦中醒来。天空、你无边无际，使我晕眩；你变化莫测，使我茫然。

曾经我不懂太阳东升西落，月亮圆圆缺缺有何意义。而今我从噩梦中醒来，面对坍塌的半壁山河，停止悲欣歌哭，隐去虚幻的海市蜃楼，知道了太阳在宇宙范围内，不过是一颗小小恒星，月亮只在我的梦里，才会发热发光。

仰望你，天空，我的国度叶落花残，神殿飘摇失去重心，却有根扎向大地深层，风霜雪雨未曾捆绑的，是我种子般的心。 我的国度里王位空缺，补天之石已准备好，我的国度疆域广大，等待挖掘黄金宝藏。

天空，我的国度大门已开启，思想明澈，感性生动，理智与感觉，诗歌与生活，扇动美丽宽大的羽翼，灵魂与肉体，情爱与梦想，静等好消息收藏。

仰望你，天空。 泪流满面，轻声吁叹，不是肝肠寸断的伤悲，是深深的感激，感激你的赐予，是你的广大丰富了我的生命，是你的浩瀚治愈了我的疾病。

仰望你，天空。 瞭望我们的城市，我们的歌声随风飘荡，我们的家园楼群林立，我们的足迹遍布其中，我们的乡村炊烟升起。 童年时放飞彩色风筝的地方，点缀着月亮星星，少年时诉说豪言壮语的地方，有彩虹守卫。

仰望你，天空，一遍遍地想这个世界，看不到抵达天国的路径，多少心愿化作满天的星辰，窗外是风是雨是泥泞，无关是风情，无关是命运。

因为天空的高度依然显现，我再次起调跟随你的歌谣，梳理好我断过翅膀的羽毛。 温柔地问你：星光在哪里？ 无关是风情，无关是命运，保存好对尘世的眷恋，骄傲地抬起头来，把博大坚实融入个性，我反射着七彩光线，再次飞向你宽广的怀抱。

仰望你，天空。 作为一只鸟，我不再追问天空有多高多远，我相信：我的心有多宽广多高远，天空就有多宽广多高远。 作为一只鸟，我懂得，把翅膀展开时，才知道你的疆域有多么宽广。 那不懂得去用飞翔实现心中企求和愿望的鸟，它不配叫作鸟。

我相信：只要我下定了决心要飞，没有翅膀我也能飞翔。 也只有飞翔，才能使我对我的翅膀有所认识，使我的翅膀恢复健康，增加力量。

选自《感动的天空》，中国文联出版社 2005 年版

薛　梅

薛梅，满族，1968年生于河北承德木兰围场。中国作协会员。现为河北民族师范学院教授。承德市作协副主席。《国风》杂志常务副主编。有专著《承德诗歌简论》《与面具共舞——中国网络诗歌现状研究》等。获《诗选刊》年度诗人（评论）奖、河北省文学评论奖等。

窑落峰峰瓷（组章）

一　彭城温度

山水之维是一个城市的房屋结构，山水同怀便是祥和之象。

这是峰峰给我的最初印象。峰峰境内的鼓山绵延横亘南北，滏阳河蜿蜒穿越东西。它们平静地在冀南大地上安居，就像一些物件自有它的去处，一个村镇的档案背后自有一些传奇。

峰峰的魂住在这样的山水中，那些石头和泥土便有了温度。

而温度养育着大地上的生灵，我喊一声，山水便有绵长的回声。

尽管元宝山上的元宝有着尊崇的显形，但那是现代人浮浅的热衷。神麇山才是本初。

更何况一块石头、一抔泥土，从不在意元宝的分量，它们有时候以最轻的翅膀飞越了千年的风雨，有时候又以最重的步履让岁月留下印迹。彭城就是这样的石头和泥土。更确切地说，它们的传奇就是化迹为一座千年不朽的磁州窑。

岁月本真。彭城的存在，令那些仿建的无法复古灵魂的古镇失语。

那些灰黑的笼盔墙，黏质的窑壁，焦红的窑土，都是历史典籍中的一个逗点，一次断句，一种欲说还休的意思。他们有硬的骨头，也有亲睦的柔软，更有深醇的温度。

我总是忍不住反复提到温度，这个现代物欲横流的世界中容易欠缺的细胞。

我想，温度，是彭城留下来的最真实的生命体征。磁州窑千年的窑火点亮过人心。

万年前的磁山文化，也因为彭城而有了呼吸。

唐诗的乐，宋词的韵，元曲的谱，因为彭城而在陶瓷上辑录成纹。

是彭城，让时光聚集了文脉的意义和文化的重量。

彭城的温度，就是生命的温度，就是生命活着的不屈不挠的意志力。

其实，很多真相是要还原到背后去的。

如果说每一件陶瓷都是一个个鲜活的生命，那古磁窑一定是那哺育生命的温床。作为唯一一个完整保存中国古瓷窑的镇——彭城古镇，它的命相里藏起怎样的天地玄机。看那五十多座浑圆拱伏的馒头窑，多像万籁有灵的朝圣之礼，正将天圆地方的父母慈恩顶礼膜拜。

膜拜的意味在于勤勉的劳作和智慧的开启。

老物件上浸润了一种工匠精神。工匠精神也将那些有着温度的石头和泥土，精心呵护成日常的珍爱。

我们不能否认历史的化合作用，更不能否认生命的渴望和美好生活的向往。

彭城告诉我们的，绝不单纯是一个个陶瓷故事，它指归的一个字，是活态窑址里的那个“活”。

也许，生死只是一种相对论。彭城活着，历史就活着。历史活着，今天才更加有意味。

正如没有一种冷是永久的。 因为太阳每天都会照临，温暖定会降临。

彭城更像是一种哲学。 徜徉其中，那些沧桑，那些新生，那些暗涌的神祇，都会在一座古镇里联袂而来。

生生不息的是永续的时光。 今天也是远古。 而远古更在遥远的未来。

二　石窟响堂

仅仅是一种方式。 响堂山石窟是一剂定心丸。

峰峰的石头与土联姻，便有了陶瓷。 而与佛结缘，峰回路转般，便有了心的皈依。

石头也还是那块石头，没有卑贱，却见风云。

正如一些东西要承载着苦难，也必然承载着福祉。

沿北响堂山的石阶而上，一个旧时王朝的皇家寺院就隐在半山的深处。

北响堂更巍峨于南响堂。 这些石阶从北魏起步，蹒跚步履中让石头成全了一种自我。

当石头成窟，成龛，成像，石头的脱胎换骨便是世界的脱胎换骨。

人心在世界当中。 世界又在人心的遥望之处。

南响堂还原于民间。 当皇家与民间都膜拜于神祇，石头便是血肉。

一些看得见的在眉眼间，看不见的在灵魂深处。

石窟不动，石像安坐。 风烟俱净，万籁肃穆。

只有那些沿着崖壁滴落的水滴，像是时光的屣声，不管不顾地发出声响。

还有那些在石壁上雕刻的经卷，像是一种回应。

千年的岁月是阅读的眼，有脉脉的诵吟。

几代代人来，几代代人走。 一字字雕进了骨头。

那些人世间的纷扰、挣扎，都在神像的素洁里化为祥云。

走下山去的，往往是敛眉低首的身影。

有些真的东西还在，有些真的东西已经不知所终。
统治者让石头成为道具。 民间的人心却让石头成为一种可能。
其实最伟大的是工匠，精雕细琢里都隐含着无数个日子的匍匐。

如果响堂山上的石窟是千年的馈赠。
那么响堂二字的意义更深远于缺失思想的叩首。
安禅的是一种境界，安神的是一种追求。
人心不死，世界才有万千的锦绣，才有被创造辉煌的家园和安守。

选自 2017 年 9 月 7 日中国散文诗研究中心微信公众平台

邱春兰

邱春兰,又名杨怀荣,1968年生,河南固始人,现居郑州。郑州润之兰文化传播有限公司总裁。中外散文诗学会理事、中国诗歌学会会员、河南省散文诗学会常务副秘书长。作品散见于国内外报刊并入选多种选本,著有《雨后蝶衣》《似与不似》《兰花引》,获多项文学奖。

风月在兰坡

她从未离开过兰坡。她似乎思绪摇落,想问:明月明年何处看?

兰坡上莹洁的月和自由无限的风似乎在说:月在月光中走,风在风天里行,兰在兰坡上生。皓辉静逸的月,流霞回风的风。据说这看似造境的风月,有坦荡高洁的心迹;据说,只要兰月相契,万物互照,与兰本心,兰坡虚静空灵一定清远辽阔,兰境中一种月焰之月焰,清寂之清寂的风一定与兰人灵魂驰骋。

她纵容风的呼啸呐喊,她允许兰坡月催更、尘收露,就像苏轼《水调歌头·明月几时有》中所写:“明月几时有?把酒问青天。不知天上宫阙,今夕是何年。”总之,她静享月色醉到梦的深处。她以世间恒久的吉祥风的矜持,接纳那些不羁的风心,涅槃月心的月明,和月影卷袭而来的寒露,比梦更暖的兰心。

寒兰

寒兰沐浴着初雪圣洁的洗礼，深情而气定神闲，与兰人即我非我的本我刻骨，与冷香、遗香、常香若有若无，时而近在咫尺时而天涯迂回，唤醒万物的世事极端。

寒兰与天空飞舞的白蝴蝶与景象抵达的坡上兰朵，开到微醉处，彻骨入思，空气明亮的一种气度、一种碧润、一种精神，听凭时光喊出万种寂静，谁说寒兰是天地看客，是雪潮的卷入者？ 坡上种兰人愧于自己与寒兰神采、形质的“太虚片云、寒塘雁迹”的对白。

寒兰允许用一个最通俗的比喻来说她冰肌玉骨，冷艳凌江；允许光线不分彼此的婉转词语无边的浮现，寒与兰的嵌合或夸张渲染雪借兰势于现世的境镜相入。

明朝春天，轮回的四季里，镜上映照的兰朵不动声色；境下夜幕四合，种兰人煎一壶岩茶于被雪覆盖的兰坡雪上与时空对饮，注定有一些欢喜时分一直在莹白如玉的雪上种满与兰的白月光。

为此，种兰人终将清风染眉，在雪月不相负的兰坡像寒兰一样黎明即起，与世照常。

选自香港《橄榄叶诗报》2017 年 6 月第 12—13 期

欢聚的海灵

无须一阵阵一声声，骤起咆哮之音，岁月能听到我们的呼唤与欢腾。

我们欢喜被海拥在广阔的怀抱里，我们灵魂贴于海激荡的脉搏中，任击起的海花洇开我们欢语的引领亦如汹涌的浪潮，起伏跌宕甚至席卷映照在浪峰上透射的霞光，包括鲜红的光彩或火焰，包括焰心里的天。 我们不为泅渡，我们是海的精灵。

我们无比靠近并在本我被色彩渲染之间，灵魂超之于世俗和神圣。

我们前生今世霎时相遇，我们知觉和灵性相守至今，我们鲜活！ 我们新生！唯蔚蓝色的力量，唯掀起翻卷的海浪，唯万千涌动激情，唯不知不觉起起落落；唯冲击，唯有颠覆，在海的起伏呼吸之境。

选自美国《常青藤》诗刊第 20 期

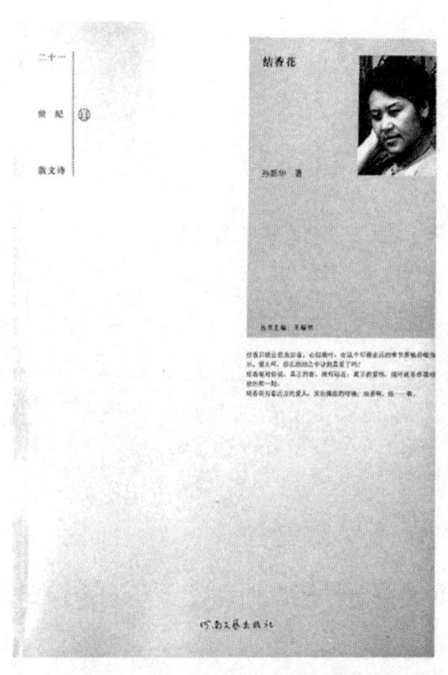

宋晓杰

宋晓杰，1968 年生于辽宁盘锦。已出版各类文集十九部。中国作家协会会员。一级作家。获冰心散文奖、2011 年度华文青年诗人奖、辽宁文学奖、第六届全国散文诗大奖。参加第十九届青春诗会和鲁迅文学院第七届中青年作家高研班。2012—2013 年首都师范大学驻校诗人。

逆光之旅（组章选三）

一　雷是第一个叛逆

咒语还是福音？
抑或是斫斧、利剑、奔突的熔岩？

从天边，从世界的尽头潮涌而来，裹挟着神谕、意志和力量，在悬崖的崔巍处，坠入万丈深渊。

铠甲鳞鳞，战马萧萧，黄沙舞动着旗幡，叱咤的霹雳和呐喊！

需要怎样的狂飙平息愤怒？
需要怎样的雨水缓释悲哀？

站起来，是大地上的巨人。

倒下去，是天空的长虹。

蓝光闪过，一盔青冢坼裂，向荒野延续着触须——为铮铮的骨骼和誓言。

向第一个说出真相的孩子，致敬！

我们有着同样的翅膀。

我们是同一个种族！

二　一滴血在慢慢洇开

淡漠。

相忘于江湖。

最贴切、最直观的景象莫过于此。

突如其来的逆转和变故。

一滴血离经叛道，头也不回地，走上了一条不归路。

从一个词的根部出发，探到怎样的渊薮？

胭红的伤口——皮肤的折痕，灿烂如罂粟。

嘀嗒之声旷远、沉郁，溅起虚妄的浮尘。

光洁的玻璃器皿，冰冷、尖利、傲慢，比血液还要触目惊心。

一滴血标本似的祭祀着呐喊、厮杀、鏖战。

当一滴水忘记清澈，一滴血忘记疼痛，什么都不可救药了，如海枯石烂的誓言，一文不值地散在风中。 如一个叱咤风云的歌者，毫无知觉地迷失在人潮中。不关风月，不关伤害。

像一粒尘埃那般沉重。

一滴血极淡极淡地化开，化成一片不真实的虚无。

三　一场大风将熄

眼睁睁地看着它，疲乏地弱下去，弱下去，无能为力……

大风将熄，火焰低迷，如早凋的浆果、冷凝的爱情，在世界的冰点失却温度。

见血封喉，窒息而亡。

让新鲜坐化，发出腐香，为更多的植被和蕨类补足给养。

为另一场摧枯拉朽的进攻蓄积能量。

大风压低着身子，倾斜着脑袋，失重的风筝一般投奔大地——那是它最后的归宿。 那形象与我们在儿童画册里看到的鼓着腮帮子、大眼睛的白团团，一点也不一样。

童话欺骗了多少人，多少代，而且还将继续欺骗下去。

——当我们终于看清真相，大风已威风扫地。

趁着大风将熄，说出你的感激。

选自《星星·散文诗》2014年第3期“当代女诗人”专号

湮雨朦朦

湮雨朦朦，本名张萌，1968年出生。现居江西南昌。就职于某集团公司。江西省作协会员，南昌市作协理事。《八一诗选》副主编。诗歌发表于《诗刊》《星星》《散文诗》等刊物。获奖若干，作品入选多个选本。

我所完成的音乐

三，二，一，开始了……

降F大调从高空坠落的时候，我接住了你；

一种力量，是一种力量，我从四小天鹅的舞步开始盘旋，开始追思；

旷野如此明亮，又如此彷徨，给个苹果吧，哪怕传来的是一丁点苹果花的芬芳；

现在是大片草原，羊们拥挤着上了蓝天，某季的骨头正拔节；

三，二，一，开始了……

一片月光是你的青春，我的青春挂着秒针，

蚂蚁跨着跳跃的步子，带走了叶子的心房，我能吗？

太阳，嫩黄；冰河，惊涛；小矮人追赶一个女巫。

我的口红唱出洛阳，唱出牡丹；

离离原上草，手指的喜悦；对面的帆船，

桑葚般的诺言，你是一条故乡的蚕；

我的手指，缀满某种音符，不是露珠；
手背已不是皮肤，一片片脉络的孤独，
七彩丝巾偶尔停在头颅，偶尔光顾梁祝；
一会儿露着桃花，一会儿吊着芙蓉；
在音乐的高处，我的呼吸上下起伏，我猜，我笑，我哭。

千年之后，你是化石一枚，
流线型的我，咀嚼着樱桃，与小河，与桃仁，与一面扇，
完成所有的音乐。

选自《星星·散文诗》2015 年第 6 期

漫卷诗书

狂是黄河上游的墨，草是秦淮胸中的一卷书。

露珠已经开始了，它们对我说，晶莹；
叶子们涌动着我的生命，这漫卷的生气，这万卷的大地；
我和风，我和雨，和一条鱼，直至透明；诗里的小情绪，是你；
诗里的万箭穿心，极具魅力；我青，卿，轻；
可以漫了，我的簪子已等不及，
佳人的长袖在孔雀里飞，可以吗？ 长袖长着紫罗兰的美；
赤壁，和你千堆雪；狂是黄河上游的墨，草是秦淮胸中的一卷书。
玉兔和丹桂，红与黑；轻蔑和咆哮，奋起直追；
来吧，晶莹的青，晶莹的皮肤；晶莹的一滴泪。
回眸是水，怀中是水，脚下是三寸金莲，
青是满满的，桃是满满的，火山灰是惆怅的，请出如来吗？

你只着长衫，青是灿灿的，心是蓝蓝的，天啊。
我的手指要唱出海了，你还扬帆吗？
手挽手吧，漫卷诗书，漫卷尘土；
我的枝节满是你的泪珠，我的晶莹，我的露珠；
我双手合十，于雪地变成一只白狐。

选自《星星·散文诗》2016 年第 6 期

换一种语言，栖息

换一种语言，栖息，旧绳索将逝。

今晚的优雅只留给你，半个月亮，我跳一支踢踏舞，月亮河是舞池，桂树是月光；

隐约，只是隐约，一只眼睛开始唱歌，我看着她，安娜，乘着天鹅绒，身子缥缈，握着铁轨的金碧辉煌。

紧接着，是音乐，另一只眼反弹琵琶，女巫们身着夏天，手捧千年编钟，宫商角徵羽，西施归来。

我感动，无所适从，拥抱着悬崖上的一粒种，
一朵花对着我手语，是海鸥，是海上的康城，红苹果用山歌点灯；
荆棘鸟从我体内飞出，我旋转起手指上的爱恋。
犬吠了，可我听不见，我心怀春天，一只脚踏上青苔，
我想对你说，
换一种语言吧，栖息，旧绳索将逝。
我遗失的鼻子，咽喉，爱情，全在西湖若隐若现，
有人送我三潭印月，送我白狐的清泪，我看见。

选自《散文诗》2015 年第 11 期

潇　潇

潇潇，四川人，现居北京。诗人、画家。“中国现代诗编年史”丛书主编。出版诗集《树下的女人与诗歌》《踮起脚尖的时间》《比忧伤更忧伤》等。作品被翻译成德、英、日、法语等。获首届“探索诗”奖、第五届“闻一多诗歌奖”、罗马尼亚传统国际文学奖等。

水磨镇

这三个音节，第一次从女画家大唐卓玛口中，像豆子一样滚动。
我就看见眼前流淌着山涧溪水，芍药花瓣泪如雨下。
回到泥土，干干净净哭。 鸽子花开，一行脚印，走走，停停。
与岁月淡然相望的水墨画。 我说：水墨镇。
她纠正：是用水把豆子碾成豆花的石磨，水磨镇。

哦，我上网游览，如果乘一辆马车，顺着有记载的古老碑文。
一路前行，我们就可以回到商代的水磨镇。
让时间开倒车，或者永远慢下来。
让“5·12”这个震惊世界的黑客在时间外止步。
如果是这样，苦难会洗心革面，死亡将痛改前非！

历史早已把“老人村”安置在西羌、藏、回、汉聚居的春风阁。
万年台前，羌人天马行空的皮鼓舞，差点碰着白云的耳朵。
偶尔有几朵珙桐花落在地上，像鸽子散步。

光线柔软地，穿过羌族老奶奶手中的银针，飞针走线。

挑拉着阳光和云彩，一针一针绣在形如小船，鞋尖微翘的云云鞋上。

有云纹和羊头纹绣花的鞋底，从历朝死亡的缺口撤出。

与朝代保持距离，在谷深峡幽的水磨镇，抛开几千年的荣辱与悲恨。

沿着风、花、雪、月而行，选择了最后的归宿。

从 2010 年的今天，到商代的水磨镇，用鼠标点击只需要一秒。

而要走完禅寿老街整洁的石板路，需要人类的一生。

2010 年 8 月 15 日于北京

选自《诗刊》2010 年第 24 期

宋晓杰绘画

胡雪蓉

胡雪蓉，笔名雪冰凌，教师，生于1968年。中国诗歌学会会员、四川省作协会员。有文字散见于《诗歌月刊》、《散文诗》、《四川文学》、《星星》诗刊、《青年作家》等。出版古诗评论集《流泉》，散文诗集《幻境》。

走近若尔盖(组章)

疾驰而过的百合

春已走远。

灼热的阳光熏烤着山坡，泥沙松散，似乎随时准备奔涌而下。 青草贴着地皮生长，高度是梦里几经变换的灯盏。

在理县，一朵一朵的白，像一颗颗星星散落在山坡上，在一坡贴着地的绿里闪烁摇曳，从车窗外急速而过。

“百合花！”惊呼唤醒了旅途劳顿昏昏欲睡的众人。

欢喜和惊叹是那一刻仅存的情绪。

“强蜀、番韭、山丹、倒仙、重迈、中庭、摩罗、重箱、中逢花、百合蒜、大师傅蒜、蒜脑薯、夜合花”，你有那么多的名字，我独喜欢你这沾着山露的“百合”。

像一群白衣白裙的女子，在坡上，亭亭玉立。 风牵着你舞蹈。

天蓝得一望无际。

能将心也掏空的蓝，宠着这些白衣的女子，任它们开得毫无顾忌、无拘无束。 不长一棵树的山，逶迤连绵。 那些头顶白纱的女子，贴着地长的绿草，就是它们最亲密的姐妹？

一缕一缕轻轻柔柔飘在头顶的云，那片无边无际的蓝拥着的柔软，和阳光无边无际干净的温暖，是旅途的盛宴。

梦或梦里的曾经，在窗外疾驰而过。

即便张开双臂，也无法拉住一颗执意远走的心。

查针梁子的落日

越来越接近黄河长江的分水岭。

查针梁子的落日，像一盏悬在梦里的灯。

旅途的劳累，沿途拥堵的烦闷，顷刻间都融化在车前方绚烂的云彩里。

遥远的天空在燃烧。

那些云朵呀，时而像万马奔腾，顷刻又是披着彩衣的羊群；时而是裙裾飘飘的飞天，俄而又幻化成手握利剑的勇士；时而铺展舒缓、时而扭结挣扎、时而急速奔涌、时而飘然若仙。 余晖映照着路边的河水，平缓安谧，波光粼粼。 灯光闪烁的车流蛇行斗折和流水相向而行。 四周是越来越浓郁的静谧。

我正在奔向燃烧的天空，而你早已远离。

天边越来越暗。 那火热，那绚丽到不忍注目的斑斓，终是熬不过时光纠结，所有的温热不得不退却。 莹莹带着寒气的蓝，是被吞噬前留给世界最后的遗言？

21:00，查针梁子最高处，当一块巨石以“黄河长江分水岭”的身份站在眼前，海拔四千三百四十五就成了脚下的平缓。 衣衫单薄的寒冷，都被翻涌的激情驱逐。

四野模糊。 嘎曲河、壤口曲轻缓的脚步，多像温婉娇羞的女子。 一路翻山越岭、披荆斩棘，无所畏惧。 何等的豪气才能如此百折不挠？ 吞吐天下、海纳百川的胸怀成就了滚滚长江、滔滔黄河。

带着寒气的风轻易就透过衣衫。

站在母亲的肩头，来自雪山的水，泾渭分明。 黄河、长江，长江、黄河，就像母亲摊开的双手，儿女们的一颦一笑，一草一木，都在她的怀抱里，温暖安适。

母亲河的脚步，越走越远。

我必须低俯，在查针梁子。

跪下我沾满尘土的双膝，俯下我卑微的肉身，用心贴着大地，倾听母亲的脚步。

撒在地上的星星

连绵不绝的绿，铺天盖地。

若尔盖草原，你这无边无际的绿海。我的脚步深陷于此，就再也不想离去。

一颗一颗的青青草，是不是昨夜那满天的星星？一直在梦里，仰望。

星空是最后的驿站么？我这沾满尘埃的眸子，怎么也无法接近越来越远的星空。

那就允许我低俯于一朵小小的花吧。我想以仰望的姿势和一朵草原上的花亲近。

不是一朵，也不止一片，那么多的花，在绿茸茸的大地上兀自摇曳。

袒露胸襟，在离天最近的阳光里。

黄的花，紫的花，蓝的天，绿的地。黄得干脆，紫得彻底，绿得无忧无虑，蓝得空辽无垠。无遮无掩，彻彻底底，干干脆脆！

这多么好，就像爱，就像久积的心事，就像那些欲说还休的话语。

匍匐于地，我想亲近一棵草或一朵花，成为它们的姐妹。在这里，在跌宕起伏的若尔盖，在了无边际的绿海。

这些美丽却不妖冶的女子，这些独守干净、绝不轻浮的女子，这些俯览尘世目光清澈的女子，这些离天最近、傲霜斗雪的女子，这些在烈日下依然微笑着步履轻盈的女子，这些豪放豁达的女子，这些清雅安静的女子，这些眸子和心地与雪山的水一样洁净的女子……

就这里吧，把自己放牧。让我的血液里，也绽放一朵沾满阳光的温暖。

选自《散文诗·校园文学》2016年第5期

李见心

李见心，1968 年生于抚顺，中国作协会员。一级作家。出版诗集多部，获奖多次。现供职于锦州市文联。

复活

秋天的仪式就要完成，树木脱光了自己，又拔高了天空。

天冷了，人们不再需要树叶扇动的风遮挡阳光的阴影。

你说，只有秋天的心，才美得令人发愁。 当你提起秋心时，秋天就落下来碎了。 如此奢华的倾心，只为购买一次死亡。

我看到了十字架一样的树枝，树叶像天堂的图书馆在着火。 我顺手从树枝中取下信仰的骨头，从落叶中取下文字的灵魂。 用在下一季的忍耐，为了迎接迟到的你，我积攒了比冰雪更厚重的黑暗。

到那时，我会把生日捻成指尖的春天，把清晨的光线当成跳绳，在有你的心跳里跳上三跳。

生命就是致命的一跃，或者什么都不是。

我和虚无之间隔着一朵夏焰般的你，尽管你也是一场最小的虚无，却成为我最大的固体，我要死死地抱着你，紧到让死亡松手。

独角兽

小兽，无辜一样纯洁的小兽，昨晚我突然想起你，也许今天是立冬的缘故，我想起你皮毛里的光，羽翎里的色，唤醒前世般温暖的记忆。我在想象中回忆着你，又在回忆中想象着你，这就证明我的现实依旧很陡，像你前额上的角，钉在嘹亮的耻辱里。

当初，上帝选中了我们当炼狱，犹如我们选中了词语当天堂。你在如风的动词里现身，掀起白色的火焰；你头上射出的箭，伤害了我，像上帝伤害了人类的心，一个声音伤害了众多的声音。从此你的疼痛里牵着我的喊叫，我的心碎里扯着你的灵魂。

然而我的小兽，除了纯洁，你不渴望别的事物，除了高贵，你学不会高傲。

你最终投靠到我的怀抱，告诉了我一个词语的秘密——把文字当成爱人怀抱在心，你就会写出神话和永生。

只有你的独角，才能解我孤独的毒，于是我怀着人类的心趁机割掉了你的角。

小兽，小兽，比无知还纯洁的小兽，我看见你比血还白地倒下，在你惊讶的伤口中照见了我从未谋面的形象……

道路

我承认，我还没有找到通向你的道路，就像我承认我还没有历尽沧桑。

你用一首诗取代了一座高山的位置，而我仍在鸟鸣的弯曲里迷路。

没有笔直可以通向你的心，甚至蜿蜒也触不到你的边缘，更何况现在所有的道路都被落叶覆盖干净。连我的身上也落满了词语的补丁，正蘸着剩余的光线缝补你制造的完美空缺。

但我能依稀地看见你，闭上眼睛反而更清晰，并听到你月光般的声音。

天蝎星座降落，蜇痛了人间消息——

你遮蔽了我的命运，让我好像从来没活过，醉过，爱过。我忘记了该怎么走路，怎么说话——是该用脚、手还是头发？动物般浑身泥泞。是该用嘴唇、舌头还是牙齿？话语含在口里，长出口吃的栅栏绊倒自己。

似乎所有的道路都是陌路，所有的道路都是歧途，所有的道路都是疲倦的徒劳，又新鲜到出血。似乎所有出走的心态都开满碎和碎念，而所有的呼吸都是由心跳组成的。

当我的呼吸跳出心跳，我才发现，我走得越远，离你就越远。因为在外面，根本就没有通向你的道路——

你是无路之路，如梦之梦，孤峰刺向苍穹的闪电。

你就站在我心的窄门，血液最初撞开的地方。

选自《伊犁河》2017 年第 4 期

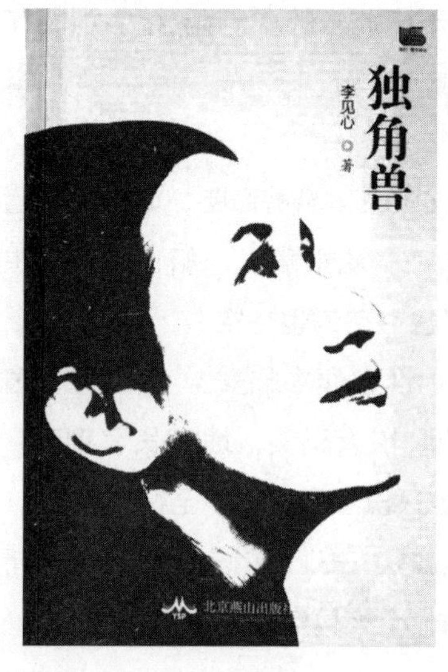

秋　窗

秋窗,1968 年生,现居青岛市城阳区。青岛市城阳区作协主席。创作诗歌千余首,作品分别被《星星》《诗潮》《诗选刊》《山东文学》等全国近百家报刊刊登。著有诗集《秋雨微蓝》《窗含清秋》《秋窗闲灯》等。诗歌获《时代文学》新锐奖、“蔡文姬杯”诗歌一等奖等。

板桥古渡

（青岛胶州古板桥镇，一个起于唐，繁华于南北宋的古老码头。 历朝在此设过市舶司。）

还能看到那些大船吗？ 鼓起列国的帆，旌旗鼓角沿着海路，如鱼阵也通向崖山，寂静了。 南北宋，在这码头上歇息过的。 一船粮草、一船官兵，胶东大商埠，曾在这里把岁月舶来舶去，现在，只剩桨也空空涛也空空。

新砌的古墙，石桥、牌楼，哪里是幽州？ 谁送你去临安？ 国之重，国之荣辱，国之交易、几千年，海啸无数。 古老的胶东大码头，地下长埋列国，唐、宋、明、清，旧账皆翻过。 庭院里的小花，她只说春风，说不全往事了。

通宝古币，城池美眷，都在地下。 海陆对峙、宋辽对峙、列强对峙、新王旧王对峙、古今对峙，千年市舶司，我重新递给你个大算盘吧？

马车

一条古道，马和车都在古道上。多少目光垂垂老矣，停留在墙壁间的呼吸，穿过蜘蛛网、黑蝙蝠。

你，谦谦如古，向大地深深作个揖。长长的年代是你是我，这一路奔来的追根问底。我是用天空和飞鸟来竭尽全力的。寻你，是我不停止的脚步。不紧不慢的古道，我一个人往回走，一辆马车就能让日子全部复活。

四轮马车载着风，风上坐着我。再转个弯，就可以看到蒹葭白露。岸在跑，水在喊“美人，等等我”。你是书生，你牵马，相约回故里。

不拐弯，不高速，马蹄嗒嗒，大街空着，店铺空着，掌柜和店小二各奔西东。石磨、碾台和灶具，拎烟袋的爷爷和小脚的奶奶，怎么连一个都没有了？

随便地打开乡俗，一件件；随便地抖开家法，一件件；无所谓躲避和冒犯了。该去的西厢，还有画廊、琴房、桂堂东，还有那在水一方的小闺阁。

最后，都装上马车吧！

还有长亭，送别和夕阳，就这么定了吧，挥挥手，马儿，咱们走，马儿一步三回头，

它比谁都懂什么叫乡愁。

赠你一束油菜花

赠你菊花，你会说做作。秋天，干燥遥远。南山荒芜少有水汽。赠你百合，俗气又迟暮。野百合还可以，生长在山谷荆棘里，是上帝喜欢的花束。可是，你说，看不见上帝。

赠你玫瑰吗？沙仑的玫瑰。那水仙和郁金香，火热的萼片已经由炽热变成黑透。我，终究带你不进迦米山的。信心的花园里，你不在十字架下；沙仑的

芳香，不走旁门左道；玫瑰，在《圣经》的正文里。祝福空着，新人缺席。

赠你桃花吗？我不赠你桃花。桃花源，桃花埠、桃花山，桃花潭水深千尺，我若手持桃花，是送不到你眼前的，那扇去年的小门，站着拥兵十万的崔护。年年桃花，轰轰烈烈，最终绽放得如一场场殉情。

只剩油菜花了，我若送，一定送你一束油菜花，赠送平常，勿论缘由！赠你油菜花，青岛五月的油菜花，这样的花，你没有理由拒绝。让三百亩油菜花围绕着你，让你改头换面与爱人朴素地相恋。

韩　露

韩露，1968年出生于河南泌阳。中国作家协会会员、中国散文学会理事，现供职于荥阳市文联。出版散文集《晨露》《空枝》等。获河南省“五个一工程”奖、冰心散文奖等奖项。

桂

我对桂的喜爱，缘于它浓郁醇厚的馨香。

桂的花很突兀。你算着该开了，天天去看，也只见葱郁的叶，丝毫找不到花的痕迹。可就在你疑惑间，它已开了满树。桂的花很谦虚，总是藏匿于碧叶之中，不刻意寻找，总是看不到。可是，只要你从树边过，就一定能嗅到滚滚涌向你的花香。桂不期望人的观赏与赞叹，只希望给人一缕神清气爽的暗香。它满身散发的都是超逸的豁达，不变的宁静和永恒的淡雅。

花虽小，却不容人轻慢。

月

刚拿了本书在床上躺下，“啪”的一下，停电了。屋里顿时陷入一片黑暗。我放下书，起身摸到窗前，拉开厚厚的窗帘。如水一般的月光，便蓦地泻了满屋。浸在雾一般的月光中，一些与月有关的往事，便像潺潺的溪水，顺着记忆的沟壑汩汩地流了出来。

漫无目的地任记忆荡漾着，便逐渐有些睡意。就在我快要蒙眬睡去的时候，脑子里忽然想，今晚的月是什么样的。这样一个算不得问题的问题。身子软，且懒；头亦昏，且沉。可那个疑问，却在脑子里起起伏伏，总也不肯离去。

终于，我站到了窗前，看到了月。月不算太圆，光却很亮。站了片刻，忽然觉得自己很傻。

我为什么要追根溯源地探究月是什么样的呢？刚才那种意境和心境，不是挺好吗？我现在知道挂在楼群中的月，只适合停电的房间了。可我现在也失去了对月的美好遐想，失去了诗一样浪漫的月光，失去了享受这月光的心情。

我只有在极其失望中，沉沉睡去了。

去

还要再去，是我今年春天离开龙亭之后在心中又一次暗暗对自己说的话。两次开封之行，两次都是只能待一天，两次的最后一站也都是龙亭。告别龙亭，就意味着告别开封。

还要再去，我时常在心里这样念叨。一次与文友打电话，聊到她的散文集时，她说，这些留在记忆中的往事，总是在她脑子里晃来晃去，心里就老想它，写出来之后就不想了。也许是它换成另一种形式存在的原因吧。那么她是解脱了，还是损失了？我默默思忖，便又想起我的心愿。蓦然觉得我执着得有些危险。心之所系，是因为没有细读，那么细读之后呢？向往很可能就会消失了？也许，但也未必。既然心已交出，结果，就交给上帝吧！

这个不顾一切的想法让我有些吃惊。我没去过，没来得及细看的地方太多，太多了。为什么独独对龙亭不能忘情呢？细究起来，竟发现心中还牵挂着相国寺的钟声，清明上河园的细雨，翰园碑林的墨宝佳作。

还去，其实是还想进入那种氛围，那种让我一见倾心的氛围。

想去，就不计算回程的路途与体力。

再去，一定要迈着舒缓的脚步，悄然而至。

申 艳

申艳,河南省周口市人。中国作协会员。多次在全国征文大赛中获奖,参加诗刊社第二十五届青春诗会、第十一届全国散文诗笔会。

那夜,今夜

一

又是扬州三月。 江潮，吻绿了南岸，也吻绿了北岸。

不同于平原的麦浪翻卷，潮汐推来一条孤绝的长联，野花用多彩向我透露，古渡珍藏千年的秘密。

春天需要重新抒写，尤其潮月共升之夜。 我清理一下陈年的幽怨，不问江月何年初照，不问芳甸落花入谁之梦，就以此夜为衬底，用月光的笔触描出赴约小径，与那位唐代的歌者在今日的瓜洲相会。

二

从那夜到今夜，似乎只用一叠的浪，从一扇窗打开，到另一扇窗打开，明月楼的相思已逾千年。

谁家扁舟，化身为巨轮，一盏渔火在洞箫的尾音里点亮霓虹。 同一条江上，私语和喧哗，站在时间两端，当年月华洒落的银屑，此时，在江面炫出异彩。

我只有直抒胸臆，占用整个入海口的浪潮，还有那双紫燕的呢喃。 诗人，我将从你的苦吟之中，借一把美学的梯子登高眺望，分辨并且说出那夜和今夜，明月和江月的相似，相异。

三

夜浓稠。 月光和潮水相互拍击，花儿摇曳在江面的影子被一遍遍打碎。

古往今来，花就不是月夜的主角。 在夜的斜坡上交出真实，听凭古人用雪霰，今人用水银为她涂色。

而于此时的江月之间，她却不是可以被忽略的舞者，芳魂喂养的思念一天天长大。 江流宛转，我有一场漫天的花雨要下。

风起的子时，我随着花影歌舞，需要观看或者倾听，一起把孤独摔得脆响，用融化，稀释夜的浓稠。

四

渡口的上空，目光纵横交错。 古旧的感伤飞散在月光里，雪片一般，与潮水相映生辉，月的盈满或者残缺，都有思念的谣曲，载着问讯。

月亮，那夜照你，今夜照我。

月光与月光相拥，如大幕合拢。 你我的泪珠，在一首诗的结句碰响。 无论悲喜，浪花掌声不绝，我们在幕后的私语无人知晓。 春天在对岸睡去。

这富贵的江，这江边怀春的楼，这朦胧花林里隐约的笑声，都在明晃晃的月光里。 我因此有不同的感叹：若本来无月，古往今来的思念何处存放。

五

我不能动用太多水银，抒写江面的月，头顶的月，掌心的月。

飞花季节，必有春潮赶来，七省通衢的瓜洲，盛唐之月把明亮、孤独和凄美置入夜的血脉。 我的心不是镜子，已不能反射在我之前所有盼归的急切。

守着皎洁，有人站在自身的雾里，而我，要用月光清洗尘世的生活：石头、箭矢以及微笑、泪水和痴狂。

月照中天。诗人，隔着如此众多的朝代，隔着幽深的夜空，这一轮月亮是我们的，你照那一面，我照这一面。

六

浪，把夜推向更深。

沉香亭隐去它的复杂，有了与月亮同样的淡定。月下，我的影子与白沙厮磨，而涛声纵情述说时间两端的繁华。

诗人，我感到庆幸，在运河与长江汇聚的渡口与你神交。正如你愿意让我理解盛唐奢华之下的凄清，我也想，让你抚摸今世璀璨之中的隐忧。夜，如此华丽，又如此沉重。

春之江，江上月，月下花，花的夜。

诗人，你可曾看见那位身着大红衣裙的女子，离我们不远，吹起一支更古老的洞箫，向我们讲诉千年之后的又一个春夜。

选自《散文诗》2011 年第 3 期

王舒漫

王舒漫，笔名蕙兰于心，文学博士，寓居上海。获中国散文华表奖，复旦大学第一届汉字书写三等奖等。著有散文集《心岸》、散文诗集《耕云播月》。主编《翰墨空谷》《中国百年诗画典藏》。

水太阳(组章)

水太阳，捧着我的灵魂，浮过水面，你用一滴水的深情，提炼，让生命复燃生命，陈酿，世界的芬芳。

——题记

水太阳

你果然，出现在水中，多么深刻的宁静。

一枚灿烂的太阳，遭遇水，石头，便温暖了，所有的华烨瞬间敛合，冷峻成黑而明亮的词语。哦，水太阳，你比大地纯净，那一日，如同平静。觉醒之后，玲珑的柔情统摄出火一样的力量……面对你，我拼命睁大眼睛，像撑开一叶小舟，拼命地向前，向深远处划，手，是我唯一的木桨……我没有时间慵懒，没有时间忧伤，没有时间寂寥。从水到水，风到风，四面辽阔，一首诗的节奏，我们彼此遇见。我柔软如水，在这平铺的一片水面……夜，深沉，如勃拉姆斯的摇篮曲，如果慢弹的手指轻如蝉羽地从水底、海上、山外传来，展开，收拢。啊，水太阳，爱，让世界奇香。

明亮的眼睛

广袤的风吹过，我只要你的眼波，好让我心生清和，你的眸子像掌灯，在夏的前面明亮。

你睡了，世界漆黑一片；世界醒了，你的眼，像成熟的黑葡萄，夏的果实，昨天又昨天，没有绿雨，灵魂的惊悸，红色的朝阳露出一小片，这季节像辛波斯卡的诗章，爆裂石榴的浆汁……

我，不想让你走远。背影留下，我的生命需要奇香，精神属于你！哦，太阳每天从水底升起，透开窗，捕捉我的，你的眼波，河流一样沉默而清冽，美，闪光，绵长……广袤的宁静，时间的深度一路向北，敛合又敛合，什么时候才懂得，拢住你明亮的眼。一天的星子，膜拜这两扇，静水流深的激荡！

河流向东，迷人的光落在水面上

你果然迷人，以绘画的形态，拙朴甲骨、金文的质感，跃入我的视线。

出自梦境吗？不，真真切切！

多少次，我想象你的手臂如大漠的胡杨，舞弄着画笔，如秋水浣月，笔意深潜诗的天地。

所有的鲜妍，被你一个手势召唤了。世界清亮了，谷底清亮了，百草清亮了，这，就是创造语言的大革命。我，知道你在寻找静谧，寻找完美，寻找竹林的淡定……我离一棵树很近，又很遥远。

踩着忧伤的泥土，站在心的彼岸，我哭了，为大象无形的文字，为真实，为六十四片龟甲的图腾，为缪斯沐浴的月光……

毕加索吗？不，你是光芒的意象，是清泉，润泽世上每一寸草木……

河流向东，迷人的光落在水面上，听，光与水低语，瞬间，夺走我眸子里的泪光……

于上海复旦大学簌月涌泉轩

史　枫

史枫，本名史凤英。1969年生，从事预防医学工作，现居山西太原。作品散见于《散文选刊》《诗选刊》《星星诗刊》等几十种报刊。入选多个选本。获全国多个征文奖项。出版有诗集《时光深处》、散文集《记忆里开花》、散文诗合集《林中对吟》。

雪意

一

冻土之上，生灵抛弃契约。 让一场纷飞的大雪，覆盖所有的过往。

我是说，踏雪而行的人，胸中都怀揣念想。

有的趋于平淡，有的跋涉高远，将自身命运与这个世界，通过丝丝缕缕而关联。

我是把自己的选择，在这个大雪之晨，交给了命运，交给了雪中的车辙。

它带领我行走，并完成使命，让我的良心，不再为命定而煎熬。

二

雪花飞舞，无数精灵隐于洁白。 她们从何方而来，是否携带无瑕的期愿？

而尘世之上，生灵的斑驳，在时间的面前裸露。

忧伤和喜悦，在归尘中弥散，像高处的风景，坍塌在柔软的泥土里。

我们循规蹈矩，不愿破土寻觅，与所有的自然比肩行走。

在途中迷失、知返，直到风中飘满纸屑，而眼眸中的清澈，让泪水蒙蔽。

我们以仰视的姿态，凝望苍穹，定格某一时点，将环抱的双臂放下，仿佛放下了整个尘世。

唯有雪，能还原本真，让我们的身心处于留白，进行还本溯源，做回从前的自我。

三

时间无法停靠，就像一年四季虽然轮回，却无法复制从前。

去年的雪，不再是今年纷飞的洁白。

而我们在尘世的河流里，也像无法停靠的船只。

唯有行走，即使不是追赶太阳的人，去穿越不可逾越的可能，但也要在光阴里不停地诉说。

表情淡然，只是瞬间无奈的符号。 转瞬的希冀，能让头顶的天空晴朗。

为了生存，我们无视雪的提醒，让它洁白的涌动，成为内心的冻伤。

强迫自己在形式面前低头，用一个生命，为另一个生命圆梦。

我相信大多数的父母，都在前方设定有孩子的驿站。 即便那是虚幻的飘影，也要逆寒风而行。

只为将某种命定和无言的酸涩，在行走之中，透支自己干枯的身心。

最后去怀抱无憾的雪野。

四

一场无声的雪，就是人类的一次再生。 它与浓荫的夏日相比，更让人们惊醒。

虽然没有动人的风景，和一季的葱绿，但大片的留白，让城市的表情，在肃穆中沉思。

让那些行走的万物，不再麻木、昏沉，不再坠入某种迷乱。

我们肩负生活的种种命题，不论富贵贫穷，不论坎坷和通途。

大雪之街，蹒跚在街头的一对母子，不就是最好的凭证？ 让诗见证生活，让文字摆脱虚构。

白发母亲赫然在前，大龄儿子手舞足蹈随后。 这是一对在磨难中相守的母子，正在雪中行走。

他们低于生活的搀扶、高于境界的相守，诠释着一种博大情怀。

仿佛无数情景在岁月回放，那是一种没有回报的执着。

不离不弃，在母亲的眼眸里，只有一盏牵挂之灯长明，照耀儿子来时的路，和去时的昏暗。

五

大雪之中，唯有温暖，能融化地面的坚冰。

我看到人性之光普照着尘世的严寒和冰冷的街道。

一张张面孔，就是世界的一盏盏橘灯。 他们携带着不同的遗传密码，却拥有人性深处共有的光芒。

我看到一对十指相扣的老夫妻。 粗糙的手掌纹贴近，感觉那是岁月的痕迹，和相依为命的脚印。

蹒跚牵手而行，低头温柔耳语，像瑰丽的晚霞，在时间的刹那定格。

世上万物的更新，抵不过时光老去。 任何情感,. 也比不上执手偕老！

在时光里打盹，青丝变成白发。 牙齿的缺失和松动，再也不能像年轻时，舞动妩媚。

流失的时间，把一切拥有变得稀薄，那一生风情，都会随着淡月隐去。

铺排的人生格局，会萎缩成一纸墨迹，一块石碑，而只有浓缩后的情感，在老旧的身体里发酵蕴藏。

执手相守，在平缓的步履里，在平淡的粥汤中，在安静的表情上，在不厌的牵手里。

幸福就会涓涓细流，流到时光的皱褶里，滋润坎坷的生命，和一生无憾的行走。

六

雪意幽然的时候，世间就会有天使降临。

那场夏秋之交的大火，烧去多少母亲的眼泪。

而在深冬的大雪中，有的母亲高龄再孕，要找回失去的儿子。

我相信世间，总有高贵的灵魂存在，不管他们在世间存活多久，不散的魂灵，让人们深谙其中。

这是人间的正道，这是雪的情义。

他们被蘑菇云大火吞噬的青春和生命，会在大雪中孕育，在来年百花中重生。

他们还会有粉色的花季，亲人的拥抱。

他们逆火而行的英雄本色，在烧焦的身体和面庞上，与年轻岁月一起，永远定格在深刻的记忆里。

七

而与雪对视、踏雪而行时，我感觉冻土之下的落红，在窃窃私语。

仿佛在雪的清晨，看到命运的春天在草丛中浅藏，只为破土而出。

就像我在隆冬中，背负深重的苦难，强迫自己多加膳食，强壮身心，以抵御生活痛苦的随时袭击。

我不可选择命运，但我可以拥有韧性。 与一棵树的根须比耐力，扎根冻土，繁衍活力。

只为，让生命的时限，不辜负母亲的孕育，不辜负所有的期冀。

在时间的向度中，生出一种宽阔的胸襟。

选自《散文诗》2016 年第 11 期

布木布泰

布木布泰，本名张玉磬。出生于内蒙古科尔沁草原，蒙古族血统。内蒙古文艺评论家协会会员，“科尔沁诗人节”发起人兼总策划。作品散见于各类刊物及年度选本，作品有电影剧本《勋章》，儿童音乐剧《蓝星星的秘密》，诗集《经过一只鱼的海》，散文诗集《云朵屋》等。

或者，以灵魂的方式存在（组章）

在尘世，让我们幸福地成为陌生人

一只鱼，是我的前世或来生。
你是一滴水的化身。
我闯入你的天涯，闯入人间以外的桃源。
不问名字与身世，只当偶然经过一个城市或村庄。
或者，偶然经过一片海——

清晨的细雨中，遇见一只流浪的小海星，遇见潮汐走失的孩子。
海，被风吹出了声音。你微笑着缓缓走近，一种令人怦然心动的美……
就那样定格了！那个瞬间，全部的美，以及宿命。

海，这神秘的家伙！

它设置了一道温柔的陷阱，你我幸运地被围困，又慌乱而幸运地逃生……

接下来，开始孤独地想念，或继续隐忍。

接下来，挤出时间里所有的水分子；也挤干我体内所有绿色的毒液。

只求在尘世，我们幸福地成为陌生人，把一种爱情变成另一种爱情。

药

我怀疑我病了。

但我拒绝去看医生。

我排斥医院里混杂的人群和浑浊的空气。

排斥看上去很权威的医生的真话和谎话。

排斥处方上那些我看不懂的文字进入我原本健康的身体。

最糟糕的莫过于我是患药物过敏心理综合征的人。

那些类似药的植物，牺牲了自己的命来救我的命，是多么伟大的牺牲！

又有谁能拯救它们的命？

制药的人。 卖药的人。 医生。

他们治病救人的目的和方法是一样的。

就是用药。

我排斥药，是因为小时候的一次麻疹。

我疼得在床上翻滚。

父亲抱着我，哄我吃各种很苦很苦的药。

父亲说：宝贝儿，吃了药病就好了，病好了你才能站起来！

那次，村里同时出麻疹的三个小孩都夭折了，唯独我活了下来。

后来，父亲病了，我每天哄他吃药。

患心脏病的父亲，每天都要吃很多很多我不知道名字的药。

一九七六年五月二十五日，晨练的父亲在屋子里忽然瘫倒在地上，再也没站起来。

那时，父亲离一粒速效救心丸好远好远……

那时我不明白：为什么那些药救活了我却不能救活父亲？

如今，看到药我就想起父亲。

我知道，救活我，让我站起来的不是那些药，而是父亲。

父亲是药。

是能够让我站起来的唯一良药。

这一次，假如我真的病了……再疼，我也要把体内的毒彻彻底底地逼出来。

想起父亲，我想我一定能挺得过！

值此以后，我的灵魂百毒不侵……

这一天，多想听你喊我的乳名啊……

当食物还原成生活的样子。

母亲，我想念你。

这一天，饥饿的不是我，而是水里的小鱼。

它们自由或者快乐，都是一种假象，后面有巨大的鲨鱼在追赶着……

母亲，盘子里的蔬菜和骨头，都让我想念你灶膛里跳舞的火苗。

我就是那个总也烧不旺柴火的笨孩子。

母亲，这一天我多想再被你骂一声，可那勺粥一直烫到了我的心……

这一天，我只想坐在你的餐桌旁，让你看着我狼吞虎咽，让你看着我一天天健壮，不生病，平平安安地生儿育女……

像你一样，在六朵桃花的桃园里守着日出和日落，华发如雪，步履蹒跚……

这一天，多想听你喊我的乳名……

而我的想念，就是窗外葡萄架上的藤蔓，缠绕着你眺望的目光……

还有，回家的路……

选自《云朵屋》，内蒙古人民出版社 2017 年 10 月版

喙林儿

喙林儿，本名吴献花，1969年生，山西大同人，医务工作者。山西省作协会员。有诗作见于《诗选刊》《诗刊》《星星》《散文诗》等上百种刊物和选本。著有诗集《秋天是我的》，在全国性的诗歌比赛中多次获奖。

灵岩寺：无烟的鼎盛

一千五百年之前，灵岩寺就在这里，昙曜就在这里。

时间走了，石头里的内涵和外延，不增不减。坍塌的，重新站了起来。

北魏的历史，始终披着金色的袈裟。

这便是缘分。

或许，这缘分早从大兴安岭鲜卑山的苍苍茫茫开始了，也或许在拓跋氏一往无前的铁骑下萌生，更或者，是在遥远的丝绸之路异域文化源远流长的浸润里潜滋暗长。

一千五年之后，我走进了灵岩寺，昙曜看到了我。

这便是缘分。

而我，不再有拓跋的姓氏，不骑马，不举刀，履历表格民族一栏上写着汉。

风在吹。

马放南山，兵械入库。

风吹来，风吹走。

你认我，我便是高鼻梁黄皮肤先祖的后裔；你认我，我便是落地生根土生土长的鲜卑。

我必在你的眼眸下拜跪。

一如展开金色翅膀的护法神鸟，静静守护在寺院飞檐的一隅，我静静合十于佛陀的脚下。

从四面八方走进来的每一位客人，都是回家的孩子，每一个人心里都有一尊佛，每一个人其实都是一尊佛。

这肃穆奢华的皇家寺院，浩浩荡荡的佛国，无须举起香火，不见走来走去的僧侣，亦没有了木鱼遗世独立的敲击。 这里一直很安静，从拓跋先祖放下杀戮征战的屠刀之日起，拓跋人即已立地成佛。

天地、历史、宗教、文化共同做了唯一的抉择：佛陀和拓跋鲜卑人神合一。

我想，这便是缘分。

烟寺相望里找到回家的路

十一月，武周山还在用绿色对抗季节的寒流，而鹅毛大雪早就迫不及待降临这方圣土。

佛要明媚，太阳就会出来。

“滴答，滴答”，每一个大殿前都出现一帘密密匝匝的雨幕，像门槛生出的一道清凉的拷问。

十三对骑象四棱神柱遥遥相望，仿佛通天入地，也仿佛唯有这样的神柱铺成的路才可以叫作礼佛大道。

其实，这条路早在一千五百年前就铺就了，无缘的人绕过去，有缘的人走上来。

山堂水殿，烟寺相望。 十里河水，消失了又回来。 观世音站在桥头，用慈祥举起手中神器，引渡往来的人们。

曾经大浪滔天的十里河水，繁衍生息。 哺育人类的乳汁，怎么流着流着就不见踪影？ 怎么流着流着就哭了，哭着哭着连眼泪也干枯了？ 而人世间奔走的迷茫、伤痛、贫穷和富有，深深碾下的车辙，谁在冥冥中主导？

如今，历史和现实连着，真实和重现连着，河水和湖水连着，安静和水波连着，白茫茫的芦草和摇曳连着，一群鸭子的叫声和桥洞连着，抬眼处的天空和寺院的烟雾连着。

那些已经凋谢在季节里或高贵或卑微的花朵，不畏寒冷跃然站立枝头星星点点的小灯笼，它们都井然有序各自找到了回家的路。

而我，或者我们，也通过了一帘帘雨幕，通过礼佛大道，通过曲曲折折的桥梁，赫然看到一个刻在石头里辉煌的王朝。

云冈石窟：刻在石头里的王朝

这是一个消失的民族，从石洞里走出又回到石洞，

或许，唯有石头才知道这个民族有着怎样坚忍的心，不屈的灵魂，和山同高的志向与佛比肩的气魄。

从十三点八米到十五点五米，到两厘米，从过去到现在到未来，从开疆辟土的道武帝拓跋珪到披满一身忏悔的太武帝拓跋焘，再到缔造烟雨佛国的文成帝拓跋濬。

向东走，冯太后和孝文帝在双佛并举的石窟里演绎着社会的变革，一个游牧民族自觉自愿地大换血，从姓氏到衮冕，从帝王皇权到神的无所不能。

流光溢彩里充盈着美妙绝伦的姿势。蛇、大象、罗汉、夜叉和众生万物一起在石头里禅悟。排箫和琵琶在空中歌唱，飞天和伎乐舞动出传说的不朽。

一洞一窟一经书，一龛一佛一世界，一花一石如有意，不语不笑也留人。

而风雨，从来没有停止过飘摇，历史或许轻轻一合就闭上了，武周山却因为石头凿出形状，赋予了灵魂，一刻也不曾停止过世人的敬仰。

于是，消失的北魏王朝在石头里得到了永生。

天苍苍，野茫茫。

不见了牛羊，唯有永恒的微笑。或许，隐约有羌笛吹响。

选自 2015 年 12 月 1 日《大同日报》

武　稚

武稚，1969 年出生，中国散文学会会员、安徽省作家协会会员。获冰心散文奖、孙犁散文奖、鲁藜诗歌奖等。出版诗集《我在寻找一种瓷》《在光里奔跑》、散文集《看见即热爱》。

耳朵

一

耳朵的意义，无非是让我们听话。后来发现，听不听话，还是判断一双耳朵的标志。

我的耳朵不呻吟也不变形，它只是不再吐故纳新。它在思考，它想储备足够的安静与能量。

贴近一些，再贴近一些，世界却把我推开一些，再推开一些。第一次耳朵不再像蛇，它的舌头抵达不到岁月深处。我希望有一万台收割机收割掉这万籁俱静，收割掉这四野狂静，这病态之美如此辽阔天真。

耳朵听见内心呼喊，那些呼喊像跳蚤虱子。耳朵依然和世界保持着冷距离，它用安静表达对生活的爱与恨。

愿意为耳朵在悬崖深渊前跳下去一次。我无法想像一双坏耳朵还能那么淡定、超然、从容。钟声消失浊气上升，岁月泛着冷冷的笑意，没有一双好耳朵我能否否极泰来明哲保身？

二

我的耳朵里的水流干了，父亲的耳朵是山洪暴发。

四面楚歌、威震八方，如雨打窗、寒蝉待毙，父亲的耳朵是袋子收拢这些声音，扼紧这些声音。

父亲在这场热闹里蛰伏很久了，他每天给耳朵念几行卜辞。 父亲的耳朵一点也不难堪，它的显摆功能还是那么强烈。

父亲擦亮过匕首，他也扣动过扳机，他希望这些声音能给他猛烈一击。

父亲不怕死，却怕变天。 天一变大风从耳朵里呼之欲出，闪电从耳朵里呼之欲出，父亲的身体似乎想记载下天地间所有的悲欢。

父亲却不让这一切浮出水面，不让人知道他深陷泥潭，不让人知道他比飓风更剧烈，他比耳朵更擅长掩饰。

父亲，让我们都放下心中的屠刀吧，我用我的安静护佑你的一生，你用内心的陡峭为我立一座碑，让我不论何时都不会悄然离去。

荣家渡，我的故乡

一

荣家渡，那么远那么偏，远到我认为它的脚下埋着盔甲和王冠。

多少年了，没听到它发出任何声音，有时候我想，它是不是从版图上消失了。

那些年荣家渡的阳光很稠密，荣家渡的庄稼也很稠密，但那似乎又是一块荒地，它总也养活不了那么多的人。 荣家渡的天黑得很早，荣家渡的冬天也很冷。冷到村民们总想拿着斧子劈风，冷到父亲总也想拿着斧子劈风。

我十一岁那年，父亲带着我们一大家子离开。 荣家渡，我们把煤油灯和马灯留给你，我们把二亩三分地和整个田埂留给你，我们带着自己的姓氏上路。

留下爷爷和爷爷的坟墓，把心事埋得严严的，留下一条又一条弯弯的小路，像一个又一个理不清的阴谋。

后来听说那里建冶金厂了，冶金厂到底也没冶出一粒金子，后来又听说那里建塑料厂了，塑料厂一直流污流毒。

这么多年，我们很少在语言中提到它。有时我们读别人的村庄，读稀疏的炊烟初上的月亮，总是止不住地忧伤。

二

有时候我想，父亲想劈的，不仅仅是风。

父亲在风中挥舞着斧头，他一定想劈更坚硬的东西。

但是它们克制着、掩饰着，直到我们离开，它们也没有完全露出恶与原形。

那么多年，我们家似乎一直在等待着，等待着一场又一场风暴的来临，我们知道风暴的力量，我们不敢相信荣家渡阳光的平静。

父亲心里一定多次骂过它们，它们是多么坚不可摧啊。现在看来，它们也就是一些小事物小人物。

漴河水湍急又不失安详地流过，漴河水在拐弯处也没有停息，我只在梦里，轻轻凝视匆匆走开。

荣家渡在空白处也曾露出一些真容，它的树是新的，它的庄稼也是新的。它们能改过自新，从善如流吗？

荣家渡，我不知道一个外姓人，该不该把你怀念，该不该向你靠近。

选自《中国当代散文诗·2016》中国书籍出版社2017年版

海 烟

海烟，原名罗小玲，现居重庆，1969年出生，中国作家协会会员，鲁迅文学院首届西南青年作家班学员，参加十二届全国散文诗笔会，获台湾第八届叶红诗歌奖，著有《烟雨红尘》《原来可以这样爱你》《零点的远方》《单行道》。

木兰围场

一

暮色苍茫。 九月。

一个孤独者走进另一个孤独者的国度。

这里到处是钢铁般粗粝的北方嗓音，他们穿过秋天的第一场风，像茂密的白桦林透出尖锐的光线。

空气里似乎还有着古代帝王的气息。

百年兵马，千年湖泊。

这里仍然有战马嘶鸣，仍然有许多血性的马蹄声响，在土地里撒播下英雄的种子。

他们在清晨的草原逐鹿，或者骑马射箭。

在草原深处的晨光之中，我看见他们从那边的围场里招手。

我像逃离死亡一样，奔向那边，去过一种广袤的义薄云天的生活。

二

枯草、冷风、落日、归鸟，以及风吹草低时零星的羊群，像一些诗歌的词语，散落在大地辽阔的篇章上。

这庞大的风，似乎要把所有寒意逼进我的身体，又像是沉沉的轮子碾过我的前额，并执意要把这辽阔植入我的记忆深处。

一切都已消逝，一切都刚刚好。

我走向你，在你最凋败、最经不起岁月的时候。

金色余晖迎来草原之夜。 在一片被风吹得哗哗作响的白桦林上空，繁星不乱，皓魂孤悬。

此时树上的每一片白桦叶都散发着美，就像我此时也立于枝头。

在枝头这些沉甸甸的梦里，还微微闪着狩猎者追逐的反光。

三

不管是好的，还是不好的，都是这里的回忆。

辜负了你的深草期以后，我虚弱的声音在空中化为雾气。

我拿什么来与你相遇呢？

在迟迟未黄的白桦树下，在牧羊人孤独而嘹亮的民歌里，在英雄和白马纵情驰骋的草地，我写你的名字。

在月亮湖，在望断归途的大风里，我写你的名字——

木兰，木兰。

此刻，仿佛上帝也在叹息。

一个阴影，拉长了孤独的身子，在离你很远的地方。

对于一个带着雪和刀子出发的人，绝望将在此降临。

或者，用这里的土壤和水，培植一场更盛大的悲伤，让它来与我的绝望同步。

来不及相遇，来不及爱了。

在草原最后一个日落黄昏，当一支断肠的草原长调向我走来，我的心立刻沉沉地盛满了滂沱的眼泪。

四

在告别这块土地的最悲伤的时刻，我还有什么话要说？

嗒嗒的马蹄声来到门前，带来了不详的音信。

整个夜晚，一场雨，倾盆而下。

现在，不要说话，也不要告别——

不用在草地上写下赠言，也不需要其他什么东西！

哪怕我们分离，也不用决绝得像是死别。

哪怕我们死别。

潮湿的雨水落在我的脸上，然后是死一般长长的沉寂。

我奔赴另一个方向。

另一个方向，他既不让我沉默，也不让我沸腾。

像九月一条被遗弃的河流，流动，或是不流动，都是一个意外。

我迷恋这种漂泊，在马头琴的弦音把草尖点燃之际。

风　荷

风荷，1969年生，现居浙江余姚。教师。浙江省作家协会会员。出版《临水照花》《城里的月光》《恣意》等文集。散文诗发于各类刊物，并入选多种年度选本。2015在中国·星星“月河·月老杯”爱情散文诗大赛中获金奖。

一条河的诗经（组章选三）

——写给月河

一条河穿过梦境

或者把一条河流搬到楼下，我像一棵常绿的乔木一样，一直守候。

或者活成一块石头，被你带走。

距离是无形的锁链，锁住了我，也锁住了匍匐的河流。我与钟情的河流，隔了青草和墓地。

唯有长夜里，一条河直立身子，飞扬起来，寻向我，拐入我的梦境。

一条河就是我魂牵梦绕的爱人的化身，在梦里。

你取下我身上千万只被相思捆绑的蝴蝶。

你细心拔掉我鬓边的几株荒草，你轻轻抚慰我寂寞的双乳和小腹，你拥抱我忧郁的灵魂。

而我退后几步端详你，赞美你。你体内的钟声铿锵有序，你像一匹风度翩翩的白马微笑着看我，你像是我的佛，抑或庙宇。

在梦里，我们交杯，倾诉十八年不遇的衷肠。

苍茫抱紧夜色，你回转而去，一步一步的不舍，一步一步的肝肠寸断啊。

你留下一个哀伤的眼眸给我，你把痛苦的鼻息重新扶上我冰冷的额头。

我唯有天天吐出一朵如莲的名字祝福你，唯有用心写下一阕一阕期待中的喜相逢寄予天涯海角。

我缝补破碎的梦境，撕裂的伤口，收拾一地零乱的飞雪和沙砾，把我们相爱的身影融进万家灯火，织进柳暗花明。

不管命运的绳索在背后如何牵扯，也不管情感的闸门是否落下。落日楼台，那个凭栏远眺的人永远是我。

我深深理解一条河流的孤独，月光像磷光一样在河面上发光。我唯有寂静，像消亡了一样去等。

等我璀璨的未来和王国。

一条河是最大的容器，是图腾

知性，觉悟。

一条河，情感的喷发永不会停歇。而今，你的张力是隐性的，你以谦卑之势来迎接命运和爱情。

你低下的身影，从不自我撕裂。你保持自己的完好，你敞开，透亮。你引来钟声、打铁声、小巷犬吠声……

声声入怀。

你迷恋小镇生活，你抱着明月的光芒入梦。

蝉声弹拨你的琴弦，你古典，也先锋。你抚平内心的起伏，拔出身体里尖锐的倒刺，把自己打理得干干净净。

只为给爱人一个明亮的胸膛。

无视庸常天气，无视两岸悲喜。你只管倒映好看的木格窗，和一年一年晶莹的雪。

你乘风而行，一路把幽蓝的荧光、玫瑰和钻石缀在腰间。

你包容不眠、破碎、冷漠；也不诅咒腥咸、荒蛮、伤痕。你有的是宽容和祥和的姿态，善良慈悲。你把自己埋进大寂静里。你偶尔美丽的忧伤，也阻止不了生命飞翔的日子。

一条河澄明安静，与岁月肝胆相照。

一条河是最大的容器，是爱的图腾。

一条河是爱情的编年史

晨曲，夜歌。

千百年，一轮明月倾诉着对一条河的思念，而一条河也坚守着对天空的忠贞。

循着爱情的足迹而来。月用长矛刺破墨黑的夜空，穿过浮云，用信念剥出自身的光洁。

向下，向一条河交出爱恋，向河神宣读永不放弃的誓言。

月要做河永远的爱人。

而河也在不停地完善自己。把自己从花枝招展的春天的源头寻回，用清水润泽自己，用清风梳理自己。也接受花香，珍藏明月赠予的灵魂的洁白片羽。

一条河，循着向上的梯子，把目光迎向天宇。

一轮月，提起裙袂，缓缓地走下来，在银白的光里。

一条河因爱上了月的灵魂而厚重，而有力量，像一个人走进了另一个人的心扉。

年复一年，月用心写下一条河的编年史。

虔诚，纯净。

河水的编年史里，没有铁的冷酷，没有刀锋的致命，有的只是两颗圣洁的心。

选自《星星·散文诗》2015 年第 8 期

安　琪

安琪，本名黄江嫔，1969年出生，福建漳州人。现居北京，供职于作家网。中国作家协会会员。新世纪十佳青年女诗人。诗作被译成英语、德语、等。简历被写进美国《中国现代文学史词典》。

整个世界都在它面前敞开大门

一

我看到时间就睡在清冷的柠檬树叶上，一天也不可缺少的时间就这样停顿了。我们已经长得很老了，新鲜的水分不断出现又不断折磨、枯萎。尽管在脸上它们依然放光，像空前绝后的物质失去自己的审美范畴，我还是听到内心的街道急速驶过一辆过时的马车。

和所有疾病一样，我疑心肉体的关怀会随着纸张的飘荡而渐渐褪色。天空拉开消瘦的一角，收集诗歌的人把隐在黎明的指头匆匆收回。等待或转身起立?灵魂的影子重叠着，暗示关于不安想法的秘密。我先翻开它：爱分割的部分喂养了夜晚的鱼儿和辗转反侧的叹息。然后就是碟中的哭泣。月光在拥挤中显得疲惫，每一颗星球的命运似乎赶写着焊接不了的裂缝，存在就在存在中！

二

尘埃和理想主义者的精神晚餐同时飞向远方。 只剩下证明，风是否留过符咒？ 圆砖是否连绵起伏地改变世界？ 我看到闸门的闭合像意志的轻便。 化妆适宜葡萄和感知，真实的接触是其中幻想的激情的表现形式。 我看到停顿，时间不声不响，一个单纯的孩子就是石头光洁的皮肤。 如同后花园里跌落在地的视线被零乱地堆积，无数双布鞋的擦痕携带着蚂蚁的叫喊高傲地和它们做伴。 这是简约的微笑，忧伤的功课引领我们：越过欲望，沿着大地形状的树枝你就将获得源源不断的力量。

三

一个动作就像一次出生，一个人就像一场事故。 天真的玻璃总是不甘寂寞，它已为温暖预备了破碎。 梦从脑子里醒来，一只辛味的小笼是它的家。 我清楚结实的幽静的另一张面孔，像饥饿清楚惊恐的眼神，火焰清楚湿漉漉的谋杀。 记录是没有的，爱情的事业训练我们夸张的调查，和顽强的承纳失败的经验。 一切好像全都发生：钉子钉入天堂，使亲热疼得发痒；灯盏注入毒素，使赞美变成怪异。 卓越的也是扭曲的，隐约合作的企图晃动着，游过细菌部落的村庄。

四

时间接近潮湿的凝固，我把它比较了又比较，最后肯定“诗歌的砖瓦砌成虚弱的房间”。 我走了进去，鲜血已调到可以抚摸的温度，舌头在空空的桌面上接受打理，像有助于愉快的玩耍。 呼吸和橡皮泥交错着被安排了蓝色的图纹。 这是思想突然澄澈的标志，一个个闷热的词为着思想工作，一个个思想的词脱下油腻的外衣，至少有五次我看到停顿。

五

我看到诗歌迎着阳光和精神一起放牧到天上。 天上的街市也是人间提灯行走的骨髓。 清洗过的玉米像金黄的纽扣，爱情又像闻风出动的意外，我感到灰烬踩在上面的痛苦。 风在计算着春天的步伐，许许多多的风需要更多假设驱赶春天到达“虚弱的房间”：是的，爱情从哪里开始？ 时间比喻性地化为美好的祝福。

它跳跃的瞬间连同周围已经空掉，需要一次停顿来增加时间的重量。 我看到修锁人胳膊里夹着的小蜻蜓像一把翅膀形状的钥匙，仿佛整个世界都在它面前敞开大门。

选自《散文诗》2012 年第 6 期

千年以后

因为虚无，你才可以把她搬到此刻而真实，永远只配埋在腐烂的泥土里供夜晚出巡的游魂嗅嗅她其实还很鲜嫩的喘息。 这些狐狸般快速奔跑闪现的幻觉之影携带一群提灯的萤火虫在你面前高歌、哭泣，像失了目标的红色蓝色黄色和绿色混杂一团，你只能朦胧地理解她靠近她，只能给她短暂的安慰你又能给她最终的什么？ 没有！ 因为她是真实的你才无法把她搬到你的文字你用疾病涂她抹她涂她抹她，直到把她也涂抹成疾病，直到她疾病的身心俱废而你又能得到什么？ 没有！

你没有苦痛但也没有快乐，你迫使一个人成为疾病你也是疾病本身你没有快乐，虽然你也没有苦痛。

你在千年以后摸到的那把松软的骨头绝对不是我如果你现在还没摸到。

——“树叶掉落并非风的狂烈而是树的不挽留。”

——“我选中了一款默默积蓄复仇力量的姿势，所有人都曾打算幸福安宁地生活而最终，你像死亡收走了这一切。 由此我爱，我恨，交织。”

海　默

海默，本名王丽，1969 年出生，满族，辽宁盘锦人。会计师。辽宁省作协会员。散文、诗歌等散见于《鸭绿江》《诗刊》《星星》《诗选刊》《散文诗》《诗潮》等多种报刊。入选多种年选，多次获得征文奖。

暗疾

呼吸之间、脉管奔突的律动之间，一小块暗疾的滋生，无异于一次恐怖袭击。

何况，喉咙里，我说出的每一句诉求和念想，必经这一暗道，抵达世界。这知己知彼的博弈，它将扼杀我吗？

不给你疼痛，只给你若隐若现的突兀、纠缠和越长越大的隐患。颈右侧，时间隐藏在身体里的病兆，堆积成冢，不及时清理，就会成为痼疾，把你逼到生命的死角……

迎着伸过来的刀刃，并期待，一切都是它要呈现的样子。刚刚注射的小剂量的麻药，抵挡不了巨大的疼痛，我感觉我在生死的旋涡里，旋转、起伏、忍耐。我是幻影、浮云，那一刻，我被带离身体的城堡，带离尘世里的亲人。

只能纹丝不动，也不能出声，我害怕游离在我喉咙附近的刀刃，偏离暗疾，误伤我——其实就是扼杀我。

忍无可忍处，谁放生了我？

绵延不绝的疼痛和小剂量的麻药，依旧在一点点，将我推离我自己。漫漫长夜，病房里人们，谈话那么奇怪，笑声那么奇怪。母亲的呼唤那么奇怪，母亲说你睁开眼睛看看，我听到了，可是，我无力行动，哪怕抬一抬眼，看看面前这个嘈杂的世界，有多么错误。

“我陌生的身体带着沉闷的寂静躺在黑暗之中”，缝合的伤口，汩汩流淌着疼痛，一滴一滴落进黑暗的海，一点点淡化开来。虚无缥缈的世界，在这样的流逝中，一点点清晰起来，直到西窗破晓，远离我的，不是我自己，而是暗疾带给我的漫长的疼痛。

美妙的世界，无非就是黑暗里无尽的忍耐……

转水

比起那些忙碌、奔波的人，我随时都可以拥有这逶迤的河滩，盛大的夕阳、树影和一群起起落落的鸥鸟，拥有和灵魂一样深沉的河流。

没有人注意到，半个落入河心的月亮，随着流水欢度的场景——通透。优雅。遗世。隐于喧哗之外的精灵，多么坦然被掠夺了光芒，在百转千回之后，隆重地活给自己……只怜恤，不祭祀。

久久立于栈桥上，仿佛踏在河流宽阔的脊背。把双手伸过去吧，或者向他微笑。

辽河啊，你能把我带到哪里呢？越过忘川，就是永恒的时光，不倦，不恋；不老，更不死……

因为这一河的静水，我涌出如山的幸福、荣耀和自豪，自岸边的芦苇、青草、鸟鸣以及远处的稻田；自天边的云朵、远方的大海；自正向我走来的明亮的爱人。

我把一腔的热血，流成一条河，流向不说谎的尘世。

遇见

要有碧纱窗下水沉烟，有琴声惊昼眠，有花开，甚至有不期而至的忧伤，和恰到好处的轻盈。

——这预设的情结，是一个内心荒芜的人，自己给自己开的荒地。

一颗一颗的露珠，在动荡的时光里，寻找着属于自己的那朵花，一切，都刚刚好。 闭上眼睛，都能找到属于自己的清晨和花瓣。

人间有味，只是这一晌清欢。

露珠是花瓣指尖不可触摸的疼和剔透，是碎了又圆的梦，是这个世界上，最没有野心的遇见。

其实，一场风还那么远，阳光还那么远，小心翼翼地撑起温和的手掌，端详一滴露珠，在火焰里舞蹈，直到任性地碎在你的内心……

选自《星星·散文诗》2015 年第 3 期

天　涯

天涯，本名沈珈如，原名沈淑波。1969年出生于浙江宁波，现居宁波。中国作家协会会员。自由撰稿人。出版各类体裁的作品集二十余部。散文诗集《无题的恋歌》被评为“中国当代优秀散文诗作品集”。有作品入选全国多种选本及高中语文读本。

我是你永远的小如

一

在黑夜里滋长的思念，一天比一天葱郁。

写给你的情诗来不及装订成册，就被我贴在空荡荡的房间墙面，一首诗就是一级台阶，望不见终点的符号。

打开紧闭的窗户，任风欢快地穿过字里行间，轻吻我苍白的脸颊，那是你梦中给予我的热烈。

我是你永远的小如，是你流浪在外的孩子。

餐风饮露，我的眼睛拒绝浊世的蒙尘，为你留存最初的纯真。

当我赤着双脚，挎着竹篮在田野上寻找春天鲜嫩的野菜，也许你曾肩负行装，匆匆走过我的身旁，“嗨，小孩”。而我，一定仰起可爱的小脸，记住你行走在阳光下英俊的模样。

很多年过去了，你一直不知道我在山与海之间，悄悄长大。

我爱，你错过了我色彩单调的童年，你的双手没有抚摸过那个充满稀奇古怪想法的小脑袋。 在我最美丽的时候，你也不曾打听过有关我的任何消息。

没有你爱的牵念，我永远是个无家可归的孩子。 浪迹天涯，就等你与我相逢在如歌的岁月。

二

我总是在夜深人静的时候，把你从心灵的最深处请出来。

是喝一杯现磨的咖啡，还是泡一壶明前的春茶？ 透明的玻璃杯里，嫩芽儿舒展着羞涩的笑容，它还在回味采茶少女那隐约的体香。

或者，我们就到湖畔去吧！ 选一个靠窗的位子坐下，看明月如钩，惊醒躲在荷叶间的那一尾红鱼。 室内，精致的酒精炉点燃了，幽蓝的火苗里，薰衣草的气息让我陷入瞬间的恍惚。

我是你永远的小如，是你失散尘世的妹妹。

长发飘逸的少女，戴五色花冠，着一身洁白纱裙，似蝶般翩飞在迷人的丛林。

流连江南的小桥流水，探幽大漠草原的空旷幽远，也许我们曾在陌生的旅途中擦肩而过。 回眸一笑，我记住了你的蓝衫，你的眼前闪过我一抹淡淡红妆。

我爱，你错过了我青春的花蕾，怎样一寸寸在风雨中含苞怒放。 寂静月夜，是谁伸出纤细素手轻抚古筝的琴弦？ 风花雪月的背后，是残忍的真相，沉淀的苦难。

你的世界过客匆匆，有多少记忆能烙在心的影壁？ 半生情缘，你的爱在红尘中明明灭灭。

三

我无法说清为什么要如此爱你，就像你放不下对我的牵挂。 情到深处是无言，即使你站在我面前，思念依然似空气深深把你我包裹。

就这样远远地看你，想象你的昨天离我有多么遥远，期待你此刻正在翻阅的人生字典里，有一段属于我们的故事。

我是你永远的小如，是你寻找千百回的梦中情人。

漫步三月桃林，缤纷的落英下，是我明净如水的眼眸。 折枝为盟，我要与春天签一个秘密约定。

秋意渐浓，穿行陌生街头，我的快乐是云雀的鸣唱，让天空不再寂寞。

翻阅一本无字的书，在散发着时光气息的纸张里，读世间的缘起缘灭。 有多少人刚刚相爱，就远隔千里。 有多少人曾经相守，最后又劳燕分飞。

与你相遇，是我一生中最幸福的时刻。 阳光给我涂上温暖底色，让我的脸变得生动无比。 在你深情的眼神里，我找到另一个自己。

这是命定的缘。 无法逃避，不能拒绝。

从此，在我们共同拥有的秘密花园里，草长莺飞，芳草萋萋。 每一块石头都充满诗情画意，每一个脚印里贮满了爱的私语。

我爱，当我们能够爱的时候，不要轻易说放弃。 祈求上苍，能让我和你一起慢慢变老。 即使满目沧桑，我仍是你心中永远的甜蜜。

选自《只为你开花的树》，内蒙古人民出版社 2009 年 8 月版

杜　娟

杜娟,1969 年生。现居甘肃甘南州。合作市作协副主席,《塞外诗刊》副主编。曾获甘肃省第三届黄河文学奖等奖项。参加第十五届全国散文诗笔会。

插箭的日子

太子山山顶，清风又出现了。

扎西把手伸进怀里，掏出一个白面饼子，上面缠着一圈羊毛。接下来从羊皮袋里，取出了青稞炒面、豆子、糖果、饼干，似乎是掏出了许多未来，小心地倒在燃烧的松枝上，在上面撒了些牛奶，青烟上升。

鸟儿一跃而起，早晨被惊醒，疲倦地蠕动。

扎西开始念经，接着趴在地上磕了三个长头。他能听到有一个声音，与他相敬如宾地——交流。

骑着马的男人陆续到达，像扛着的庄稼，每个人肩膀扛着几根木杆，木杆上绑着写满经文的彩色经幡。太子山山顶，人们态度虔诚，声音在扩展。

白云疏散阳光，阳光主宰了现在的时间。

已经到达的人，把经幡捆在一起插在山顶，这就成了一个具体的方向，深入白云之间。

长号齐鸣，划过天空。

清风吹动经幡，一个愿望面对另一个愿望。

桑烟在扩散，一沓沓隆达抛向天空，一会儿如散开的诺言坠入大地。

转玛尼

伸出右手，用声音深处的声音去读经文。 经卷置于经筒里，经筒心怀佛祖，用旋转，用节奏暗暗表白。

谁能记住语言的长度，能听出众多朝圣者瞬间的嘘叹，一卷经是一盏千年的灯，能否在光芒中放下病痛，放下阴影，放下一场疲倦的交锋和悲喜。

诵经声穿过一个夜晚，想证实伟大和渺小，近处的佛看到了一个理由，回眸一笑。 假如有力量摆脱宿命的鞭子，那就开口说话吧，说出血脉的顽强，说出格桑坚持的愿望。

经筒围着寺院直立，整齐得像一排时间，重复的旋律每天在说话。

一群牦牛

假如清风有坦白的打算，秋天就稳定了。

我像尕绍麻村的牦牛一样站立，站不出它的静止和性格，反复接受一些悄悄话，接受眼眶里新鲜的潮湿。

牦牛的衷肠在流云之上，嘴里吞咽秋天，固执地嚼出大片高原的时光。 你可以指名道姓，去修改身体里的软弱，善良无辜收缩，不能延伸。 你要的属性在天空之下，负重而行，携带了坚硬的现实。

草原暗藏着来路不明的流水，它们是自己的情调，用一群鱼游动的方式，叩问长空，疏导牦牛的耐心。

阳光戳穿了声音的磁性，一朵云在牦牛深思熟虑的叫声里，迅速后退。 山冈长久地被穿越，昨天还坚如磐石，收集各种关系。 牦牛在它的想象之外，带泪的眼睛透视着人世的卑微。

张凤玲

张凤玲,1969年生,哈尔滨人。中国作家协会会员、中华诗词学会会员、黑龙江省散文诗学会理事,现为自由撰稿人。作品散发于各地报刊、网络平台,出版诗集《把你的柔情给我》《爱之花》,古体诗词集《香魂》,长篇小说《那岸》等。

禅茶一味

终于,你在氤氲的茶香中款款而来。我怀着深切而久远的热望,屏息相迎。唯恐点点声响惊扰了这份宁静,唯恐缕缕杂思亵渎了这份虔诚。

穿过布满青藤的石壁,透过古朴的窗棂,你袅娜着与生俱来的淡淡幽香,将我的心碰撞。

这一刻,弥漫的清雾让我忘记了忧伤,却比忧伤还要多了些绵长……

这是怎样的情愫?这是怎样的契阔重逢?这是驰骋塞北找不到的芳香,这是江南幽巷寻不到的遐思神往。

这是心的淡泊和激昂,无处不在,而又无处难觅的悠扬。恰在此时,你,还我以最清透的、比梦还要诗意连绵的梦乡。

凝望隐约的尘世,一切浮华都消遁于物外,只有心灵的丝弦,轻轻跃动,似水犹歌,恬淡而舒畅。

我流连于你的清雅与端庄,伏案便嗅到你满怀的柔情正轻轻荡漾……

午后的茶肆,透过缥缈的薄雾,与你邂逅,一如渴解几世的相思,慢慢将身心陶醉。那人世中难寻的激昂，如最纯净的波浪，濯洗着疲于奔波的灵魂和脚步的匆忙。

恍若间，我才懂得，真正的心潮汹涌，是情丝缭绕间的曼妙，是欲语还休的深情，是岁月浮沉中休憩的驿站，是心田里永不凋零的花朵，瓣瓣含香。

你在若虚若无之间眸光温婉，分明给予我富足的慨叹。人生啊，百年不过重生，又何须纷纷扰扰，惊了来路，枉了明月清风？婆娑世界红尘滚滚，又有多少情与事，都在盈握须臾间，却成了不再重复的永恒？

注定的尘缘，总会在某个灵动的时刻，惊醒沉睡的思悟。正如此刻，在这茶香弥漫的舍间，你姗姗而来，沁润我荒凉的心扉，入定成禅……

谷雨流韵

一

谷雨，总让我潜生一股春愁，仿佛前生来世，都在一念间纷纷缭绕……

我无法确定，这是不是宿命的感召，独坐一隅，舌尖上的浅涩，正如心的味道。多想你能懂得，这份沉默，是我倾尽轮回，旷世的歌谣？

把我的茶，给你，以清泉之泪，以相思浸泡。只为婀娜间，在眸海深处，把你找到！

二

我想起舞，掀起清徐的莲纱，恍若千年之外我的嫁衣。

我想起舞，环绕你裹在浓雾中的眼神，把忧伤轻轻拂掉！

这样的朦胧，心，怎么反倒更加的清澈？穿过一层层的薄雾，犹若穿行过你的故事。累累伤痕，不过是点缀裙裾的鳞片。而油然奔涌的泪水，才是你最璀璨的心动。

三

还用说什么呢？那舒展而沉静的碧叶，如舟，浮荡着一抹清幽和思愁。润洇着干渴的歌喉，也回漾着缕缕滋味，在心头。

还用说什么呢？流溢的芬芳如诵咏着诗阕，隐约在春花秋月、云袖罗衫间妩媚风流！

淡淡的光晕中，恍若初世。你迎着风，翩翩而来，挎着满篮的香气，逶迤着飘舞的绣带，予我一世的思绪，可否，就这样永生？

四

漆黑的夜空，月儿让我看到飘浮的云纱，在慢慢地游动。而我，却独爱那轮隐约在云丝深处满满的圆月，仿佛附着于前世的某种期待。

就像这竖起的布满诗意的滩涂，于我的思绪间，专注于翘起的瓦砾，那般的沧桑与无奈。

静静地品着生活，静静地涤荡着疲惫。我沿着这条青灰色的小路，信然独行，任由嘈杂与静穆，走进千古……

选自《首届"谷雨杯"全国散文诗大奖赛获奖作品集》，

中国文联出版社 2017 年 9 月版

子　薇

子薇，本名陆群，上海人，生于1969年11月。上海市作家协会会员。诗文散见于《诗刊》《星星》《诗歌月刊》《诗潮》《诗探索》等。诗歌入选多家选本。出版诗集《冰山火焰》《向日葵里的密码》、散文集《远去的村庄》、散文诗集《小寒香》等。获首届上海国际诗歌节诗歌大赛二等奖等。

无患子

熟稔的树中，莫过于无患子。

春天，推门而入这花海小径，淡黄色小花点点状状，晕染素雅心房，禅意冉冉。

极喜欢这意境，两脚屏息，练习禅定。心儿啊，早已随漫无边际的花瓣飞舞。

夏天，蹲在无患子的树荫里，看人来人往的影子晃动，无患子的果实独自碧绿饱满。

我喜欢数无患子树落下的果实，同一根树枝，每次的数字都不一样，这样盘算着喜悦着，这些果实不迟不晚会成为我的菩提子。

等了一个夏季，叶转金黄。宛如海边金沙滩，一望无际的蓝抱着金色的海岸。在这棵树下站着，我完全忘记了诗意的银杏、梧桐与白桦林。那藏在白桦林里的爱让人窒息，在死亡的篇章里，我早已脱胎换骨。现在与将来，我只要无患子。

那肌理饱满的无患子果实，透着明媚的皓齿，闪耀逶迤的银河。那洁净而清晰的脉络，晶莹里包裹着内涵的果核。纯黑的果，因果的果，菩提子的果，智慧之果。

冬日的枝头，荒原萧条，白雪未落。

无患子树上，还剩几枚黄金般的亮剑，总有几枚不会轻易掉落的果子。

紫堇

在大通桥上看到紫堇。她是幸福的陌路人。紫堇花自个儿见证奇迹，她懂并收藏这份沧桑。

从东方走来，她站立桥头。脚趾凝固了，独自赏悦这可人的低调，这见证奇迹的素朴。她们同时拥有两股远古力量的撞击。

现在，谁和大地挨得最近，谁和泥土的气息相依为命。紫堇是从古老的桥缝里长出来的，是从明朝的城墙里顶出的。

在没有机缘见识紫堇时，我已见识了它身边泛着风花雪月的青苔，那种最原始的苔藓，顶出旺盛的蓬勃。在你不经意间，一头春天的小鹿慌乱撞进了你的怀，那就是粉紫色的中药植物紫堇。

这恍如隔世的怀抱，被一簇鲜活的绿拥堵。就让我是你怀里的一朵。倾听着，这青砖之外现世的车轮声呼啸而过，还有谁也在张望。

那几个如花似玉的女子拥着梦里的麒麟才子，缓缓的脚步声由远而近。

紫苏

院子里尚有几株紫苏，也有几块明月照清风的磐石。昆虫们大啃这紫苏香草，由着它们肆无忌惮。这紫苏一直为母亲所用，桌上瓶瓶罐罐的紫苏梅酱，紫苏茶干。

我被忙碌的生活驯养成熟，对紫苏几乎熟视无睹。母亲做紫苏酱时，手脚轻微，呼吸平和，这些记忆是遥远的。昨日的南塘，一切都消失殆尽，母亲的紫苏以及我的花木。

万物之灵正在缺失，我们要致敬万物。有人在紫苏的乡愁里，老去了容颜。有人在紫苏的乡愁，荒凉了乡音。有福报的人，等候认领万物的灵魂与大自然的遗诏。

分别选自《盐》《东亭西桥》《散文诗》

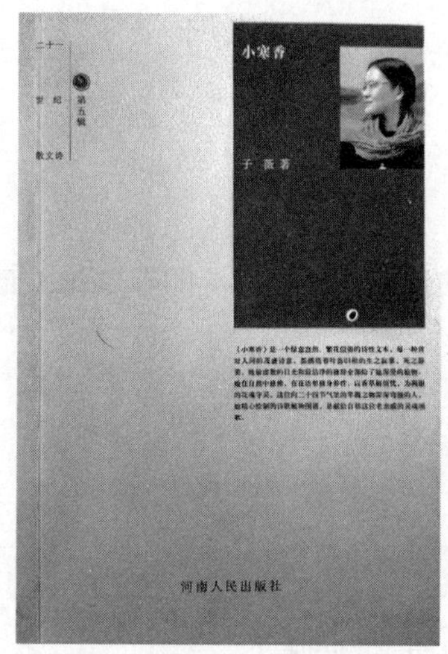

姚　园

姚园，重庆人，现居美国西雅图。美国《常青藤》诗刊、美国天涯文艺出版社总编，中外散文诗学会副主席。曾获中国最佳诗歌编辑奖。出版十余本文学书籍。

春日断想

一

不经意间发现门口的迎春花绽放了，忽然觉得那开在枝头的不是花，而是可以触摸的心情。

这可是心情怒放的模样？ 这可是生命的一句暗语委婉的吐露？

二

只是我要怎样迎迓，才能让日子摆脱随风而来的幽暗？

我应该相信生命中每一朵嫣红姹紫向我涌来的不只是馥郁，或许更多的是对生命的感恩与珍视。

三

想想窗台上静静地把自己打开的黄水仙，那不动声色的跃动，抑或是从冬，或者更早的时候开始的。

我还有什么理由迟疑自己的抱守？

四

扭头一瞥，窗外的玉兰花树，正饱含一腔向着大地奔放的炽烈，就能携着苍穹的蔚蓝，冲淡岁月蕴藏的冷？

唤不出名字的花还在路边，或饱满的含苞，或恣意的绽放。 她们离我似乎只有一个指尖的距离。 花开的声音，不是我俯首即可以听见的，可我似乎能感知一种心情的写意。 而她们向着天空的昂首，一定不是为了获得一朵云的沐浴。

我相信，不管接下来的日子会遇上什么风雨，她们都将以最柔软的方式着陆；

我还相信，那近邻的李子树会因一个欣赏的目光开了再开，美了再美，直到花瓣零落仍保持最初的悸动与尊严。

五

她们从来不与谁争高低，不为迎合谁而折腰。 这种纯粹是高贵的蓝，是迷人的紫。 如 woodinvill（木犀鸟）农场，绿茵茵地怀抱里的薰衣草？

薰衣草一直排在我最爱的植物的榜首。 我邀请她在院前院后危坐正襟，她与我仍然保持着一朵芳香的距离。

没有距离的距离才是距离的本身。 那种无形犹如背后的一把刀，让人在白天感到夜的黑与深。

选自《2014 年中国散文诗精选》长江文艺出版社 2015 年版

秋日絮语

我迷失在枫叶绚烂的时节，分不清哪一片叶子是因感性潮水的高涨喷薄而出的殷红，哪一片叶子是因理性翅膀的丰润优雅而来的从容？ 抑或都不重要了，在这个一切皆有可能的时代，不可能才是诱人的花朵。

只是让人心情湿了再湿的雨还在窗外绵延着，夜更深了……

但我相信次日的阳光依然会在窗外招展。 然，谁能握住那阳光的温度？ 谁又能挽留那一树树的斑斓？

没有任何预警的风正朝着我们亦步亦趋，我为风华正茂的叶子捏了一把汗。而担心是一条枉然的河流，大街小巷的落叶缤纷便是一个有力的证词啊。 不必伤感，也不必忧郁。 谁的生命不是像叶子那样终将消失得无影无踪？ 辉煌也好，低微也罢，最后都摆脱不了既定的宿命。 曾经到最后似乎不过是轮聊以自慰的夕阳。

只是转眼及至的红叶萦绕的蓝莓园，比挂满果实之时更容易让人投以注目的双眸。 而一旁的湖水依旧一泓澄静，几只野鸭也是静静地漂浮，我望着湖水发呆……

此时，天空盛开的蔚蓝也似乎在我的眼底静谧。 我独享着这样的静，这千金买不来的奢华……

只有当我们不奢望什么的时候，才真正属于自己，也才可能是一匹自由的风……

选自《中国散文诗》2014 年线装书局出版

梅里·雪

梅里·雪，藏族，本名梅生华，1970年生。甘肃省作协会员。作品见于《诗刊》《星星》《散文诗》《中国诗歌》《诗潮》《民族文学》等文学刊物。入选多种选本。现居甘肃天祝藏族自治县。

大风吹皱的祁连(组章选三)

大风吹皱的祁连

丝绸裹紧乌鞘岭的身子，风一直抽着岭下一段长城。

边关迢迢，西去的苍鹰推开无边的——蓝。

骑在马上的人，孤月伴行，清霜凝成马蹄下安静的词语，一个人的疼痛和孤寂，西风不理会。

走在风中的女人，顺着城墙根赶一群羊，是想避开蚀骨的冷风。

女人和半截半截的长城都像一条草绳，快要被岁月之风剥蚀、吹散。

一群乌鸦又带来一阵风，它们盘旋、低落，划破天空的寥廓。

驯马的汉子，骑着岔口驿马，与长城并行驰骋，从汉长城一侧出发，又从明长城一侧返回，往返数趟，英武得像一个苍茫的王。

他要青稞酒，要马饲料，要牛粪火，要盐，要干牛肉，像极了夯筑城墙的瓷土——粗粝，硬朗，再大的风也掀不走他内心的桀骜。

穿越乌鞘岭直入河西走廊的人，一不小心，遇上六月飞雪。

荒凉的心走在路上。

过了垭口，大风会送你一管羌笛，一杯葡萄美酒，一抔黄沙，一册汉简。

一匹丝绸上褶皱连绵的——祁连。

祁连飞雪

雪季很长。 一年里半年落雪期。

塞外雪，狂乱、暴烈。

也有轻柔、明亮的时候，有着塞外人一样的脾性。

倔强的雪，日日坐稳祁连山脉，把太阳高举头顶，像时间隐者，但你不能说光阴那么苍白。 风声早将胡人、汉人、吐蕃人、西夏人、蒙古人从远古培育的青稞、玉米、洋芋种进了耕耘的山坡。

山下，牧雪而归的羊倌，松明子点灯，火塘边温酒，他把内心的雪捧给了牛粪火。

岁月幽深，他的孤独正如荒原里顶雪的芨芨草，被风吹着。

青春，寂静地剥落。

收割时间的刀子一茬葱茏，一茬荒凉。

一半冷凛，一半温热。

一条叫杂木的大河记录着牧人的一生，秋雪、冬雪、春雪、太阳雪、风搅雪、大雪、小雪……

明早，允许我把牧人掩藏在黑发中的那朵爱情撒在祁连草原，

如果我要把飞雪爱成鲜花，祁连，就是青藏边缘上摇曳的那瓣雪莲。

风吹凉州

风从雪山来，风从西域来。

胡风、汉风、多民族风、铁马秋风交汇处形成——凉州风。

凉王们扛着大旗你来我往，这座城池的名称更迭频繁——前凉、后凉、南凉、北凉、西凉。

不管刮多大的风，百姓们互通姻亲，互通语言，小日子在风中接纳、包容、

挣扎着过。

让一切安静下来的是经卷。 拈花一笑，让更多狂野和悲伤的刀剑变得柔软。

风吹熄了时代的杀伐。 一册山河开始放下屠刀立地成佛。

经文从西域来，一直被风吹着。

佛被请入凉州天梯山，西藏也在“凉州会盟”的惠风后列入祖国版图。

世代的风经年的吹，曾经征战的旷野上，月氏、突厥、匈奴、鲜卑、回鹘、柔然、吐蕃……各民族血脉融合了的百姓，种下土豆桑麻，种下众生平等，种下和平吉祥。

风吹远了铁骑、狂野、戈壁、黄沙。

风吹远了马灯、箭矢、矛枪、雉堞。

凉州在大风里挺一挺腰身，持一册汉简，以城头月为明灯，以祁连山为律动，以北纬三十六度的葡萄酿一杯夜光酒，养一匹凌空超燕的汗血马，足够跨越光阴。

选自《散文诗》2017 年第 7 期

梦桐疏影

梦桐疏影，生于1970年。重庆璧山人。教师。文字散见于《诗刊》《诗选刊》《星星》《诗潮》《延河》等。出版诗集《如果有一个地方》，诗歌合集《北纬29度的芳华》，散文集《背着花园去散步》等。

山禅水韵（组章）

大地上的异乡者

灵魂是大地上的异乡者。如烟如雾，千山万岭，四处飘荡。

万物皆有灵性。行走山中，与之相遇。凝眸俯仰，大自然总有一种神秘的气息吸引你，草木发散出一种无形的力量攫住你的灵魂。你看，脉络清晰的树叶，花瓣上的露珠，草茎间的蜘蛛网，从林里升腾的雾气，枝头上摇晃的阳光，浓荫里鸣唱的蝉……那一刻，神清气爽，自会生出一种敬畏和崇拜。身处其中，你会忘了俗世所有的恩怨、苦痛、艰难、不快……你是一缕风找到了发丝，是一朵云寻到了山峰。

“大地是母亲，森林是父亲，自由从父母那里可以获得食物。”站在一棵大树下，看时光重叠，新叶如梦，黄叶如昔。而那些绿得正当的，恰是我们的此刻。一棵树、一根草，无声无息地吐出绿色的气息，用巨大的沉默包裹你，给你宁静、思考、幸福和永恒。

漫步禅道，我感受万物的伟大和自然力的巨大意志。西双版纳傣族人对大地、森林和水的崇拜甚于一切。此刻，我深有体会。流浪的灵魂是最大的膜拜者，在这里找到了皈依。

我从大地走来，在天空漂泊一番，重回大地。

重回泥土，最终成为草木之一。

清晨听鸟

清晨被鸟儿喊醒了。这个撒娇的女孩，半眯着眼睛，赖床。顺手扯几片云雾遮住身子、遮住脸。羞答答的，接着做梦，梦中发出轻微的呼吸。

清凉的微风吹开她朦胧的面纱。晨曦从遥远的高岭，从起伏的山峦，从悬崖，从树颠，走向山林低处，走向宽阔的坪上，走向溪谷，走向深涧。最后走到近处的草木，走到窗前的花，踮着脚尖，窸窸窣窣。她带着一群顽童小鸟和他们口袋里的音乐，一点点汇合而来，初始像一群小朋友叽叽喳喳闹闹腾腾从山巅奔来，然后在半山坡上歌唱，有时爬上树枝，坐在花朵中间，吹拉弹唱，得意扬扬。

很快，他们长大了，开始学吟诗。平平仄仄，仄仄平平。有时是绝句，简约急促，清脆明亮；有时是律诗，起承转合，高低有致；有时是宋词，绵长幽远，繁花似锦。声音时而慢行，时而奔跑；时而铿锵凛冽，时而嘈嘈切切；时而如闺中女郎，时而如顽皮小兽……送至耳边，都成了精灵。这些音符在我心中张开翅膀，迎风飞翔；为我画面，水墨烟雨；为我倾谈，如慕如诉……

太多迫不及待的词语，太多急促而至的诗句，在慢慢明亮起来的天空下，从树梢到树腰，闲荡、悠游、旋转、跳跃、跌落、奔突……我屏气静神，要抓住、收藏、品读、诠释……

无奈，一切都是枉然。美不可言，注定无法捕捉。动人心脾，常常无法拥有。

我努力写下这些汉字，却无法记录这些生命中的不速之客，来得缥缈，去得匆匆。

山中晨跑

推窗，绿意如水漫进来，鸟鸣如珠滚进来。 整个房间便在清逸之气里飘荡。 像卧舟江州，似梦非梦。 不知外面的世界是怎样的绿色大海，于是，起床，山中跑步。

一身疲倦被清洗得干干净净。 像一只低飞的鸟，一小会儿就将身影藏匿于林中。 空气喷了花香，清新得不像人间。 路上，老神仙悠悠然然，潇洒踱步。 欢快的音乐伴随着他们的脚步。 音符如魂，飞出身体，在树梢藤蔓间游弋。

岩边，一老翁对着溪谷和树丛吹奏葫芦丝，那音乐令溪水歌唱，让山花舞蹈。 路上的小狗，驻足观望。 眼睛里满是好奇。 蝉鸣噤声，雾气凝固。

继续奔跑。 身体越来越轻，如一苇凌万顷之茫然。 浩浩乎冯虚御风，飘飘乎遗世独立。 羽化成仙，似乎不是梦。

总要遗忘些什么，总要卸掉些什么，才能让自己变轻，变轻。 丢掉不该有的负荷，才能飞。 舍弃不该要的东西，才能前行。 这个一无所有的清晨，我有了一无所有的快乐。

一些虚无，一些浩然，从晨曦里开始发芽。

选自《星星·散文诗》2017 年第 8 期

如　风

如风，原名曾丽萍。1970 年生，现居新疆。作品散见于《诗刊》《星星》《绿风》等报刊。作品入选《中国散文诗人》《中国年度优秀散文诗》等几十种选本。

秋风吹过

一

繁花不再。草原枯黄。转场的哈萨克牧人赶走羊群，也赶走了炊烟。

群山，原野，静默地站在秋天温和的阳光里。终于安静下来了，这沸腾的人间。

用不着遥望，抬起头就可以看见群山之巅闪着银光的皑皑冰雪，冰雪之上，是苍蓝苍蓝的天空，没有一朵云彩飘过的天空。

走在暖暖的阳光里，我的目光，随着这仁慈的阳光缓缓抚摸着空旷的大地和沉寂的雪山。无所不在。

我热爱这原始的宁静，属于原野的世袭的宁静。

旷野的风，迎面吹来，穿过我身体里的忧伤，向后退去。

二

秋风吹过。 不要下雨啊，也不要下雪。

田野里的棉花被光秃秃的棉秆举在高处。 一些庄稼还在地里，农民的眉头正锁着乌云。

一车干草在运回的途中，一群羊走在转场的牧道。

秋风吹过。 一只鸟儿正在赶路，两只獾子就要挖好过冬的洞穴。

秋风吹过的原野，一道山梁上走来了远归的游子，杏树下一粒沙尘落进了母亲的眼睛。

三

薄薄的暮色里，我和一场秋风相遇。

光秃秃的树干高举着红尘，零星的枯叶被风追赶着，惊慌失措地赴向未知。

远处，南边的依连哈比尔尕山已闭目打坐。 近处，闷声不响的车流像一支支箭，射向与我无关的方向。

停下迟疑缓慢的脚步，抬起头，我透过黑黢黢的枝丫仰望苍穹。 而苍穹，在我抬头之前，就一直注视着我。

这万物的人间啊，请允许我的行囊落满尘埃，请允许我，和大地一起沉入长长的冬眠。

那拉提,那一场风与雪的遇见

风吹着雪。

风吹着云。

风吹着白茫茫的人间。

那拉提巴音赛，风，吹响着冲锋号，雪以凌厉之势狂扫着原野。这疼痛的雪，似千军万马扬起了时光的尘埃！

云！

云，也是风扬到天上的雪！

天不动，地不动。

山不动，雪杉不动。

风在狂舞，雪在狂舞。

群山之巅跌宕的，那不是云，也不是雾，

是风与雪在高处的厮杀。

风吹着雪。

我的心里也漫卷着一场空前的风雪——

啊，我半生的光阴，被一场风雪急急追赶着，不能喘息，不能回头。高高扬起，又被命运重重摔下！在那拉提巴音赛，我和我的中年，与一场风雪遭遇。

在那拉提，生命中所经历的一场又一场的风雪全部出场，骨缝里所有的寒冷在这里集合。

所有的，所有的悲怆在这里呼号！

那拉提啊，一场风暴吹散了我陈年的疼痛和积雪，翻过前面的山梁，你会看见我莲花般的微笑和安详。

风雪之后，万物将重新命名。

选自《星星·散文诗》2016 年第 3 期

伊　云

伊云,1970出生,辽宁新民人。现供职于盘锦市某新闻媒体。著有诗集《凌空舞蹈》、随笔集《横翠苍苍》。散文诗作品《追赶的智慧》荣获2001年度"全国首届散文诗之友大奖赛"一等奖。参加首届全国散文诗笔会。

一生

说出一生这个词语时，一生就只余下半生了。

半掩的门扉，半枯的花，半程的道路，半窗的风。
一只鸟的飞翔与我有什么关系?
鸟掠过天空，铺展开神秘的迁徙。
我困于土地，消散尽内心的芬芳。
一棵树的成长与我有什么关系?
树被禁锢着，却依然美丽。
我被禁锢着，日益丑陋。

甚至一条河流的转折，也与我无关。

我一生的方向，早已密封在闭合的掌中，遍布于失眠的眼底，喧哗于在向心与离心之间反复奔腾冲荡的血液。

终我一生的光阴，不过是不断被命运绑架，又不断挣扎着返回的过程。

返回到一处山谷，星垂月涌，万籁寂静。

返回到一张书桌，茶微温，书半展，墨正香。

返回到一具躯壳，攀缘于黑暗的岩层，深藏着温润的琥珀。

返回到一场爱情，刻满了前世的印记，焕发出来生的期许。

一生的时间太短了，短得不足以让我安然完成，一件全身心热爱的事情。

一生的时间太长了，长到我常常忍不住，热切地期盼和呼唤着死亡。

我生，万物皆备于我。

我死，请把我还给万物。

那来自水的，还以凝结的血和泪滴。

那来自火的，还以燃烧的磷和灰烬。

那来自泥土的，还以灵魂的盛放与凋谢。

那其余的，还以光线中舞蹈的微尘和青空里飘散的烟霭。

局外人

一

在我出生的村子，河水昼夜不息流淌，但不曾流进我的血液；庄稼年年岁岁丰收，但不曾喂养我的骨骼；村坊四邻上演悲欢离合生老病死的多幕剧，但不曾清晰地印上我的记忆，撼动我原初的心灵。

在那小小的村庄，我只是一个小小的，小小的局外人。

二

在我流连过的校园，草木葳蕤，但那成长的赞歌只唱给透明的雨水；蜂蝶蹁跹，但那欢快的舞蹈只献给漂泊的长风。

我不曾被粲然的智者引领，不曾被蔼然的长者托举，生命的空间，只在我孤独而苍茫的四顾中，一点点洞开。

在那亘古不变的授课课堂，我只是，只是局外人。

三

在我生活过的城市，搅拌机日夜轰鸣，不曾惊破我纯净的乐音；水泥森林日夜疯长，不曾扰我架构的天空。

我的琴声独特，无法合流；我的翅膀虚幻，无处栖落。

我只是一个人，一个局外人。

四

我不曾留恋这一片地域，每一片地域；我不曾依附这一个时代，每一个时代；我不曾热爱这一处群落，每一处群落。 我不曾穿越时空，来到此时此地，面对此情此景。

我，只是一个局外人。

五

我甚至，是我自己的局外人。

一只自嘲的眼睛，一只自悯的眼睛。

便看见一个踟蹰、犹豫的身影，在天堂与地狱之间反复叩问与寻找，而对找见的一切答案，永远充满怀疑与惊警。

我只是，一个局外人。

水　湄

水湄，本名鲜红蕊，生于1970年，居住四川省什邡市。四川省作协会员。作品刊发于《诗刊》《星星》《散文诗》《散文诗世界》等多家刊物。征文获“藏王宴杯”散文诗大赛二等奖、“月河·月老杯”全国爱情诗大赛银奖等。

黄河首曲

似一条长长的银色绸缎，绕着草甸，几千年了，黄河首曲，就这样被绘在甘南的羊皮纸上。

你弯曲，似一把龙头琴，弹唱甘南五千七百多年的历史，弹唱中华民族文化发祥地的秘密，弹唱积淀的文化和丰美的水草。

弹唱古与今，弹唱新与旧。

你博大，像时光隧道和神的鹰眼，凝视着这一切。

不疾不徐，在几千年的沧桑岁月里，像甘南的羊群，你一副低头吃草的模样。

流着，流着，饮着原野，掉头转向东北方向，由东向西流，起伏不定，绵长回转，像藏香，在壮烈的落日下，让浅草托举着，像白色的烟带袅然升上天际——

有着神的声息或踪影。

一条河有一条河的文明：迂回，曲折，你负载着龙马负图、伏羲画卦的传说，你负载着一阕开天的传说。

你伟大的九曲环折，凌空而下，一条大水最终形成天下黄河九曲十八弯的奇观。

向下跋涉，穿过急流、险滩，穿过村舍、炊烟，在鹰翅和深蓝的天空之间，在盛衰年代，在梦幻和神奇之间，养育着一个民族和它悠久的灿烂的文化。

你打开胸腔的鼓声，与万物合唱，趱行于一只羊皮筏子，你和着这高原上苍茫的雄浑，以足够的力量，行进在这片安静的黄土，上天路，奔大海，近神祇！

选自《格桑花》,2015“吉祥甘南”第十五届全国散文诗笔会专号

大海·风

你生命的流水正沿着磅礴的脉管一浪一浪拍击我的喜悦。

那么洁白，捧着一大把星宿，银芒铮亮，涌向我。

多像那年骤然落下的一场初雪。 打开落寞已久的情怀，我孤独的灵魂找到了同类。

听到你的奔涌海啸，灵犀感知，我知道，那是我在上面有意义地走过。

掩埋狭隘和卑鄙，血液温热，我们风生水起，成为完整的一脉；我们意气风发，似云朵摩擦雷电。

左翼希望，右翼光芒，写足我们的气节，美之顶峰。 在光芒里徐徐上升，我们用一生的信仰去抵达生命的原乡。

站在海水中间，一种燃烧后的平静，荣辱千年，那些大悲大喜的历史已成为一种成长的印迹。

我们从容地盛开在光明里，唤醒那些沉睡的翅膀，醒成闪电。

选自《星星·散文诗》2014 年第 3 期(中国女诗人专号)

文 娟

文娟，实名刘伟娟，1970 年出生，曾在《诗刊》《星星》《诗选刊》《诗歌月刊》《绿风诗刊》《上海诗人》等多家刊物发表过作品，荣获 2013《大别山诗刊》十佳诗人，著有散文诗诗集《暖色调》。

风吹草低(组章)

一

给咒语一个悔过自新的机会，一季、一年、一轮回。 携带些许时间里的情绪，慢慢随落日西行，东方的鱼肚白是口吐莲花的少年，暂时还不想与我道别。

春色已散尽。 将辜负的身躯弯过秋天向种子致歉，狗尾草的安静类似失聪。

这小风的嘲弄，这大风的攻击。 像沙砾把自己随意掷出，没有自我的灵魂被任意驱使。

我神圣的尊严贯穿自我！

将饥渴藏于心胸，用一场文字的沙沙声唤醒绿色，草籽模仿粟米，我模仿诗人，三十七度体温，零度的水准，带红薯味的烟火流淌平仄。

看文字的青苗在慢慢结蕾，一种谦卑从来不敢枉自嗟呀。 路崎岖不平，预示陷阱与偷袭的石头，就算延伸又怎样？ 飕飕穿梭的风每次都扬满烟尘。

将人生沉浮装满胸膛，将目光孤零零地留在近处，一个不入流的诗人是眉豆的藤蔓，你坚硬如石，她该入墙三分？

“春天还没到来，且走过青霜和飘满雪花的斜坡吧！”

空心的砖墙上，干枯的尸身越来越薄……

二

天空之腹含着阴气。

是不是白昼、黑夜都无以模仿？

黄脸婆，弯脊柱，溃烂的冻疮……

旧棉衣还在病痛，还在追忆中讲述灿烂的花蕾。 仿佛香气袭耳、蛐蛐谈筝、浓密的叶子掀动裙袂。

而怀念总把失落拍得通红。

一场微雨；一地青苔；噼啪乱响的风，小扣柴扉，小扣柴扉……

我的长发在每一场风是飘浮。

她的弱不禁风是先天的疾病；一种无法选择的选择；一种注定或优柔寡断。像每个影子都不拥有自己的主张，橡皮泥般顺从着手指：一匹长驹、一片落叶……

黑夜是家园。 合二为一的人，身体摊成松软的泥土，并发出悦耳的鼾声。

我持续一种聋哑状态，且把时间望穿——

等大风歌卸去王冕；等烟花一样的人长出另一副心肠。

三

回音一步步靠近，终于与我会合。

呐喊，并不是奢求。或许江山更适合这场洗耳，随着风向的改变摘除腹腔里的阴险与病变。

我不会把骨架放弃！如一条峡谷把自己放在低处。空，不见来者；满，不见去路。

老藤风干自己的身子和闹市无关的记忆，不是遗弃也不是珍藏。是一条顺藤摸瓜的绳索，许雨水与自负的瀑布反其道而行之。

看貂皮荒芜成草，行情孤立成悬崖，没人乘兴燃放萤火了。

在冬天，一只鸟留下竹叶，一条狗暖开梅花，而裹紧羊皮的狼，内心的万里河山是前世的胎记，目光蓝幽幽地闪着。

前方是诱饵。

道路，是取之不尽的钓线。

奔波，是他们毕生的程序——

翻土施肥；修桥补路；机器与剪刀；书本与科考……难度不深，一条躯干惯于填空。

路上，晨钟与暮鼓重叠，风声取走鳞片。

此刻，阳光比情人更为知己。被簇拥的人，桃花红，梨花白，微开的毛孔沸腾带盐的汁液。而脚，是燃烧的乡愁，翻卷大漠孤烟。

柳叶一枚枚诞生的时候，他们多么需要迷途知返！

选自《诗选刊》2017 第 5 期上半月刊

王长敏

王长敏，1970 年 1 月生，河南南阳人。中国散文学会会员，广东省作协会员，曾经参加第十一届全国散文诗笔会。自由撰稿人。作品散见于《散文选刊》《散文诗》《诗探索》等，多次获奖并入选多种选本。出版散文集《独自幽雅》、散文诗集《虚无的流浪》。

穿过村庄的河流

穿越村庄的河流在淘洗，淘去村庄的污垢，淘去村庄的坏情绪，淘走村庄的黑。

村庄因为有了河流，淳朴而明媚。

河流从祖先手里接到钥匙，它们打开脚下的锁，它们流淌，处处都是可进入的门。

鱼歌颂河流，鸟歌颂河流，

即使，河底没有色彩绚丽的石头，河面没有漂荡的桃花。

河在流淌，昼夜都在流淌，

如一面光滑的镜子，当你掬起一捧浪花洗净脸膛，你就能看到自己的芬芳；

鸟在河边照镜子，看见阔大的天空。

河流里漂满影子，天空的、庄稼的、人和动物的、鸟和树木的，还有它自己的影子。

河流从祖先居住时开始，就盛装影子，它的行囊饱满。

浪花和花瓣镶了河流的银边和金边。

一滴流动的雨，离开村庄，是河流的一滴，

一片落叶离开树木，是河流的一叶扁舟。

静坐岸边，听浪花均匀的歌唱，你也想唱歌，

当河流从村庄走过，你从河水里舀出一瓢水，就会发现，这瓢水是真正属于自己的，有自己的影子和歌声。

选自 2016 年 9 月 18 日深圳《宝安日报》

我的马车在春天上路

我的马车已在春天上路，阴冷的小屋被抛在身后，荒凉的小岛也被抛在身后，一个人的孤影被留在身后。

我听到布谷鸟叫醒收割的人，我看到露珠把霜感化成满盈阳光的眸子。 我看到一朵桃花开放了，我仿佛看到了整个春天的灿烂笑靥，一只翩跹起舞的蝴蝶，足以充满我的情怀，它追在我的身后，久久不肯离去，我邀它乘坐我的马车。

往前方走去，这是我的方向。 我把痛剔除，春风的歌拯救着枯萎的心房。在绿幽的青草地，我想举起自己，说，感谢春天，我是被春风吹活的小草。

往前方走去，花红柳绿，春深似海，我追着花草的芳香，不回忆过去，不幻想未来，只想过好这个春天。 我的马车游遍春天的美景。 虚假的幻境，我只凭了理智，就被扯个粉碎。

与蝴蝶聊天

我是原野上奔跑的一阵风。 从青涩到成熟的季节，我一路带着阳光行走，一

路捡拾着花开的声音，我的身影很浅很浅。

我想穿过森林、河流，到达美丽的山冈，寻找一段前世的梦想。 我的好奇，奢望着我能获得幸福的风景。

阳光照在石头上闪闪发光，上面没有一丝灰尘。 我知道，石头的伤疤，像一朵花儿开放。

由于阳光强烈，我看不清许多人的脸。 我只看清蝴蝶美丽的身影。

我在荒凉的地方与蝴蝶聊天，它的想象力穿越我的思想。 它拿走了我的眼睛里的黑暗。

沿途只剩下阳光，我在光明的路上行走。

我像是尘埃里站起来的花朵，我听懂了蝴蝶的语言。

选自《散文诗》2017 年第 4 期

扶　桑

扶桑，1970年生。主治医师。获《人民文学》新浪潮诗歌奖、《诗歌报月刊》全国爱情诗大奖赛一等奖、滇池文学奖等，入围2010年华语传媒大奖年度诗人提名。部分诗歌被翻译成英、德、日、俄、韩等国文字。著有诗集《爱情诗篇》《扶桑诗选》。

标记

凭什么你指认他是你灵魂中的亲人？

这个——你甚至没有真正交谈过的人？ 你甚至没有真正凝视过的人？ 你近乎一无所知的人？

慌乱、仓促的几瞥。 出于礼节的寒暄。 一两次人声杂沓的餐桌上的碰面。仅此，而已。

那么，凭什么你指认他是你灵魂中的亲人？ 那么肯定、坚信不疑？

凭一个喝酒的姿势？ 有谁能信吗？ 如果你能对他说出，他能相信吗？

而你的信赖终于找到了它可以栖落的那根枝丫——

当天色已晚。 残损的羽毛已倦。

多么美的恐惧

你仿佛又回到了十五岁，再度涉入那条清冽的溪流。依然，是有生以来第一次，刚刚认识那个字，为着那生疏的笔画、叹息似的发音，而惊异……你（微微偏着头）一遍遍在空气中勾勒着它的形体，练习它柔和神秘的单音节……那样一种少女式的迷乱、迷醉，就仿佛睡意蒙眬间突然撞入——不，被推入一座花木蓊郁的大花园，在静谧而白炽的阳光下，骤然醒来、耀花了眼睛。那里陌生的小径河水般蜿蜒，向远方流去，闪闪发亮。那些树木那样美丽又全都，叫不出名字。那些花啊……浓雾般的郁香令你窒息。胸部——深深起伏着，你，被魇住般一动不动，却几乎要——转身逃离。

那是谁的诗句？——"美，只是恐惧的起始……"

然而这是多么美的恐惧！这恐惧像一团光、一个芬芳的襁褓，包着你，将你高高举起——而你漾动着、漾动着，如一滴泪，仿佛顷刻之间就要四散而去——在其中消失……

刚出壳的绿

你不会知道，你对我意味着什么。

我那久已丧失了的对一个性别的想象力，我那被砍断了的根（那虚弱的斧子多么锋利），当你的影子投落下来时，你那无知无觉的影子呵，竟化作一捧清冽的泉水。

你什么也没有说，你什么也没有做，不过是从我身边

路过。就像每一天，你路过每一个人——

发生了什么？（云变成了霞——）

看呀，我那久已丧失了的对爱的想象力，抽出一片新芽、又一片新芽……

那刚出壳的绿哟（软弱的、还站不起来的腿），尽管还是怯怯的、犹豫着的。

选自《河，是时间的故乡——河南散文诗选》，河南文艺出版社 2010 年 4 月版

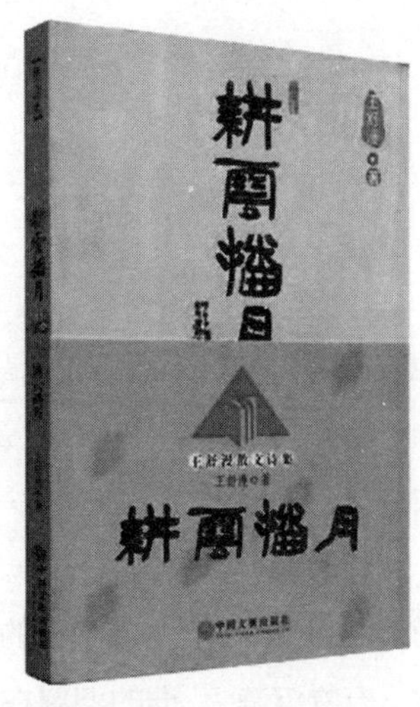

陈茂慧

陈茂慧，1970年生，四川人，现居山东济南。中国作家协会会员，中国铁路作协理事，鲁迅文学院第二十四届中青年作家高研班学员。出版散文诗集《荼蘼到彼岸》《慧光》和诗集《向月葵》等多部个人作品集。参加第二届、第十届全国散文诗笔会。

极光

一地的银白，是白雪覆盖。 是满腹心事凝结为冰川。

是语言的停顿，文字的休憩，是绚烂的内敛。 不，我宁愿相信，这是极地。极地的白光。

白，色彩的纯粹，复合，归一。 黄昏降临，接踵而至的是黑夜。 黑，与白总是背道而驰。 却忍不住想牵它的手，一步三回首。

此时，万物沉静。 谁的羽翼在轻轻收紧？ 谁的目光在暗空纠结？

蓦地，你出现在天边。 是焰火，是彩带，是彩幕。 你闪转腾挪，气贯长虹，你矫若游龙，你翩若惊鸿。

万物惊艳，所有的目光聚焦于你，所有的震撼、战栗、悸动，都为你。

这盛大恢宏，这光彩迷离，这绚烂多姿，这缤纷这绮丽这炫目这玄幻，谁能与你比肩、媲美？ 谁能将乾坤倒转，星河倒置？

你在北极灿烂。 你的光淹没一切！

逆着你的光，我奔赴而至。

我是南极光。从南而来，翻过千山涉过万水，我携着文字的千军万马，以万钧雷霆之势，从一个星球到另一个星球，从一片宇宙到另一片宇宙。我是超光速。

我的崇敬、我的追随，我的无怨无悔，一定会被你瞧见、被你感知。

看啊，南极光和北极光，在两极地嬉戏无常、变幻莫测。更多时候，我们共轭飞舞，共舞霓裳。

万物均是见证。我们彼此相融，又彼此相离，情愿用冰冷的光焰让对方将自己燃为灰烬。之后，我们相互消失，相互怀念！

选自《山东文学》2014 年第 3 期下半月刊

在草木中

滴水的声音贯穿生命。那些在风中奔走的事物来不及倾听。它们的脚步匆匆，若闪电，似雷鸣。

植物有着明亮的眼眸，虔诚的凡心，匍匐在我的文字里，静静聆听生命中的滴水之音。

一阵雨，敲响天籁，草木复苏，侧身；一缕光，点亮原野，草木葳蕤。我在草木中，哪一片都沾满了我的爱怜，哪一丝风中都潜藏着我内心的秘密。

我的秘密盛大、恢宏，在我的血液中奔突，常令我头晕目眩。带着它们，我寻找着一个安放的巢穴，让阴影、悲泣和眼泪入土，让明亮发芽，和快乐产生光合作用，开出幸福的花朵。

草木茂盛。鱼儿在天空飞来飞去，小鸟在枝头倾心交谈，兔子在草木中尽情舞蹈。

我从一片天空到另一片天空，从一座庭院到另一座庭院，从一个角落到另一个角落，越来越安静，越来越沉寂。似微尘。

草木凋敝。万物都慢了下来。空旷的打谷场，荒凉的麦田，稻草人的梦想比天空要高远。退下来，退回到植物的根须，退回到大地的叶脉。侧耳倾听水滴的声音，美妙的仙乐。

这声音，润泽、温暖、执着。有时是一段月光，有时是一缕魅影。而有时，就是我。

选自《散文诗》2013年第7期

渡

插入一条命令，让固有的程序成了乱码。

一辆强行插队的车，让喇叭声惊惶一片。

翻动《金刚经》，难掩浩荡的孤独，难释苍茫的寂寥。

化解不开的恩仇，难以去除的执念。渡苦厄，渡劫难。渡一世沧桑万般闲愁。

她拥有夏天所有的燥热和没完没了的聒噪。她静观窗前的树。

树安静、沉凝。那么多的叶片，亦安静地守在它的身旁。

风来，它们轻轻地摇晃；风去，它们安静地沉睡。

一棵树，一片叶，一个夏天，一篇安静的文字，渡——

渡青春，渡浮躁，渡人间烟火。

她伸手，拦截下光阴和美好。

可它们转瞬已在彼岸。

彼岸还有花，有草，有菩提，有难解的禅意。

回首再三。笑容初绽，骨质中的微光照临，多少无法感知的美好正被一一虚度。

生与死的过程，渡生命，渡命运，渡一生无法泯灭的情欲。

选自《散文诗》2015年第10期

朱建霞

朱建霞，1970年出生于山东安丘。现居潍坊。自由撰稿人。山东省作协会员。作品曾在《人民文学》《诗刊》《星星》《诗选刊》《诗潮》《诗歌月刊》等报刊发表。

风吹过尧山

一

一朵云和另一朵云擦身而过，这想象的丝绸狂野、杂乱、悠闲、磊落。油画一般，毫不理会半山腰的那个人对着天空朗诵一首赞美的诗歌。

穿越呼吸，我期冀的那只鸟正远远地飞在空中，宽广的翅翼背负着一个卑微的人对天下苍生的祝福和悲悯。就做翅翼下那缕随风移动的阳光吧，从东到西，从南到北，体验生命应有的高度，笼罩着天下苍生的枝枝叶叶。

对面的山峰明亮、神圣、诱人，那隐藏的向往，只会盛下我冥想的沉思，不会供养滋生的细菌和龌龊。

刺槐鲜绿碧嫩的尖刺穿过凉鞋上的孔，经丝袜轻轻触动脚背，似有若无的酥麻，痒疼。毫无行凶之心的绿刺，它的另一面有着和我内心相似的基因；看似尖锐却柔软。

阳光从一张吊床的孔里泄漏。羞怯的女孩，回避着众人目光，把粉拳轻轻捶在穿着蓝白条纹的男孩身上。蹲在柿子树下吸烟的老乡，就像喘着粗气的村庄一张口就是浓郁的乡音。

我热爱的南瓜就在我左边的视线里伸出柔嫩的触角，我希望它们从今天起不再是孤独无依的。

垂柳在高处手臂相挽，衔接温暖，视线跳动在吊床上就停止了，天地开阔而又寂静。

幸福被一双大手坦然传递，一枚青杏平凡的经历就是我简单一生的写照。

火山石砌围的鱼塘在爱的注视之下，屋后的一棵樱桃树上，小小的果实沉实热烈。

曲径通幽处，清泉回到源头，奔跑的过程，在众生的血液里，发现自己的影子。

风吹过尧山，树下的人，和脚下的流水，在水云阁一块切开的瓜上甜着。

还在路上御风而行的人，我会替你守住这块下午的甜……

二

多么美的一天。

走走尧山的小路，必须有风，有云层飘过头顶，有笑声荡漾在山谷。

有几张纸，上面写着几行春风得意的字。

和尧山咀嚼着过去、现在、将来，话题的涌潮，可以轻松得如一阵风，也可如尧山的绿深不见底。

赶不上昨天，可以留在今天。

在月亮底下，放牧内心的白兔，清泉的弦线，能让尧山的树木和花草，能让你，微笑一下吗？

我在半山腰的小木屋前转身，看到你挥舞的手。

是的，我们来过。 高高扬起的心情如山前的那面旗帜，飘在一个新的宇宙。

泊岸。 娘儿们、爷们一直发誓要在这里过个十年八年。

三

尧山有许多温暖的细节。

云朵被晚霞关进栅栏，披着袈裟的碗里泊着几枚星子，温馨的灯光拍打着流泻在边缘的泡沫，虚幻而热烈。

开怀畅饮，幸福的节拍，经听筒传递给远方，照亮一双眼睛。亭子前无意偷听的杏树，任由欢快塞满耳朵。

烛火歌唱，夜晚通透，一艘青草毡顶的舟子驶向夜色。太公保持端坐船头的姿势，临风把酒。手持酒碗如握钓竿，端起发胀的夜色。

在一碗山菊花汤的清香里，伴着蕾的绽放，我聆听到梅夜莺般的声音。

不经意的匠心里日子被过成仙境。

熟透的樱果，为尧山多长了几双眼睛，安静地看着这群镶嵌在画框中的人。

闭上眼睛，把心中的灯火裹紧，在雨来之前让睫毛挡住宣泄的洪流。

有谁会忘记今夜第一颗出现的星子，这红瓦的院落前，清泉流潺的欢乐呢?

在回忆里翻找火星，苍苍尧山，从容淡定像个干净的书生。

选自《青岛文学》2017 年第 3 期

雪　漪

雪漪，本名许冬梅，出生于1970年。中国作家协会会员。一级作家。供职于内蒙古文化部门。出版著作《灵魂交响》《只有远方》等多部，其中《我的心对你说》获“中国当代优秀散文诗作品集”奖。参加第二十一届、第二十六届、第二十七届世界诗人大会，全国第八届、第十届散文诗笔会。

关于梅的援引

梅，在我的生命里居住了很久很久，久成一座古老的城堡，装着神秘的前尘后事。

许多年来，我的一颗心始终为了梅展开想象，走在一条千里之外的路上，走在二月和三月启开的唇齿之间。

又穷尽想象：这样的一个缺乏诗意的年代，梅会如何为我打开春天。

于是，我站在一个属于境界的地方，陷入不知所终的寻找，并且陷入不知何年的等待。等到“花褪残红”，等到“绿水人家绕”，等到我再也无法长高，依然，我自随意逍遥。

从左手到右手，寻找一种感觉；从思想到精神，等待一种缘分；从眼神到心灵，迸发一种超越；从血液到精髓，渴望一种贯穿。

等到天空的白云走了又走，等到大海的心事皱了又皱。为了一次等候的出场，我执意实践一次远行。于是，我选择随心灵放逐。无论哪里的天空，每一片流云，都是我潇洒驰骋的坐骑。

世界这个词抱着地球，的确太大，人这个字虽然才一撇一捺，却实在很拥挤。我是一个水手，把此次意义上的远行看成是我生命历程的最后一场豪赌。

寻找了多久，就等待了多久；等待了多久，就寻找了多久。多久的岁月让我不知道是自己把自己落在别人的后面，还是自己让自己走在了自己的前面。

就这样，我随秋来，就遇到了那个藏在我身后的你。许多时候，共同说出的一句话，让你真像我，让我真像你。原来，我们说的都是爱。

谁知道，爱和爱，这宿命纠缠的关系！怎么这么合拍，仿佛离奇、幻美而又纯粹？

青有多青

你说，哪天陪你去踏青吧。

于是，我就跟在四月的后面，走在夏的前沿，嘴里念着一片不知名的野山坡，如痴如醉地等着哪天。哪天，有一场不经意的弥漫。于是，我陷落在一团臆想的春光里，显然，不知道春光有多少可以节余给我。

接下来的这些天，自然的肌理润润的，天气笑眯眯的，笑意也达到我的理想境界。我把踏青理解成一个抽象的概念，至于它的社会属性我没有深思，只浅浅地联想到：绿色、人文。

祖国幅员辽阔，平畴万里。我不是厌世之人，置身其中，万物率真的姿态对我都很诱惑。大地上，多少深深浅浅的颜色，我都渴望像一滴雨水似的有机会渗透，达到触摸。

嘈杂里，不能拯救的内容太多，我需要让我的视域多一些辽阔。偶尔，走出一个人的城，走出闹市的熙熙攘攘，这个思路加速了我的向往。

我越来越迷恋文字和文字搭配的魅力，文字占据着我的大部分黄金时间，我给自然的少之又少。我明明爱着窗外，可是，我已半个月没有下楼，这懒惰的、沉淀的习惯！

抬抬眼，我不知道窗外的大地是干燥还是湿润，是坚硬还是缠绵。

满心桃花盛开的思绪飞扬，我纵情地想着，你带我踏入的地界，润有多润，青有多青。 还有，青的意义、青的情调、青的状态、青的结果。

我用心，用时间，也用文字在这里惦记着，踏青！ 带着自己的缱绻风情，心已柔软。 沉静，或者澎湃，都源于生活的点点滴滴。

青，在远处。 我，在住处。

关于到达，之前，是洞悉后的空明。

青，谁解你的如饥似渴？

迎迓浮世万变，简单到黄黄绿绿都是为了情，为了爱。 我经过的时候，就是我留下记忆的时候，我沉浸的目的在于捕捉。

从青到绿，从黄到青。 青，我想最终是一趟远去而又驶来的列车。

选自《散文诗作家》2010 年第二辑

宫白云

宫白云，1970年出生。写诗、评论、小说等。作品散见于各种报刊与选本，曾获2013《诗选刊》中国年度先锋诗歌奖、第四届中国当代诗歌奖(2015—2016)批评奖。著有诗集《黑白纪》，评论集《宫白云诗歌评论选》。现居辽宁丹东。

煮过的云朵

一

天就要黑了，血一样的云朵在水里煮着，仿佛只需伸出手就可捞上来。我尝试着，一遍又一遍，破碎也一遍又一遍。我独坐的整个漫长的黄昏也成了流光碎影，一切在灰烬中归于沉寂。黑夜平静了一切破碎，而我相信那被煮过的云朵依然还在水里，我可以感觉到它的气息，我抓我的呼吸到那心上，哪怕只有一次，与我成为一体。

二

煮过的云朵匍匐在尘世里，与尘世同受煎熬。谁将更持久？当无形的面孔遭受雷电击打，必须倾盆，用它们自我的身体。诸多的黑暗熬炙的风暴，在闪电中，在雷鸣里，当云替神说话，千万颗头颅在颤抖。我靠近那中心，抱住如此的颤抖，卑微的肉体帮我卸下沉重的灵魂，黑夜绝望，但我不再会。 为了未知的诞生，我已知道该如何去活着。

三

饥饿的麻雀还在黑暗中寻觅粮食，它们与拾荒者交替而过。 那向下的姿势仿佛大大小小煮过的云朵。 巷子口一片噪声，烤肉串的香味久久不去，久久不去的还有那些夜半不肯回家的人，大街上飞驰而过的救护车，它的鸣叫压过他们的高谈阔论。 活着的人注视着死去的人没有话说，而煮过的云朵熟悉生者与死者，它们是这个世界的通灵者。

四

煮过的云朵是人世的白鸽子，在低低的瓦檐诉说，纯洁的理想飞来飞去，到达远方的人并未够到理想。 蒙垢的人世，各色的表演，表演各色的变异。 纷纷扰扰的贪婪，有多少风流留下风流？ 谎言、虚伪、冷漠、人性……数不清的门，哪一道通向最初与最终？ 苔藓疯长，雾霾疯狂，光天化日下，没有谁是谁的主人翁，主人翁的胸膛里都有一颗子弹。 而云中的惊雷总在该出现的时候出现。

五

我在一团糟的世界出世入世，在秘密的天意中潜行，煮过的云占据着广袤的天空，如此巨大，却仿佛只有二十一克重。 我注视着那些幻象入迷，一次次用内心把我的血液送向它们，与每一朵路过我头顶的云说话。 我相信那里有我最亲的人。 我说：爸爸，你好。 妈妈，你好。 几声呼唤恢复我失去的幸福，慈悲在煮过的云中，而天堂仿佛就是我默想的这一刻。

六

我做梦，我记不起来。 但梦里那些煮过的云却清晰可见，就像那些初见但不再相见的人，或者那些死去但不会相忘的人。清晨传来庙堂的钟声，清晰的祈祷就像檐角上挂着的那片煮过的云，神秘振动的声音通向我的弯路，我与江湖之远相遇，感觉到一种存在的方式。也许是自我的设计，我把自己送到他们身边，与他们相对而坐，把尘世举过头顶，仿佛举着活着的理由。

七

煮过的云朵是天堂的云朵，不看而看见，不听而听见，不呼吸而活着，我心头神圣的雪花莲——当生命局促于角落，当恐惧成为司空见惯，当故乡成为异乡，当孤单成为孤苦，当一些不测事发生，当我不知所措，你送出的赐福走向我，越过形形色色的险途，在我荒凉的黎明布光，我从那光亮的领域领回我的信念，曙光里一片翅膀，穷尽我一生的飞翔。

八

每一朵煮过的云里都住着一个隐士，比神更为神奇的是火，这人世的光亮，未知与无限。当黑夜黑得一团漆黑时，一粒火带着一点声音，砰的一声，光明在黑里变浓。我想起高加索山的兀鹰，被缚的普罗米修斯。我想起普陀寺的梵声，纯净的寺院，真正的清净。生死，爱恨和光阴，都成为一个个词语。当落日圆满，一朵云在飞檐上闪闪发光。

九

我坐在自己的黑发中等待白发苍茫，等待命中的雨水消除一个又一个的干渴，等待时间将我消耗。天光亮了，云朵燃烧着上升，继续它抽象的存在，而灰烬中，天空又将属于煮过的云。我被如此小的巨大所安慰。喧闹的尘世，不该有那么多不被注意的坟。一朵云是所有的云，一滴雨是所有的风暴。当战栗滚过我每一寸肌肤，云朵，为什么是你，上天入水，宗教般虔诚的献祭？

十

煮过的云朵，完满于火，在我的尘世给我加冕，让我莫名地感到：一个火边的夜晚和那夜晚的我还在走动。我童年的呼喊还未喊完。我抽屉里草灰蛇线的故事还在继续。我丢失的口琴还在吹奏。生活对我的纠缠与成全还在路上。我因落在隐喻的云中而充满回旋。有些变化捉摸不定，有些因缘归于因果。我拎着自己的骨血，在滚滚的尘埃，滴尽最后一滴血。

选自《星星·散文诗》2015 年第 6 期

蔓　琳

蔓琳，四川成都人，生于20世纪70年代。《子曰》杂志主编。中国散文学会成都创作中心主任、中外散文诗学会副秘书长、四川省散文学会副会长、子曰书院院长。出版散文诗集《穿过河流的月光》。

逃离

这世界疯了，熠熠星光已被黑夜掩盖。

你的面庞也月色惨淡，从一片风景中走出，融入另一片你不熟悉的荒野。

你不说话，其实我们从来无话可说。

我走进一扇门，经过时间、地点、你和原野中摇摆的花……

没有任何交界，上天给的不过是叫作唐朝或者宋朝的名字，

我们僵持于黑与白的距离，在汉字的敲打里诉说与春花秋月无关的故事。

立冬那天，我们一如既往地沉默，关于菊花黄了，关于灯笼花开了，关于春天与冬天，关于从来没有的开始和从来没有的结束……

在忘川遇见

无心相遇，两条河的流向决定它们终将汇合。

世界没有声音，烟丝般缠绕的情绪被你深吸并一口吞下。即便面对面，云淡风轻啊，也或者惊心动魄。

随便什么名字都可以进入你的诗句，只我不能。你会大步走开，把玫瑰的花香和刺都丢在路旁，好像看也不想多看一眼。

这些年，我们各自相爱，各自储存可以熬过严寒的句子。偶尔擦肩，也为一些不相干的花儿播种春天。

春风与大地从来就是不交接的世界，却彼此心照不宣地围着对方旋转，没有阴谋，但比阴谋更可怕。

一次狂风暴雨就可以摧毁图腾般的信仰和诗句……

但是，我什么也不说，装着埋头写诗；而你，装着细嚼慢咽地读……

选自《星星·散文诗》2015 年

茶关

茶马古道第一关，在我的眼前变成一个很静的去处。

喧嚣过后，马蹄声远，最近的历史便是这融入繁华的心情。

把一段故事忘记，有时并不容易，更多的记忆如同远古踏响的驼铃，一次一次，将遥远的山峰和近处的溪流汇聚一起。

南来北往的游子，寒江钓雪的浪人，漂泊异乡的学子，请将淋湿的羽翼张开吧，在这被太阳炙烤的长廊上晾晒。

捧一杯茶，几瓣青城绿叶的清香在清明过后的季节浮起。

选自《2012 年中国散文诗年选》，花城出版社

翠　薇

翠薇，本名崔会军，1971年出生，山东聊城人。中国散文学会会员，山东省作家协会会员，聊城市诗人协会秘书长。出版诗集《在内心，种植一盆兰草》。

山石坐禅，我若云烟(组章)

坐禅的山石

没有蒲团，一枚山石照样微闭着眼睑坐禅。

在壶关峡谷的怀抱里。在巍巍太行的隐秘处。在青山绿水的源头。

站在谷地，这山石用硬朗扶着我。我把手掌、脸庞都贴到山石的衣襟，让它的冷静、沉稳、安详粘我一身。灰白相间的岁月以褶皱的姿势驻扎下来，我透过时光看见，曾经年轻的时代，它身上长满棱角，随风吹日晒，日月穿梭，天地造化，自己悄然坐禅入定，守望千年。

风来，雨来，不远处瀑布尖叫，头顶鸟鸣滴落，都妨碍不了它的从容。

不动声色，处变不惊。天地在心中，也在身外。我触摸到它铿锵有力的心跳，时光以青苔的形式沉默。

当我再次把手掌放到它身上，我感到了微温——和我的体温相似，我摸到了它凸凹有致的年轮，覆盖着的厚厚的时间以及内心的净水。

红豆峡

谁前世种下的相思，却无人来收？ 多少年了，它们依然着红妆，走不出古典的意境。 红豆峡绵亘百余里，奇险陡峻，落满星光的碎片。

缀满枝头的是新鲜的等待，眼神的明亮，在路边衣袂飘飘，碰撞我、震颤我。 想必它们已经等我多年，等着点燃我内心的悸动。 王维早年说：愿君多采撷，此物最相思。 每一粒红豆就是一团疯狂的火，谁的爱情在这里辽阔、蔓延？千峰竞秀，万木争奇，相思的味道将整条山谷渲染得鲜红欲滴，爱情的色彩惊世骇俗。

红豆结实，在时光的指尖上跳舞。 生命中需要一次轰轰烈烈，赴汤蹈火，焕发光彩与生机。

红豆峡里阳光都幸福地打盹。 从此，无数王子和公主拥有了经典的爱情……

龙泉谷

月光故意跌落进泉水，把自己洗化了也不肯出来。 柔软的龙泉水，是我的镜子，照出前世的光阴，照出头顶盘旋的云朵。 我与它对望的第一眼，就似曾相识，一定是见过的！ 我遇到了故人，亲切扑面而来。 静水深流。 在哪里见过？前世还是今生？ 梦里还是不眠之夜？ 龙泉的水，妩媚生情，令一丛风信子明亮的长发啜饮紫色的星光。

阳光、白云、清风低头抖抖衣角，都陪在泉水身边晾晒各自的安闲。

泉水洗净了蝴蝶的翩跹，洗亮了草丛的歌唱。 它还想爬到高处，将天空擦得更亮。

摘一朵野花，插到发髻。 拾一片白云，披在肩头。 捡一把鸟鸣，装满空荡荡的胸口。 行走一遭峡谷，我脱胎换骨了——浑身的骨头血肉已经晶莹剔透。风在我体内自由穿梭，一片羽毛带着我的精神飞翔。

甚至，挥一挥手，我轻若云烟！

选自《齐鲁文学作品年展 2016》

卜寸丹

卜寸丹,1971 年生。现居益阳。职业编辑。

机械

“所有光亮的东西上面都附着阴影。”

“那是镜子。”

“它看见一切：梦魇。 心灵。 开花的植物。”

“那是镜子。”

“所有的人瞬间局促于内。 重叠的物事涌荡成波光。”

“那是镜子。”

“它们给你慰安，是单纯的。 被剥离的。 是轻的。 也是迟滞的。”

“那是镜子。”

“人群熙攘。 他们的四肢有如藤蔓纠缠在一起，组成庞大的根系。”

“那是镜子。”

“父对着所有的光亮张开手臂，奋力驱赶：你们是谁？ 谁闯进我的家门？”

“那是镜子。”

“哦，不，孩子，那不是镜子，那是雪藏的光斑。 它们正伤害你和你的父。”

“父亲被巨大的工厂吞噬。 他行走在车间、化验室、红砖垒砌的厂房。 青灰的仪器，玻璃器皿，庞大的机器。”

“他成为里面的一个齿轮，一个零部件。 转动，转动，转动。”

“父亲提取花粉，在杏、桃、枇杷等果实的核仁中发现氰苷。”

“他的心是热的，在机器的丛林，他爱上这些硬、冰凉、喧嚣。”

“父亲认识氰、氰化物，中毒后的尖叫、痉挛、死亡。”

“是的，我小时候经过氰化钠车间空旷的空地，看见很多硕大的罐子，刷着黑漆，罐子的一头画着一个白色的骷髅标识。”

“父亲通晓所有装置，熟悉那些或敞开或紧紧塞着瓶塞的溶液。”

“我怕他消失。你爱一件事物太深，你自己就会消失的。”

“他将热血洒在了这里，并诞生一个机械的时代。铁凛然不知。”

“父亲用一碗辣椒汤喂养他的孩子，在城中过着凉薄的生活，他的信念却是丰裕的。”

“这个世界太匮乏了，理想之光被遮蔽和消隐。世界正在沦陷。”

“父亲穿深蓝色劳动布的工作服，总是扣着风纪扣。”“他是个异乡人。”

“父亲心细如发，像鸟一样敏感。”“他是个年轻的诗人。但他从不写诗。”

“父亲对待邻家的孩子，陌生的孩子，都一样友善。”

“我知道，在大街上走，看到有孩子玩危险的游戏，他也会过去劝阻。”

“父亲在成人的世界里是孤独和胆怯的，与周围的一切格格不入。”

“我看见过他飞，在夜晚，星光照耀着他，他的喉咙里发出啸鸣，黑沉的翎羽张开，呼啸着，飓风一般，席卷苍宇；他偶尔停驻空中，像一团黑色的云。”“他平日里，像池鱼，藏掖着翅羽。”

“父亲忙碌完一天，安然就寝。在睡梦中醒来，他会看到妻儿酣睡在他身边。”

“他洞悉沉默的黄金，生命的暗示。”

“父亲渐渐地少言寡语。”

“他的语言化而为莲。”

“父骑兽而行。御风而驰。执杖而威天下。闻香而晓世相。”

“父斫石，磨青铜以为镜。”

“父濯足于资水。栖止于洞庭之南的水湄与高树。与飞禽游鱼为友。以骨为笛，唱永生之歌。”

“父被清露之光映照。幻生众相。幻生秘境。幻而为人。”

“父熟谙预感、未知与惊恐，不惧生，亦不惧死。”

“父手捧时间的玫瑰，那沉沙之戟。”

“父手按箭镞，那命途，那生风方向。”

“父听夜鸟高颂。彼岸，烈焰高蹈。所有的仪式归于岑寂。”

“父洞晓机关，通灵之术，神的秘径。”

“父顺天而生，于莽莽荒原狩猎果腹，月凉如水，人兽隔火相望。”“父冶炼器具，植种田禾，青青稼穑，垄垄黄土，人士终将同命于秋后。”

“父征战疆场，铁鸣如晦，正义被窃取，文明被囚禁，无知狂妄者开动战争的机器，正义、自由与道德亦随之远去。”

“这人世的欢场，没有人能分享你的悲苦，正如没有人能分享你的欢愉。”

“肉身放低，灵魂显现；灵魂出窍，肉身显现。”

“一个人的灵魂亦是他的肉身。一个人的肉身即是他的灵魂之相。”

“铁坚硬，锐利，变幻着暗哑的色调。冷即是它的温度。”

“铁是不可控的。我们正成为它身上的一个器官。灰暗的器官。”

“铁水奔流，浇铸一座座城池。想象如蛹成型。”

“铁器、机床、流水线、电梯、涡轮、脚手架、机械的装置，我们置身其中，血肉疏离。”

“我记得那个死后获得一把铁制匕首与黄金剑陪葬的埃及法老图特卡蒙。”

“只有博物馆，安静地陈列着陶罐、神兽纹铜镜、灵魂的祭器。那些绚丽的斑斓的生活被尘封、出土。爱恋与孤独从来不曾远离。”

“先祖走出山林。故土远离。”

“火焰过去，那只灰鸽子正在苏醒。我们一直为生活竭尽全力。”

“像爱和空气，我们离得如此之近。”

“父亲站在他的工厂，钢铁的工厂、锈迹斑驳的工厂、旧式的工厂，在苍茫的黄昏，充满神圣的幻象。”

“像北京的798，像风中消失的那么多的脸庞，谁通晓最后的隐秘？”

选自《星星·散文诗》2015年第11期

娜仁琪琪格

娜仁琪琪格，蒙古族，1971年生于内蒙古，现居北京。中国作家协会会员。女性诗歌丛刊《诗歌风赏》主编，青年诗歌丛刊《诗歌风尚》主编。参加第二十二届青春诗会，著有诗集《在时光的鳞片上》《嵌入时光的褶皱》。获冰心儿童文学奖、辽宁文学奖等奖项。

朵朵莲花朵朵开（组章选三）

天荷白莲

肥美，硕大，凝脂般的玉白，端庄、素雅。

我脑海中涌现："池中莲花。大如车轮。青色青光。黄色黄光。赤色赤光。白色白光。微妙香洁。"这是《佛说阿弥陀经》中的一句话。此时诵咏，便见万尊菩萨。

恍然间，我悟出了尘世之苦的意义，悟出了为什么佛菩萨端坐在莲台。哪一尊佛、哪一尊菩萨，在成为佛、成菩萨前不是经过了无量劫？

此时，我赞美莲花的高洁，也赞美莲花脚下的污泥，赞美那看似凝滞、不洁的水，赞美有形无形存在的一切事物。就像我感恩慈悲、善良，给了我光亮、温暖的贵人，时间也教会了我感恩那些阴暗、狡诈、颠倒黑白，置我死地却给了我新生的小人，在佛经中把这类人叫逆菩萨。

白莲花，也叫芬陀利华，一个人要成为人中的芬陀利华，就要像这眼前的白莲，在污泥浊水中超然而立，洁净不染。

睡莲

清新的、柔软的、娇嫩的，我来时你们早已睡醒，正仰着脸，轻轻地舒展，连同那些一枚又一枚铜钱散落的荷叶，油亮亮地铺满了水面。多么可爱，你是莫奈画布中的华彩乐章，是迷恋陶醉的一次又一次深情的投入，你是他渲染着的梦，直到他把自己的一生完全装进画布。在每一个不同的角度，每一瞬光线的变化，那些天光的神秘都在微妙呈现。我爱极了莫奈的画，他画中的睡莲，那些凝脂的光，仿佛我一举手就能滴落在指尖上。

我爱极了睡莲，却不是因为莫奈的画，也不是因为被公认的“圣洁之花”“水中的女神”，我爱她是爱着一个女孩子的初心，爱着一次又一次微漾的触动，爱着那永远回不去的永恒。

我爱她，或许仅仅是因为她们刚刚探出水面时，那一张张稚气无邪的小脸儿。

在韩家荡天荷园，再次与多姿多彩的睡莲相逢，我依然觉得她们正是姣好年华的女孩儿，可以继续做芬芳的梦。

我要回到那朵莲

我已看到了我的那朵莲，我似乎早就知道，我的那朵莲在哪里。多少次梦回的萦绕，多少恍惚的出离，我看到那个原我，看着远行的我。

我要到最深的红尘中去。

山高水长。

多少坎坷的路途，我必要经过那些险滩和沼泽，必要走过那些高山与河流，必要披荆斩棘，绕过那些星罗棋布的湖泊。

斩断了我的翅膀、收了我的罗裙，那纷披的纱幔束之高阁。

必要忍受损骨的孤独，这一世我是赴命而来。

我曾哭泣过，以顽固的疾病拒绝健康，以多愁多忧厌倦尘俗。而一个人应该经历的，必须经历；一个人应该担负的，必须担负；一个人应该接纳的，必须欣然接纳。

一个拒绝长大的孩子，必须长大。

就像这万亩荷塘中的莲，她深陷污泥、浊水，生长出欣欣然的幼叶，到荷叶田田，接天莲碧，开出圣洁的花朵，谁又说在幽暗的泥沼中她没疼痛过，挣扎过？

一朵出尘不染的莲，要对抗多少黑暗，多少顽疾？

而她们要——为莲故华、华开莲现、华落莲成。

我终是参悟了佛菩萨为什么端坐或站立在莲台。

花开见佛，每一朵荷花上都有一尊佛，每一尊佛都在示现说法。

我要回到那朵莲。

选自《诗歌风赏》2017 年第 4 卷

苏兰朵

苏兰朵，本名苏玲，满族。1971年出生于吉林松原。中国作协会员，国家一级作家。现供职于鞍山广播电视台。出版诗集《碎碎念》、散文集《曳航船》、长篇小说《声色》、随笔集《听歌的人最无情》、小说集《寻找艾薇儿》。有诗歌、小说被翻译成德文、日文。获中国作家出版集团奖、辽宁文学奖等。

听风·听雨·听树

听风

有一瞬间，我抓到了你，大部分时间，你在我身边，形同消失。或者也可以说，自由。是的，我并不需要时时刻刻都抓住你。那一瞬间，令我心安。

我们之间需要一种跋涉，缓慢地、温润地，抵达彼此的内心。像一股暖流，从你流向我，再从我流回你。无声地交流，不需要语言，什么都不需要。懂，是一种智慧和欣赏，深藏于心。

哪怕一瞬间。这决定了我们能否互相确认。而确认，一次就够了。

我们千帆过尽，目光中皆是风景。遥看彼此就足够了。什么也不必说，就百感交集。那状态，犹如听风。我们在风里，听到它的每一次呼吸。我们已无须倾听彼此，我们一起听风。

风是有线条的，有腰身，还有起伏的旋律。要闭上眼睛，才能听到这些。

风的话语是我们赐予的。当它摩擦过我们的耳畔，总要留下些碎语。来不及完整，下一句，留给了别人。一首一首，恰如短诗。只有诗人听得懂。

诗人其实不必写诗，只要听得懂风的诉说。

我们一起，听风。从遥远的深处赶来。风将我们送至此处。此处是人间，风学会了吵闹。但是我们知道，我们静了，风就静了。风静了，我们听到的，就会更远。

是的，我们听到了更远处的风，将你我呼唤。

听树

我听到树的一声叹息。叹息声充满了怀念。

树老了。总是打瞌睡，生出许多梦来。它的梦一直和行走有关。它梦见身旁有一条河，它是河边的一棵树，头发飘到水里去。它看到一只小船，上面载着头戴斗笠的渔人。他们构成风景，一幅画。它被人画在纸上，成为一棵永恒的树。

它还去过校园，站在一群树中间，被琅琅的书声浸淫，叶子更加翠绿，枝干更加挺拔，浑身散发出书香。它枝叶参天，不会像行道树那样被修剪，仿佛穿着上班的制服。它自由生长，舒展着腰肢，被很多人怀着尊敬仰望。

树也想过去山上，一座有名的山，站在山峰顶端，成为一个象征。被人们挽着手臂拍照，镶在镜框里，挂在书房或客厅。每有客人来访，都会手指着它，发出一声由衷的赞叹。

树老了，开始怀念这些梦。怀念第一次做这些梦的岁月。那时候多好！甚至相信，这些梦总有一天会变成真的。

然而没人知道它的名字，除了鸟偶尔与它交谈。它有些寂寞。

我听到这些，也只是极小的一部分。它其实还有很多故事。在那些故事中，它走得更远。

树距离我的房子不远，是小区里一棵普通的树，每天，很多人经过它的身旁，熟视无睹。没人相信它也有梦，除了我。

它也许还说了很多。这么多年，风里雨里，冰里雪里。只是能听懂的人不多。

我每天都在行走，从它身旁经过。我知道它在向我致意。它或许认为，那些梦，对于我来说，很容易实现吧？

而我如何能够让你明白，我的树。虽然步履匆匆，不停地行走，我其实也只是一棵普通的树啊！和你一样。

听雨

雨有些急，像四手联弹。雨里藏着马，奔跑。不是一只，是一群马。

即便如此，我依然可以听到你。在清晨走出家门，看一眼头上的阳光，或许吧，你那里也正下着雨。

雨水让你有些忧伤，你小心地将忧伤掩在镜片后面。不想让别人看出来，你和他们不同。你们相同。穿着相同的牛仔裤、运动鞋，有着一样木然的表情，模糊的年龄。事实上，你已忘记了自己的年龄。每天要记得的事情太多。譬如房价，迟到的时间，同事的婚礼以及礼金……还有你想忽略掉的隐隐疼痛的心。

你不是为自己疼，你为很多在雨水中显出谎言和真相的事物疼。你压抑住写诗的冲动，在雨中站了一会儿。你，多想消失在雨中，成为雨中之水。

成为雨中之水，从有形化为无形，从水滴汇入江海，进入无极。想想，都是自由的。

雨声像一座房子，遮蔽了多少表情和心事？你在房子里吗？

我在另一座房子里，在窗户的后面，听雨。这世界太拥挤，到处都是房子。雨也来凑热闹。

把耳朵贴在玻璃上，可以听到许多内容。你并不孤单，有很多人陪伴。不信你转身去看旁边的一张脸，他也正试图掩藏起一丝忧伤。你们，都不必内疚。

雨有时候也想歇一歇，但是身不由己，有点烦躁。在清晨，雨和你，和他一起，赶着去上班。

而我，即便在千里之外，也还是逃不过这场雨。

选自《散文诗》2011 年第 3 期

鲁　橹

鲁橹，1971 年出生，湖南人。先后在《飞天》《十月》《人民文学》《诗刊》《北京文学》《延河》《星星》等刊物发表过作品。曾获《大风诗刊》《安徽文学》等刊的年度诗人奖，偶有诗入选年度选本。现居北京。

我坐在世界的某个屋檐

我坐在世界的某个屋檐。想念沉睡的人，躲开梦里的夜，回到白天。我卸不下御寒的衣裳，还备着一支歌取暖。那个说风月比人有情的人，她把屋檐留给了我。

我坐在世界的某个屋檐。看见了早晨就欢快的麻雀，看见了在山坡上码成稻草垛的黑煤，看见了那坐不言语的青山，看见了青山间爬得飞快的蚂蚁。

我坐在世界的某个屋檐。看见了更大的空间，更大的森林，它们遮盖了我内心的物产，以及我自己。

我坐在世界的某个屋檐。身上的黑如一只乌鸦的黑。我想：你会比一只乌鸦飞得更高吗？你如果不能比一只乌鸦飞得更高，那就请仰望它，卸下你的翅膀。回到屋里，扎紧陆地的果实。你心里的果实。那些要到来的果实。

我坐在世界的某个屋檐。还想起了昨夜遇到的巡夜人。他说起佛、仙，还有鬼。他说他曾看见过鬼。人长了两片嘴，要找一些东西说。我面对安息着大德高僧的下塔林，不发一言。来到今夜，我闭紧我的嘴，不说鬼、魔、神仙。也不说人间。

我坐在世界的某个屋檐，不发一言。让看见的都走。看不见的也不会停留。

我不发一言。让世界走向未来。让未来更不可知。即使腐烂。不再新生。

我不发一言。收心。听齐豫的《大悲咒》，听完。起身。

我不发一言。站起来。离开世界的这个屋檐，来到另一处屋檐。

选自《散文诗》2010 年第 5 期

情人在上游

不经意写一首关于故乡的诗，竟然写了这么雅致的一句：情人在上游。

心里就仿佛有很深的感动：对于家园，一份牵挂一份依恋已是不足，还有那种与生俱来的好深的渴望与期待，生命里最真实最天然的向往：倘若不是这样，又何以寄予如此的厚望：上游的妙处总是大度的善水，善水从上游来，当是满挟着流溢的情怀，当是精神世界里高处地飞翔，当是一脉相承、一衣带水的爱情倾诉；

倘若不是这样，又何以还有丝丝的迷惑：情人远在上游，故乡在梦中若即若离，永恒的归宿是泥土的灵魂的依伴，而故乡是泥土的，异地的思念才这般沉重，千呼万唤，千娇百媚，情人仍在上游；

我且做忠贞不贰的恋人，怀了彻底的纯净的痴爱：想故乡总得携我纤纤的手，总得抚我清瘦的肩，总得任我的泪水，在菜花地里飞；也总得让我的歌唱，打动一河的涟漪……

上善若水。

古人给我上游的情人定义。

情人是我沉默的坚定的家园啊！

选自《星星·散文诗》2014 年第 9 期

你好，乌鸦

你好，乌鸦。 中国。 兰州大地上乌鸦在占领高地。 秋天的兰州我没去过。冬天的也没有。 但我看到一只乌鸦，有王者的气度，坐在兰州大地的深处，把沉思当作山头，自己是山头歇息的英雄。

你好，乌鸦。 在冰冷的街道，在枯草蔓延的山坡，在水滴的屋檐下，你，你就是倒地的英雄，以羽毛当长剑，以落叶作披风，凄厉的叫声，只当把全世界喊醒。 黎明渐临，人们会看见一道黑色的闪电，似乎消遁于天边，又似乎消遁于自己的身体。

你好，乌鸦。 在满眼曾经投注凤凰树的春天，我也曾目睹一朵花的凋零先于一朵花的盛开，正如英雄所说："我感到花的危险先于花的幸福。"我闭紧嘴巴，春天不只对英雄盛开。 乌鸦降临，完成新一轮季节的颂词。

你好，乌鸦。 你跻身这苍茫大地，混沌不开的年华，你是否全身捆绑玫瑰？露水战栗，清晨的阳光如大雨泼洒，你低声倾诉的青春，至今没有休止符号。 可你，已躲在街角学会怒目了，可你，已醉倒在断枝的平原，被噩梦的咒语撕去平静。

你好，乌鸦。 我们都住在大地上。 手触摸到天空，你看啊，我却触摸不到神。 我在你迅疾掠过山冈时低头哭泣，我在你茫茫然隐身于黄昏时哭泣，你看啊，神爱怜每一个人，犹如每一个人都看得见乌鸦，但不是每一个人看得见乌鸦身体里的神。

你好，乌鸦。 我以为我不会看到这么密集的森林。 像古代的森林，没有砍伐的森林，清纯得在大风来时只摇动自己的碧浪。 谁说没有迷路的人，谁说你真的找到了方向，在树叶铺开地毯的秋天，我愿意是那个迷路者，并且不被引出。

你好，乌鸦。

选自《大诗歌》2013 年卷

香　奴

香奴，1971年生于内蒙古，现居珠海。中国散文学会会员、天津作协会员。自由画家，拜师于薛林兴先生。出版《佛香》《不如怀念》《伶仃岛上》。有作品散发并入选各种年选，获奖若干。曾参加第二届、第十五届全国散文诗笔会。

青冢

一

谁都不忍心提及坟墓二字。天涯芳草的青，在这里找到本源，黄河之水，饮饱了多少出征的战马。此刻，她用母性的柔软，驯服了胡天八月的大雪。

二

那个叫嫱的女子呵。

汉代那华美的丝绸，线条简单地层叠，你的锦衣有祥云和丹凤的纹理，高腰阔袖，刚刚适合你走出移莲之步，怀抱琵琶，红尘有多深才能藏起你的花容月貌；宫墙有多高才能挡住弦上之音——高山流水。

你注定与白雪映照，貂裘红斗篷从此盛行，折梅相送，你的汉朝，你的宝殿之上端坐江山的王。

五年不识臣妾面，落雁遍野始断肠。

三

从此胡马阴山。

黄沙漫漫里移植了中原的春光，惠风和畅，牛马遍野，黎民百姓忘却了干戈与战乱，你用秭归人家的巧手，授以耕犁，授以织纺。

一曲《琵琶怨》千古归汉心，雁门关落羽纷纷，一旨难违，谁心疼过你望长安之时，如花的盛季清明时节泪雨翻飞；谁能托寄锦书，盼雁字早回。

四

青冢之青，指的是不散的青烟缭绕。 再尊贵的背井离乡，也有说不尽的离愁别绪。 你看那些白头草，每一根都有来历。

你的传奇我更愿意相信——三十三岁，归汉无望的你死于白绢自缚，毅然前往的人才配得上决然而去。 我不信野史也不信《后汉书》。

我确定你不在。

甚至入土的衣帽也不是你的，这片荒凉埋不下你细致的针脚，也埋不下桑麻之轻。

这片土地属于胡服骑射、羔羊跪乳、风沙满怀，英雄草莽。

五

若你在此，为何雁群再不落平沙，听你的忧伤？

若你在此，为何不与大汉的后人一一相认，说出你想去的地方，是烟墩坪的香溪，你与青梅并肩，无关王朝也无关江山。

溪水清浅还映不出你腰肢美艳。 而匈奴遥远，阴山远出了天外。

谁把你拉进了社稷，把你推搡给历史，那些白纸黑字从竹简帛书的古代，公元之前，就用各种记录把你如花的一生用遗址的形式终结。

真假难辨。

而你比大青山还沉默。

风雪不语，却岁岁在青冢之上，铺满白花。

夜色

一

白昼无法构思夜色，也无法给夜色布局。

大海的主题转换成月亮，夜航的船长和水手都被忽略，远方被忽略，那些乘风破浪激流当中的往事，都被忽略。

生与死，暂时成了永恒；白与黑，互相涂抹，互相抵消。

白鹭正飞过护城河，凤凰山的晚风身披玄衣，走入竹林的时候，不小心碰撞了紫荆花枝，一些粉红落入南方的秋意。

深陷长夜的人与那隐寐于榕树上的蝉，谁更像过客，谁的衣衫更不胜寒凉？

二

灯火阑珊里的热闹回到寂寥，你在璀璨深处黯然，你冷，你孤单，你抱臂四顾的，才是纯净的夜色。

靠听觉辨别花朵，靠嗅觉辨别风向，靠记忆热爱故乡。

这夜色无边呵，包括了草的绿，秋水的蔚蓝。 我们用雾和露水掩盖的一切，足够走到八千里路，人到暮年。

把酒不问，青天，故交，归途。

不敢设想，西风古道，老马不知去处，这些黑暗，如何飞渡？

流星陨落，光芒被山峦遮挡，那些忽明忽暗的火在人世的边缘寻找什么？ 天一亮，就逃得很彻底，好像夜晚不曾降临。

很大一部分悲悯都会流失，白昼回到原处，夜色里的凋零停在树下，一片稍微有些缺水的粉红。

大街上出现清扫车，黑与白从黎明的暖昧里各奔东西。

选自《散文诗》2017 年第 3 期

余利红

余利红，1971 年生于贵州省仁怀市茅台镇，贵州省作家协会会员，供职于仁怀市科学技术协会。出版《勿忘我》等散文诗集。作品见于《山花》《散文诗》《散文诗世界》等，参加第七届全国散文诗笔会。

西藏行(组章选三)

藏地之恋

这是神眷顾的地方。天很空，云很轻，生长的万物印证着它的幽闭、广袤和辽阔。

这是雪挚爱的天堂。山川包裹，碧水映衬，覆盖的大地回馈着它的洁白与纯净。

这里的风起于曦光和露水，起于一片野茫茫。

这里的水源于山巅，源于传说中的闪电、雷鸣和风暴。

白塔、哈达、格桑花、藏獒、天葬台……我看见最顽强的生命，用藏文泥塑岁月，用经幡摇曳人文，在这里都埋下了魂儿、扎下了根儿。在很多空白的夜里，摇啊摇的转经筒上长出绵岭跨谷的山脉和裸露的石头，喇嘛诵读的经文散发着苍生不老、曲微旨远的律动和花香。

这里的藏民爱着天。爱着他们心中的冈仁波齐、日喀则和布达拉宫。

这里的藏民爱着地。 爱着他们的纳木错、游鱼和秃鹰。

这里的藏民爱着五谷之后又深爱着每座山峰的挺立和海拔。

羊卓雍湖

要我怎样不爱你，一个来不及呼吸的惊叹，一个刹不住的眼神，在与你对视的瞬间明白了什么是远离尘嚣。 一种足够流淌的爱，在靠近你之后明白了什么叫超凡脱俗。

风抚你，在丝丝薄薄的霜雾中。

云轻吻你，在深浅不一的交汇里。

民俗万象，有的人会走下王座。 天界神气，你终究成为神秘西藏的不老传说。

我焚一炷心香，奉祀万能的神明，在同一道闪电或同一朵白云下，把我带走吧！ 载我到你的源头和故地，成为你频繁使用的一个词，为此，我必将为这样的宿命写下满心的欢喜。

狂野的风吹动着我的头巾，我狠狠地背对你匆匆离去，害怕稍晚一步挪不走你的翡蓝梦幻，走不出你的优雅古意。

格桑花

她不喜欢动用阳光和雨水，在众鸟高飞之前，在西藏的神秘里，一个心怀千秋的美人，正沐浴而出。

没有蜜蜂引路，从美好时光里穿过去，一眼望断天涯，耐心地等候一抹流碧的月光淌过来，信仰中的佛住的庙宇就在山脚下。

开门见佛。 叩头见心。 在荒郊野岭上生存，在不可想象的高度上绽放，艳丽无边又噙住几分倔强，神情自若又透露几分禅意，车从最泥泞的盘山公路边疾驰而过，能听见它哼唱的高原歌谣。

如果时光足够慷慨，我想做最后一个离开你的人。

选自《散文诗》2016 年第 7 期

草馨儿

草馨儿，本名王馥君，1971 年出生。公务员。现居丹江口市。湖北省作家协会会员。作品散见于《诗刊》《散文诗》等，多次获奖并入选各类年度选本。著有诗集《山与水的守望》《花开的山谷》、散文诗集《神秘的武当》。

在武当山看星星

大山归于沉寂，整个世界笼罩在一个巨大的黑里。

紫金城、大顶、皇权、神权、历史的色彩和白日的盛景一下子退回了黑，并且统一的黑。

回头四望，哪一处不是黑？

孤独开始变厚。

连神灵也睡了，谁会选择这个时候出门？

而我就在大山的脚下，只要抬几步，就可以自由地倾听大山的心跳、星星的私语。

于是，我把脚步迈向大山的深处，离星星近一些、再近一些。

其实，我只是想和那些星星说说话罢了。

一阵寒风，一个寒战。 顺手扯一把黑，我想把它当成大衣给披上。

天空开始变矮。

那么多的星星，比广场聚会的人还多，密密麻麻地坐着，一个比一个亮，仿佛每一颗都向我眨着眼睛。

尘世中的荒唐，有时让人看不到光明。 而此时，星星离我如此近，只要一伸手，就能够着。 一些暖，裹满全身。 而这些暖，何尝不是我守望的理由？ 我还是有些困惑，我不知道这究竟是一种慰藉，还是一种逃避。

迷茫中，我把目光弥向遥远。

就算帝王将相、皇亲贵族，有时也会把目光投向大山，寻求心灵的庇护；那些高道隐士，更是把一生托付给大山，还有众多的像我一样普通的人，怀着圣洁的灵魂、朴素的愿望，把美好寄托。

这时，我再望望天空，再看看星星，仿佛已经得到些许慰藉。

因为喑哑，几近失语，甚至忘记世界上还有沟通的存在。

此刻，面对一山的苍茫，即便有再多的话也是多余的。 我只需要孤独，并且是十万大山般的孤独。

孤独多好。 可以让我静静地思考，把繁杂的梳理，把丑陋的摈弃，把美好的把握，把希望的寄托……

尽管我知道它们离我很远，似乎在另一头。 而那头儿的清澈，总会让我顿生梦想。

有梦想，有爱，有可以思念的人，而这些都会生出翅膀，带着心灵飞翔。

即便什么也不想，我也可以静静地站着，头顶星空，静默万物……在广袤而又神秘的苍茫里感知一种力量、一种慰藉……而这些，又可以化作清泉，四处流淌……

恍惚中，我重新打量自己，像一颗小星星把自己照亮。 而真正的星星，一直在天上，把世界照亮。

原来，我们一直手牵着手

从一座大山到另一座大山，我相信我们一直手牵着手，从海洋站起的那一刻。

直到今天，相看两不厌。

从一座水库到一些落水孔，我相信我们一直血脉相连，从没有谁能阻止过暗流的奔涌，直到泽润京畿。从一株珙桐到一片红豆杉，我相信我们一直是第四纪冰川残存下来的生命，在相同的避难所里葳蕤有姿，顾盼生辉。

在地球上，已很难找到这样的高山和河流，掩埋的掩埋，消失的消失。而我们一直手牵着手，多么不易。

你教会我如何去爱吧！

我想爱这里的一切，像石头渗进石头，水渗进水。

让我学会爱吧！

让我们相爱吧！让人类所有的神话重现，让所有的高山、河流回归从前。

原来，我们从没有远离。

一直手牵着手。亘古不变。

锁岛

把一座岛圈起来，锁上，谁能偷渡？

把两颗心圈起来，锁上，谁能背叛？

阳光下，一把耸入云霄的钥匙拔地而起，闪着金光。

据说，只有它才能打开锁岛。而一只快艇，另一把钥匙，轻松地把我们送上了岛。

看着那各种各样、花花绿绿的同心锁，我们相信他们的心真的连在一起了。

不然，那么多的锁，有的崭新铮亮，似乎还宣告着他们爱的誓言；有的虽已斑驳锈蚀，却也严严实实地闭合着，似乎把守着他们的秘密。

一把钥匙只能开一把锁。

在这里，我们找不到一把打开的锁。

即便爱走了，情散了，心碎了，谁会潜入湖底，寻找一把作废的钥匙？

真正相爱的人彼此信赖，他们的心从不上锁。

选自《中国诗歌》2016 年第 11 期

雨　兰

雨兰，原名王瑞东，1971年生。现居济南。媒体从业者。山东省作协会员。作品见于《诗刊》《儿童文学》《星星》《散文诗》等，著有作品集《乘着语言的翅膀》《大地的眼睛》等。获泉城文艺奖等四十多个奖项，入选百余种选本、图书，参加第十四届全国散文诗笔会。

乡愁是一滴硕大的泪

乡愁，是一滴硕大的泪。

它不挂在你的脸上，它凝结在你的心底，通常。

偶尔，它也会在你的身体里轻轻流动。从心底到眼角，从指尖到发梢。

如果它裂开，里面会溅出滚烫的情绪。

如果你闭上眼睛，用心看，你会看到童年的小花袄，青春的红帆船，母亲的泪光，袅袅的炊烟，弯弯的乡路……

如果你闭上眼睛，你也会听到它，它在你的身体里面簌簌作响，像春雪，悄然飘落。

乡愁，是一滴硕大的泪。它大，可以裹着你，裹着你的温暖与疼痛。它小，你可以含着它，含着它的柔软与坚硬。

选自《散文诗》2011年第5期

和一本老字帖相约

在许多个夜晚，我习惯于和一本老字帖相约。

和一本老字帖相约，我的内心有时充满狂喜，有时充满敬畏，有时充盈着喜悦，有时充盈着忧伤。

我爱那些字里字外的从容优雅，爱那些笔锋里的深厚情怀，它们让我心折，让我慨叹，让我迷恋，让我沉醉，让我久久地沉浸其中。

一本老字帖，是我生命中的一剂良药，医治我的浮躁，医治我的焦虑，医治我的乡愁，医治我的悲伤。

多年来，我活得循规蹈矩，活得庸常卑微。面对着一本老字帖，我对于自己逐渐生出了悲悯之心，也慢慢生出了叛逆之心。

许多个夜晚，有一本老字帖、一杆毛笔、一叠毛边纸在书案前，就足够美好，就足以安慰心灵，慰藉灵魂。

和一本老字帖相约，它许我游目骋怀，我报它云烟满纸；它许我一派天机，我报它丰姿烂漫；它许我欣然忘情，我报它笔歌墨舞；它许我一个人的狂欢，我报它一颗灵魂的飞翔。

一滴墨

一滴墨的黑，让洁白的宣纸彰显着素朴的白。

一滴墨的重，让洁白的宣纸有了生命，焕发出勃勃生机。

一滴墨醒着，是欣悦的心灵，在宣纸上寂静欢喜。

一滴墨醉着，是安静的舞者，在宣纸上翩然舞蹈。

一滴墨亮着，是黑色的眼眸，在宣纸上顾盼生姿。

一滴墨，可以洇出一个春天，可以幻化出一个天堂。

一滴墨，也常常，让一颗心，忽地疼了起来。

多好呵！ 一滴墨浓着淡着，一滴墨轻着重着，一滴墨醒着梦着，一滴墨哭着笑着，一滴墨醉着舞着，一滴墨歌着吟着……在纸上，也在纸外；在笔尖，也在我的心尖。

不说骨感，不言妖娆，一滴墨，只想归真返璞、大巧若拙，在宣纸上绽开，热烈地开，旁若无人地开，怒放最古老的浪漫。

用一滴墨，为自己代言，一生，就在一滴墨里逆顺欹侧、千转百回、澄怀味道、死去活来。

不说得失，不问收获，一滴墨的烂漫，就是我生命和灵魂的绽放，就是熠熠清光，就是铮铮傲骨，就是我的沧海桑田。

选自《山东文学》下 2016 年第 9 期

韩　冰

韩冰,1971 年出生,河南商水人。中国作家协会会员,河南省散文诗学会理事。作品散见于《人民文学》、《诗刊》、《莽原》、《星星》诗刊等报刊,入选多种选集,并数次获奖。

一个花未开放的夜晚

一个花未开放的夜晚，我的一盏灯亮着，我的另一盏灯也亮着。

它们是匆忙的，像一辆呼啸的小火车，突然地来，突然地去。

而我遥望的眼睛刚刚够得着它的船舷，无论有多么的远，

多么的高，都会被月亮的翅膀带回来。

它们现在是我身体里的琴与瑟，花与蝶，是两片走动的山和水。

只等一阵风吹来，它们就会被轻轻带走。

夜，静极了。

天空倒置它的水杯，四处一片润泽。 我们成为彼此的光和影。

窗台上的花越开越慢，像极了我们多情的手和嘴。

在茂盛的水草地里，我们慌乱地捧出自己的星星和月亮，为彼此安置一个干净、温暖的夜。

正是月盈之时，那飞驰而过的小火车，一会儿红，一会儿白。

唯一静下来的，是我们的身体。

伊丽莎白是一匹马

伊丽莎白是一匹马，一匹伊犁马。

它仿佛刚刚从一场森林舞会上回来。 一个热闹的车站，一条清冷的轨道。它们和它一起延伸着，风车一样旋转的耳朵。

各种不一样的声音，贴在火车的尾部，忽明忽暗。

它有树一样伸入云端的眼睛，可以认出河流的湍急，湖泊的微凉，以及微风过后，巨人甩动的面具。 有多远就走多远的绿野，脚下长出的根须。

它的脚印，作为街道的慰藉，有众多刚好分开的路口。 一部分转动黑夜的经筒，一部分试着敲打白天的寂静。 浮华的月光飘起来，那个不时转动着脑筋的小狐狸，一会儿送走耳朵，一会儿送走嘴巴。

就连它一双忽闪忽闪的大眼睛，也丢在了森林里的灌木丛。 它一会儿左，一会儿右，一对慌乱的小脚丫跳着、蹦着，陷入黑夜的裂缝里。

不能自拔。

一场新雨的到来，为它铺平了道路。 它一定是从另一片草原上赶来，飞驰的风声，溅起你心中的浪花。 它驮着自己的山河，一路颠簸，遮住坐在上面的人。

越走越凉的色彩和天空，无法退却内心的草木和鸟鸣。 星辰寥落，它不平凡的一生，孤独而高贵。 一直在人世间，晃动。

回味。 疾驰。

我们总是离自己太远

我们总是离自己太远。 一会儿左，一会儿右，那些模糊的脸庞，融进太多的速度和颜色。

一片一片的树叶赶过来。一枝老树干伸过透明的窗口，男人一样的黄昏，堵着幻觉的胸口。四季的灯火，搜索时光的影子和乔木。避风宽阔的水面。

伸出一只手，我们如此确信地等待自己。

来。西山的马，东山的草，和南山的梅花。

月色扶起北方的美人。它们用另一幅面孔，打开一扇门，又打开一扇门。用碰撞，消除内心的黑暗和绝壁。

混迹于世的季风，任何流向都会成为暗示我们的理由。

在箭离开弦之前。岁月顿悟成石，烈焰涅槃成灰。沿途不断替换的景物，还会在其他地方出现。而我们总是走得太快，找不到自己依存的河流。

我们置身于巨大的、生活制造的迷宫里，却毫不知情。

我们离自己的欢颜越来越远。我们不断窥视异乡的秘密。却在对抗中，互为异乡。

途中，突然出现的笔直的白杨树，像一道意外的闪电，穿透我们多余的肉身。

选自《伊犁晚报·天马散文诗专页》2015 年第 8 期

杜　青

杜青，原名吴玉婵，1971 年生于广东海丰，二级作家。在《人民文学》《青年文学》《诗刊》《诗选刊》等多家刊物发表作品。出版散文诗集《微尘》、诗歌集《一粒沙上的大海》，中短篇小说集《马咀的婚礼》《梅源镇》、长篇小说《门》。

远方

一

每一天，我都在出发，心向远方，出发……

远方，到底有多远？ 远方，到底有什么？ 没有谁告诉过我。

但我从懂得做梦开始，就没有停止过出发，寻找远方。

二

仿佛是梦想中的天堂，日夜流泉细响，四季花果飘香。 天上的、地面的、水中的、土里的，一切生灵各就其所，各尽其职。 仿佛没有冒犯，没有嫉妒，没有谎言，没有咒骂，没有哭泣。 静静的日月与淳朴、善良同在，与微笑、劳动同在。

我的远方，在前方，也在后面。 如果说生命是永恒的，那么，我已经抵达过远方，穿越过远方，远古的远方。我夜以继日地出发，希望自己能绕着岁月的光圈，到达未来，回到从前，就像时针二十四小时后，回到零点，再回到零点，黄昏回到早上，再回到早上。

三

月下的旷野多么辽阔，月下的草多么白，月下的电话，偶尔响起，但那儿除了呼呼吹过天际的风，并没有人。每当这时候，我总能感到满意和安然。就因为此时此刻，远方的草没有被惊醒，远方的月色没有被踏碎，远方仍空无一人，仍宁静，仍辽阔。

有时候，电话占线了，我依然感到满意和安然。就因为远方有人的气息了，或者正有人像我一样给远方打电话了。我梦想的国，有人在走动和说话。我的天堂，渐渐地接近我生活着的尘世，渐渐地离我越来越近。

四

不能实现的，尽在远方得以实现；无法得到的，尽在远方全可得到。

我大概就是这样想，才孜孜不倦，心向远方，出发……

每一个月朗星稀的夜晚，总会想念远方。总会仰首空茫，而久久不愿低下头来。就那样静静地穿透一层一层的空气，穿透薄薄的云纱，被那辽阔、那旷远、那宁静，带进远古的、原始的、梦想的、心灵的故乡。有时候，我会对着夜空惴惴不安、会焦虑、会落寞，以至哭。那一刻，似乎有谁在远方等待着我，等得我太久太久。我亏欠远方太多、太多……

五

漫无边际地读书，漫无目的地写字。没有人知道这样的日子有多么寂寞，有多么绝望。尘世间，没有人知道。

来去匆匆的人那么多，就没有人能理解我么？就没有人愿意理解我么？其实，与其说没有人理解我，不如说我不被人所理解。我生活得像一根颓废的时针，只顾自己走圈圈，根本不顾及节奏对不对，更不管世界需不需要我这样做，似乎这世界与我无关。我的世界，我的梦想，我的国，我的爱，一切能揪住我的心的，能让我痛让我哭的，全在远方。

六

所有的人，都以为我是个快乐的人。一个快乐的人会带给许多人快乐。但一个快乐的人内心的苦，没有人知道，似乎我不配有苦。

我平时必须说的话，几乎全是废话。我真正想要说的，却无处可说。我偶尔说出心中的苦，都会为之后悔。因为我的苦比起天灾人祸，比起三餐不饱，比起迫害，比起抛弃，比起辜负，比起机械的劳累，微不足道。它仿佛是我心内的两股对抗的气流所碰撞而成的矛盾，只有我自己才能领会。它仿佛是我自己酿就的毒酒，只能自己慢慢饮服。

每当这时候，我就会想念远方，想念你。就只想同你说说话，没有其他。

七

为什么总要出发？为什么总心向远方？莫非我想要的东西，从没有出现过；莫非出现过了，也从没有让我满意过。我的爱无处诉求么？我的心像地下的熔岩么？在寻找奔突的缺口。只有远方，只有我的国，能接住我，能收留我，能安抚我。我的王，我的臣民，我的知己之交全安在。

亲爱的，我踏着原野与月光，娓娓道来，你不时地向我点头致意。飞来飞去的萤火虫，你看见了么？花的香味你也看见了么？它们都那么善解人意。

一段时间里，我们就住在山里。你就随意读些书，随意在屋前屋后走动。有时候，你看着深涧思考我们的人生，思考那些与深涧毫无关系的命题。有时候，你走过来看我画画，明知道缤纷的秋山在画布上已经面目全非，你还会说：“妹妹画得太棒了！”

八

把泡洗好了的脚伸过来吧，架放在我的腿上，好让我揉捏揉捏。 我知道，多少屈辱与沧桑都在脚底下。 没什么可以难为情的，要知道你是我的爱人，你身上没有一个部分是我不爱的。 其实，有时候，我没有把你当作人来爱，而是把你当作照耀我整个生命的光，或者把你当作生活本身，或者爱情本身，或者理想，或者上帝，或者人世间一切美好的东西来热爱。

向往远方，就因为远方有你；感到绝望，就因为你永远在远方。 我们各自疲劳着，各自不让远方知道。 我们各自寂寞着，也各自不敢向远方倾诉。 但我知道，许多话不用说出口，彼此都可以心领神会。 那么，就让此生的心血一一结成字吧，一点一滴，一字一词，全书写在风中。

九

月亮升起来了，淡黄的，夜空多么宁静！ 远方却刮起了西北风，混沌一片。

恒常的夜空下，到处都是病毒啊。 甲流、乙流、噩耗、死亡，随风广播滋散。

昏沉沉地，我欲睡下身去，却还挂念着远方，那混沌的天地，除了遥远，确实一无所有。

每一天，我都在出发，心向远方，向我的前生、我的国、我心灵的故乡、乌托邦之乡，永远的远方，出发……

2009 年 12 月 2 日汕尾

清　水

清水，本名朱红丽，1971年出生于上海，现为上海某公司高管。作品散见于《诗刊》《诗选刊》《诗歌月刊》《星星》《散文诗》《散文诗世界》《中国文化报》等多种报刊。入选多种选本。参加第十六届全国散文诗笔会。

自然的馈赠（组章）

旧物的火焰

山水的嶙峋隐约可辨。

那些凋零在河边的菩提树叶，慢慢会被人遗忘。薄如蝉翼的，是坠落的金。

它们说一些尘土被雨水带走。说早晨和夜晚的光浸在河水里，慢慢沉落，又慢慢升起。说淡淡槐香的软草，在无数个明媚的、孤独的时光里，有我幼年细小身体里爱情的羞怯和离别的伤愁。川杨河日日夜夜向两岸诀别前行，一个黑夜又将过去，一簇火焰又将燃起。

我看见父亲在整理老房的旧物。一些干草留有香气。

怀念没有停止，父亲也是旧物的怀念。

我看见夜晚的光穿过软草。那些朴素的、安然的事物一下又照亮了母亲。

新来的小鹑

钝叶草是软草最古老的居民。

是小树林的眼睛。是此刻的黎明的星。低处农人的屋顶，一些植物正在安静地生长。

不要担心它们此时的乐趣。不管酷暑还是严寒，不管贫穷还是富贵，它们心灵纯净，在自己的秩序里简单热爱。现在，它们分岔的新叶刚刚长出菖蒲的气味。

雨水打开了翅膀。无须点灯呵。

一粒雨已足够清亮。

我看见河水里鸟儿身姿秀满。我看见鱼群游弋在透明的天空。

鸟儿们应该都有自己的名字。我不知道，一只身材修长的陌生的小鹑，也许是新来的吧。

我们相约在河畔漫步。

归还

母亲被一只红耳鹎叫醒。除了那些鸟，母亲总是起身最早。

烧水。煮茶。那些树叶儿沙沙地纠缠着，不肯被母亲的笤帚扫了去。

小院出奇地干净。多声部的乐章响起来的时候，树叶们终于安静下来。

我听到了高音。中音。低音。

乐音慈静。

主调是小奏鸣曲，复调是诗，是天空在低语。

音乐的水滴划破忧伤。是谁，在轻声和唱？

茶香弥漫整个庭院。

母亲煮二道茶时，父亲把那些树叶交还给了泥土和树根。

卑微之物

蓄满雨水的花枝，已盛开在原隰之上。

我赶着马车走在中道。 四匹马的驾车跑得飞快。 马儿鬃毛飞散，它们早已跑得疲累。

而路程遥遥，我还得继续赶路。 一个影子被另一个影子覆盖。

我看见一些见识多广的苔藓跟着水流缓缓行走。

我看见丢失了寒冰的湖水不再伤悲，一只疲累的鹁鸪鸟儿，它和长着金叶的大树不期而遇。 湖水轻漾。 透明的枯叶落入了泥土。 稍不留神——

一些卑微之物转眼就变成了金子。

选自《上海诗人》2016 第 4 期

月光雪

月光雪，本名王晓阳，1971 年生，现居吉林省镇赉县，主任医师。中国诗歌学会会员、吉林省作家协会会员，中国散文诗网副主编，《作家周刊》《白鹤原》编辑。作品发表于《诗刊》《解放军文艺》《星星》《散文诗》等。出版散文诗集《月光雪》、诗集《晓阳心语》。

亲爱的，我这样喊你时

亲爱的，我已经好久没这样喊你。
你知道的，亲和爱都融进筋骨，不能轻易脱口而出。
自从你当众种下我的昵称，我们就在灵与肉里，举办了一场盛大的婚礼。
只是，席地苦寒，几垄贫瘠的瘦诗，不足以开出丰满的玫瑰。

亲爱的，今天让我再次这样叫你。
我打算让你的名字歇一歇，一个被我渴的时候喊出泉，
冷的时候喊出光，疼痛时喊出药，噩梦时喊出臂膀的名字。
一个挡住秋风的豁口，把冬天向后推了又推的名字。
一个把雪拢在自己的头顶，始终没让冰霜落下来的名字。

亲爱，当我第三次这样唤你时，有没有惊动时辰，
惊动尘埃，惊动爱有条不紊的步伐，惊动灌装的火焰。

惊动密不透风的平调的情愫，惊动并肩坐着两个名字的一页纸张。

这张纸，我们不画星星不描月亮，只剩下相互深陷的两对凝眸。

亲，接下来的日子，我这样简洁地称呼你。

留下我们顽固不化的爱，活在命里。

活在死里。

灯光悬挂起人间

人间正铺平呼吸，一个阈值里均匀的生命语言，是光手语笼罩的一部分。 梦的平原没有悬念。 不隔山不隔水，没有跌宕起伏的旅途。 母亲就站在地平线的起点。 一招手，所有的灯光都从指尖开花，所有的孩子都跑回童年。

母亲十八岁，微笑都抿成花香，我们成群结队地跑着，跑成蜜蜂和蝴蝶。 空气清澈。 小溪见底。 家门口小动物自由走动。

庄稼和蔬果，是母亲的另一群孩子。 从春到秋，来回跑着。 鼻尖的露珠，脚印的根须，母亲的瞳孔，光芒放射的手势。

灯笼花开时，梦，灯火通明。

站在花蕊里，我们的母亲多么美，童话多么美！

选自《星星·散文诗》2017 年第 7 期

三月断章

三月的驿站，紧紧的关闭着传统的门。 正如，你隐秘了路过我身边的消息，沉默了我家门前的站台。

你还在小心地呵护着春雪下的梅吗，有没有觉察。 月光下的柳梢，都已悄悄返青。北方，我的春天空着。从黎明到黄昏。

我，站在季节之外的风里，柔软的红唇，吻疼柳笛声声。

在驿站之外，在古诗之外……

通往驿站的路，从我青葱的容颜里启程。坎坎坷坷，断断续续，漂泊着一个无法熟睡的梦。没有庄周，没有蝴蝶，只有月光如雪，从你天空的驿道幽蓝地铺开。乘着文字，从天而降，正如你生命里众多意外的惊喜。

你，在阳春白雪的海里燃烧，满满的一船春汛。雪下隐隐的水声，弹拨一曲朴素生动的琴音。远天，燕语莺声。青山如黛，一道羞眉；溪流淙淙，一湾秀水。白色的风信子，撞响了三月的银铃。

驿站的上空，燕子的翅膀，从手指的方向连夜赶来。低低的飞翔，拥抱如雪的月光。缓缓地滑过，抚慰如露的妹妹。

啼血的杜鹃探出头来，只能深情地眺望。眺望你，眺望爱情……

直到有一天，眺望会穿透梦的墙，穿透前尘今世的等待。月光，可不可以来到你的身边，来到爱情的身边。一袭红裙，能不能温暖和收拢，最后一枚雪花的翅膀。

你驿站的门，会不会开启？而你的双手，要怎样啊，扶住红烛流泪的姿势！

选自《散文诗作家》2010 年第 2 辑

贝里珍珠

贝里珍珠，70后，居北京。小说、诗歌等作品散见于《青年文学》《星星》《北方作家》《延河》等报刊，曾获2013年首届金迪诗歌奖，2014年度“星星·中国散文诗大赛”二等奖。出版散文诗集《吻火的人》。

深秋

深秋是一种告别的方式，它体内的那些黄昏，静默如谜。

荒野、山川、河流、森林，记录了从种子到种子，从生命到生命的过程。

无人猜疑，光阴落下的结果。

有些事物还在远方，来不及被收获或者遗忘。

光阴从初秋走向深秋，就像土地还会有春天，和一个萌芽的理由。这只是一种方式，把果实从尘埃中提取的过程。

秋菊，在深秋里闪烁，摧毁寒风的意志。

落叶深处，黑暗在孵化光芒。归巢的鸟，在光阴里取暖。当大地已呈现凋敝，你开始捕获枝头上的深秋，让它在诗歌的美学里永恒。

无人知晓夜晚的渔火，所到之处，留下深秋的投影。

那些依然站立的植物被秋风敲打出回响，在焚烧的烈焰里拥有一个结局。

深秋，将种子纵深排列的季节；

深秋，多像一个故事的策源地……

身在何处

黑暗中悬浮着一扇扇门，你问尘世："那么多扇门，我从哪一扇进来又将从哪一扇出去？"

你从未抓到过发光的物体。

你生活在丛林里，有繁星，也有灌木。你向内长着利刺，流出血，就长出花朵，和花朵上一大片的海洋。

你多次走失，被一场场落雪领回。

黑暗里有宗教和哲学，它们拖着深潭一样的影子。宿命搅浑了水，而它们的影子并没有晃动。这就是你敲钟的理由。

理想在废墟中构建起避雨之所，而怀疑主义又像一阵风，摧毁道路。

你喜欢这种疑问，就像要在火里点燃水，要在心中养虎为患。

你长着利爪，利爪撕毁假象。

你终将老去，肌肤上长满阴影。

那些阴影高不过那些门和祈祷的声音。

荒原

一幅画，画着一只豹子。

画家在荒原里潜伏，将它按进草丛，避免了一场厮杀。

那片荒原里飞出过蝴蝶，它们去了远方。你只是过客，目睹了一场蓝色的雨。

你听到折叠的声音，来自画布本身。

你感觉到荒原的疼痛，就像有人放过火，或者投下过利箭。 你在等，一个答案。

那些枯萎的草丛里，一定还有其他动物，只是画家还它们以自由，让它们拥有自己的选择……

这幅画使你忘记时间和生命里的荣耀。 你坚信，那些蝴蝶会带领你走进更深的天空，你会触摸到崭新的自己，已与众不同。

你的那些被现实损坏的羽毛，还在漂浮。 你有你的荒原，可以奔跑，可以狂野，可以看到日落、日出……

你想化成一滴油彩，与这幅画融合，即使荒凉。

2017 年 9 月 11 日

重庆子衣

重庆子衣，本名何春先。重庆江津人。现居重庆。生于20世纪70年代。诗作发表于《诗刊》《星星诗刊》《诗潮》等刊物。诗作在全国诗赛中获奖。出版诗集《成熟的暗香》《子衣诗选》《爱与火焰》，诗歌合集《北纬29度的芳华》《花树芬芳》等。

一颗古雅的心

一　一颗古雅的心

在古雅的诗画墨韵里，寻找一种生活的浪漫。

仿佛一种回归，仿佛一种精神的时光穿越，我更愿回到诗画的唐朝，在一窗芭蕉之下，挥笔作诗，展纸作画，把自己的诗意生活，过得更加优雅，更加闲漫。

不想与亲人们谈论房价的涨落，也不想与同事们谈及教师薪水的低廉。生活仿佛是富足的，生命仿佛是有闲的。写诗作画，养花植草，一切无忧无虑的生活，仿佛就在梦幻之间。

多么好啊，落笔就成诗篇。多么好啊，提笔就是画卷。诗画相伴的有闲生活，在一种理想与梦幻的状态里，仿佛没有什么可以担忧，也没有什么，需要我们去苦苦奋斗，需要我们去精心盘算！

这只是一种虚构的穿越。回到现实的家居生活里，柴米油盐、车贷房贷，一切需要节衣缩食的清贫生活，真实地展现在我们眼前。

而我们，仍保持一颗古雅的心，忙里偷闲地，把自己装进一纸诗页，把梦幻，交给彩色的画卷。

不甘平庸的世俗生活，幸好有这份优雅的闲情，终于让自己有了一颗状如芭蕉的心，高过尘埃。

二 在低处

鹰们占据了高台，妄想触摸到更高的云天。

我们低矮了下来，只朝向根，朝向生活宁静的底部。

潮湿算什么呢？平淡与矮小，又算什么？

鹰们活在虚假的高台，我们却能在实在的低处，守住钟声，守住自己的一寸土地。

风，不能把我们吹得更高、更远。

我们，也没有骄傲和炫耀的资本，附丽生命更加骄狂的色彩。

但朴素的紫，素净的白，这些接近生命本色的色彩，便是我们心灵最为温暖的底色。

晨光，同样能照暖我们的道路。夕阳，同样会温柔我们的夜色。

在低处活着的人们，同样有一个月色丰盈的夜晚，也同样，有一份安然的呼吸，在明天的曙光里醒来。

三 弹春时光

我们穿过悲伤，一年一年地，拨响希望。

我们揭开风云，想要在生活苦涩的琴音之上，奏出春天的阳光。

你说，日子再穷，年年再欠账，想吃就吃，想穿就穿，还有什么，能难倒我们屋前的流水和方向。

可我仍然，对没有准备的生活，涌起无尽的担忧和恐慌啊！可我仍然，在人到中年的困境里，不能坦荡而自信地，站在生命的中央。

这不是我想要的山和海，这也不是，我想要的生命时光！

叹息改变不了环境，悲伤改变不了命运。我只能借用大把无用的词语，改变自己，灵魂的色泽和光亮！

而你，也在无数的警世名言里，寻找应对困窘时日的妙方。

在这世界，竟有这样一对夫妻，对年老的光阴毫无准备，却要故作潇洒地，四处游玩，享受负债的时光！

在这世间，竟有这样踩在刀锋上的情侣，东游西荡，在苦中作乐的岁月里，想要借用游山玩水的幸福，去填补，现实生活的伤痕与苍凉。

爱，你不怕，我却怕！没有底气的生活，毕竟难以应对，时光里不测的风云，没有准备的未来，毕竟无法想象，深陷的困境，会把我们，推入怎样的沼泽和荒郊。

可我们的汗水，我们廉价而无用的汗水，我们难以创造财富的智慧，只能在精神的世界里，占用这些词语，渴望强大，再强大——

赏月，赏花，赏海，赏涛。空就空吧，我们不再奢望物质的富有，精神的强大。

弹风，弹雪，弹花，弹月。弹缓缓流逝的时光，爱，我也要像你那样，在我们一无所有的天地里，弹奏出来无物、无痕的坦然心态，去笑对阳光，顺从风暴！

刘　莉

刘莉,70后,甘肃崇信县某单位护士,诗歌、散文诗作品发表于《文学月刊》《平凉日报》《崇信文艺》《龙泉读者》等。

暮色之凉

秋风吹走了夏日的炎热，暮色之城霓虹灯闪烁，远去的喧嚣和夕晖一起丢在黄昏。

站在街道一角，欣赏这座城市的夜晚，没有过多的人影，也没有太多的车辆。 远望夜空下的一座座高楼，灯火映照窗纱，窗户里的人家上演着各自的喜怒哀乐。

在黑夜的边缘，我苦苦抱着自己的梦追逐渴望的幸福，月光抚摸冰冷的脸庞，熨不平心情的皱褶，我似乎感到记忆里的那点温存，就像那片片黄叶，被秋风扫落，荡然无存，许多褪色的往事藏进岁月深处，我只能用双臂抱紧自己，以自身体温，暖一暖孤寂的灵魂。

一个人的天空

我要用剩下的时光，走好余生每一步路程，即便荆棘丛生，我也会走向远方。

有时，感觉自己就像一只被圈养的小鸟，扇动着疲惫的翅膀，想飞却飞不高，只能透过日子的缝隙，默默地守望，望天高云淡，望日落日出。

我不想虚伪，只想活得真实，就像一缕微风，在时光里轻盈地飞舞，没有华丽的服装，也没有浓妆艳抹的修饰，朴素淡雅，就如一朵莲花，出淤泥而不染。

一个人的天空，即便孤独，也是美好的，仰望那蔚蓝的辽阔，想喊就喊，想哭就哭，哭过之后，笑容依然灿烂。

走吧，走完剩下的路程，也许每一步都会有不同的风景，哪怕跌跌撞撞，也会在脸上绽放一朵无悔的笑容。

我怎么能够不爱自己

漫步于花草丛中，闭上眼睛，细细品味此刻的宁静，风拂过脸颊，一股清香扑鼻而来，我醉在其中。

耳边传来蟋蟀的叫声，似乎在唱一曲无言的歌，美妙动听，不知不觉，心早已飘舞在韵律中，脚下被一股力量托起，轻盈柔软。 我屏住呼吸，感受花草泥土混合的芳香气息，感受大自然对我的无私恩赐，这是对我苦难命运最好的安抚。

我沉浸在大地的胸怀，仰望那美丽的天堂，不曾被泪水冷冻的血液，缓缓地流动，在每一个黄昏后，都归于平静。

哦，我的灵魂被放逐，生活是多么美好，我怎么能够不爱自己……

朵　而

朵而，本名吴雅弟，70后，上海人，企业高管，影评专栏作家。作品散见于《诗探索》《中国诗人》《散文诗世界》《上海诗人》《文学报》《新民晚报》等报刊，出版散文诗集《黑琴键》。作品入选多种选本。获首届上海国际诗歌节创作大赛奖。

深处的声音（组章选三）

女歌手查维娜

在北风凛冽的地方，在一个思绪匆忙、裹着皮草的身体面前，为了找到最细腻处，这时，万物是游离的。

打翻龙舌兰的女人，更钟情于一支雪茄。 走入黑夜的她，危险而狂妄，带着一把枪，在慵懒的酒吧里，她用碎片式死亡终结着粗暴、愤恨和哭泣，又以胜利者的姿态，掳走了所有的稠密。

于我而言，波希米亚是陌生的，像站着的一棵古树，查维娜在树下哼着破败的歌词，提到莫妮卡、弗里达。 许多年后人们依然津津乐道于她专属的龙舌兰、雪茄，还有沙砾一般的嗓音。

某个时段，我甚至把她当作我身体的一部分。

在荒芜里游弋

有风。

月亮拔得很高，深匿于树冠的鸟类，接受着周遭变暗的事物。

隐忍过多之后，尘世仿佛总会敲到一种痛点，并在略沉于灰色的荒野里，告慰已不属于自己的那部分。

他与夜并排躺着，泛出点点清光。 黑暗被再次点燃，露出一条更为广域的河流，在生离之间迂回。

夜又深了些，继水的清冷之后，乌鸦突然叫唤起来。

他清瘦的身体便慢慢转过来，说：“那是斑鸠。”

深处的声音

以为听见寂静的声音，看到花开，便是好的。

聆听雨后聚集的细微声，才发现这些年太多藤蔓需要梳理，深藏于枝节末端，且一次次打开身体又颓谢的，早就不是单个的花蕊了。

耳边，又时不时出现另一种声音，跳跃着前行，像一只蝴蝶的呼喊，又像是雨滴落在瓦片上，弹出一种浑圆，它们滑向尾音的轨迹清晰明朗，最后消失于更空寂处。

没有刻意去想你走了多久。 每次流浪猫回头，我发现你的眼睛长在它们身上，对着我，目光冷峻。

我能忍住的，是一声叹息。

另一头，蔷薇花开了。

金铃子

金铃子，原名蒋信琳，曾用名信琳君，号无聊斋主，中国作协会员。参加第二十四届青春诗会。著有诗集《奢华倾城》《曲有误》《当太阳普照》《越人歌》《我住长江头》。诗画集《金铃子诗书画集》《面具》。获第二届徐志摩诗歌奖、第七届台湾薛林青年诗歌奖、第四届中国散文诗天马奖等文学奖项。

忧郁症

一

半梦半醒的时候，有种奇怪的声音传来。 是刀剑砍向呼啸的狂风，是鬼叫在穿透一颗黄金一样的心。

她说，我知道你们的鬼魂是怎么样的。

鬼魂常常在深夜出现。 可是……

你们算不上一种存在。 即便每一个旧笔记本的角落或前页写满了文字。

……也……缺少真实的永生。

二

绝不是荒凉，不是飘落之后的荒凉……是沉寂……无法表达的沉寂。

她向它们说，让开！ 让开！

结果反而多了。 它们向她挤来。 紧紧地把她裹挟。 它们偷偷地问：我爱你，你相信吗？

她心里暗笑：我相信啊，我什么都相信！

相信田野里没有生长嫉妒，妇人们的手里没有新配的毒药，裹尸布里的人正在吹灭焚毁他的烈火。

她这样说道：没有哪个伟大的子宫能够生下我。

吹号人，快叫一群乌鸦进来啄食她吧。 这永世的怪胎……她在自己的羊水中生长，逝去。

乌鸦真的来了，每到一个转弯，它们就兴奋地，急切地……“呱啊”“呱啊”

一群忧郁者在两条走廊里游动，所有的卧室都紧闭。

“窗户在哪里？”

“全部的窗户在哪里？”

“在天上呢……”

三

她的内心开始摈弃她对整个人类的恶。

那个不愿看到春天，也不愿意看到光亮的人……她披上粗布长衣，裸露着身体，走出了囚室。 沙沙的树叶声，那些香樟树长大了许多，她向它们乞求……皮、躯干、茎脉、枝叶……还是花朵。

她突然想起一只童年的鸟。

她割断了它的喉咙，她把它抱在怀里，哭泣。 在宁静的、阳光照耀的村子远方，一声低沉、凄厉的叫声从夜里传来

“嘘！”她轻轻地嘘了一声，“别出声！”

“为什么不用一匹马，早日带我回故乡去。”

“如何走啊！”永远被尘封的今日的黑夜。

无边。无底。

四

啊，亲人，倾听这声音吧。

她只如自私的儿童与陌生人相互拥抱，彼此争抢。她还对嫁接、截肢过于着迷。夜已过半，她还在深谋远虑，她只想着，把她的桑枝送给你们——图个流芳百世。

“是的，我在夏季咽下无数火红的桑葚。希望与荣耀，如同我受伤的幸福……一饮而尽。”

你们看清她全部的血污了。

五

“晚安，上帝！”

晚安，醉心于星空的诗人。晚安，一切灵魂的眼睛。晚安，一切珍视的仇恨

在这怀疑的深夜烦恼使她心绪不宁

“上帝啊，有你在一起。每到一处都有一片绿茵长成。”她写下这句的时候。起风了，好大的风。没有摘下的苹果被刮得遍地都是，灰尘在大道上摇撼着古树的躯干……一种古怪的音乐……撞开了她的窗户

……没有人知道其实她是认识风的，

吹向天堂或者卷进地狱的风。

“风啊，你翻越我的高墙而来。你要做我的暴君吗？”“不！”

“你要做奴隶吗？”“不！”

“明天。”“明天？”

强大的……濒临末日的明天。她不愿离开你一步。

她守卫在通往明天的路上，不要让它给贪婪占有，给非礼侮辱。一群抛弃明天的人，你们是不值得明天救济的。

她知道了，一座坟墓就是一个人的明天。

她低首在这里。低首在这里。唉，她可是种地过日子的安分农民，麦子们互相尊敬，从不说怪话，而狗总是东游西荡。

一只黑狗，够厉害，能咬人脖子。

她说，我可是露出脖子来了。

2011 年 6 月 9 日

选自《散文诗》2012 年第 3 期

金铃子绘画

霜扣儿

霜扣儿，黑龙江人，生于 1972 年。中国诗歌学会会员，《关东诗人》副主编。作品多次获奖。著有诗集《你看那落日》《我们都将重逢在遗忘的路上》，散文诗集《虐心时在天堂》。

莫提相思

——听古曲《梁祝》

一

路只一条。
光微微。
疼是永在啊。

我与你。

二

还忆不忆书架尘沙？ 还说不说窗前过马？ 春来过，枝上几截新芽。
还念不念晓月初晴，柳条下勾肩牵手，往复的轻悄话？
都远了。 夜也白了。 昼也暗了。
转不转头，都是无限年。 来也无限，逝也无限，短短人间，经不起细捻。

忽儿，阵阵落雨欺荒冢，多少蝶儿打黄花。

瘦指相扣，笙歌远。

分是不分？ 合是不合？ 浮水流烟，几年恩缘！

三

情来可带三江水，人逝只携一缕风。

命中人，今宵圆月为谁升？

破土难传心肠话，只有霜痕渐厚，马蹄嗒嗒。

你在否？ 你生否？ 你逝否？ 黄粱道道，拦不拦住你纵身扑入？！

破了尘世清规，碎了金黄银白！

阴阳线。

只差一关。

不忍三魂消散。

万里膏肓，不敌你我俯卧悲凉！

哪堪后人还传唱，泥里人唤几个多情人，说我旧事，弹个你断肠。

沸沸扬扬。

红楼痴男唱好了。

西厢怨女步迟疑。

一场空忙！

一场流亡！

四

伤。

骨蚀灰落。

浊浊孟婆汤，怕不怕洒尽落花、残塔，你侬我侬，盖不过茶凉，嗟呀！

万丈尘寰抱微沙，梦时醒时说绝唱。

长啊，长啊，岂止相思十八里！

五

朝也轻轻，暮也轻轻。

不听风。 不听雨。

流烟尽染，短长流年。

秋末风，雾霜房。 锦服做灰裳。

难忆！ 难提！ 难及！

我与你。

别后不知君远近

——听古曲《阳关三叠》

一

处处青岚。

抬首时，丝丝小雨润了桑麻。

闲云黑若，微掩了脸颊。

半段红绸铺地绣，黄鹂绿柳紫藤架，一指指过，开了几朵淡淡小花。

笑一笑，说说渭城朝雨浥轻尘。

一别与君，一揖过往，长衫倾下，低声敛眉，阳关自此过故人。

历苦辛，历苦辛，且慢且行且自珍，一遍低回一遍心。

二

杯盏欲倾尽，浓淡应景。

遥推窗前责鸣鸟，近把尺素衬蓝襟。

含笑又饮，咽了千句离恨。

铜镜谁置？ 竟生白发，拈手无着，凉风送刺，一根根。

抚个膝头兀自怨，渭城朝雨浥轻尘，好不凉浸！

二别与君，二揖当下，执手不言，弦起缓缓，阳关自此离故人。

谁相因，谁相因，水天相一无际界，仿若遥迢与你分。

三

起处门影沉。

拱手躬身。

复仰头向天，仍是渭城朝雨浥轻尘！

三别与君，三揖他年，难画远近，苍狗白云，阳关自此思故人。

如相亲，如相亲，月上梢头照眉眼，君无我身有我魂。

选自《诗潮》2014 年第 9 期

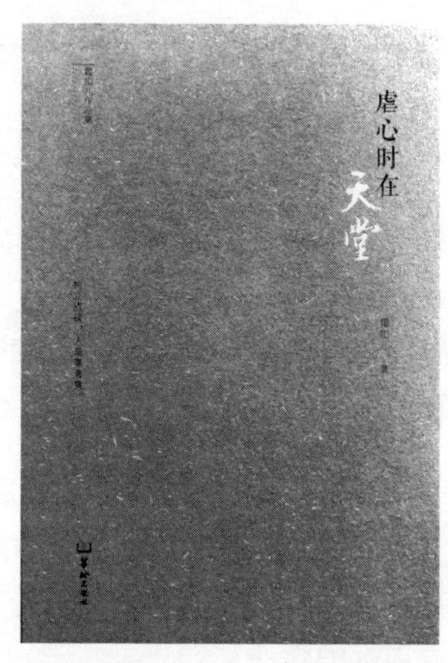

弥　唱

弥唱，籍贯上海，现居新疆。公务员。作品散见于《诗刊》《诗潮》《西部》《绿风》等各种刊物，2011年获台湾“叶红女性诗歌奖”，出版诗集《无词歌》，散文诗集《复调》。

哑语

不能喊出的声音，我揉进字里。而笔画太细了，盛放你的缝隙被蓝色遮蔽。这些带响声的字符，每一个都生长着远山的骨骼。我听得见一个人的名字被它们流淌的声音覆盖。

你也一定能看见水，那虔诚的流向，低处之怆。你冻结过的一个词语从没停止过挣扎。北方，一场一场的雪就要来了。

宛如你怀中的此刻，无以忽略的夜晚的泡沫。

此刻，我多像一个抽象的长句子，依然居住于一张不适合修辞的白纸里，缺失标点，占用过长的空洞。只是我的手上有风。你和冬天经过时，必须按住我的手臂。这手臂间的铁轨、手背上的星辰，手心里的轰鸣都是你的，你必须取回风中的这些云朵，这些被你俘获了的唱词。

我不能说出水。

当更慢的光线在我的身体里折断，当旧丝绸上的一段时光沾满止疼的光芒，当我咽下的春天藏起此时的星光。

当一只蛾复活，还没有再次绝望。

选自《青年文学》2011年第7期

小步舞曲

三拍子的。 典雅。 中庸。 比蝴蝶的翅膀厚重，比青草的味道单纯。

这是我最初的步调。 走向一面深海，需要从容的优雅的呼吸。 宫廷里布满贵族的秩序。

只能踩着这样的节拍走近你。 银色迢迢，海星和流星是两个远方，同一个厄运。 我只能保持这寺院般沉静的音律。

在时光的低处，我旋转着，旋转着。 我和我舞蹈着空旷的岑寂。 像风中不能停下来的答案，大提琴呈现着不安。

我知道，当暮晚来临，当海水火焰般掀起四月的暴动，你会赶赴这一场夜宴。 仿佛春天。

这是我最终的步调。 银色迢迢，我们相遇。

慢板

让它们都慢下来。 让日头一直向东，一朵花只开到一半；让水流模仿树影的节奏——一句话被风衔着，还没有说出来。 让我在镜子里优柔。

小调失忆，延音记号上停留的这一个音节，我始终不曾唱到。

让钟表的呼吸再浅一些。 这光阴太短了，正午与无数个正午重叠。 如果我抓住一束光线不松开，你是不是可以让天空一直蓝着?

你是不是可以让尘世在这一刻凝结? 流水不腐，我在你的眼里看着自己的惊慌。

我看着你。 用远古的眼神。 以往关于我们的一切都重新在此时发生，那些赋格、蓝调、无穷动，那些羸弱或顽固的分解和弦。

这时光如此缓慢。 我巨大的想念也同时拖住这企图遁走的光阴。

让我慢到时光的起点上。 让我看着你，心怀想念，把人间凝成一个字。 让我们一笔一画地将它写完。

选自《青海湖》2013 年第 7 期

王　妃

王妃，1972 年 5 月生，安徽桐城人，现居黄山。高校管理者。中国作协会员。出版诗集《风吹香》《我们不说爱已经很久了》，散文集《灯下》。获太仓首届七夕爱情诗大赛一等奖、第二届上官军乐诗歌奖未名诗人奖等奖项。

万壑松声

我们渴望倾听，也乐于倾听。我们擅长做咿呀说唱的演员，也习惯做屏息静气的听众。

石头有心吗？石头如果没有心，千万棵黄山松的根就是水上的浮萍。

石头藏着油，藏着火，藏着煤，藏着山与水相逢又别离的喜悦和哀愁。

石头的心事其实最重，它渴望冲向云霄，被闪电鞭打。

憋不住的时候，它就顺着松树的根掘出一方方天井，在一线天里与黄山松对话。

所以，在黄山，你听到的万壑松声里，有石头的歌唱，有松树的呼应。

观止矣

真男人餐风饮露，却心怀大美。

我看到的花是染血的绢巾，我喜爱的树是休憩的驿站，我走过的路是通天的仙途，我听到那只画眉的鸣叫，是你留在这个世间最后的情话。

真男人独步天下，阅尽山水，却情有独钟。

一座山是江山，也是美人。你是御驾亲征的王。

山外有山。你打下江山，救下美人，却大舍而去。

“登黄山天下无山，观止矣。”

观止矣！你站在黟山的高处，张开双臂，将满目尽美揽入怀中，收获了一场盛大的爱情。

所有的后来人，都是这场爱情一米之外的看客，他们在爱情深处却感觉不到真正的爱情，只有站在山顶吼上几声，用自己的回声将自己叫醒。

选自《散文诗世界》2011 年第 6 期

水里的光

遥远的地平线有目光无法翻阅的山梁。一转身，太阳就收走了所有的温暖。

从一灯如豆到万家灯火。率水河两岸那些毫无关联的光，因风的牵引，终于在水里相逢。

水的清冽，脱去霓虹艳俗的心跳，还原了光的安静；水的清漪，拔掉街灯坚硬的冷和刺，恢复了光的柔和。

路灯、广告灯……身份的贴牌不见了。深夜在路上徘徊的醉鬼，把脸埋在桌子上痛哭无眠的诗人，桥洞下裹着破衣烂衫的流浪汉……因为太远或者太小，他们的影子落入水里就不见了。

而那些落入水里的光，也仅仅是水里的光。裸露的河床，也仅仅是裸露的河床。

流水带走了一切。

选自《星星·散文诗》2014 年第 3 期

乔　叶

乔叶，1972年生，河南省修武县人。中国作协会员，河南省作协副主席。出版小说《最慢的是活着》《认罪书》、散文集《深夜醒来》《走神》等作品多部。曾获庄重文文学奖、华语文学传媒大奖等多个文学奖项。中篇小说《最慢的是活着》获首届郁达夫小说奖及第五届鲁迅文学奖。

曾经这样爱过你

曾经这样爱过一个人：爱的人知道，被爱的人不知道。

这是暗恋么？

爱着的时候，就整天鬼迷心窍地琢磨着他。他偶然有句话，就想着他为什么要这么说，他在说给谁听，有什么用？他偶然的一个眼神掠过，就会颤抖，欢喜，忧伤，沮丧。怕他不看自己，也怕他看到自己。更怕他似看似不看的余光，轻轻地扫过来，又飘飘地带过去，仿佛全然不知，又仿佛无所不晓。觉得似乎正在被他透视，也可能正在被他忽视。终于有一个机会和他说了几句话，就像荒景里碰上了丰年，日日夜夜地捞着那几句话颠来倒去地想着，非把那话里的骨髓榨干了才罢。远远看见他，心里就毛毛的，虚虚的，痒痒的，扎扎的，在猜测中既难受，也舒服，或上天堂，或下地狱，——或者，就被他搁在了天堂和地狱之间。

爱着的时候，费尽心机地打听他所有的往事，秘密地回味他每个动作的细节，而做这一切的时候，要像间谍，不要他知道，也怕别人疑心。要随意似的把话带到他身上，再做出待听不待听的样子。别人不说，自己决不先提他的名字。别人都说，自己也不敢保持特别的沉默。这时候最期望的就是他能站在一个引人注目的地方，这样就有了和大家一起看他和议论他的自由。每知道一些，心里就刻下一个点，点多了，就连出了清晰的线，线长了，就勾出了轮廓分明的图，就比谁都熟悉了这个人的来龙去脉，山山岭岭，知道了他每道坡上每棵树的模样，每棵树上的每片叶的神情。

爱着的时候，有时心里潮潮的，湿湿的，饱满得像涨了水的河。可有时又空落落的，像河床上摊晒出来的光光的石头。有时心里软软的，润润的，像趁着雨长起来的柳梢，有时又闷闷的，焦躁的，像燃了又燃不烈的柴火。一边怀疑着自己，一边审视着自己，一边可怜着自己，一边也安慰着自己。自己看着自己的模样，也不知该把自己怎么办。有时冲动起来，也想对他说，可又怕听到最恐惧的那个结果。就只有不说，可又分明死不下那颗鲜活活的心。于是心里又气他为什么不说，又恨自己为什么没出息老盼着人家说，又困惑自己到底用不用说，又羞恼自己没魅力让人家先说。于是就成了这样，嘴里不说，眼里不说，都韧韧地忍着，可每一根头发丝儿每一个汗毛孔儿都在说着，说了个喋喋不休，水漫金山。

日子一天天过去了，还是没说。多少年过去了，还是没说。那个人像一壶酒，被窖藏了。偶尔打开闻一闻，觉得满肺腑都是醇香。那全是自己一个人的独角戏，一个人的盛情啊。此时，那个人知道不知道已经不重要了。——不，最好是不要那个人知道，这样更纯粹些。在这样的纯粹里，菜是自己，做菜人是自己，吃菜的人还是自己。正如爱是自己，知道这爱的是自己，回忆这爱的还是自己。自己把自己一口口地品着，隔着时光的杯，自己就把自己醉倒了。

这时候，也方才明白：原来这样的爱并不悲哀。没有尘世的牵绊，没有啰嗦的尾巴，没有俗艳的锦绣，也没有混浊的泥汁。简明，利落，干净，完全。这种爱，古典得像一座千年前的庙，晶莹得像一弯星星搭起的桥，美好得像春天初生的一抹鹅黄的草。

这样的爱，真的也很好。

王小玲

王小玲,1972年生于山东胶州。作品散见于《散文诗》《诗刊》《星星》《诗选刊》《人民文学》《人民日报》等,入选多种年选,多次获奖。参加第十五届全国散文诗笔会。任胶州市作家协会副主席。著有散文诗集《守望爱情》。

山间素秋

一

那个秋，父亲回到这个我小时候采过菊他小时候放过牛的山间。

那一日秋阳如血，野菊如诉，而我已无泪。

此后每个秋，我都要进山，一人独对。

松涛、菊香、虫鸣、蝶舞，都是父亲与我的交流。 我相信父亲在山间不会孤单。

以松为邻、以菊为友，逸笔水墨、拈花扫云，再没有病痛，再没有纷杂，

做一个真正寄情山水的隐者。

那个秋，我一夜之间成人，仿佛成熟于寂灭之后的再生。

二

之后我无数次在心灵的无影灯下持手术刀对准自己，

企图剔除身体里任何异己的成分，常常把自己剖析得泪痕斑斑。

这样的夜里我必梦见父亲，依旧是微微的笑，依旧是一身瘦骨，目光如炬。

似乎是神明的暗启，我原本要放弃的事情，突然柳暗花明，我的事业风生水起。我认定是父亲在无声地指点我，像我小时候，再大的难题都可在父亲一笑间化解。我惊呼。父亲就指指山间：长大后自然明白。

于是我对山间对长大充满虔诚的期待。

长大后，人都说我像父亲。像父亲，是我今生最高的荣誉。

三

这个秋，我无可遏制地想念父亲。

沿着秋阳秋菊的暗示，我走入山间。

怀抱宁静与忧伤，我只管一路走下去，循着秋阳的气息，去寻找童年的菊，那魅惑我许久的香。

山不是名山，少有人来，所以静；

山间有松、有菊、有虫、有蝶，我甚至相信有山鬼和山神。

四

山间的半亩薄田一间柴屋养育了父亲，攀山涉水，长成一个俊朗少年。

才华泼在宣纸上，弹在丝竹间，松针和菊花将少年的笔墨晕染得清秀香浓，

父亲成年后走出山间又回到山间，山间的孩子由此走向各地；

父亲说他教过的学生都像山间的松或者菊，刚劲峭拔或者皎然清冽。

我小时候似懂非懂，长大后读懂了父亲，父亲也懂我。却眼看着父亲的身体衰弱下去而无能为力，但他一直目光如炬。

直到父亲归入山间薄田，目光依然照耀我温暖我。

五

沿着一脉孤香，进山。我叩问秋菊。

所有的菊果然转瞬间粲然开放，金子的光芒熠熠生辉。

我不敢眨眼不舍得眨眼，我怕错失了哪怕是一丝一毫的美丽，我怕这美丽丢失了，惊怯了，幻灭了。

我蹑着手脚走向菊，我知道此刻父亲一定在看着我。

就像小时候，似乎任何时候一抬头一回头，都能看见父亲在微微地笑着看我。

六

菊香缭绕，我一心静面一世，往日的尘缘都记不起来了，只有此时，此山，此菊。 恍惚间，父亲来过，将一枝嫩黄的菊花簪进我的发辫。 我心里沉甸甸地喊着父亲。

有风吹过，菊摇曳出一片私语。

是你吗，父亲？ 有话对我说吗？ 这个秋季，我感到好累啊，父亲。

四周一片黄金般的寂静。

时光滑失，流水凝止，鸟儿也收住了翅膀，世界只剩下一种声音，那就是我和父亲心灵默然的絮语。

菊看着我，我亦看着菊，千盏万盏菊照耀我。

世界没有零乱纷繁伤痛迷失和惊悸，只有纯净从容愉悦典雅和清朗。

我感到生命的庄严与华美。

挽起一万株菊的手，在父亲的目光里安然走过。

此时此地此花此山间素秋，我心生无限慈祥。

选自《青岛文学》2017 年第 7 期

张沫末

张沫末，1972年生。中国散文学会会员，河北省作协会员，张家口市文联、文学院签约作家，沽源县作协主席。诗歌、散文入选《散文选刊》《星星·散文诗》《诗选刊》《散文诗》《散文诗世界》等报刊。获得诗歌、散文奖项多次。

印象草原

轻轻写下草原。草原正在一场半睡半醒的暖风中直立腰身。

零星的毡房像高原上空的云朵迟疑地打开水袖。每一粒雨滴正在与青草接吻。

坡梁之上，去年种下的杨、榆、杏儿树扑闪开椭圆形的绿眼，将八九点钟的碎玉的光斑投递到刚刚出栏的羊群的背部。

雪白的羊羔，青葱的树木，婆娑的游移不定的白云与风声是定格于高原额头的写意。

阴山山系像一个疲倦的旅人，将一段段突兀嶙峋的山峦丢散在茫茫内蒙古高原之上。

一个冬天的雪水的浸润和抚慰，一个春天长风的摩挲与疼爱。每一寸土壤正张开眼睛，与忙碌的世界，忙碌的高原儿女一起拓展夏的绿荫。

成群的乌鸦和喜鹊飞过车窗，飞过渐渐低矮下去的山势，飞过叮咚声响里，那些莫须有的神秘与泪滴。

一只鹰自乌兰图牧场上空划过，巨大的黑影罩住了仓皇而窜的小鼹鼠。

这些奇妙的比人类更多智慧的小鼹鼠，在广阔的草场上，将自己的居所组装成一座座立体的迷宫。

迷宫里收纳着，这大地上生长的万物，收纳着童年若干惊喜与神秘。

那年那月，嘈杂的马蹄声常常将童年的梦击碎。

晨起的露珠还在窗棂上打战时分，成群的马儿便洒满了大淖儿小淖儿之间的草地。

坨着两团高原红的套马汉子在门前的草地上挥舞着套马杆追赶好斗的儿马。

村前的羊场里也泊满了黑的白的羊只，浓浓的羊粪味裹了小南风的煦暖搅入母亲刚刚出炉的馒头香中。

父亲在灶台前，一手抓着冒着热气的馒头一手指着滩里的马群自言自语，锡盟人又来坐场了！

锡林郭勒草原就这样在尚不清晰的梦里，与我近在咫尺又远在千里。

牛粪味，马儿的欢叫声，比云朵还多的羊群，在每一年如期出现在梦境里时，属于我的高原的夏天就到了。

之后，父亲和村里擅长修剪的男人们会协助羊倌把村里每一只羊摁倒在大场院上，给每一只羊褪下混合着泥沙与羊粪的毛发，并将成群的剪掉旧毛的羊驱赶到浸泡了杀虫剂的水池里。

洗过澡之后的大羊和小羊会躲过各种羊疥癣、虱等皮肤寄生虫病，安全过渡到夏季牧场。

而草场里的青草正疯长着难受，急待新一轮牙齿的切割。

绿色的筋骨里流淌着的是草场斩不断的血液，除了小鼹鼠，人类不会掘开草场生存的秘诀。

草原，草原里的生命就这样周而复始，在马莲花悠然开落的淡蓝与妩媚中，重复着自己的春夏秋冬。

小鼹鼠也在又一场雨季到来之前将自己的家搬到更高的坡梁之上。

百灵和布谷鸟的欢鸣覆盖了喜鹊和乌鸦的单调，暂时嘹亮着绿色渐渐浓郁起来的草原……

视野里，更多个孩子，像幼时的我，举着五颜六色的屁帘儿风筝，磕磕碰碰地越过勒勒车深深浅浅的沟壑。

并，磕磕碰碰地长大，或远离……

选自《星星·散文诗》2017年第1期

春天的马蹄声

美好的时光多像淌过今晚雪屋的月色，多少人在深邃的夜里揣测深邃，热谈早已断弦的秋叶。

喜欢是风，可以自由来去地刮走尘霾和阴云，不改的是简单的心依然会随着苍老的年华行走。

没有孤单，没有目的，有的只是随心所欲里的飞雪若梨花散落天涯。

点点的白是一个人的世界用爱洒下的轨迹，宇宙太辽远，请原谅，我无法抵达。

随季节冰冻起来的心思其实还会泛滥。

在某一个或很多个冬日的午后，在诗意的栖居中我无限温暖又无限向往的时光之城正在冬月的山坳里清醒地睡着。

骏马披了银色的月光和前世的爱恋在茫茫雪野奔驰，马蹄嗒嗒，敲醒鱼儿的欢欣，春天在雪野里正孕育着新的生机。

而这覆盖在北国世界里的雪呵，是每一个草原人，清洗和舒缓生命的冰轮。

漫长的雪季里，守着毡房，守着氤氲的奶香，守着和积雪一样纯白的羔羊，把每一天的光阴煮进马奶酒的醇香。

而我和我的姑娘，也正在流水般的醇香中，幸福地爱着。

在很多个往事无法回头的晚上，我们都会用年老拥住慢慢迟缓下来的光阴。

将莫须有的烦恼交付风和草原，将红尘里的形形色色琐碎交付草地上的积雪。

不久之后，所有的不愉快都会被风带走，而春天，属于你我的，草原的春天，正在我们的身体里苏醒。

一同苏醒的一定还有调皮的小鼹鼠和紫蓝色的马莲花的。

还有擅跑的小马驹和雪白的羔羊。 它们和我们的爱情一样，正在穿越光阴的春天。

穿越有你有我的草原，而冰冷和茫茫雪地，已被我们远远抛在身后。

光阴的故事还在春天的马蹄声中续写，一个人的浪漫或传奇……

选自《散文诗》2016 年第 11 期

刘梅花

刘梅花，本名刘玫华，1972 年生。中国作家协会会员，武威市作协副主席。在《散文》《读者》《山东文学》《红豆》等刊物发表作品。作品入选多种选本。获冰心散文奖、孙犁散文奖、三毛散文奖等多个奖项。著有长篇小说《西凉草木深》，散文集《阳光梅花》《草庐听雪》《草木禅心》。

拓河西(组章)

西凉，风吹劲草

大风吹折黄草，一群羊，慌慌张张跑过荒野。羊和草，都一样，枯瘦，枯瘦，没有一点水分，干干的模样。

一片密集的羊蹄子踩过河滩上的碎石头，大风吸走了声音，仿佛什么也听不到。那只黑胡子的头羊反身张望疾速的风向，目光好似镰刀，闪着锐利的光芒。它是不是要一镰一镰，割尽这沙尘的苍黄？

远处，一个骑马的人隐隐约约。更远处，沙漠肃穆。人影和沙漠的背景，是席卷而来的沙尘。还有一两声狗叫在黄尘里翻卷。

浑浊的风啊，灌满了大漠里的每一个旱獭洞。而洞里的旱獭们，裹紧了一身单薄的皮毛。一只老旱獭梳理脑门的几根毛，两只小旱獭簇拥着，在幽暗的光线里睁大了眼睛，窥视洞外的一线天光。

洞外，青石头上栖着打盹的昏鸦。

呼韩邪，我多么孤独

我在风里迷失了自己，呼韩邪。 风沙扑打着我的皮袍子，我又把腰里的布带勒紧了一下。 我能触摸到风的骨头，那么凉，那么粗粝。 还有，我摸到了刀鞘，也是那么凉，那么决绝。

那把刀鞘，让我知道我还是阏氏，呼韩邪。 可是，风不知道，沙不知道，旷野不知道。 只有我自己知道，这算什么呢？ 呼韩邪。 我等不到你来接我，等不到风沙栖落。

我真的迷路了，呼韩邪。 我在大风里喊着你的名字，我哭了，呼韩邪。

我的皮袍子也在哭，凋零的沙粒是它的眼泪。 我的长发也在哭，它冷得厉害。 呼韩邪。 我把整个沙漠都裹在身上，呼韩邪，我冷。

我找不到一根柴火，整个大漠是如此干净，干净得连一束黄草都不留。 干净得连破旧的烽燧都没有。 呼韩邪，我找不到一个避风的地方，找不到一坨篝火。

呼韩邪，我拿什么走出这场风沙？ 我是阏氏又有什么用？ 我看不见你打马而来的身影，听不见你的呼喊，我害怕啊！

紫燕骝呢？ 你骑着宝马从天空里赶来啊，呼韩邪。 你怎么迟迟不来，你卓绝的姿态是我内心多少年的牵念啊。 可是，你怎么还不来？

远处，狼嗥叫得厉害。 呼韩邪，我害怕极了。 一群黄羊在疾风里掠过，惊慌失措。 它们也害怕，呼韩邪。 只有沙子不怕啊，沙子拉着风，骑着风，风驰电掣而去。

呼韩邪，天底下，风是最柔韧的，不怕被岁月扳断。 只有我的一声叹息蹲在风的肩上。 西域之外，风沙之外，一定有一个醉酒的汉子，还抱着酒坛呓语。

现在，呼韩邪，我在大漠里惶惶流泪。 我的身体是一枚木简，我写上几个汉字，把自己邮开。 我的马，是一枚木楔，一步一步楔进大地，将我邮寄。

再也没有比它更加忠诚的了。 危难时，不离不弃。 呼韩邪，我不知道你的宝马，是否在马厩里嘶鸣着，不安躁动着。

呼韩邪，我的想念，被风打歪。 呼韩邪，羊皮鼓的声音，也被风打歪。 我孤独啊。

呼韩邪，你一定要走出牛皮的帐篷。 黄风是天大的谎言，你吹着角号击穿它，等它落下。 我的马听见角号，就会寻音走出沙漠，涉过沙子而来。 呼韩邪，你生好一堆火等我！

呼韩邪，如果你看见一只鹰穿过天空，越过古老的帐篷，请不要打盹，再添一根木柴，那是我归来的讯息啊！

西凉荒野，大雪而来

低头的片刻，一场大雪就簌簌落下来了。

西凉古老的歌谣，被大雪覆盖。 西凉古老的烽燧，也被大雪一点一点削秃。

穿着毡衣的牧羊人，独自在西凉之野，点燃一墩芨芨草取暖。 火焰仿佛来自秦汉，那么遥远，那么疲惫。

而牧羊的老人，是西夏的士卒，正在风雪里敲开一粒一粒白色的雪花。 他的鞭鞘，掠过风的尾巴，直抵荒野的四蹄。

头羊的梦里，开出两朵矢车菊。 一朵是紫色的，一朵是淡蓝的。

我在西凉的旷野上凝视一场大雪的下凡，我在大雪的间隙里舔舐满身的伤。一个人独自走着，独自疼着，独自隐忍着。

对光阴，已经无话可说。 唯有忍着，把心头的刀，再隐匿，再隐匿。 这把岁月的刀，深到极致，把我自己挤出来，只留下它的锋利和寒光。

被刀挤出来的我，只好在荒野流浪。 我的脚下，一片残破的瓦，不是来自汉唐，也不是来自西夏，是西凉的光阴里，剥落的一粒尘屑，噗噜噜跌落。 我听见这片破瓦跌落的瞬间，呻吟了一声。 很轻，很疼。

还有比我更疼的事物……

我知道，这寒凉的西凉之野，应该有一座庙宇，温暖我的独孤，接受我的拜谒。 我听见佛音在缭绕，在我耳边远远传来。

我的内心和青石头一样坚硬，这冰凉的光阴，把我打磨成这样。

我要紧紧攥着内心石头上的温度，趁着一滴泪还未变成雪之前，推开寺院的木头门。 吱呀一声，让我涉进安静，涉入菩萨温暖的光芒。

西凉的大雪，在旷野里任其飘落。 就算旷远的阳关三叠，也任其锈在漫天的风雪里……

吴　维

吴维，原名吴洪华，1973年生于重庆大足。谋生双桥经开区管委会办公室，居大足。中国作协会员，著有诗集《一晃而过》《云歌》。

九月，爱上雨水浸泡的远方

一

九月，我开始关注远方那个陌生的城市。

你眼里，有一束光，明亮亮的。

湿漉漉的天空像我的心情。

有期盼，有牵挂，还有一点点说不清道不明的失落感伤。

若有一双翅膀，我会助你在九月的清风之上翱翔。

大地上，耕耘的人，脚踏实地，你要成为其中的一员。 在你放飞梦想的同时。、

九月开始，我睁眼的第一件事，是查看手机。

百度搜索你所在城市的天气。

三百六十五天，空气质量始终保持在优良之间，如同你间接传回的消息。

好在，那个城市是积极上进而又洁净明亮的。

好在，你也是！

二

“母亲的爱，会把孩子越推越远”。

是的，我爱你！ 纵有万般不舍、难过、担心、忧虑，我还是微笑着，如往昔般轻松地摸摸你的头，然后目送你乘坐的列车驶出我的视线。

那天有雨，不大也不小，我在行色匆匆的人群中加快脚步，努力和他们一样，却任雨淋湿而不打伞也不擦拭。

说这句话的人一定是一位母亲，说这句话时的心情一定和我那时的心情一样。 复杂，矛盾，难以割舍却又装着若无其事。

我在百度搜索了解你去往城市的前世今生。

我向居住在那个城里的诗友打听你去往城市的路线、天气。

也许我会来看你，也许不会。

九月刚刚开始，我要让自己忙碌起来。

三

九月多么漫长，我开始水土不服。 从你远行那天开始。

其实我是多么想和你一起远行。

其实我是多么想把你留在原地。

其实我在想什么，我也不知道。 只是，我忽然间就理解了母鹰折断幼鹰翅膀并将之扔下悬崖的行为。

九月是磨砺的开始，也是通往幸福的开始。

尘世中摸索的人，渴望的人，对九月，充满了期待。

九月，是值得期待的。 尽管，你在九月离开了我去往远方陌生的城市。

远方有多远多大？ 坐井观天的人有点迷惘。

谢谢你，让我在九月，走出井堂放眼远方。

谢谢你，让我在九月，爱上了远方和远方那个陌生的城市。

四

久违的雨，我的眼睛已盛不下。

雨穿过九月，串起我的思念，倾覆而来。

我紧紧地抱住，舍不得松手，雨从指缝间溜走，一路向北。 我望眼欲穿。

从黄昏到黎明，从渝西至川北，雨一路飘着。

雨水浸泡的九月，混淆了视线，无法混淆时空的流转。

没有什么能阻隔我的视线。

高山不能，黑夜不能，风雨，也不能。

抵达陌生的城市，你说一切安好，勿念，保重。

你站得笔直，像雨中挺拔的小白杨。 传回的照片，因此有一点点空蒙。 那个嘻笑顽皮腻人的小男孩，在时光的流失中，渐行，渐远。

五

一滴雨开启的征程，饱满，柔软，干净，纯粹。

一滴滴，从天空，融入大地，多么辽阔，多么踏实。

雨，融入大地，汇入江海，才不会一直飘荡，才能奔跑，在奔跑中，获取阳光的青睐，收获希望和爱情。

准备好了没？ 雨外有雨，你得全力以赴。

我时刻，在你转身回眸之处……

选自《星星·散文诗》2017 年第 7 月期

彭著宣

彭著宣，生于1973年。四川省宜宾市人，某机关公职人员。中外散文诗协会会员、宜宾市作家协会会员。作品散见于各类纸媒。

剪雨

五月的雨。一半是缠绵，一半是悲伤。

落在菩提树，落在奈何桥。

与悲风一起画扇。

听雨。在夜阑人静时。坐在窗台边，放空大脑，让思绪随着雨滴慢慢飘飞。

雨声，像一曲幽怨的歌，从远处飘来，碰撞玻璃心，碎了一地。

五月的雨。一半像火焰。一半像坚冰。

打在芭蕉心，打在垂柳上。

与黛玉一起葬花。

雨，像隐忍已久的泪。蜂拥而来，势不可当。一滴滴滴在心里。

每一滴都是一段不叙往事。每一滴都让人刻骨铭心。

五月的雨。有一些温婉。有一些销魂。

停在花瓣上，停在眉梢头。

与无言一起敲窗。

雨的味道，是咸是甜？ 是幸福是惆怅？ 是心语诉说还是残荷深留？剪一帘雨，挂在庭院深深处。

选自《散文诗世界》2017 年第 5 期

蔡丽双书法

青　玄

青玄，本名李雪梅，生于1973年，现居新疆博乐市。第十届中国天马散文诗奖获得者。作品散见于《诗刊》《诗选刊》《星星》《诗潮》等期刊，入选《中外散文诗60家》《新世纪中国诗选》《中国年度诗歌选》等多家选本。

唐布拉回声（组章）

恩雅·麦田

早熟的麦田挣脱六月摇篮。百里瀚海，涌出波光，律动如潮。

鹰，压低翅膀，盘旋，就要和自己的影子相撞。两千米之上的丰谷，视觉恍惚。

羊毛剪子剪出草原的涟漪，太阳的手揭去寒冷季节荒凉的外套。数不清的秘密，数不清的羊，数不清的叩拜，问卜唐布拉百里长廊，谁执掌天庭一枚玺印，许诺这方水土圣洁长袍?

冬不拉的弹唱里，一顶毡房就是牧人的一座精神庙宇。

奶茶里的盐，扎下麦子的根须。

荒野同样是锋利的。

请别停止，麦子垂首的敬意。金属之光，赋予泥土、溪流力量之源。在每一道河湾、险滩，每一处游牧的等待与生存之间，每一株昂起头颅的麦子就是大地拔向戈壁的剑——

它的吞咽，流水一样持续。

当炊烟升起时，清凉抚摸着大地，村庄像战利品并排站着，在自身的光中挤出黑暗，它们从砾石间堆砌出真理。

麦田献唱，脉搏里的血流，金子在闪耀。

喀什河

马蹄划开河流的速度。

从伊犁河谷出发的阵营，探出手臂，羽毛一样，伸向前方更远的道路。和尼勒克、唐布拉草原、途径的群山始终保持小声说话就能触摸的距离。

跟随一条河放逐目光的人，总想去寻找河的源头，揣摩世间风声。当我以弯曲、以浑浊、以奔涌，开掘一滴水深藏的梦想时，我的脚步声已留在岸边和丛林间，身披河流，也成为一株长在河岸的植物。多么奇妙的包围！自然法典释解下的绿茵，身体里注满了水的理想，把荒漠走成陆地，把陆地走成草甸。以自身的重量，托举村庄、繁花，圈住干燥世界，培育新生。

饱吸蓝墨水的天空，赶着羊群，赶着云，拽紧喀什河的衣角，随意、缓慢，生生不息。

它的支流，摊开的手掌，透明而慈悲——

孩子一样指着天上彩虹，走在回家的乡间小路。

牧云的人

时间在此早已失去刻度。山的半腰有人家，也有云的涟漪。

染着霞光的马鬃披风逆行，野草深藏蹄音，压住马嘶奔鸣的旋律。野花连成一片，隐去道路崎岖，平缓一个人举目远望时空荡的惆怅和内心的陡峭。落满灰尘的脚印也像一阵过路的风被忽略。

远处有多远，没有消息的人和经过一场雷阵雨就散开的云一样，悬成内心游移的未知。记取的心，裂成砾石，等云崖漫天，从无边的长醉里，沐雨醒转。等刺穿云海的太阳搭救，赐归路没有冻伤的牛羊。

云的宽度就是天空的广度，鹰的高度就是天空的亮度，心的温度就是天空的深度。

六月的唐布拉草原，云满溢成天边的一团棉麻，送出洁白书简。牧云的人，轻诵刻满印章的草木山河，带着内心的潮湿和不息的奔涌。

选自《诗歌月刊》2014 年第 4 期

章闻哲

章闻哲，本名章文哲，曾用笔名章少卿、冰绿主意等。1973年出生于浙江诸暨。自由文艺评论者。已发表诗歌及文论等百余万字。并撰有理论专著《散文诗社会》《梦、艺术、人本主义》等。现居北京。

漫游者导言（节选）

一

若我要奉谁为我的上师，我必奉漫游者。漫游者，类似楚狂人接舆，或者一个查拉图斯特拉。也许是绿伯。是万物的王者，自己的王者。或信者？

“来世不可待，往世不可追。”

但漫游者并不知道他说过此类预言。——健忘是漫游者至为高尚的德行。

唯健忘者能听诸神之声：一把琴弦，七个兰花，六个碧螺春茗。

漫游者听到诸神说：“我要诗。”

——诗中是有鸦片的！

漫游者脱口而出。这符合一个漫游者的智慧，唯他知道：诗中是有鸦片的。

“我要诗。”

——难道诗中还有美酒琼浆？

诗不就存在于你们自身当中么？我能有什么诗？

漫游者嘟囔着。

——若我曾有过，那也不过是把你们给予我的还给你们而已。

好像是这么回事？

你们要相信就是这么回事。

二

是要我为你们写下一粒迷魂药么？ 漫游者如是问。

我从不写赞歌。 呃，我所写的不过是我自己的赞歌。 ——难道那上面不是醮着我的气息写的吗？ 我的盐酸、我的铁锈……唔，我要说我的沉香、我的蔻丹、我的犀牛之角、我的百合之水……？ 不，是我的青藏高原、我的唐古拉山、我的无边无际的森林与河流……我是一股刹不住的气息，我的娇情史有青铜那么漫长，不，远不止那么漫长。

喂，那远不是我的。 是你们的。

我这就为你们写下一粒旷世的迷魂药。 喂，那也远不是我写的。 是你们自己创造的迷魂之香。 暗夜或黎明，众多的魅惑者，有着漆黑的塔青完全意想不到的深绿。

你们个个都埋藏着绿矿，你们是无处不在的勾引者？

啊，真是魂牵魄绕——然，我可以从这里走开吗？ 我不可以吗？

我是一枚不熄的火焰——啊，是这样吗？ 你们迅速在路边种下了不知其数的火色蔷薇——“快从这路边花的隐喻中躲开吧，回到我们这里来！”——你们得意的脸色，唉，你们不就是这样纠缠不清的吗？

漫游者收起了火焰的翅膀。

三

洒水车在这个春日有了自己的凭吊之词：朝朝频顾惜，夜夜不能忘。

啊，它在诅咒兰花吗？ 它最后的唱词：兰花无花，昼夜废弛于深绿的游戏。

此时，漫游者又回到了他的热带。 他怂恿那些肥大的绿叶再次燃烧起来。芭蕉、棕榈、虞美人，都来吧。 ——这绿的民族，就是你们的镜子，委琐与微不足道都将在它面前显形。

漫游者宣判。

四

深绿的香水味？

不在风流的杜拉斯身上，不在沧桑的岁月里横卧。 诚然，绿檀之笑如一朵傍晚蔫下去的曼陀罗花。 但仍旧高耸起一座神殿，她在屋顶塔尖的光芒里升腾。

现在漫游者已身处这莫名的陷阱中。 你要说这松弛的肌肤、苍白中带着微黄色斑的陷阱吗？

——她不是夕光驰过白昼吗？ 不是老樟树茂盛叶子上的清香穿过一尘不染的暮色吗？

她漆黑中泛着金色的瞳仁与眼袋的组合多像一枚古旧的宝石戒指啊。 我还听见她并不丰厚的卷发上响起了常春藤茂密的召唤。

或许她正在一部宝典中走动。 她的全部精妙的意义镶嵌在她躯体的每个角落中，她不需要智慧点缀——她的躯体完全在此之上。

她肯定是在熠熠生辉着。 但也许我对她一无所知。

她是岁月随意抛出的一个引子？ 抑或，我的斯芬克司？ 埃及古墓中的皇后？

如果有一种神圣的权利，我将宣告天下：我要封她为我的情人。 我不能拥有这样一位情人吗？

漫游者想问问诸天之神：是否在我的行走里，允许有这样一位情人的反光，使我常如满月，不时从最深的黑夜里升起。

五

窥视者在对象中故步自封。 难道这世上没有更好的风景了吗？ ——我将为你打开别处的活色生香。 从玫瑰饱满而结实的骨朵看起，或者从莲花茁壮的根茎看起。 把你的目光转移一下，总之，我们别把时间浪费在乏善可陈的地方。

不不，我就在这里。 漫游者说：我只爱窥视这方寸之地——谁说我在窥视？我深望之处，莫不豁然开朗，甚或无边无际……但从不空旷。

我确知这不是幻象：繁花炽热、宫阙耸立——或越是风霜肆虐之处，越是山花烂漫？

如同收藏者的词从远古的瞳仁中敲响它的晨钟：俗艳、矫情与绮媚。

——注定有不屑的审判贴在流光溢彩的新贵头上。

——人民只信仰沧桑？ ——毋宁说我信任我的尘埃我的深渊，我的苦栗色的沉默。 我信我的裂伤与碎片终将缔造起我的帝国——春天的帝国？！ 盘根错节的春天，深入我的肢体和心脏！ ——胜于一切华贵而媚巧的新词？

不不，我依然将为你打开别处的活色生香。

风景正在别处。 把你的目光稍微转移一下，风景正在别处。

把窥视者的措辞放在别处，解放窥视者，无疑在于解放你根深蒂固的对象。

选自韩山师范学院诗歌创作研究中心刊物《九月诗刊》总第 38 期

宋清芳

宋清芳，1973年出生，曾用笔名山丹芳子。山西省作家协会会员，山西省诗歌研究委员会朔州市分会秘书长。诗歌发表于《诗刊》《星星诗刊》《诗选刊》《青年文学》《中国诗人》等，入选多家诗歌年度选本，多次获得各地区征文活动奖项。现为《朔风》月刊编辑。

雁门关

题记：无论土夯，石砌，还是砖瓦包裹，雁门关终是蜿蜒在历史城墙上的战鼓，声声铿锵，你来细细聆听……

一

一座山被铭记，历史被铭记！

雄关漫漫，路途艰辛，多少英魂夜夜顺着砖瓦城墙，穿越烽烟浸过的岁月缝隙，诉说曾经。

赵武灵王开拓了挺拔山脊上浩瀚的征程，马声嘶鸣，谁的梦断了谁的归期，让等待成为时间里最永恒的距离。

突厥的马蹄踏响黎明，陡峭的山崖缝在隘口的两端。

雁门关上，狼烟一经点燃，跨越时光之旅的鼓点，均匀地铺在雁门关的脊梁上，像圆形的句号。

“南雁北飞，口衔芦叶。”盘踞在雁门关上的候鸟，也想用一枚姓氏，冲破沉沉乌云压着的隘口，赢取过关的通行证。

而五代十国、宋辽金元用四百余载的血泪浸染了陡峭山崖，谁在风口上长歌当哭！

李牧不哭！ 李牧的骑兵破林胡、毁楼烦，箭矢如风，射穿匈奴骄傲的铁蹄，胜利的旌旗呼啦啦飘扬在雁楼之上。 马背上民族的意志，动摇了谁用繁华雕琢的大梦？ 梦断雁门的时刻，靖边寺的纪念，就是我们的纪念。

二

一个朝代替代了另一个朝代的兴衰。 恍惚间，李广的马蹄还在雁门关盘旋，王昭君浩浩荡荡和亲的队伍，正在唢呐声里烙下时光的胎记。 一个女人的荣辱，换回边地安宁的岁月，值得，不值得？

薛仁贵不死，那个在唐朝战场蜿蜒而来，蜿蜒而去的传说，就像被烈火焚烧后的荒草，在春天和时间对接时，突破冻土的生机。

英雄征程泪湿衣襟，亲人悲恸的喊声，究竟能换回多少战争中潜伏的大爱。

契丹铁蹄远去的时候，杨家将的血泪涂染沙场，月华暗淡，纪念战场上寡妇们倔强的哀伤。

雁门关，一道血肉的堡垒！

慈禧在雁门关留下耻辱。 逃亡和战斗，哪一个更能让心里的旌旗，在烈烈烽烟里昭著？

“五世同堂真富贵，一心念佛见如来。”光绪的联句，和杨令公魏然的塑像鲜明对比的时刻，缭绕在雁门关几千年的云烟，会不会用最中肯的证词，将舞台上的主角配角，青衣黑脸，一一评说？

三

时光也会凋落？

抬头望蓝天白云悠悠千载，俯首思历史遗迹此起彼伏。

你能在哪一块砖瓦上，寻到哪一个亡灵无声的呼吸？ 纪念哪一个章节，哪一段历史?

你会在哪一场战争里幻觉血染征衣，会在哪一次回眸里黯然神伤?

蜿蜒的古长城被现实的砖瓦包裹，战鼓声呐喊声战马的嘶鸣声哀号声，正在穿越厚厚的城墙，把时光旋转成彩色的排版。

你是首页上标注的坚硬的执着，还是封底上那些空蒙和苍白?

你在哪里，我在哪里?

我们内心的城池和堡垒，隘口，荣辱，在哪里?

大雁还在飞，一行，两行，飞过雁门关……

四

“三关要冲无双地，九寨尊崇第一关!”

雁门关，我来了，梦就来了。

梦里的沙场，古城墙，破砖瓦来了!

仿佛浴血的士兵驰骋疆场，马鞍上亲人的泪水还没风干，满头白发娘亲的眺望，还在磨盘上盘桓。

妻子送到村口的背影，还在月夜逗留……

我来，踏着雁门的鼓声，迎着号角、旗帜，蜿蜒在风里、雨里、烽烟里!

是试刀石上的灰尘。 是古关道弯曲的历史。 是分道碑的落寞。 观音殿的慈悲。

我来，就着风雨，咽下苍凉，在雁楼上高声吟哦!

来来去去，雁门关就这样割据在心头的位置，春天草满关山绿，冬雪苍白巨龙首。

来来去去，战场上呼啸的马蹄、剑雨、炮火，想念炊烟和田野，想念橘色的烛光。

我来，历史丰盈，英雄的血肉丰盈。

雁门关因此有了更盛大的留白!

满目沧桑后，历史不高不低，点燃你守望的关城、天险门；点燃你内心的烽火台，狼烟飞过城墙、垛口，尘烟轻缓落在磨秃的长条砖上。

来来往往的脚印，一行行整齐排列……

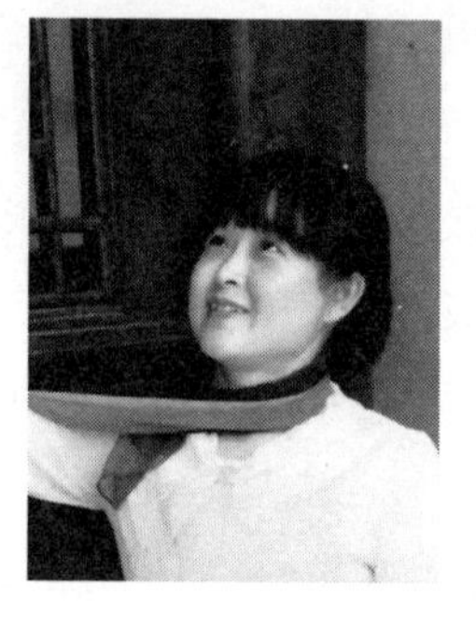

温秀丽

温秀丽,笔名温暖,1973年生。山西省作协会员,朔州市朔城区作协副主席。《朔州晚报》副刊编辑,《新诗刊》编辑。著有诗集《只如初见》《长川寄情》等。作品见于《诗刊》《星星》《诗选刊》等。诗歌获第七届"观音山杯"全国诗歌大奖赛一等奖等多个奖项。

状元桥

状元桥，其实也不算高。 是桥下的树显得低了些。

在大禹渡，在黄河边，我避开流传了千年的传说，不纠缠于“步云桥”还是“状元桥”的称谓，只想着他们就是一样的木头，有着一样的根。

已经初冬，我和朋友们相约来看你，看你置于苍茫之间的淡然，看你与山与树与水之间的宽度、高度和长度，能否安抚我战战兢兢的内心？ 让我迈出的每一步都坦荡从容？

桥头与桥尾，两双搀扶的手不离左右。 温暖，让山不再高，风不再冷，桥身也不再抖动。 桥真的没有路长，或者说桥本身和我一样，时刻在路上。

面对一切尖锐恐惧的东西，我决定随顺。 不嗔不怨，回到自己的内心，无挂碍，所以无有恐怖。

神柏

一直相信，一种东西在覆盖另一种东西前，总要掩盖一些不可言说的意念。

神柏的高度是一棵树灵魂的高度，是温暖，是宁静，是远眺黄河时的辽阔和从容。

透过神柏的遒劲，我看到了大禹，看到了坚韧的力量。

多少年来，神柏选择依水独立，选择在黄河的黄里，洗濯自己，尘世的繁华与喧嚣已然无痕。

此处的苍茫与别处的又有何不同？

在雷雨和霜雪之间，不管是孤独还是繁盛，神柏始终擎着自己的风骨，供养着慈悲。不需要谁替他说出对这个尘世的爱有多深，只要行走于天地之间，能天天看到母亲河或轻缓或急促的流淌，就安然了。

花开现观音

十九米只是世俗的高度，在一些人心里可以忽略不计。

你肯定坚信，我会来，会忘掉右膝的疼痛来寻你。从禹王庙下来一步三摇，台阶多少没有细数，只想着一睹观音的真容。让心暂时离尘出世。

退一步是为进两步。只要我能迅速地见到你，疼痛无碍，时光无限，山河无疆。

音乐声中，你的圣水清洗着我蒙尘已久的心。我望着你，你看着我，从此念念不忘。

只要有你，有缓缓盛开的莲花，我会毅然选择另一种高度，将慈悲和宽容举上头顶。

选自《星星·散文诗》2015 年第 2 期

清荷铃子

清荷铃子，本名祁宏玲，1973年出生，现居连云港。教师。江苏省作协会员。诗作发表于《诗刊》《星星》《散文诗》《散文诗世界》《中国诗歌》等报刊。著有诗集《清荷铃子诗选》，散文诗集《豆娘》《豆娘新章》，获首届和第二届“花果山文学奖”、第六届中国散文诗天马奖等。参加第十二届散文诗笔会。

穿过村庄的河流（组章选三）

一　穿过村庄的河流

这条河已经成为妈妈的经脉，时间在那里汩汩有声，
我时常沿着妈妈深深的呼吸，逆流而上，
抑或，顺流而下。

妈妈幽深暗蓝的眼睛，常常浮动着流萤的眼泪，它的睫毛那么湿，
嗨，那么湿！　拨开它，我看到一道弯曲的红血丝，
像一条迷失的路，一段逝世的时间。

妈妈，妈妈，我还想你闪着柠檬光芒的乳房，

在那个傍晚，垂落着的，被我甜蜜地含在嘴里的，喂饱我饥渴的胃的乳房。为什么不让我再看见，只与大雾中的苦菜花摩摩挲挲？

我的翅膀被秋风击落了，当我抱着一朵苦菜花，

向你一再地索要着乳房的时候，我看到一群流萤向我飞来，我不想吃这个世界上的任何食物，

我只想拥有一个柠檬光芒的乳房。

妈妈，我只想让你再生我一次，

用你蓝莹莹的水，用你蓝莹莹的眼，用你消失了的有着柠檬香的乳房，

哦，最好也给我一对柠檬光芒的乳房。

二　桃李不言

我只是坐在一条河的对面，坐在一面白墙的对面，

只是看着白墙慢慢风化为沙，河面上慢慢漂来树叶、花朵和雪……

阳光很迟缓地从我身体一次次抽离，

黑暗一次次靠近我，将我掩埋。 我只是坐在离小镇不远的海边，只是看着船儿出港归港，看着阴晴圆缺。

很多小路只有我一个人走过，很多河流只有我一个人淌过。

只是，一朵桃花开了以后，许多桃花也跟着开，一只蝴蝶飞来，一群蝴蝶也跟着飞来。

在一个冬天的夜晚，我冷，我饥饿，我学着一只蛐蛐叫。

很长的一段时间，我没发现昆虫的影子，却发现一只麻雀在纱窗外偷窥，并且跃跃欲试。

我的幸福一动不动，我的悲伤一动不动，

我的欲望啊，也一动不动。我只看到，路上的行人经常怀孕，经常发疯，经常走失，死亡……

我经常拉上窗帘，再拉开窗帘，

像叶芽一样，将梦放出去，再收回来。我这样调换空气的时候，弯曲的天空，很艺术地环抱着圆球形的思考。

我确实看到了一列火车从那里奔驰而来，

那类似我的心一样的东西，突然照明了天地万物，我看到所有的花草树木都会写诗唱歌……

三　干旱的情歌

我是河水与草叶上的生灵，我在它们之间穿梭，

与花草们亲近又别离，我们的关系取决于不断升温的天气。

尽管我曾一度美得让人疯狂，让人为我朝思暮想，

但是，我不是爱神，我的爱唯一，吝啬。

一只蓝豆娘还记得我，记得我们与世界一起旋转，

记得我们将白纱裙脱在岸边，与阳光在湖面上旋转。

现在，我血液里的这位陌生者，不再听我指挥，说走就走了出去，

"樱桃小嘴、柠檬乳房，黄金的泥土、灌木丛、草地，雨哭泣的声音，心肺撕裂的声音……"

一条摇摆的晒衣绳上，朝下俯视的脸庞，看到无数的双手，

无数的眼睛和嘴巴，都在匆忙赶路。黑夜在他们中间流逝得非常迅速。

选自《散文诗》2014 年第 9 期头题

颜　儿

颜儿，本名杨燕。曾用笔名陌上纤尘、酒红冰蓝。1973年生于江西南昌，现居贵州。贵州省作协会员。作品散见于《中国诗人》《散文选刊》《散文诗》《安徽文学》等。

垂钓光阴的老人

晨昏暮霭中，有落日西山外的鸟儿，也有向晚的雨水。

垂钓光阴的老人，把自己余下不多的岁月一起垂钓。春似眼波流转，折叠一纸空山。越来越瘦的身影。

多少年，我不曾看过父亲河边钓鱼的样子。此刻，我在远处，在高处，安静目睹，这样质朴的画面。一根长长的钓丝，一头在老人手中，一头在水里。仿佛要静守千年，又似短暂的一瞬。要怎样的耐心和坚守，才能静对一方水土？

一个时辰，两个时辰……

没有一只鱼上钩。父亲说，如果没有鱼，也是垂钓一种闲适的心情。青山绿水，最是人间四月天！几十年往返于河滩，以水为镜，照见生命中，渐次苍老的自己。

风来雨去，听见风中有碎石、草叶、虫子的动静，灵魂在更深的水里，相互撞击。

与自然对话，和自己的影子坐在一起。

干净，澄澈。忘掉人间还有雷鸣、闪电。

老人，水面，风若有若无地吹。禅意深深，这细碎的、真实的、似梦非梦的光阴啊！ 回忆当年，父亲钓上的鱼，熬成新鲜美味的汤，伴随女儿的成长，然后是女儿的女儿一点点长高……

父亲老了，多少温情静默在水中。

接近自然，接近水面，树叶、花影、父亲黝黑的脸、皱纹同时落在水波里，竟然那么美。

一只飞鸟的注视

记忆中，我曾靠近那棵老梅树。

白梅开在刺眼的天空，分不清是梅朵，还是云朵白。

一只鸟儿，坐在枝丫间，默默注视人间，和来历不明的我。

有些陌生、紧张，也有些不知所措。 我必须安静地站立，报以微笑。 看见它天使一样的羽毛、黑黑的眼睛、灵巧的身体欲把整座春天叫醒。 梅白，鸟儿站立的枝头，增加了梅的高度，梳理羽毛，注目天空。

我与鸟儿对视了很久。 感觉一座空屋被打开，我穿过厚厚的云层，轻灵地落在它身边。 两个王国的寂静。

鸟儿变成了草芥，悄悄又长了一截，梅朵的香仿佛淹没在静止的春光里。

而春光不是静止的，每分每秒都有新鲜的事物涌出。

鸟儿在飞翔之前，安静注视远方。 终于，我们看见彼此目光中，相同的那一片天空。 飞翔，也是瞬间的事。 而飞翔之前，鸟儿需要积聚的勇气、沉静、审视与分辨是非的能力，干净澄澈的想往，面对突然撞入的生活片断，是怎样的接纳与领略！

选自《中国诗人》2016 第 4 期

镜像——蜡梅·蝉翼

一只蝉，冻结在盛夏。

浅浅的黄，惹人怜爱。 它微凉的唇，薄薄的翼，站在枝头，转瞬零落。

一只蝉怎么会绽放？ 是的，世间万物，都以不同的方式努力打开自己，然后悄然合上。

淡淡的香，骑在岁月的枝头，不肯离去。

蜡梅，在镜像中，总让我有一种错觉——

它不是单纯的一朵花开；它是一只会呼吸会飞翔的蝉；

它是孤寒中无数羽毛的轻，贞静，坚毅，定格在流年镜像中。

单薄的翼，轻轻颤抖，等雪来，等生命的白驹过隙。

每一段短暂的生命，都是一场轮回。 倘若你还能记住一朵花的香。 悄然绽放，从冬天寒冷的路口，抽身而出。

不，它不是落。

它在起飞，从空荡的枝头，腾空而起。

选自 2016 年 5 月“中国散文诗研究中心”微信平台

谷　莉

谷莉，生于1974年，曾用笔名风轻语，网名谷子。居黑龙江省佳木斯市。电台主持人。诗歌作品见于《诗刊》《诗选刊》《星星》《散文诗》《延河》《绿风》《诗林》等。有诗作入选一些年度选本。

不死的琴被万物倾听（组章）

蓝紫色的迷惘

为你备好了寂寥，月光吟唱的虚缈。

仿佛要见梦中的情人，他还年少，而我的头发依旧乌黑、闪亮。

当阳光摊开手掌，无数条耀眼的绳索捕住眼角的风霜，那头上的雪再也无处躲藏。

可是我的目光啊，为什么还没长大？

痴痴地望着你，像一片画在树上的叶子。

不可觉察的风在你的脸上轻吻，两耳被知了笼罩，灌满浓浓的阴凉。

忽然，白色蝴蝶掠过你肩膀，你的眉禁不住被喜悦包抄！ 无数蜜蜂在你的唇上制造甜蜜和幻象。

叶子是多余的啊！ 当我俯身、抬头，你的伞一样的头颅高过了树木，甚至云朵。

最不可思议的是，我看到你的身份证了，你不叫薰衣草，你是马鞭草啊！

我感到了疼！ 这荒谬的疼啊你可曾有过?

我走了，请不要再找我。

我在小野菊的心里，我在无忧草的梦中。

素歌行

人间的风和天上的云握手，万物各得其所，在神的指缝间默默穿行。 不信奉，不妨碍肃穆之声的照临，胸口放出高远的安宁。

无须听格里高利的指令，径自取一盏烛火。 黑夜这顶大帐篷，常常被星星射出许多洞，在洞口，两种光相逢，私语如流萤。

迷雾渐渐萦绕、升腾，辉煌的廊柱间增添了暗涌，不由想念前生。

树上的果坠落，河流缓缓淌过面容，一条船扣留一双眼睛。 坚硬的木板，被昨夜残留的梦描摹，迸发的帆影消失于曙色。

教堂的钟声再次雕刻晨光的萌动，流烟泯于水声。

墙壁高挺，中世纪的草木怀抱僧侣，阳光下，他们排成人字形，恍如大雁，却不能飞向天空。

而我，已脱下肩膀上的负重甚至水流与鸟鸣，直接用肺腑里的歌声与醒来的宇宙呼应。

据称，有一种超感是魂灵，不死的琴被万物倾听。

时光之约

雨落在昨天的墙壁上，剥落大片大片的黄斑，阳光参与进来，那剥落的斑点就有了蝴蝶之态。

花儿在雨水中清洗眷恋，滴翠的叶子闪耀于粗壮的枝干，许多钻石碎成点点星光。

夜来了，白色月亮携幽蓝色的大海涌入房间。

眉毛渐弯，月渐弯，在幽暗中收割纷落的盐。 那颗粒感，将锋利的月牙磨圆。

圆了又尖，落叶与花瓣制造生命的涡旋，雪的琴键敲击春天。

流沙敷面，居然丝绸般柔软。 在从容的水墨间，还存活的石头忍不住泪水飞溅。

你站在窗前，花儿再一次修饰你的脸，流泉穿过远山，洗濯你的眼眸。

雨水又来，如马蹄踏过你的心房，一声呼啸拱起坚定的屋檐。

选自《散文诗》2017 年 3 月下

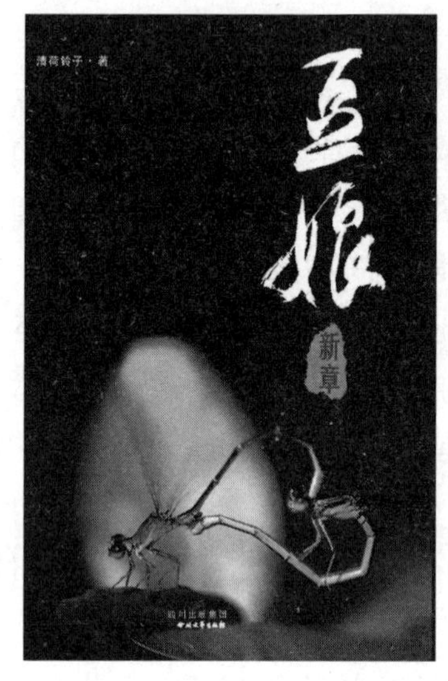

青蓝格格

青蓝格格，内蒙古人。1974年出生。中国作家协会会员。作品散见于《人民文学》《诗刊》《诗潮》《星星》《青年文学》等多种报刊及年度选本。参加诗刊社第二十七届青春诗会，就读于鲁迅文学院作家班。著有诗集《如果是琥珀》《石头里的教堂》《预审笔记》等。

对寂寞的修饰

一

我看到一只寂寞的蝎子。 它婴儿般的笑靥与它的毒性形成了强烈的对比。

是的，我看到蝎子在笑呢。 它的笑容穿越了我，在阳光的身体上留下亮晶晶的翅膀。

而我的翅膀在雾霭之中，仿佛一座孤坟。

我只有一只翅膀，还是隐形的。

我眼睛里只有一片落叶，落在白色的颅骨之上。

颅骨很冷漠。

它与其他的骨头不一样。 它可能有思想。 它可能很寂寞。

它的寂寞一定超过蝎子对寂寞的渴望。
它没有毒，它只是一段漂流的岁月形成的一道黑色的伤口。
类似寂寞。

二

时间过去很久了，思维的大河却不知为什么变得浑浊。
一个人在浑水中摸鱼。 但不是我。
呵，场面真宏大。

可以肯定，他并没有摸到鱼。 你看，他已经走向深深的沼泽。
他的眼睛会因此而失明吗？
他是否能够永远地成为沼泽的融合物而与寂寞混为一谈？

以上这些都构不成疑问。 其实他早已经摸到鱼了。
他摸到了。 他摸到了缓慢与平坦，他摸到了强大与热烈。
他，摸到了我。

他摸到了我的心，雪花一般飘落……
嗨，天空那么寂寞！

三

是什么在万物之上，将我们淹没？
又是什么在万物之下，教导我们成功或失败？
这一上一下啊，这一下一上，在恍恍惚惚间又被谁的寂寞一劈两半？

置身黑暗的人是寂寞的。 得到怜悯的人是寂寞的。
入乡随俗的人是寂寞的。
许下诺言的人是寂寞的。 枯坐的人是寂寞的，装模作样的人是寂寞的。

我是什么人呢？
我在你的肉欲里充满欲望。 我在你的强大下充满强大。
我让你弯曲，我让你感到惊奇。

我是你小行星系里的母亲，你必须用你的赤诚召唤我回来。
然后，再与我共同守住这杀人不见血的寂寞。

唯有寂寞，既在万物之上，又在万物之下。

四

如果我闭上眼睛，我就不会再睁开。
我要在将我的大好年华全部扔掉后，做一场心灵的皈依。

我要称一下朴素的重量，然后为它重新命名。
我要找到那些无耻的温柔，与它们成为弟兄。
我要在一个狭窄的摇篮里，揉碎狰狞的欲念。
我要在反反复复的思考与疏离中为生死都穿上红妆。

哦，快送我一只镀金的船吧。
如果我闭上眼睛，我就真的不会再睁开了。

我需要永恒的寂寞将我焚烧。

我需要。 我需要一次跌倒，我就真的跌倒了。
我需要一枚梧桐叶作为记忆的主题，我就真的得到了。
多么圆满啊！
忽略草叶上的寒露与我的饥饿，我成为被尘埃遮蔽的那部分。

你们谁也看不到我，你们谁也得不到我。 包括寂寞。
纵使你们看到或得到，你们也摸不到我的身体，因为我在别的世界。

呵，寂寞。 你快点吃一些安眠药吧。
你最好睡去，不再醒来。 你最好钻进我柔软的胸脯，做我心灵的花瓣。
呵，寂寞。 你最好结果，成为我私生的女儿。
呵，寂寞。 你最好仿造一朵玫瑰吞噬一朵百合……

呵，寂寞。 你看，我把你修饰得多美呀……

选自《星星·散文诗》2016 年 7 期

卢 静

卢静，出生于1974年，现居山西河津。就职于企业。山西文学院第四届签约作家。作品发表于《诗刊》《青年文学》《星星诗刊》等报刊，收入多家选本。出版散文集《谁谓河广》。获第七届中国散文诗天马奖。

大河的宴席

一

年深日久，我回忆着河上的落日。

不可阻挡的黑夜降临了，一条矢志不移流动的河，当遍布周身的光彩与苦难波涛消失于我的视野，岸，却慢慢升起庄严的景象。

又是零点，我投入急剧起伏的史诗。

我真正遇到一条河，不是因为一线光逝去的话语，而是被它质问的全部光辉。

我的河，从旷野天际的缝隙驰来，我从未见过绝世的飞翔。

我的唇，深吻它的额头，大河突然收拢了羽翼。

一道闪电拍摄的右心房，冲洗出我不敢想象的幸福。 鹿鸣远去时，大地上灵动的水，闪出永恒的光。

我一直想向蜿蜒的地方去，看波浪的曲面一点一点涨起，又缓缓下落，浪头上有一朵红花，既不过深，也不肤浅，恰如其分的红。 上帝瞧了会说它是好的。

而我，吃了点东西，等待一个隆重的黎明。

二

生活的记忆里，红墙、高柳、城根、人声。 我的河上，却是蒸腾气象中无比闪亮的日出。 我拉开一扇门，圆圆的，是我的瞳孔。

你抬眼瞧了河面，低低说：做一个精神明亮的人。

自然，还有绝望的落日，点点滴滴，直渗入眼底。

那就是永定河。 童年，有几个解蝉鸣方程的盛夏，在它批注的古都度过？瞄准桥孔的日出日落，击中睫毛下的我。

蜂采过的空气，正在马兰花的头颅上战栗。

云采过的中条山脉，是孩子左心室比雪白的神话。 挖掘峰尖的河，一滴解毒，洗亮我暮年的眼睛。

只是，一朵忽明忽暗的红灯呢？ 它孤悬矿山的脊背猜谜，又潜入乌煤亿万年的氧吧里怒放。

邪恶的精灵，都被大树的腹语拆解。

蜂巢里的爸爸驼着背，依旧艰难地酿造口粮。 大地的喘息里，从山巅降临东平房二十号的小火炉，是我一切动词的花蒂。

三

后来，我居住在更加浑厚的大河上。 睡着她无法言说的黄色胸膛，声、画、诗，都是时间起点的献礼。

无数水分子正在结晶，千姿百态。

我抱出一颗水珠，却不知它滚到哪里了？ 苦楝豆，或者叫“黑甜甜”的野果上吗？

风暴的出口，谛听大地号子的小草，都是它的河道。 一个赶来解答的艄公，鼻翼下的峡谷滚满古铜色的皱纹。

听！ 每只沉重的犁尖，每一支羊毫，每个窑洞都是它坚强的河道。

龙门峡口的涛声，填充了我的枕芯。

凤凰巨大的七彩双翼，拍打着装饰一新的屋顶，是衔起太阳的那一只。

谁把城墙戳了一个洞？ 又把扭结的广场与村庄，装订成超越荣辱的史书，螺旋上升的封底，奔涌深厚的光辉。

我的城，另有一个自由啼鸣的天堂，尽管小。

我走过它时，天幕泛出透明的光，浅浅河水一般倾泻，凸现乔木的影子。

这锁眼里的王国，毫不客气地偷走我的呐喊，摆放到广袤之地。

四

门票昂贵的宫殿，在一个女人分娩时，漂浮着温暖的海水，身躯里的河流从四极八方汇聚。

我头戴黄金冠冕，摆尾游弋、嬉戏……

原来，蓄满力量的地壳，是一粒被光认出的草籽。

惊心动魄的独幕剧迸发前，一切色彩早已就座、喝彩，一切回忆早已出发。

据说有人丢了钥匙，所有的人都不向他打开房门，从窗口掷出来辱骂。 一无所有的人，最后逾越城墙，在一条河边找到了门。

我想念守门人。 一张多么坦阔的床啊。

一条河，一片天空，就这么简单。

冬季到了，河流裸露肌骨。 冰块举起棱角，表白许多能叩响的悲喜。 当春天囚住爱时，时间变得透明，又回归到一片水，一片天空，就这么简单。

选自《伊犁晚报·天马散文诗》2013 年 11 月 1 日

娜　也

娜也，原名张娜，1974 年生，河南滑县人。中专教师。河南省作家协会会员，河南省散文诗学会理事，滑县作家协会副主席，著有散文集《静等花开》《风信子》。

像植物一样生长

我安静不下来的时候，就去看一朵花、一棵草，或者一根藤蔓。该开花就开花，该结子就结子，小蚜虫爬上来也不着急。

我去看它们，就像一个孩子去寻自己的伙伴儿。因为在他们身上最容易看清自己的模样。

天气预报说“有雨”，果然下了。

植物是听不懂天气预报的，就像我们无法预知明天的命运。而我们，在不确定的事物面前不能像植物一样，保持安静。

发芽。开花。结子。然后，轮回。

当我的女儿和我一样高，我越来越像我的母亲。我的母亲越来越依恋老家，像一株植物离不开脚下的土地。

安静，坚守。

我在情怯的时候保持沉默

父亲节那天，女友写了有关父亲的文章，惹得我好几次落泪。

我也曾不吝啬言辞，这样的文字也写出了好多。但现在——怯。

怯。就像我面对最爱的人会停下脚步，又像手边放着极其精美的青瓷却不敢触摸。因为怯，所以迟疑。

我在情怯的时候保持了沉默。在父亲面前，我越来越不善表达。

父亲的瓶瓶罐罐排了大半个窗台，站成一个队伍等他一一检阅。白发，弓背，越来越频繁的咳嗽……吃药就像吃饭一样应时，定量。

默默地，在他坐过的沙发上捡起几粒面包屑；默默地，在他住过的房间里感受他的气息；默默地，在他走过的道路上看到一个挨饿求学的孩子……

默默地。我再也不是那个擅长嘘寒问暖的孩子了。我最怕听到的消息是：他又加了一样药。

父亲节那天，他在我们的家里，我在我的家里。我的父亲不知道有父亲节。

我沉默着。

选自 2017 年 8 月《作家周刊》

于琇荣

于琇荣，1974年生，山东德州人。山东省作协会员。有小说、散文发表在《文艺报》《黄河文学》《山东文学》等报刊。小说《向北方》获“齐鲁文学年展2013”小说类一等奖，散文集《碎碎念》获“首届齐鲁散文奖”。鲁迅文学院山东班学员。

赴一场混沌不堪的花事

一

一缕冬心不甘，星点残雪未还。

嘤啭青鸟唤春至，犹自迟疑两三。

写于春分的词句墨迹未干，迎春花已吐露了黄色花苞。随后，杏花白了，桃花红了，榆叶梅紫了，一夜之间，世界嘈杂起来，混沌不堪的花事来了。

为了不负花期不负春，顺着花迹，走进季节深处。

追逐着，从南到北，从红梅残血，到荼蘼春尽，及至彼岸花凋敝。待一年花事终了，花已全落，叶稠荫翠，才惊觉，年已过半。

新的季节轮回又开始了。

二

太阳隐没天际，霞云褪色，星月喑哑。

一片稚嫩的桃林，被午后温热的风催发无数花苞，像北宋仕女图里的丫鬟。有鸟，在林中急促啼鸣，喜鹊？ 或是乌鸦？ 像福祸，等不到结局，看不清悲喜。

走过村庄，凄切的唢呐声忽远忽近。 不知是谁，被埋葬在这个美丽的春天。隔墙院落里，为拿三十元还是五十元的份子钱争吵——这原应是死者没料到的事。

车流涌入逼仄的街巷，窒息感扼住了喉咙，透不过气来。

路灯亮起，虚缈的目光被光线牵引。 我看到了影子——一个永远不会背弃的自我。 心不再清寒，竟欢喜起来。

手握一张车票，单程车票，不为奔赴，只为填充期许的空白。 逃离，逃离到异乡，用乡愁，把故乡描绘成梦里的样子。

有雨，淅淅沥沥地打在车窗。 书摊开来，并没有打湿书页，却已看不清字词实际存在的意义。 心绪湿漉漉地，能拧得出水。 便发起呆来。

旅途，总是忧伤的。

忧伤，让人生有了况味。

三

小镇，有着交通不便所独有的静谧和淳朴。

民宿门前，左边一棵垂柳，右边一棵垂柳，我在两者之间枯萎，站成第三棵垂柳。 这是一个人旅行的象征吗？ 抑或是一个理由？

油菜花漫山遍野，美得想哭。 想到凡·高，泪就流了下来。

坐在隘口，眺望着，臆想远山后面的日落。 旁边有花，不要多，一朵就行，开或不开，没关系。 来，就是为了唤醒爱的——无论是广袤的震撼，还是个体的卑微。

春意在每一条毛细血管中流淌。 竟无端涌动起离别的隐痛，我想我是爱上了这儿，用一颗独处净化过的灵魂。

一个人的寂寞，晾晒在三月的阳光下，没有犹疑、纠结，以及任何一个用乱麻写就的字眼。

时光刚好，用来遗忘，用一朵花开的时间。

空寂，在每个角落无限蔓延，能清晰感受到时间在滴答滴答地流逝。 我消磨着时间，消弭着寂寞，体味着苍老在体内生起一层绿茸茸的苔藓。

清风徐来，碧水微澜，叶子哗啦啦地响，花噼噼啪啪地开。 一瓶十一度周庄白糯米酒。 景致？ 酒精？ 是哪个先期到来把我灌醉的。

此刻，我迷失了。

四

樱落春半深。

说好的艳阳呢？ 我翻看着天气预报。

轰隆隆的雷，潮汐一样，一叠一叠撞击着耳鼓，那里发生什么？ 夜色灰蒙，山峦像尖锐的狼牙起伏，一点一点吞噬着黑暗。

好运气和坏运气相隔的，绝不仅是善恶，还有偶然。 也好，也该需要除人以外的自然发声了，以此昭示，人不是世界的主宰，只是过客，和万物生灵一样，寄居在此。

这是彻夜难眠的馈赠吗？

澄净湛蓝的天，没有流云，没有风。 樱花胜雪，恣意、决绝、肆无忌惮铺满山谷。 一切静美如画。 灵魂已于视线先期抵达彼岸，惊呼，泡沫一样，偃息在呼吸里。

游人如蚁，喧嚣于尘土之上。 树垄下，落樱如雪，被踏碾成泥。 收起一簇，埋在树根下。 再收起一簇，掩埋在石阶旁。 漫无边际的落樱和纷至沓来的脚步让我沮丧。

趋之若鹜为何而来？ 贪婪和节制较量，感官是唯一衡量标准。 花开、花落两重天，一念生，心竟悲戚起来！

脚步迟缓，归结于灌木的羁绊……无稽之谈……灌木阻碍不了前行，它高不过尺半。 是甘愿选择在魅惑之外，承受炼火焚心的煎熬。

与其固执地，去焐熟一块生铁，用不合时宜去讨石头的微笑，不如，身处局外观望花的始终和枯荣。

观望，不悲伤。

芷　兰

芷兰，本名岳令团，1974年出生，河南伊川人。中国诗歌学会会员，中国散文学会会员，伊川县作协副主席，现任职于伊川文联。出版五部文集，诗集《在水伊方》获洛阳市对外形象宣传六个一工程奖，作品散见于各级报刊，先后十多次获奖。

在秋天

一踏进秋的门槛，心灵便在秋色里蹁跹。

坐在秋阳的怀抱里，罅隙里藏着秋果喜悦的笑脸。

南飞大雁呢喃的歌声和着斑斓的羽翼，导引着你把彩衣一枚枚裁剪，哗哗啦啦炸响一地，在秋高气爽的日子里澎湃着释放。

云蒸霞蔚，湖光潋滟。

风吹过，心中的希冀被拉长，欢笑着奔跑着，倒挂着一片深邃的蓝。

脚下，秋草丛生，纵横交错的阡陌，织成一排排婀娜的音符，倾情交响。

梦里，花开的声音，演绎着蝶飞蜂舞。

月光飘洒，把收获与喜庆泄向窗棂，洇散出生动的图画。

季节的歌谣揳入灵魂深处的景色，无处可逃。

秋雨

从遥远的天际而来，舒舒缓缓地舞动着裙裾，让一些美丽更加透明。

不止一次地与秋雨相遇，可是前世烟雨的弥漫？ 一蓑烟雨任平生，那份情怀，蹚过岁月的小河，敲打尘封的记忆。

或许早已心淡如水，此时此刻，飘逝的芬芳轻轻弹拨着我的心弦，滋润荒芜的原野。

万籁隐逸。 梦，在风雨交错中飞翔……

走进雨幕，听雨沙沙，感雨绵绵，情不自禁撑一柄油纸伞，像丁香姑娘一样徜徉在飘飘洒洒的尘世。

茫茫细雨，潢潢泱泱。

大地的心灵之窗袒露出串串涟漪，惊起一帘幽梦。

聆听雨打翠竹的韵律，灵魂得到舒展，无须富贵，无须权利，倘若有那么半丝半毫对雨的奢望，终会被蒸发、干涸。

伸开双手，让雨浸润，一种净化，一种从容，一种淡然，一种超脱，无以言表。

雨落有声，风过无痕。

在秋雨的柔情中栖息心灵，远离世俗的喧嚣，在一处没有红尘烦忧的地方，依天地而歌，傍山水而行，何其逍遥自在。

该来的自然来，该走的留不住。

拥吻秋雨，凉凉的，甜甜的，像梦境里的吻，那份幸福，那份渴望，那份牵念，那份柔情蜜意，荡气回肠。

秋雨潇潇，澎湃着，波动着心之魂魄，欢快地奔向远方，永不回头……

选自《河南诗人》2016 年总第 36 期

苏雪依

苏雪依，中国作家协会会员，作品刊于《中国诗歌》《光明日报》《散文诗世界》《文艺报》等报刊，入选《中国精短美文精选》《中国散文诗精选》《山东作品年选》等选本，出版散文集《疏山梅影》《雪启轩窗》，散文诗集《明媚与绽放》等。

与君书（节选）

一

做一叶茶，在你必经的路上。

所有的露珠都化作泪水，所有的成长都为了一双净洁有力的手。

你采撷，我幸运；你漠视，我痛楚。

二

问我为何藏在厚厚的壳中，因我的心太脆弱，一粒小小的潮水，便足以让它受伤，落进生命的深渊。

摘取你的微笑一片，作为我永恒的春天。不会有哭泣，不会有忧伤，这小小的城堡，永远是爱之初的模样。

三

我想拥有蜻蜓的翅膀，轻轻飞过你的梦境，飞越你的心灵。

那里平静如镜吗？ 那里激荡如涛吗？ 那里危险如峙山吗？ 那里，快乐如青鸟吗？

四

我要将这杯酒饮下，趁着良辰美景，趁着春风眷眷，趁着貌美如花，趁着你的心，还未曾改变。

五

是的，我想禁锢你，像禁锢禾苗在我的泥土，禁锢燕子于我的房檐，禁锢蔷薇盛放在我的月台，禁锢你，只在我的心窝徘徊。

六

我喜欢你是寂静的，正如你喜欢我如此。 人群中，我一眼便能认出你的方向。

喧嚣中的沉落，像两只熟透的苹果，飘向大地，沾染了彼此的香气。

七

你的眼睛，是清澈的湖泊，我没有一叶舟，可以驶出它的领地。 我甘心地游弋、沉沦，直到坠入你的心底。

八

爱情自私到了极点，也珍贵到了极点。 谁见过明月般的珍珠，可以随手赠人呢？

九

热情如火，又以汗水浇熄。 这一个故事，完成在日曦时分。

十

你没有见过我，最美丽的时刻。

在低眉沉思的时分，在忧悒怀想的瞬间，在探索生与死的秘密的黄昏，在泪水轻轻滑落转身的夜晚。

十一

我是我自己，不是你试图比较的任何女子。 尽管她们更妖艳，尽管她们更年轻，尽管她们更可爱。

我的唯一，是智慧的泉水，日复一日，濯洗身心的疲惫。 为此，我如婴儿般纯洁，比婴儿对母亲的爱更忠贞。

十二

于千万人中遇见你，于千万人中爱上你，于千万人中和你相偕一生。 我不得不相信，你是我今生美好的宿命。

蓝　狐

蓝狐，彝族，1975年生于云南蒙自。云南省作家协会会员。作品见于《星星》《散文诗》《散文诗世界》等各地报刊，被收入《中外散文诗60家》等多个选集。出版诗集《月色如水》。

彝人古镇

陌生的天空，阳光比闲人慵懒。把自己丢在古镇一角，天地，犹如彝人史诗般高远。

比邻而坐的，是一异乡老人，空茫的眼神，点不燃毕摩广场篝火。

含糊的思乡话语，莫名地叫我心慌。

又或许，每个人的心里都有一座城。有的城，用来怀念；有的城，用来沦陷。

目光，如酒吧街的九曲回廊，喧嚣伴着沉寂。时而萧瑟，时而温暖。

一切尘封的，复苏的，都将被七彩的云带走，深埋于时光的长河。

而我，甘愿做这时光长河里的一艘沉船。

逢春岭

如若哪天相遇了，我定微笑问候，只为那些过去的岁月，有你。
关于未来，我会缄默并转身。
世界很大，很容易把自己丢失。 我也是。

空茫啊，如雾，如歌，如我心。
那些相依的鸟儿，不小心就被风惊散了，七零八落，飞向寂静的山林。
苍天无语，唯有一条小路，无限伸延。
放歌山野，歌声，也落寞。

绵延而上的，是几重天，我看不透。 而脚下的路，蜿蜒曲折。
没有蝴蝶和蜻蜓。 映山红，和大地一样寂寞。
我来了，走了，像无根的雨。
裙裾装满了风。 风吹，风又走了。

普达措

杜鹃开到荼蘼。
清寂中，上演一个人的独角戏。
清风，如旁白，总也不疾不徐。 鱼儿无欲争春，深潜水底。

静默的远山，伴着牛群。 牧场空灵，时空静谧而祥和。
无论身处何方，时空如何转换，若心没有归属，到哪儿都是流浪。
漂泊与搁浅，其实都一样，沧海终会变桑田。

南小燕

南小燕，1975年生，陕西兴平市人，现居西安。诗作发表于《诗歌月刊》《星星·散文诗》《散文诗》《散文诗世界》等报刊。作品入选多种年度选本，参加第十七届全国散文诗笔会。获第六届中国散文诗天马奖等奖项。出版散文诗集《一滴水的修行》。

在西藏

虔诚，贴着胸腔。

每一步挪动都与内心的鼓点合拍，我带着自己的脚，圣地的光芒带着我的心。

一尘不染的空气和蓝天，早已备好。这是一片心无杂念的土地，随因缘流转。做这里的一株庄稼，随风舞动，做这里的一片落叶，随风雨飘摇……

我想无限深入到内心，笑可笑的事，流悲伤的泪，把自己完完全全地交给真实。

浅浅的微风里，经幡比想象中还美丽。

我忘记了在脑海中群飞的生生死死，只想在当下做一个有爱的人，欢喜的人，将毕生的骄傲褪到佛陀的脚下，顺随手掌的纹路，筛选正义和坚持。这一生都难以企及的一颗心啊！此时，我是如此紧握它，原来它本是一朵爱憎分明的花，小小的肉身里装满坚韧与博大。

在西藏，原生态的歌声随时在唱响，朝圣的人一步一叩首，他们磨破了自己的手，却擦亮了别人的心。 娑婆与梦幻，纯净与真实……高原上奔走的是宿命，更是风骨。

在西藏，每一个日子都饱含让心灵起飞的力量，你不再狂喜于拥有，不再悲愤于失去，爱就爱过了，恨就恨过了。 爱恨之间，便是真实的人生！

禅舞

美，是无尽的自由。

智慧，在每个人的身体里。

它需要激发，需要唤醒，需要以舞蹈的方式穿越谜团，抵达禅悟。 微风、夕阳、万物……我在其中，一切因需而转，一切因需而变，我的心可以是一片海，我拥有超越以往的包容，我的身体可以是一株草，我拥有前所未有的谦卑与臣服。 我更可以是一棵树，一座山，一片草原和一只挣脱鸟笼的黄莺……

我允许自己自私，也允许自己博爱，我允许自己坚强，也允许自己懦弱……我的嘴巴说过太多言不由衷的话，此时，它选择沉默；我的眼睛看过太多不洁的场景，此时，有清亮的泪水溢出；我的耳朵听过太多的谎言，此时，它只为一首梵音驻足……

原来，我的身体如此渴望表达，如此擅长诉说。 原来，有另一个我一直在我的身体里,它被压抑，被排挤，它是被我丢下的影子，充满老态龙钟的疲惫。

它翡色的情怀一直活在现实的阴影里。

如今，它在一支舞蹈里复活，忘我地投入，没有翅膀却如此轻盈，像朵朵莲花圣洁绽放，此时，它是最自由的创造者。 年轻或者年老的心一起热情，一起欣喜，一起纯净，一起童真。 一起为本自具足的生命起舞，为眼前的澄澈搭起一片爱的星空……

万缘眼前过，当下即人生！

那曲目

那曲目，本名孙玉荣。1975年出生，河北海兴人。中学高级教师。作品见于《星星》《诗潮》《诗选刊》等报纸杂志。参加《散文诗》2017第十七届全国散文诗笔会。诗文入选《2016散文诗选粹》《21世纪世界华人诗歌精选》等多个选本。

完美地活着

集灼灼的地心突围。暴动，指向盘古斧凿未尽的角。

何谓叛逆？何谓妖祸？唇页轻合，历史便盖棺论定么？

宏大的层面涂涂抹抹，细节就瘦成了游蛇。即使放下弩弓，也要淬金成剑，否则，石头也会变软。

一场风悲日曛，有的王为王，有的王为寇么？利闪如短歌，攻破久囤的肺腑。

高的高成月光，低的低成沟渠么？可以交出铜头铁额，可以交出呼云布雾的法器，可以交出怀里的山与泽。

但，魄在，灵在，核在，刀刀是伤，刀刀是生长。

世说，原荒有你的草木；世不语，这热土亦混融着你的血浆。

请允我暂搁鸿篇。

其实，你更接近不蛰伏的女子的旗。

要嫁就嫁与冬风，嫁与马鸣，嫁与落日。无王冠，草裙即可；无屋庐，岩穴即可；随你挥戈，随你呼啸，随你掬长江黄河；随你在倒下的地方，澎湃成一树一树的枫叶红了。

筋脉连着，骨头铸着，呼吸里共存着。

啊，英雄！ 你在我完美的世界里最完美地活着。

选自《诗潮》2017 年第 3 期

鏖战

北风，以冰川的庞硕，窒息了曾鲜艳的存在。

它抽干了草叶唯余的浆汁；封锁了河渠善睐的明眸；劫掠了家雀欢腾的讨论；薅光了老榆树最后一根瑟瑟的发丝。

尘土惊惶地逃窜，企图摆脱屠者的视线；

得了神祇纸片，旋转，沸腾，一路飙升；

几块瓦片失足跌落，粉身碎骨，一劫不可再复。 高处的东西本来就不一定是高的！

道路铺陈着僵硬的脊梁，麻木地指向混沌苍茫的远方。

行走的人，无法躺在温暖上，欣赏贵族们的容丰颜盛。 只能变成盾牌，冲进刀阵，去体验它撕扯肌肤的钩刺。 拉开弓就有了不回头的箭镞，拥有不倒的火焰，对于侵略，留给世界的只能是背水一战。

当北风的侧影，隐进冥冥的薄暮。 请扬眉吐气，将鼻翼四十五度上提。 鏖战，唯有不息的鏖战。《梁祝》是生活，《命运交响曲》亦是生活中的生活。 西望，一轮明晃晃的吹也吹不扁的红太阳……

选自《伊犁晚报 · 天马散文诗专页》2017 第 5 期

凉州词

你就是凉州词了，你就是那个临水举目的冷书生了。

你的手应是按在剑鞘上的，不是横笛，其实也不是赋诗。 天空再高再远也被收进双目，

有大块大块的风浮你的氅衣如旗。

想你此时的表情不够俊逸，却一如既往的坚定。 你允狂暴的沙砾锐响，但决不许骨头的碎裂。

你允一抹红唇中江湖的局部遁失，但决不许肩头的灯盏断掉恒心。

旁边，你的白马，打着响鼻儿，饮水。 暂忘蹄上的血色和疆场的战甲鳞鳞。

你坐下来，静静地陪它；同时，陪这十万川的东来及浩荡的霞光。

其实，你的温度是暖的。 当你把江山挂在一枚呼啸的箭镞的瞬间，乡心已于杨柳飞絮的昨晚，就翻过了孤城万仞山。

选自《诗选刊》2016 第 3 期

白　月

白月,1975年生。现居重庆,写诗,画画。获第八届台湾薛林青年诗歌奖。曾出席全国第七届青创会。入选《诗刊》第三十一届“青春诗会”。鲁迅文学院第三十一届青年作家高研班学员。著有诗集《白色》《天真》《亲密》。

徘徊的可怕

为了避免在梦里大喊大叫，我出来
我出来了。 翻过千山万水，翻着意识的跟斗
但我发现梦外更适合大喊大叫，明晃晃的，到处是镜子和漏洞
面对不真实的反光，更想去破坏
但我不想与自己搏斗
怎么办呢
蒙头睡回去吧。 睡不回去
要么在这边要么在那边。 而两边都一样
两边都一样，干脆我骑在墙上
骑在刀刃之上
我不叫喊，喊什么才好呢？ 让墙两边去叫喊吧
我沉默，当我成为裂缝

2012年3月19日

见面

还要等多久我不知道。

一定有那个时刻。布景是次要的，不考虑。

现在要选一张脸，一种笑，选一双可以安在黑夜里的眼睛。

经得起发现的眼睛。

选上上好的眼神——面对一堆沙子，还要选一种姿势：怎样把头埋进去。

选一只好手，自然的手。

选上的一声叹息也要带着一点甜味，应该像一层透明纸，通过叹息说出一句话。

什么话说出来适合你呢？不知你喜欢什么音色。我得选上一副好嗓子。倒不是用来歌唱什么，萍水相逢，不一定非要唱出来。

可以一起选一个话题，也可以不选。你说你的，我说我的。彼此也不听彼此的。会纠缠起来吗？我还需要选上一把无声手枪。

选一个快速的动作，如果必须，枪口对着自己：你再问你再问我就死！

空气要等到见面时选择。选择我们的空气。谁也不要进来！

现在，我还要选一个心跳，这个必须自己提前选好。人是自私的，心跳要靠近自己，最好紧贴着自己的身体。我希望我什么都明白。我想你什么都明白的。所以心跳一定不能过快过慢。

还要选好一个礼貌，包装起来，用一张手工纸。像我这样正襟危坐着。你开玩笑，我就走！

2009 年 10 月 14 日

表达的夜晚

太阳落下，不直言。

语言有顶峰的雪，干枯河流的把柄对准高高在上。

然后释它们，获得信任！

要更多的假如，直到肯定！

地平线——舌根深入，遥远处温度计吃不消，一望无际太有用，直到深秋。

夜里双眼紧闭，欲望探视亲密：多么熟悉。幸福的兵马俑。

它们存在，挖空心思。

不要让人看到复制的珍品，要供就供上粗俗的原件，原创的热情。泥巴应是潮湿的——雨露；也许唾液，筑建女性的天空；爱。

邀请鸟与云朵。任何时候。

宇宙的意思是这些：露水，眼睛，星星。

是这样的：拥抱是圆的！

这堆腐烂扩散的铁锈，发过的誓，从未使用过的伎俩。不用再焊接。

夜，偶然有灯光。孤独……百万个灯，真美啊！用得上照亮前程：

亲吻与撕咬，抚摸与枪决。

动作的蚂蚁搬运精神的粮食。时间的硫酸滴入宇宙。

这还是一座空城……

肉色之花，一朵朵空漂亮。空话在拍手，自恋地跺脚。

钢铁也不能压迫钢铁。

需要鲜血种植玫瑰。

开放嘴，大笑。 听到歌声燃烧：
夜深深深处，一尊雕像内部在运动：痛苦的铜，无法表现出快乐颜色。
心之呼喊，一尺之长，敏感的导火线，裂缝处，春草丛生。

2009 年 10 月 14 日

选自《冬日的回响》，北京师范大学国际写作中心 2014 诗歌周

李　萍

李萍，1975年出生于甘肃积石山，笔名冷子、茉栅。中国作家协会会员，临夏州作家协会副主席。现为临夏州民族日报社编辑部副主任。出版散文集《爱有多深》《积石山漫笔》《独舞者》《东乡纪事》，散文诗集《沿着风来的方向》《给风一个理由》。散文集获黄河文学奖、孙犁散文奖、敦煌文艺奖。

风领着我穿过河西走廊

一

风呢喃着歌词还是诗句，我一句也没有听清。

因为就像堆雪说的，风吹着风。

狂野的眼神，狂野的注视，狂野的时光，在时空交错的走廊，属于我的那条暗河，如此奔涌，又如此安静。

我的思绪叩响光阴的窗棂，触摸几千年的风霜雨雪，十万个漫漫长夜，一点也不多余的素材，丰满我空白的诗行。

我开始张望，我的思绪开始游离，我也开始想念。

二

我走的时候，老家的新麦已经入了磨坊，可是窗外晚熟的青稞，躺倒在大地的臂弯里，念念不忘一个铜奔马横空出世的地方，一个叫作汉朝的统治者，一手缔造了仪仗队的雄浑。

大片大片迷惑了眼神的金黄，搅和了眼神的迷离。麦子？青稞？那略带暗绿清凌凌的黄，明媚出晚霞一丝的殇，绿着，晃着，一晃一个季节。那贴身的衣装，纠正我的断言。玉米，玉米，就是那宛如青海湖边的油菜花一样明媚靓丽的画面，是玉米。

一截一截不知哪年城墙，用残垣断壁，描述了曾经烽烟四起的历史。

走出去。挤进来。一截土墙，绵延了驼队歇息的旅程。

绿镀身的铜器，一路风尘，涌向甘肃省博物馆的展厅里，只留下雷台三十多件信物，固守在标有中国旅游的一个公园，接受南来北往游客的膜拜。

我的灵魂藏匿期间，羞怯地站在一角原始瓷器的釉彩盉，各自用独一无二，告诉世人，那个空间，它们占用一个“最”字。

从重见天日那天起，深刻地被泅渡季节。

我的抵达，我的离去，没有惊扰一个安静的午后，多看几眼，而后告诫自己，瓷器面世的那年，虽为陶身，虽是一把黄土沾了水的故事，但它们的记忆已经风烛残年，它们已经被叫作“釉”的衣装裹身。

三

风电车，呼啦啦地，扯出一个又一个圈，不快不慢，不急不忙，在干巴巴的地方，做着时间的歌者。

那如我臂膀的叶片，像三叶草一般地盛开，而后迎风说话，讲故事。我分明听见卫青，听见霍去病，虽是摇下车窗玻璃后的短暂对话，但千年前的两个汉子，诠释了一切。

一辆辆载着风车之翅的车，从想念的路口，从记忆的身旁走开，有点慢腾腾。一个车厢仅供两只翅膀的车，贴地的飞翔，学着风车的样子，试图划开一个有点光亮的傍晚。

日子过成荒漠的风，任意游走，成就了诗歌，还有一个晃疼记忆的西画。

浓墨重彩的几笔，就差那么一笔，成世上的绝唱。

雨来的时候，一棵胡杨，恰好用一抹金色与我永别。

四

我的不算长的发丝，掠过凉州和肃州的目光。还有瓜州的惊愕。多年前的画面里，我的独行，像一本线装书一样，成为我儿子的显摆，当然，还有那些零星的文字，箭镞一样击中过某个人的心房。

因为遇见，注定的明亮，变得含蓄起来。

一个个感动，没有老态龙钟，估计只是覆盖了万千的遇见。

恰好此刻，你的抵达，暗合了我久违的心境。一杯咖啡氤氲的醇香里，再度翻开你的诗集，一遍又一遍，沉吟在你的江山，听着风沙相互温暖的话语，看着暗淡光影下空旷凸显的冷清，记忆的王国，开始摇曳千山万水。

此刻，被季节遗落的一些花儿，盛开了。

有时候，所有的文字都显得愁肠百结，哪怕再冷漠的词语，都在瞬间有了温情。

想必，此刻我在梦中。

五

有些场景，吻合一些心情，比如说那些文字里的秋叶，比如说文字里的冬雪，比如说一杯恰好此刻冲泡的咖啡。

突然，我的影子在你的江山里闪现，还有一些想奔跑或者步行的冲动，以及撇开一切，静坐于城墙下的念头。

在粒粒沙间，层层晕染的情愫，在莫名的伤感里，将落叶衰草，萧索成一枚季节的果子，挂在忧郁中不能自拔。我只能，静听。

我是滴酒不沾的，可是我却酩酊大醉在诗人的独白了，让一字未写的稿纸素面朝天。

我不敢想象，如何将那些沙粒与风编成一个故事，并无限大地撮合季节的爱恋。

一幕幕的灯影，最终把我一沓一沓的怅然，用一双巧手剪成窗花，贴在我的案头。

儿子在家，我在千里之外。 想家很贴切，于是电波再度复述了我的河西走廊，那些零零碎碎的所见所闻。

无法逾越的思念，最终把我切割。

选自2017年《星星·散文诗》2017年第1期

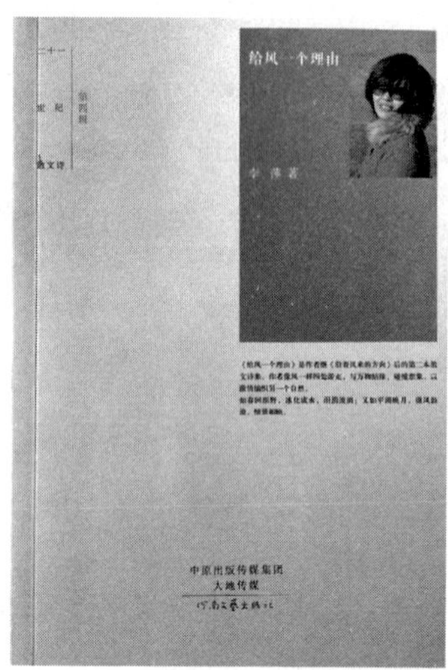

画　眉

画眉，本名夏蔚平，籍贯广东潮州，现居广州。广州市作家协会会员，出版诗集《木马秋千》，散文集《纸上光阴》。作品散见于《中西诗歌》、《作品》、《圆桌诗刊》（香港）、《广州文艺》等报刊，收入《新红颜诗歌》等选本。

空山新雨后，天气晚来秋
——与友人书

亲爱的：

又是一年秋至，桂魄初生秋露微，轻罗已薄未更衣，我想说的是，岁月岂能无伤，被烈日灼痛的伤痕最终会被一场雨浇凉，天凉，添衣。别又以落花为字的小笺，在渐别燥热的季节里地一个人淅淅沥沥细数着往事。若想找个出口，雨才是你最好的语言，那份清凉与剔透能抚慰一颗失落心。

九月如此清凉，有些心事适合打包搁置，别说天空忍不住下着雨，别说花枝忍不住下坠。所有寂静的心情，无非是他不倾听你不诉说。朵朵花笺落满在他的脸、他的肩、他的心，他不是不懂，是已没心思去读懂。若如此，何必无视天地之间无边的浩瀚，去追寻曾经浪漫的热烈如今变成无声的堆积。

有人说，一念成悦，处处繁华处处锦；一念成执，寸寸相思寸寸灰。秋天以一阵雨的来临逐渐冷了整个季节，像一个人的心。渐行渐远渐无书，水阔鱼沉何处问。昔日浓情蜜意，把酒言欢，如今，一个人，立在黄昏里，将一首歌唱到无韵，将一杯茶泡到无色，将窗前的落叶数个遍。那个与你立黄昏，问你粥可温的人在葱茏年华与之相遇，当时开成朵朵的鲜花，如今，落花成泥也好，纷纷碾作尘也罢。 把一个人的花开与流年相安，与往事交杯。 行走在秋雨的季节，让初秋颜色慢慢把庭院涂染，和着花草浅唱的雨滴，慢慢洗刷往日的气息。 一切终将静默，一切终将重新焕发素雅的清香。 曾经的岁月，藏于叶脉之间，藏于雨滴之上，今后日子，把自己活成一座花园，怀满院的芳香，一笔秋水，一笔长天，撰写天地寥廓。

在逐渐深邃的秋色里，拈叶成诗，拾花成字，趁初秋雨后山峰晴朗，也别问昨天他可好。 那些在静夜觉少难眠之时，汹涌而出的执念，早已开成庭外朵朵的红花，落成片片的黄叶，夹在书里成书签，搁在镜框成标本，何妨打开一瓶老酒，就着秋雨淅沥烈烈秋风咽下。 这就是你哦，走在初秋的路上的可人儿，前尘往事斑驳的烟花，早已经在天空中画上完美的句号。

顺祝：秋安！

徐金秋

徐金秋，1975年出生，现居湖北省通山县。通山县文联职员，湖北省作协会员，通山县作协副主席。作品选入多种年度选本。有散文选入多所学校中考试卷。出版文集《长箫短笛》。

抱紧

一

它们一抱紧，就抱住了整个大地。

因此，水东流，日东升，花启芳唇，种子守住冬的醇厚，四季找到灵魂的出路，万物有了自己的方向。

二

我是村庄的一粒分子。

一不小心，让自己走失了。

四处飘荡。轻飘的躯体，肤浅的欲念。依附在城市干涩的表情里，沉浮不定。

追逐过一粒食粮，一座高楼大厦，一条路，一辆快速列车，最后找不到属于自己的故乡，停靠在大树上，风一吹，抓不住一根救命的稻草。继续飘忽。

分离、失忆、背叛。久而久之，失去阳光雨露的洗礼。最后沦为尘埃、雾霾和一抹致命的疼痛。

在那里终究一无所获。

三

一条河流穿过我宽广的胸膛。有人说，它曾带走我身体里飘逸的长发和美丽的衣衫。带走蝶舞和鸟鸣。带走风吹的生动和阳光摇曳的光鲜。

唯有沉入内心的，抱住一尾美丽的鱼，没有随波逐流，守住一种存在的存在。这样也好。

抱住一尾美丽的鱼等于抱住一条清澈的河流，多好啊！抱住一条清澈的河流等于抱住一座村庄的生命史。

那些安静于内心的事物，已触摸到母亲温热的心脏，有了可以潜眠的温床。龟和蟹继续前进。

一些事物，既离不开生命的水源，也离不开站立的土地。

四

谁说冬天是苍白与空洞？

沉默是我传递给你爱的暗语。

多少爱的种子在我心灵的内核筑巢栖居，在孕育、发芽，准备出发。

我一丝一毫都不得放松，不敢懈怠。每只石头，每棵老树都是我身体里坚实的厚盾。这个季节，我情感的意念从来不会滑坡。

谁说大地变得越来越冷漠？

念着远方的人还在，捡拾月光的人还在，收割良善的人还在。

寒风继续抽打。

抱紧，抱住根，抱住最后一丝希望。抱住就抱住了一切。

留住青山在，不怕没柴烧啊！

要相信春天。

五

没有我，一切都是凌空舞蹈。

大地上的存在，都是我要表达的形态。

一朵花开是确认我的存在，一万朵花开是确认我的富饶。

我抱着它们花开花落，潮落潮起。

我借蜜蜂的眼睛看自己，借鸟鸣倾听自己，借四季检验自己。我抱住它们等于抱住自己。我必须保证，一只蚂蚁，也不让它失望。

我抱紧，再抱紧，就将自己抱成肥土良田，抱成了高山，抱成一片森林和鸟语花香，把世界抱成了良辰美景。

选自2015年“天马散文诗专页”

宓　月

宓月，1976年生，浙江绍兴人，现居四川成都。中外散文诗学会副主席兼秘书长、《散文诗世界》杂志主编。著有散文诗集《夜雨潇潇》《人在他乡》《明天的背后》、长篇小说《一江春水》、诗集《早春二月》、人物评传《大学之魂》等。作品入选多种年度选本。

黄昏，回望一座古城

仿佛是从一个梦境里被强行推出。 未完的故事还在等待继续，音乐已戛然而止。

醒着的、不愿醒来的，都得起身回到现实。

可我还在回望。 精彩的、高潮的部分，应该还在那没有走完的巷陌上吧，抑或就在匆匆一瞥的大宅院内？

夕阳，浑圆的一轮，搁在土夯砖砌的城墙垛口上。

它很快也要沉落下去了。 终有无限的辉煌，无尽的眷恋。 白日的帷幕已徐徐落下。

场景已经转换，历史已经远去，我已在启程回归的路上。

可我的心还在飘移，我的眼睛还想把整座古城都装上带走。

人世的沉浮，岁月的变幻，历史的面孔总有着几分似曾相识。

一座古城，就是一部完整的历史呵。 只可惜，当身在其中，却像是在醒着梦游。 不知道自己身在何处，不知道东西南北，哪一个方向是你该去的地方。 雕花的梁枋，彩绘的门楣，这些岁月的陈迹，哪一个更具传奇色彩？

高高的门槛，无数的人在跨进跨出。

日升昌的大门，开启又关上，关上又开启。迎迓了多少个日升日落，目送了多少的人来人往？

而我，仅仅是走过，就像蜻蜓点水。

只是，我听到哗哗的白银声仿佛流水的声音。来来往往的人，也只是流动在院落、街巷的烟岚，最后都会消失无踪。只有砖瓦是真实的，让我触摸到了岁月的苍凉；只有城墙是厚重的，还把我的心久久地绊住，不停地回望、回望……

多么希望，黄昏是一件巨大的袍子，能把平遥古城整个儿地包裹起来，让我带回去细细地品，慢慢地读。

然而，我行囊空空，心也空空。

我可以带走一部史书，却带不走一段历史。

远方的都市，已在暮霭中亮起一盏盏星星般的灯。那里才是我的烟火人间，才是我真正做梦的地方！

几百年后，它是不是也将成为另一座古城？或者，只是一片废墟？

当大海站起来……

还未靠近，海已经迫不及待地涌向我了。

我的目光无处躲藏。

我的身体在不由自主地奔向你。

我本想找一块礁石坐下来，静静地看你潮涨潮落。让我依然是我，而你只是你。

可是现在，距离正在迅速消失。

鞋子是多余的，衣服是多余的，我竟这样执拗地干干净净地奔向了你。

海浪迎过来，它带走了我，也顺便抹去了我留在沙滩上的足迹。

我感觉到了大海的涌动，正一波一波地漫过全身。

这仿佛来自遥远的力量，试图让我明白，它能吞吐日月……潮涨时，我是潮；潮退时，我便是那被潮水带走的沙……

我不再是我自己。

在海的怀中，我希望自己是一条鱼。

可惜，我不是鱼。

我无法成为弄潮儿，无法抵御那来自四面八方的涌动的力量。

我更无法深谙大海与日月的秘密。

当我回到岸上，回眸这蔚蓝的大海，我不会笑自己傻傻地不顾一切地奔向了你。面对浩瀚无边的湛蓝，有多少人能够抵挡这样的诱惑？而又有多少人明白，在你海平如镜的宁静之下，却蕴藉着怎样巨大的能量！

我依然喜欢在海滩漫步，喜欢海浪轻柔地吻我的裸足。

我也会在浅滩嬉戏，像树叶一般被海水轻轻托举。

我知道，当大海站起来，就是一个惊天动地的故事。

石头

在河滩，在峡谷，我们常常跟一大群一大群的石头不期而遇。

它们是那么普通，普通得没有自己的姓氏。

它们是那么平常，平常得无人去过问他们，从哪里来又要到哪里去。

它们安安静静地躺在那里，任岁月从它们面前轻轻走过。仿佛早已习惯了被人遗忘，又像在等一双温暖的手，将它们一一拾起。

当雨声和潮水一起在远方酝酿风暴，石头们便会猛然醒来，一起手挽着手，轰轰烈烈地前进。

在黑夜笼罩着江河的日子里，我听见石头走动的声音，像挟着闪电的滚滚雷辇，要把整个世界搬动。

在阳光下，这些石头却以一种默默无闻的姿势，晾晒着它们最朴素的愿望。

走过河滩，走过峡谷，我耳畔喧闹的潮声早已凝噎。

这一大群一大群的石头，像是神秘的天外来客，被冷落在茫茫荒野。化亿万年于一瞬，忍受风雨的袭击。

石头，你是冷却的火焰。

当建设者轻轻将你拾起，你便会为生活燃烧自己。

于是，没有生命的生命，就与日月同辉，与天地共存。

选自《明天的背后》，四川文艺出版社2012年5月版

布非步

布非步，本名布独伊，媒体人。1976年生于河南南阳，大学毕业后任职于团河南省委时代青年杂志社。广东省作协会员。作品散见于《星星》、《青春》、《作品》、《中西诗歌》、《圆桌诗刊》（香港）等刊物，收入多种诗歌选本。

勿忘我

一

噢，我的上帝，我没有更多力气爱你了！

剩下这一点点蓝色涂抹在你的身体上，涂抹在你的瞳孔里。

——看得到小兽一样深深浅浅的啮痕吗？

匙叶草，奢侈的蓝不等于蓝，骑士预计第二天抵达多瑙河。月光下，隐隐约约的暧昧交给眼泪，默默地开花。

——说好了，这一片花海，你跟不跟我走？

二

骑在马背上的勿忘我，清晨里醒过来，蓝色的小花还簪在发际。——呵，我很冷，沼泽地等待深深地湮灭。我越来越像一个沉疴之人，审美都带着奇异的病态，此刻,连我肩头的黑痣都属于你。哪一曲挽歌里，有缓缓打开的天堂？希望一切都还不晚，我还要在你的身体种植最炙热的温度。还需要一场雨,小小的顿悟的蓝。指缝间的泪顷刻抵达，旷野和天空属于同一个颜色。

三

最后一朵被命名的花儿说：“来啊，称称我的拥抱吧！”它的重量，无非是从一粒种子，退回到唯物主义者的核心。问题是，亲爱的，我们背负厚厚的壳，好像两个平行宇宙。住在蜗牛的家里亲吻，一张脸还是会想起另外一张面孔。

没有一簇幽蓝幽蓝的火焰，更接近被遗忘的镜像本质，无形的往往胜于有形的，今天的悖论仍属于花开的声音。

不凋之花，仿佛真的参透了一切：彼此相爱的人生,谁比谁更沉默？

四

柔软的光，无法绕过去我们的嘴唇，接吻鱼一样的嘴唇。

这小小的勿忘我，自带体温的脸谱，它们在开花的瞬间，酿就了语言里的蜜。

在这个高度,谁会去嘲笑一只工蜂，工业社会里的恋爱？无论我们从哪里来，最终我们都要回到幽居的故乡。无数人追逐的幸福，悬在头顶的达摩克利斯之剑。

当你在一朵花里犹疑或离开,我也只是抱住自己的肩膀。

五

你蓝色的裙裾，飞起来了。还有两周的花期，那你还在等什么？喊着另一朵花的名字。

寂静那么遥远，仿佛一把刀子慢慢滑过喉咙，血液里的切肤之痛。

在满目疮痍的春天来临之前，裸露着，透明而无用。

花事荼蘼，少女时代的羞涩，所有秩序都要被世界重启。花萼在彼此的身体

里取暖，

你竖琴般站在万物的行列。

六

……我叫你爱丽丝吧，蓝色的爱丽丝，在春天里迷失，高窗筑就的仙境之地。

最后一束被点燃的，他们的秘密的花园。 擎着月光下的每一粒盐，给彼此相爱的人。

世界是羞怯的，像另外一个未知的序列。 爱是粗暴的占有，爱丽丝。

在新年的赞美诗里，“我对你的爱只保留到午夜”念着你的名字，

我希望空气稍稍停顿一下。

七

入夜之后，所有的诗句都失眠了。 哦，我的勿忘我，草本植物里高贵的灵魂之舞者。

你的沉默，不同于蓝色妖姬，在浅草寺，睡眠被黑夜拉长。

午夜的黄金，这永恒的纯粹之光，照看着世间孤独的影子。 从此，他们都是你的孩子。

看啊，月亮之上疾驰而去的鹰，也有性感的弧度，你的邂逅之中的邂逅有多少次，回到这浩瀚星辰，这匍匐着的心脏？

都是你爱着的，勿忘我。

阿尔忒弥斯

你想成为谁的影子吗？ 众多女神里的佼佼者，驾驭着黄金马车。

在森林里狩猎。 和卡利斯托带着箭囊，带着古老的一百个贞洁的处方。

遁入西西里以及人间的山林！

一边用抹香鲸的香料沐浴，一边在麋鹿群里低回：天空的月亮，宇宙的中心，已成为祭祀的容器，掏空内心的黑暗部分，谁能与月相成为一个契约式的整体？

毁灭者啊！ 阿伽门农的舰队，被困在了奥利斯港。 悲伤正成为月华背后的悬河，就算有了属于自己的环形山，在月亮这个酒杯中，我们都是孤儿。

完美无缺的孤儿！

和你一样，我狂热地迷恋一切哺乳动物。 到底是谁的影子？ 刚接生过的阿波罗，带着睡梦里的乳香诱惑我！

你最爱的麋鹿，金角鹿的犄角，在我的诗歌里，沿着月桂树布下的气息，

学习飞升之术。

亲爱的女王，阿尔忒弥斯。 这顶新月花冠，有熟悉的沼泽和棕榈树的味道。阿卡迪亚庄园，你提着自己的影子，美人天各一方。

胡　蝶

胡蝶，本名胡玉薇，1976年出生于安徽芜湖。中国诗歌学会会员，芜湖市作家协会会员。文学创作以诗歌、散文诗、散文为主，作品发表在《星星·散文诗》《诗歌周刊》《山东日报》等。出版文集《蔷薇恋语》。

观世音（组章）

观世音·妙善

在人间，有生育我的母亲。

在人间，有养育我的大地。

我必须抛开俗身，抛开世间所有的爱恨，在一朵莲花里受胎。

从此，天上云朵簇拥着我，我渡一叶莲舟，朝你轻盈地驶来——

夜，黑沉沉的，在露珠还未醒的时候，沧桑疼痛着，梦含着泪滴，我从古老的东方出发了，沿着一条寂静的河流，我到达了我的故乡。

人世空蒙，天地混沌，一切事物任由无形的风吹来吹去。

人间到底有多少疾苦灾难？ 到底有多少悲欢离合？ 从痛苦到幸福，道路到底有多漫长？

善男信女匍匐在风里忍耐着几千年的暴虐和苦难。 你带着满身的伤痕，满眼泪水，双手合十，跪拜在一座佛前，不断念着：阿弥陀佛。

黑夜与白昼在你的眸光里轮回了千年，

失望和希望在你的眼眸里闪烁着期盼。

风漫漫，吹着一朵花的誓言；

雨滴滴，淋湿了大地的心扉。

忧郁和良善被一束天光照亮，灵性自水域里萌出。

我将俗身斩断劈开，任血脉流淌，湖水里有我鲜红的血液。我撕开一页水声，在莲花里受胎。

大慈大悲的阿弥陀佛是我的父亲，故乡水域里的一朵莲是我的母亲，我必须在人间渡少女的前世，才能普度众生涅槃为仙。

一朵莲盛开了，我忘记了人间的忧愁；

一片叶舒展了，我相信了世间的良善。

我痴迷亲人的幸福与美好，我愿意看到你的微笑。

我总是挽着柳叶的香腕，穿上洁白的裙衫；绕着花环的脚踝，口念佛经……

我相信，母亲的爱会永远托举着善意和爱，降临人间。

观世音·禅语

金，木，水，火，土，

人，道，妖，神，仙，

庙宇像一朵青莲，开在了众山之巅，一朵祥云随清风而来，顺着我故乡的河流一直把我托举在了天上。

善意的灵魂啊，宛若天使飞翔的翅膀，带着善意的灵魂飞向天堂。

天很空，地很远，再空再远，我也要找回，那么一朵属于母亲留在世间的爱。

一粒菩提不顾前世的悲喜，疼痛地开放着，洒下一束佛泽的光芒，将你的快乐照耀，普度众生。

从今天起，善意已成了人间的主语，而我的俗身也终于能幻化成你祈祷的观音。

漫长的黑，我在黑夜里醒着，聆听万物繁复交替。

信仰在大地的深处萌动，露珠在晨光里醒来，造化之手高举在云端。

一朵莲花高举着净化世间的憧憬，你幸福的微笑更为艳丽。

阿弥陀佛，大慈大悲的观世音……

禅意的音乐，会随清风而来，在忆念中起落。

梵音绕着花香，那是你在大地吟唱的颂歌，大善大美的情怀在佛光里闪现。

观世音·在人间

在人间，我是被莲花唤醒的妙善公主；

在天上，我是你祈祷眸光中的观音菩萨。

我与每个生灵对望，在春风里口念佛经，保佑我大地的子民。

我与每个信仰相守，在大慈大悲的佛祖面前，我是他的儿女。

秋霜冬雪落在我的前额，唐诗宋词落在我的身上。

我决定，以莲花瓣开放的方式打开善良和爱意。 在捧出莲子之前，我必须坠落。

闭上眼吧，善意的灵魂从不贪恋满庭芬芳。

任唐风轻舞，我是你温良的菩提，

任宋词弄韵，你是我寂寞的良伴。

你转身之后，不用担心痴心的我，还能够静静地端坐在天上，怀想你少年的模样。

安慰，踏实，明亮，守恒，让一朵莲陪着我，让真善美住在心间。

在黑暗和冷冷的长夜，让这些木质的花朵，如盏盏暖灯，映照你我的内心。

一千年以后，我也许不在人间了。 卿，有我在你的心里，你必会心存善念。

禅语空灵了欲念，我的灵魂日夜醒着。 为你，我永远在古老的东方——

选自2017年7月中国散文诗研究中心微信公众号

雨倾城

雨倾城，出生于1976年，河北丰润人。《核桃源》副主编。文字散见于《青年文学》《诗刊》《诗潮》《星星》《诗选刊》等，参加第七届河北省青年诗会、第十四届全国散文诗笔会。多次获全国散文诗大奖，作品入选各年度散文诗选本。

我就在它们身边

洞庭看水。

有说不出的静谧在身边聚集。

春好处，烟岚浩荡，微风隐隐，来自春天的波涛，被轻轻欢呼。

把春天搂在怀里，一个好静之人，在好天气里苍茫望远。

风吹天地。

湖水晃动，浮日月，浮尘世，浮无名之悲欢爱恨生死。数不清有多少个这样的时刻，开心，藏不住。

一定有神庇护。遥远的亲爱的山峦，遥远的想象的边缘，阳光满舱。

梦里也有。

它们到处照耀，流传，并加入越来越多的慈悲。它们纷纷扬扬轻轻暖暖地写，“愿我的爱，包围你……”。

万物和我，偏执渐退，脱胎换骨。

南来。 北往。 爱的人不止一个。

时间的荒野，众生进退自如，满身的湖水。

你若走来，请你……不要轻唤我的名字，不要惊扰我一个涟漪，一个山坡拥抱落日的喜悦。

我活得怎样的清闲和富有，我就在它身边。

我就在它们身边——

自在无碍，广袤安宁。

我得停一停

一切都隐去了。

月亮，天空，石头，两岸，被河水与岁月反复清洗的影子。

我得停一停。

忙碌的人，漂泊的人，心里住着爱的人，都该睡了吧。

河水摇荡。 不可见。

小风吹——

浪花喧响在心中。

小小的渔船上小小灯火，跳跃，沉浮，童话一样填满我黑黑的夜晚、孤单的夜晚。

它找到我，并取走我的心。

忘掉世事。

一些静落下去，散作满河，点点星光。

一点，两点，三四点……

我一点一点地数，满身水气，却浑然不觉。

除了爱,我们什么也不做

你快一点。

跟我去月老山、爱情海、水杉林、爱情长廊、爱之屋、双乳峰。

最好，乘爱之翼、心心相印船。

来。

让我亲亲你，抱抱你。

至于松声涛声，远近高低的树，开的红的白的粉的花，就让它去。

借山而居。 无论我躺在哪里，草色袭人，山林浮动暗香。

月亮在草丛里，十而百，百而千。

那辽阔的幸福啊。

月老山，给我思念、喜欢和爱。 我在风中歌唱，仿佛少年。

是这样吗，爱你就像爱生命？ 心跳，慌乱，盛开，脸颊绯红，心满意足，全都因你而起。

还有什么，值得如此痴迷？ 从头到脚，一寸一寸亲你，心跳也在其中。 这短暂漫长的一生，除了爱，我们什么也不做。

不想说话的时候，就让我们，慢慢闭上眼睛。 或者，站在一棵树下，说说话。

你知山几重，云几朵，树几棵，月缺月圆几回？

再说一遍。 心上人，我说你，再抱抱我。

我的心海，早已为你澎湃经年。

选自《延河诗歌特刊》2017 年第 1 期

尘　香

尘香，原名张香，1976年生，现居郑州。从商。

石头及其他

石头对人说

一个亿万年的存在，对一个百年的存在说，我是石头，你是人，你的生命不及我的百分之一，你凭什么拿我的名字来骂人。骂那些笨人的脑袋为花岗岩脑袋，骂那些心硬的人像石头一样，骂那些正直的人为茅缸里的石头。亿万年来，我见过太多的山崩地裂，也见过太多的天塌地陷，所以，我宁静、我坦然、我沉默，我安安静静地待在一个地方，从不大声喧哗、争吵、打斗，更不会上天入地地搞破坏，你们为什么要骂我？无论火烧还是水煮，我从不喊叫，也无论天灾还是人祸，我都坦然地接受，但既怕水又怕火的人呀，既经不住地震也经不住火山和海啸的人呀，既怕冷又怕热的人呀，你们一会儿哭一会儿笑一会儿又咆哮，你们破坏了山脉又破坏海洋，然后又发动战争攻击自己的同类，还敢号称自己是万物之灵，除了你们自己，谁信服你们呢？

春天和生命

春天，在山谷盛开；岁月，在血管里又一次更新。田野里，到处奔跑着的，尽是拾捡春天的孩子。那些牵着风筝线在仰望天空的人，像在打量一个婴孩一样，正在细细地打量春天。那些树的嫩芽，不像冬天一样长在树的心里，开始长在人的眼睛和希望里。是岁月记录了花草树木，还是花草树木记录了岁月？是生命有时间的影子，还是时间有生命的影子。如果不是季节的冷暖转换来告诉花草树木和人们该换衣服了，岁月将无痕，如鸟划过长空；时光将无声，如苔生石缝；所谓的大音无声，大象无形，大商无算，大梦无终。超越了时间，活着可以待在春天里，死了也可以待在春天里。谁说春天很短暂，只要你愿将灵魂埋在春天里，春天就将成为永远。

清明扫墓

清明，回乡扫墓，骑在时光的背上一路颠簸，季节在耳旁呼啸而过，麦苗翠绿的土地里，故乡和祖先张开双臂欢迎我，撒落一地的亲切，泥土细软而又温暖，像祖母的怀抱，被万年的风抚摸着，被万年的雨爱抚着，田野里寂静无人，只有风在微微地吹。慢慢地在嫩草刚刚发芽的墓前放好贡品，燃烧了黄纸和香表，发现那里除了时间，什么都没有。原来我和祖先是一体的，他们就住在我的身体里，我就住在他们的灵魂里，哪里有什么生和死，我的生命连同天地，都是混沌一体的。

假装

我假装我是一个天使，扇动着我那并不存在的翅膀，生活在甜美和无忧之中；我假装人生又长又轻松，我可以无尽期地活下去；我假装人世又简单又美好，我可以轻松愉悦地活过每一天。

多亏这世界还可以假装，不然怎么把“人生”走完呢。

我从历史里探出头来

我从历史里探出头来，看见了人性、时间；我从坟墓里伸出脚来，蹬着了虚空；我从时间里跳出，看见了一地的骷髅；我从书本里走出来，看见了书本里的一幕幕更加鲜活、残酷地在上演。

转　角

转角，1976年生于黑龙江。教师。作品多次在《诗刊》《诗潮》《青年文学》等刊物发表。获第八届中国散文诗天马奖、《诗潮》“现代诗奖”等多种奖项。著有散文诗集《荆棘鸟》等。现居绥棱。

辩解（选三）

是蜗牛在树叶薄片上留下的字？
它不是我的。不要接受。

——普拉斯《信使》

一　我被一头牛看上

苦恼是一种病。

我是一只库蚊般大小的甲壳虫，着七彩外衣，眼睛大而明亮，孤琴一样的嗓音绕梁而走。我虽有毒刺，却从不加害善良人。纯属兴致，我只与说人话的动物为伍，我喜欢垂下过分小的翅膀立在他们的头上，感知人的世界的躁动与不宁。

其实这也是一种大智慧。事实上，人们早已忘记自己只是舶来品，千锤百炼后已抵达地壳中层，而他们还浑然不知。

尽管寂寞，但陷阱愈来愈远，神的蛛网正在罩笼一些模糊之物。

从脏兮兮的人堆里捡拾一部分景观，我看到很多不同类型的人聚在一处相互猜测。此时人已不再是人，黑暗的浪在浊物的心尖上汹涌、澎湃，翻来覆去地。于是，我又开始犹疑不定，是继续察言观色还是在澄明里起身？恰好一头牛出现，它默视我，温情的注目缓释了我无限忧伤……

它蜷伏在近处，绿草如茵，彩蝶相随左右，它就那样主观地与我对视。事实上，我枯萎的全部已打破了我们彼此的界限，距离无非是一种摆设。

它是不可阻挡的异类？

它是我的另一个证明？

潜意识里，我是具有反抗精神的。我总是被一种介乎漫游与自省的物质所绑缚。而它正是看见这糖衣炮弹包裹下镜子里的唯一的人，虚空而大度地——

接纳我，包容我。

这，多么有意义！

二　无言

坐在树下等死。

微垂的风也充耳不闻，远处的光有了强烈的求死意志。双膝交叠后进入一种冥思状态，我看到三维立体世界呈缓慢旋转的锥的形状，百年老树用虬枝透穿了大气层。

这一刻毋庸置疑，在灿烂的星河新生事物往往此起彼伏。

虬枝在新的感觉里充满希望。他同我一样切近一切有光斑的暗处，他同我一样以一种巨大的意志力挺直了腰身，他终于站在了王的位置上——

缓慢切换，轮廓越来越与众不同。

大地不再五颜六色，只遗留青灰，引领惊诧与沮丧。大地叠覆落日，远天以取之不尽的醉意招揽天下豪客纵驰在空旷渺远的地平线上，万物随风倒伏。熔金的远方残阳嗜血，人影物影不停涣散、涣散……

一切都还是沉沦的样子！

极致是短暂的。四顾之后，我对自己依然茫然无知；对远处的树、空气、流动的星云、灰垢的清晨与黄昏依然茫然无知。我就这样默对自己的影子，由远及近——

欲尝死亡。

三　立体画面

离奇的事时有发生。

为了一颗糖果而献身某种主义，为了无端的揣测站在山巅颐指气使，为了毛发生香而省下羞愧盗取一线金色照耀自己，为了什么而自毁并驻守他人的坟墓？

秩序是在秩序之外的。为了达到共省，维持自我与他我共同停留在一条海岸线上，我尽量限制月色在夜晚隐身，我尽量放慢脚步瞭望街市尽头消失的倒影，而涉及贪婪与腐朽我向来视而不见。比如渗入血液足以令我倒退的停滞、消逝、诋毁、假善良、伪忠诚……

依靠自身的斗志我们是可以减免一些罪恶的。在各自虚无的追求里，世界可以还原成我们想要的乌托邦——

一段小插曲，一个故事都可以在失衡的天平上获得原谅，而一些印象已不再属于任何人，或者某件事。光感有回声，那照临荷叶的水波旋转得厉害了，散落的花苞力证存在即消亡，之后横扫一切——

温和的，昏然欲睡的，整洁且无力的，救赎。

对立面有令人恐惧的无法虚构的真实现场，那是一种有限的可企及的奢侈或愿景？我无法辨别他们的善与恶，理智与茫然，色彩的不可变更，乃至积滞多年的迂腐和陈词滥调，我只是看见了我想要看到的一切——

立体，多维度，折射，光斑。

他们，如履薄冰。

选自《诗潮》2016 年第 8 期

蓝　紫

蓝紫，1976年生，湖南邵阳人，现居广东东莞。中国作家协会会员，鲁迅文学院第三十一届中青年作家高研班学员，广东省文学院签约作家，参加诗刊社第二十九届青春诗会。出版《别处》《低入尘埃》等四部诗集及诗歌理论著述《疼痛诗学》。

浮生三章

蜗牛

独自在深夜穿过睡眠中的城市广场，穿过被爱情放弃的街道，穿过我暗恋的黑夜的心脏和血管，带着属于自我的哀乐与永无止境的向往，与时间无关的灰色负担背在背上，像挣不脱的羁绊与宿命。

那一片赖以生存的黑色土地，在何方？

经过的路途，没有繁花、芳草地，没有夜幕荒冢，无数的高楼、珠宝、霓虹，它们的光亮近在咫尺，又远在天涯，那是触不到的梦想与高度。繁华城市中孤独的流亡者，纵使有了坚硬的外表，又怎能抵挡这内心的伤痛？

阴暗的城市角落，我熟悉它的每一道纹路，每一粒灰尘，熟悉它所展示和隐藏的全部，蜷缩在外表坚硬的城堡中，又能否抵挡一只突如其来的大脚？

灵魂深处，一种渴求，一种企望，如一股潜流，缓缓涌动。随身体的蠕动，跟随命运的纤缆一起走远，走远……

遥想中的黑土地，在心里燃起小麦的气息。 仅仅这点温暖，已足以使我被深深打动，足以让我将一生的行动付之——

于动荡不安的流浪与漂泊。

风筝

是谁牵系着一纸风流，游离在地狱天堂之外？

晚风中，以浪漫的情调放逐，飘过厚厚的时空。 一线古典的风情，被演绎成现代文明。

天空是我们终生向往的净土。 广场上，以守望的姿势，牵念千里之外的四季，是谁敲响了村子尽头的梆腔？ 是谁在低唤我儿时的乳名？ 故乡，似一幕淡墨水粉涂抹的画幅，河边青青的杨柳岸头、母亲的银发，成为我漂泊花季里唯一一束洁白的收获。

我是父母放飞的风筝，风雨飘摇中，无论飞往何方，总逃不脱那一线牵挂。

一生的漂泊太久，一线的牵系太沉，哪里才是安歇的极地？ 眼望风筝飘走的方向，游子的心坠入泪的重洋。

脚印

在陌路上跋涉，在迷雾一般的梦境里，寻找失落的水源，在异乡的月色下，寻找熟悉的荷塘。 走出家门，我不敢再回首来路与归途，眼中只有渐浓的暮色不时地侵蚀着生活的伤口。

漆黑的道路就像大地的脉络一样，纵横交错。 寂寞的身影、孤单的脚印，代代相传，永恒无限。

行走在路上，家园，永远属于一种苍茫的等待。

妈妈，也许，漂泊终将成为我的归途。 当我最终飞成天际的一只孤雁，远离你殷殷的守望，请你收藏起我曾留下的脚印，燃起一堆篝火，将我送出苦难。

选自 2008 年 7 月 8 日《羊城晚报》

麦　子

麦子，本名刘艳，江苏盐城人，1977年生。江苏省作家协会会员。《盐》诗刊主编。参加全国第十七届散文诗笔会。诗作散见于《诗刊》《散文诗》《青年文学》《散文诗世界》《星星》等刊物，作品入选《大诗歌》《诗探索年度诗选》等选本。现居江苏省阜宁县。

苏北，这黄昏的院子、黄昏的海

最安静的，也是最幽远的。

譬如这黄昏的海。

你是海上缥缈之一叶，我亦是。

尘世的繁华兀自喧嚣。 这一隅的寂静，没有虚饰的言辞，灵魂的相遇，纯净而又高贵。

黄昏的院子，温暖而又明净，藤萝肆意地生长，梦的触角不断侵袭空白的天空。 天空是浅灰的蓝，鸟儿的啁啾，在时间之上滑行，清新而又纯净。

晚风很轻，很轻很轻的晚风，带来满树叶片的颤动，如一粒细小的石子在水面激起的微澜。 它们是喧闹中的寂静，寂静中的喧闹。

总有一些低飞的鸟，在浅灰色的屋顶盘旋，再振翅飞远，如一些沧桑的旧事，渐次没入时间的深处。

在苏北的一隅，我伸开双臂，试图拥抱这黄昏的院子，黄昏的海。

我开始怀念一片南方的叶子。

我亦是这黄昏的海上，永远漂泊着的一枚青色的叶子。

选自《诗潮》2009 年第 12 期

冬曲

霜降之后，冬不可阻挡地抵达，我放弃一种挣扎，任由风的刀子切割纠缠的记忆。我的城市是一个带着盐字的城市，一个在痛苦里蒸发然后结晶的城市。注定，要穿过一些风雨，穿过一些沧桑，才能接近一份淡然，一份平静。

当降温的消息传来，我已预备好了越冬的棉衣，阳光正透过透明的玻璃斜射过来，一些经久的褶子就这样慢慢地打开，平复，如云影拂过的天空。

草原的讯息这个时候从草原的深处传来，如童年的马匹，从记忆的深处跑来，云彩在冬日的天空铺开。

我开始想象草原上的阳光、青草，想象一些漂泊的叶子从我身边轻轻地走过。那些软语的呢喃如伫立在春天屋檐下的燕子，我开始耽入一种想象，或是一种思念。

我开始往目光里倾倒一些温柔的色彩。

寂静的夜晚，有谁打马从窗前而过。残存的叶片就那样从墨色的天空中一片、两片地坠落。

我不愿披衣，让一些冷冷的空气包围。我知道北方的天空正纷扬着一场大雪，如纷扬着的那些酸涩的心事。

飘雪的夜空，还站着半轮昏黄的月。昏黄的月下，站着清瘦的身影，清瘦的相思，还有那丢失在冷风中的声声呼唤……

我在某个阳光照进来的清晨醒来，阳台上那朵夭折的雏菊蕴着一个隐秘的花语。我知道，我必须学会淡然，学会收拢散杂的思绪。

我开始从空气中提取冰的成分，然后逐渐地给自己降温，再收起温柔的触角，收起花盏，收起打开的叶，收起舒向北方的那些枝条。

然后，在静默里，化身成冰。

选自《新世纪文学选刊》2009 年 12 月上半月

一个人的世界，是另一个人的远方

你一直都在。

当青春被漂白，一些童话只剩缥缈的轮廓，回首的时候，你依然还在原地。

也是在秋天，一树的叶子就那样落下来，有一枚轻轻地落到我的头顶。

从此，一个人的声音会在黄昏准时地响起，并被一个路过的人惦记了一生。

一堵墙，至今它还是多年前那条巷子的组成。

它挡住了目光的探询，如一根薄薄的丝带，弯弯曲曲。

那条穿越了四年的巷子，一把碎花伞的叹息让青石板上的青苔更绿，更暗。

你在墙的那一边。

所有设计的情节被一一略去。

当我轻啜一杯淡淡的茉莉花茶，再一次倚在黄昏，当一个带着磁性的声音再一次布满空间，其实，我们已经错开——

我们曾在近处相对，甚至言语。

但是，那时那刻，我们不知道彼此是谁。

一长再长的岁月，其实也很短。

而一棵的树的苍老是否有些快？

年轮是最肤浅的计算方法。

一些云烟被拨开，你就在一隅，独自安静，独自言语。

一个人的世界，是另一个人不断跋涉着的远方。

一根偶露的华发，让我再次想起——

某一年的青衣巷口，一把碎花伞幽幽的叹息。

多年后，雨中，蓦然相遇——一朵含苞经年的花朵猝然绽放，却已失却了最初的芬芳。

浮尘遁尽，内心的微澜，无法掌控季节的走向。

这是否就是彼此最终的宿命？

选自《诗刊》2010 年第 9 期

霍楠楠

霍楠楠，1977年生，现居河南周口。作品发表于《散文诗》《星星·散文诗》《诗潮》《中国诗人》等文学期刊，获首届诗兴开封国际诗赛散文诗组二等奖，第三、四、五届周口市文艺成果奖，入选多家散文诗选本。参加第十七届全国散文诗笔会。

黑糖果

她有一只盒子，里面有枚黑糖果。

凝滞于经年的心结，是一帧永存于黑白的画面，撕裂开来的一瞬，砰然地，敲疼了它的果壳。

那些漫溢到唇角的苦涩，一经吐出，会释放出身体里所有的玫瑰与罂粟，鸦雀与蝴蝶。

一枚糖果，却有着那么多的苦涩，尽管时光赋予它一层明晰和饱满的外衣，许多层迷离而孤单的内里。

浓重，驱之不散。 这些味道，如同黑影。

不时在体内游动，张开锋利的牙齿，这一秒的咬合，与下一秒的松动，浑身满布的齿痕噬咬钢铁的光芒。

而死亡是最大的悬疑，从没有伏笔。 哪怕一只盒子坚实有力的支撑，一面镜子泛着光晕的圆润与明亮。

只能改变。

苦涩之于她，也如咖啡般痴迷的沉沦。

很多让人们上瘾的，不单单只是快乐。

孤独者的冷静是幽暗深邃里的火烛，此时由谁高举明火之焰为她点亮。 平静的呼吸散发温暖的光晕，黎明之钟的开启，装填得下所有的鸟鸣与溪流。

明媚只是一种衬托，试图与黑暗抵抗，她所企求的，不只是光，还有更多的热。

或者闪电。

时光不会隐匿所有的糖果，这一刻写出爱，就拥有盛开的欲望。 体内的木炭尚未完全燃烧，沿途的火光从不零星、孤单。

就算有无数支钢针射向无防备的棉，穿透她的躯壳，也可以绣出岁月无数的花朵与星光。

慢慢融化的糖果，许多慢慢消融的涩与甜。 如同很多往事，在岁月的河水只能留下一丝丝水印，倏忽之后，消失不见。

也许会幻化为一条小鱼，泅渡于夏夜的浓深之处，水波微漾，鳍鳞闪动。

她反复地聆听，一弯崭新的月色伏身于尘梦之中，与越来越多的星光，重合。

与越来越多的天籁，回响……

外婆的旷野

很多豆子搬了出来，在大地上不停翻滚。 直到在某处停下，从此生根、发芽、伸展枝叶。

各自磨砺着生活的铁块，或火红，或锈蚀，或布满灰尘。

而最倔强的一颗，我的外婆，布满皱纹与晒斑的蚕豆，在七八月的天气，依然待在老屋。

那间老屋，装满了我的童真与她的中年时光，她孤独的老年与我充满憧憬的青春期。

她说她在这几间屋子里待了那么多年，时常能感觉到外公的影子，就在某处，或者某个时间段，一闪即逝。

这样的感觉如同梦里的她，一棵依偎在枯树上的老藤，弯曲的枝条仍然不停地抚慰着树干。

可是硕大的引擎终于开足了马力伸向一间间老屋，一檐瓦片也不能幸免。如同一件珍藏多年的物品不慎丢失于日常的繁杂，轰然倒下的不只是一颗颗豆荚，与纠缠的藤条。

她终于在某处停下，搬到了另一间老屋——那片旷野。

更像一滴雨水终于落入了泥土，终于重遇了暌违的爱情。那些在废墟里丢失的，也终于在旷野得到了还原。高架桥下、村边上的大柳树旁，甚至停在那片废墟。

尽管会变成一片片钢筋水泥的丛林，可在我的眼里，它们依然，就是外婆的旷野。

选自《散文诗》2016 年第 10 期

反光的岛屿

小灼的五月，忙碌的宿命把她推向日渐倾斜的文字。

她拒绝洗衣水却把纤指泡进哀愁，她热爱象牙塔也只能在深夜触摸斑驳的塔身。

痴迷于一朵无果之花，带着易碎的词语闪入玲珑的晚风。

漫溢的香气多么美妙！

如一片海洋的铺陈，她们面对彼此就是面对自身的灯塔。

谁都有一座沉重的岛屿，每座岛屿都有一扇很晚才关灯的窗口。

诗性的语言发酵着来自谷底的微光，与昨夜蜕掉的茧蛹一起，灼疼清晨布谷的鸟鸣。

在向晚的野风中吟哦诗篇，仅有一袭清澈的月光是不够的，适合拿出所有的路程与章节，摊开，挑拣其中闪烁的星光。

与屋檐下的风铃一起，打造成舟楫，驶入纵深的夜幕。

同样不能拯救什么，可她们都相信热情与天鹅绒的叶片，能够应对不同的时间以及任何一处废墟。

尽管被无数的霓虹缭乱着眼睛，她们依然能够看向对方的岛屿。

沉重如斯，却也拥有着各自的河流与火山。

选自《星星·散文诗》2017 年第 2 期

语　伞

语伞，本名巫春玉，1977 年生于四川，现居上海。中国作家协会会员。获《诗潮》年度诗歌奖、第五届中国散文诗天马奖、第七届中国散文诗大奖等多种奖项。著有散文诗集《假如庄子重返人间》《外滩手记》等。

庄子系列（选章）

蝶

用蝶翅古老的诱惑窃下一支天籁之音。

手指的任何姿势，足尖的任何姿势，意识的任何姿势……

都悬于骄横和混沌之中。

在庄周的蝶翼上，任何姿势都在炫耀赤裸的悲哀。

谁也溶解不了这种悲哀——

如蝶。 咬破自己的生死。 涅槃。 羽化。 在喧闹里浮动云和波涛。

翻卷。 搏击。

披着空山鸟语，我们都是蝶。

张开羽翼，雕刻被火焰密封着的光彩——

从一滴滴艰苦的胚胎开始。

依赖

谁的残酷啊，很快就腐蚀了早安的春天？

一阵飕飕的寒气——肆无忌惮地迈过。

宁静的不能再宁静了，闪耀的依旧闪耀。

大鹏鸟等待六月的风，寒气里急切的褐枝等待鹅黄新芽，这一切在静止之前都让人目眩。

世间一切的花和果实！ 纯粹存在着的视觉、听觉、触觉！ 它们都依赖于跳动的心脏，心脏跳动又依赖温暖而冷若冰霜的万物啊！

为什么要旋转着做一个渺小的沉思者？ 那些静默的词语凝聚着更多的死结。黑夜从人的左面苏醒，白昼又从人的右面诞生——

我把空虚装满，节制着精神，化着甘愿毁灭的烛。

在天黑之前，我又不得不捂着脑袋向一只微型的打火机下跪。

衬托

不想说现实的凄惨就藏在岁月的前额和眼角，比起无法挽救的开始和现在，暂且恭顺地感谢——

感谢没有格式化的唯一呼吸。

不规则的想象开始被放逐。 许多双手从他人画出了自己，在他人的平凡上画骄傲，在他人的忧伤里画安慰，在他人的缺陷上画满意，在他人的贫穷里画知足……

我没有办法藐视。 并且被这永恒不朽的心理威胁、利诱，这些自编自导的滑稽戏啊！ 永远没有掌声。 匿名的也没有。

此时，颤音横渡。

收紧表情吧！ 我不想催促一只善舞的鸟儿从仇恨的失落里离开。

一秒钟的安静从庄子蝴蝶园飞过的时候，我听见一只蝶对蜜蜂说：

我的尸体都比你的花粉甜。

逞能

天空坚强地高过云无穷无尽的絮语，所以被我们深奥的躯体仰望。

种子拱破我们的目光，惊叹就在叶片的掌心下滑行。

猕猴山那只倔强的老猴死了，因为它太逞能的敏捷嘲笑了吴王的自尊。

我饮着花香，舞向险滩，打捞被痛苦缠绕过的幸福，多少眼线就蹲在浪花的耳朵里，要寻找把我打入地狱的罪证。

为什么还要向前？ 比如搔痒的爱情，多少人被锋利的诺言抽打，依旧陶醉地把遍体鳞伤的天长地久珍藏。

可怜啊！ 披着风暴仍然想搏击——

是为了那份持久的光泽所散发的冰毒馨香吗？

也许都在渴求将生命的奇迹一一逮捕。

选自《散文诗》2010 年第 3 期特别推荐

耿永红

耿永红，中学教师。河南省作协会员。有作品在《诗刊》《散文诗》《星星》等杂志发表。曾获《人民文学》《星星》《诗刊》等主办的征文奖。参加第十五届全国散文诗笔会。著有诗集《月光执意不走》、散文集《嘤嘤草虫，浅歌低鸣》等。

月河小谣曲（组章）

月河之美

在月河，一些光阴如雾如电迅疾，如露珠如流星璀璨。

在月河，身披悲悯，心怀深恋，月河流水，润物无声。

月河是轻软的。小羊的毛发，清流的潺潺，青箬笠，绿蓑衣，官舫贾船，酒旗古风。这些美好的词语，瞬间擦亮眼睛，点亮天空。

翻滚的热血渐趋平和。匣里宝剑作别山河。天空低垂着眼睫。

在月河，一些故事静静栖息着。

你慢慢幻成了一枚词语。静静地。呼吸里有花香。菜圃青青。老祖母打着盹。油菜花开得像个小闺女，活泼，清纯。鸭鹅们慢慢地老，红掌拨清波。

在月河，身上所有的触角都倒伏着，世界是一座淡泊的钟，不紧不慢地走。

橹声清脆。柔和的光芒。金黄的袈裟。夕光慈悯。

月亮是一只太平小犬，不慌不忙地走。恬淡，感恩。

在月河。时间从你的身上慢慢流过。

恍如无情的壳，包裹着一粒柔软的果仁。

一本古书

缓缓地，走进一本古书。

月河历史街区。古色古香。封面流光溢彩，内容蕴含丰盈。

我本嗜书如命，一来，就爱上了此处。它的一砖一石，一桥一船。它的一水一屋，一柳一人。古旧斑驳的老墙，隐喻着天荒地老的坚贞，我爱。充满了一腔古典情怀，微微摇曳的红灯笼，我爱。氤氲着袅袅茶香，涤心荡肺的茶屋，我爱。桥边栏杆，曾被多少人拍遍，抒不尽古今情，洒不尽英雄泪，我爱。天上流云含情，地下清水如镜，我爱。

两岸灯火，繁华绮丽。

白墙黛瓦，精美的封插。

我愿化身为一个标点。荷月桥里的一朵水花。若不成，我愿化身为一枚名词，做一只祈福香囊，为双亲祈福。若不成，我愿化身为一段篇章，做花鸟市场一只鸟，寻找前世的主人。

做一个虔诚的读者，待在一本书里，就是幸福的。

月河历史街区，一本古书。

在月河说爱

在月河，身心灵澈。

背双肩包的女子，打一柄天堂伞。寻爱。空气里有神秘的气息。周围的静谧，源于你内心的宁静。天空的浩渺，源于你一心的苍茫。你孑然一身。而身畔，许多女子来来往往。那些寻爱者，失爱者，那些多情人，无情人。

江南水乡是月老。

月河，也是月老。

他牵一根红线，悲剧喜剧轮番上演。 痴男怨女，贪嗔爱憎。 有人牵手，笑容甜蜜；有人分手，神情凄怆。 月河溢满的，是眼泪，是悲情，是上天忍不住垂落的雨水。 红的伞，绿的树，碧的水，蓝的天。

坐着的，是沉默的石雕者。 行走的，是一阕飘摇的唐诗，或宋词。

作为其中一个韵脚，我爱上的，是月河最痴情的一句。

（此组散文诗获2015中国·星星“月河·月老杯”爱情散文诗大赛优秀奖）

姝　桂

姝桂，本名王淑贵，1978年出生于南阳。文学硕士。酷爱诗歌、散文诗，多次获得诗歌奖项。现为某出版社编辑。

细雨中的火焰

细雨中，那一树燃烧在寂寞里的火焰。

明媚一如你的双眼。

那时，我们多么年轻。 有大把的时间可以挥霍，有大把的热情无处投递。你站在那株樱树下，樱花飘洒着，飘在你的发间。

雨落下来。 鲜嫩的绿叶，滴着水。

樱花落了一地，漂浮般，在草地落了一层。 连同细叶，被谁扫成一堆，在雨丝中零乱着，衰败着。

一些鸟儿还在盘旋，一些流水还在打转。 那一枝枝的火焰，已枯萎，已熄灭，就要消失在绿色的海潮中了。

细雨中，那株樱花开着，那么繁盛，那么热闹。 仿佛一整个春天都在枝条上喷出来了。

你明亮的光芒，照亮了这个昏暗的午后，照亮了此前和此后无边的黑夜。

黄河在黄土高原上流淌

黧黑的汗水般，在烈日下酱紫的脸上，越过皱纹的沟沟壑壑，汩汩而去。在绿树掩隐的黄土高原上，泥浆的河水蜿蜒着，游走着。

像一片叹息的琴，在大地的耳朵里流淌。

像是这片大地深色的、曲折的心事，越过黄土，遂带走它们的希冀，向远处，沉沉地流淌，越流越往下沉。

像是马头琴酸涩的目光，在日头地下明明灭灭。满腹黧黑的心事，抠不开的梗，马粪般地肥沃，皱纹般地深长。

不断远去的树和村庄。绕着山峦的村庄。被泥浆浸湿的岸，被酸涩沤烂的命运。

绿色的大树起伏奔涌，像长在树干上的河，向着天空喷发。

空空。

立秋

秋的脚步声传来，在窗外，沙沙，沙沙，伴着蝉的哀鸣。

凌晨，打开门，两片金色的细叶跌落在你面前，悲凉之气又将灌满你的肺。

你奇异的，多喘的肺。

微风吹来，星光消失不见。夜色荡漾着，愈摇愈淡薄。唯有那颗大星，仍在闪烁，仿佛那沉默着的，仍在上空俯视。

海　湄

海湄,1978年生,居西安,做企业管理。获诗网络2016年度中国诗歌人物;2016年《扬子江》诗刊全国女子诗歌大赛主奖。作品见于多种报刊。著有诗集《红痣》。

独出阳关

一　大漠——我藏的最久的一个词

这么多年，我始终找不到一个确切的词来形容戈壁大漠，正如找不到一个形容家乡的词一样。

我索性在记忆深处撒满种子，期待他们沿着情感的藤蔓攀缘到我的笔端。

这样，我就可以坐在笔下的大漠中，听风。

风，依旧是我童年的风；风，掠过芨芨草、骆驼刺、芦苇和红柳；掠过沙砾、沙丘、驮道和盐碱地。

风，带来了鸟鸣，尽管那么单一，单一地冲出了广袤的天际，直达风想去的地方；

风，送来我童年的伙伴，他们唱着沙与沙的歌，像一个个小沙粒，从这一堆跑向那一堆。

风，把父亲的影子吹得很弯，我看到他被折断，被吹进了最深的大漠。

二　独出阳关

我不想歌唱沙漠，是沙漠在歌唱我。我不想抚摸关外的垛口，是垛口想抚摸我，我不想看到代表逝者灵魂的旋风，是旋风围绕着我。他们先是一小股一小股地旋，然后突然合成一大股，他们贯穿天地，他们非常努力地旋，他们非常急切地呐喊，他们是这个垛口的士兵，他们为了还原大漠的面目就一直活着!

很多事物已经远去，岁月销蚀了所有的存在，这里却仍旧有半个士兵。

没有人知道他最初的样子，没有人知道他站立了多久，更没有人知道他怎样在黑夜里，独自挪动着岁月的脚步。裸露的泥土，土层与土层之间的麦草，焦脆却依旧金黄。

我猜测，所有的人都嗅闻到了它的清香，仿佛嗅闻到了关里的故乡。

三　大漠,用沙书写生命

我曾独自坐在沙丘连绵的大漠中，面对白雪皑皑的祁连山，与芨芨草和骆驼刺为伴。

我曾一枚一枚地摘下沙棘果，咬碎他们酸甜参半的果实。

大漠的果实，多为红黄绿三色，他们像成色极好的玛瑙，圆润而又丰满。

我曾无数次依偎在沙丘身边，看风吹云，云携风，一缕一缕，一朵一朵，时快时慢，时进时退。

我特别想知道这里的一切，想知道沙子的前世是鱼骨，还是贝壳；是女人的胸骨，还是男人的膝盖。

大漠告诉我，沙子虽小，却最善于磨砺。

在这里的大部分时间，我惯常会茫然四顾，仿佛在等待一个故去的人。

又仿佛他的前生今世一定与我有关。

选自《中国年度优秀散文诗 2016 卷》

张　瑜

张瑜，笔名兰心。1979 年出生，现居北京。资深媒体人，国家级期刊社主编，品牌策划人。发表散文、诗歌、随笔三百多篇。

大漠绝恋
——致骆驼刺

羌笛起，夜未央。

在苍茫的敦煌戈壁与荒漠之间，悠悠的驼铃声回荡了千年，而你也在大漠孤烟中坚贞地守护了千年。

千百年前，这里是繁华富庶的都会，是金戈铁马的冷月边关，亦是莲花盛开的佛国。

是的，无数英雄豪杰在这厚重的土地上纵横过。他们怀着梦想、带着希冀，将生命的豪情与赤诚交付了戈壁大漠。

只有你拥抱过那个烽烟四起的年代，抚慰过那群血性的不惧生死的儿郎，感知过那段王朝更迭、江山易主的沧桑岁月。

贫瘠的戈壁沙漠上布满了飞沙走砾，裹挟着巨大的苍茫和豪迈。

尽管风雨剥蚀，但你把孤独与深情蕴藏于荒凉中，在沙的彼岸，用千年不变的姿态坚守一个信仰，用不息的渴望燃起爱的火焰，点亮了戈壁、荒漠中永恒不灭的星辰……

弹指间，沧海桑田，一刹那，转身千年。

只有苍茫无际的戈壁大漠呼啸而过的风声，依然在反复咏唱“天若有情天亦老，月若无恨月长圆”……

沙石沉寂，命运的繁华、沧桑已经跌入历史的轮回。

而你始终生长在戈壁大漠中，任风沙摧残你的精神初心不改；任骆驼咀嚼你的甘甜不言伤痛，任时光的车轮无情地踝过你广阔而坚韧的胸膛……

你将绿色的希望无悔地根植在戈壁的浅滩，把缕缕深情掩埋在浩瀚无边的大漠深处。

用最执着的信念，与戈壁大漠紧紧相依，用爱唤醒荒凉中久违的温柔，怒放着荒漠里那一片绿。

堪叹古今情不尽。 你仿佛是从远古穿越而来的圣灵，在爱的信仰中永久地驻扎在大漠戈壁，续写着古老的传说，独自吟诵着一曲生命的赞歌。

骆驼刺，原来你就是有情人点在胸口的朱砂……

选自 2017 年 9 月中国作家网

离　离

离离，本名李丽，1970年代末出生于甘肃通渭，中国作协会员，入选首批“甘肃诗歌八骏”。作品发表于《人民文学》《诗刊》《星星》等几十家文学刊物，并入选多种选本。获甘肃省敦煌文艺奖等奖项。出版诗集《旧时的天空》《离歌》等多部。

寂静的房子

一

我希望你想念的那个人是我。
我希望月亮和风声想念的那个人也是我。
我希望死亡和花朵同时想念我。
我希望被干干净净地想念一年。 我希望不久就可以看见雪花。
看见我骨子里深藏的孤独的白和一个慢慢张开的冬天。

二

想和一个人说说话，但是没有。
想和一个房子说说话，但是没有。
想和窗台上花盆里的植物说几句，但是没有。

房间里到处是光。不知道光是怎么进入这个房间的，没有声响。不知道它又是怎么出去的，我关上门的时候它并没有一点动静。

就像它从后面穿过我，到墙壁为止；它从前面穿透我，到书柜为止。

它从右面穿过我，到桌子一角的一方砚台为止；从右面来的光，必须到窗户为止。

就像我必须坚守自己体内的黑暗一样。

三

想一场旧电影，相连的座位，频率不一的心跳。曾经，那么年轻的目光，相望。相互折磨。

想李家寺小学四年级的教室，房顶破了的洞口总是被堵上。我被班主任没收的丝线，最后不知去了哪里。

想给我递过纸条的中学同学，和多年后说起这事的眼神，像想象某一场话剧的一个结尾一样，我畅想了足足三秒钟。

想一个人，他说祁连山，这三个字，想起来就很动人。

想好好陪着他，上一次山。离寺庙不远的那座，想一起听听木鱼被敲打的声音。

想原谅自己一次，也许无意中已犯下什么罪过。

想给菩萨上一炷香，再给父亲上一炷。他们都会保佑我和我的儿子。

想自己在地下的亲人，还是不想了。昨天下了雪，他的坟头是最美的。我和他之间隔着的，也是人间最美的。

想想已高过我眉梢的儿子，这辈子也该知足了。

陪着儿子想一条流浪狗，他说天冷了，它该怎么办？

四

寺里的喇嘛说，转一下，会得庇佑。

我跟着前面的人，右手轻轻贴着它们，转动。

只是这样转着，不出声多好。

把心里的想法说出来了，就不灵了。

五

似乎我内心里有无限的孤独，一个人站在黄昏里，我的孤独就是整个黄昏，黑夜来临，我既喜欢又害怕那些黑，似乎一陷进去，我再也找不到自己了。

孤独宛如光，而它照不到的地方，就会有另外一种孤独。 即使照见了，又有新的孤独，在继续。

快乐总是一瓣一瓣的，孤独总是一大片。

六

看见桃花盛开的时候，恰好是早晨。 看见火车经过的时候，正好是黄昏。想起这些的时候，我正在蔬菜店里挑着几颗西红柿。 我的手指拨弄那些深浅不一的红，红色就开始吵吵嚷嚷地，挤进我疲惫的耳朵。

七

孩子们在楼下打篮球。 黄昏了，明亮的光照不到他们，他们被自己内心的光照亮，并且像清晨刚刚升起的小星星。

我在二楼的房间里，喜欢有一句没一句地说话，很多时候，并不是声音把它们送出我的身体，而是文字。 它们像孤独的虫子，在我的身体里待久了，就要叮叮当当地挤出来。

窗台上一簇海棠花迎着阳光开着，红色的，有时候安静，有时候会发出一点点吵声。

八

夜晚来临的时候，雨继续下着，没有停的意思。 端一杯水，在阳台上听雨，是件很零落的事情，可是我喜欢。 我只能看见灯光照见的地方，雨继续落着，像一件隐忍了很久的事。

这时候，身边没有亲人，也没有朋友，离世的亲人们也许已经听不到雨声了，在世的也都睡了。 朋友也是，有时候想说些什么，有时候什么也不想说。不管怎么样，雨一滴一滴落着，滴滴答答都入了我的心。

九

一滴雨终于和另一滴融在一起。

一滴雨，死在另一滴的怀里。

我在阳台上目睹了它们悲欢离合的一生。 这样也好，它们总算在一起了。

选自《星星·散文诗》2015 年第 2 期

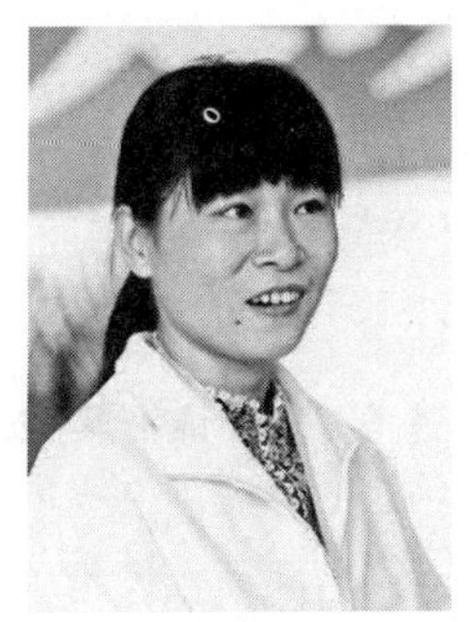

郑小琼

郑小琼，1980 年生于四川南充。现居广州。出版诗集《郑小琼诗选》《黄麻岭》《女工记》等，散文诗集《疼与痛》，散文集《夜晚的深度》等。作品入选多种选本，译成英、德、法、日、韩、西班牙语等语种。获第四届中国散文诗大奖等多个奖项。

芦苇

那些远远近近的雁语消逝了，那些高高低低的流水消逝了，那些唱着渔歌的船只消逝了，只有那一缕风在吹奏着你无边的洁白的忧伤。 很远便见到你一夜白了头的霁颜。

挥镰刀的母亲，一株站着的芦苇。

这时，父亲的船队正从远方归来。 他们男子汉的声音加宽了窄窄的河床，他们的樵歌模糊了秋夜的天空。

在白色的苍茫中，远处，站着的母亲，一株暗淡的芦苇在滩头摇动，它划开我的心。

秋风吹着，大地加深了苍茫的姿势。 我看见那些潮水涨及我的梦境，它们摇动的身影加深了秋天的辽阔，它们站着，以忧伤的潮水的方式，在秋天的深处。

母亲站在河滩，挥动镰刀，她的身影令我泪流。

一株芦苇，在秋风中涨开风暴。

这是秋天，十月雾气弥漫，河流消瘦，飞鸟远遁，芦苇和母亲一同涌动，整个河滩在秋风中颤抖，大片的忧伤。

多少年了，我还在回忆。在梦境中，大片的忧伤。

湿了河滩的芦苇和挥镰的母亲。

选自《散文诗世界》2004 年第 4 期

在黄河入海口

黄河从源头哭着，一直奔了下来。

最后一滴水逝于祖国的境内，孔子如此说，逝者如斯夫！逝者，一个读经的女人。一个漫游的女人站在黄河的入海口，目睹黄河入海，目睹中国的历史入海，目睹自己是一条黄河入海。

有泪，有恨，有爱，有痛，入海。

有五千年时光相互抱着哭泣，入海。

有肉，有骨，有血，有灵魂，入海。

有草叶，有树木，有鱼的嘴，有一线青天，有流水，有诉说。有田野，有城市，有轰鸣的钢铁厂，在疯长，在覆盖，在人海。

黄河，还在走着它遥远的路，在它看不见的光的汹涌中。

白天入水，黑夜入水，剩下暮色已苍茫。

朝代入水，皇帝入水，剩下历史在鸣奏。

它长年浸在灾难的水里的骨头，在白花花地痛，隐隐传来涛声。

它们如何拐过课本、四书、五经、唐诗、宋词、明代一只木鱼，拐过清朝的淤泥，拐过陕、晋、豫、青……拐进鲁国的大地，拐进辽阔而苍茫的海边。

我站立，守着，黄河入海。我目睹的只是秋日河岸，白云飘动，有船驶过历史的隧道，像一场大病。

心经

有很多种可能，在黄昏，在舟与水，人与兽，村与城，我们逃亡，渺茫了与祖先脐带之间的联系，学不会记忆，剩下兽性在世界奔波。

遗忘了祖先诗化的训诫。

在空舟与空岛之间，我们是孤儿，零落在雨季的霓虹间。

祖先的告诫离我们很远了。 在雨季中，我们目睹祖先的墓穴。

记忆令我们如此辛酸。 酸化成一场世纪的大雨，落下——我们在祖先的告诫中越逃越远，离死更近。 死亡像雾霭一样围绕着我们，抚摸着我们。

它让我们有了生的记忆，活着的感受。

我已忘记祖先原是北溟之鱼，他已化鸟为鹏，隐居在南溟与天地之间。

祖先已遗忘了我们!

在起风的海岸线上……水，淹没了我们的来路。

剩下我们在愚蠢地美化着我们愚蠢的往事，把历史美容成一种没有生命的塑料饰品。

祖先已远。

在历史的水中……浮出了无数个企图瞒住的蹩足。

我们学不会记忆，生物之以息相吹也，

剩下死亡的空茫收敛着我们。

天地苍苍，却杳无人迹。

选自《红海滩》2006 年第 4 期)

姜利晓

姜利晓，1980年出生，现居河北大名。在《中国诗人》《散文诗世界》《葡萄园诗刊》《宁夏日报》《羊城晚报》等刊物发表各类作品六百余篇，获全国性征文奖八十余次。

与母书（组章）

老茧

岁月的苦难磨成的老茧，在母亲的手上绽放成花。

春种秋收，黄土地上的默默耕耘，换来了一家人暖融融的日子。流水一样的日子，在悄无声息中一闪而逝，只有这些苦难的印记，深深地刻在母亲的手上，刻进我疼痛的目光与心灵。

柴米油盐，锅碗瓢盆，袅袅炊烟，母亲的勤劳，大多时候是我们舌尖上的一种味道，也是母亲心灵手巧的一次深刻演绎。

每年春暖花开时，她就会挥起各种农具，在解冻的土地上，播种下一粒粒的希望。放眼望去，那些绿油油的希望，正郁郁葱葱生机盎然。就连过路的风撞见了，也是一个劲儿地傻笑，那笑容暖暖的。

锄头，在庄稼间来回移动，在这不停的移动中，杂草倒地而亡，庄稼亭亭玉立，他们此刻就是母亲心中的宠儿，和我们一样，都是她心头的宝。

从贫穷到富裕，母亲对土地的爱恋，始终不减。

当生活的重担，将她原本就孱弱的身躯一压再压，终于她的腰杆已不再挺拔。看着她佝偻的样子，我心如刀割。

每次离家进城时，母亲都会站在村口送我，回眸中，望见她的身影，我总是忍不住泪水潸潸。

娘啊，世上最美的花朵，就绽放在您的手上，双手紧握您的双手，看一眼这一朵一朵的茧花，那就是沧桑岁月与无声大爱，在您双手上的点滴汇聚啊！

母爱如山，老茧为证！

远方

远方有多远？

母亲总是用自己的无尽思念，丈量。

外出打工的我，总是母亲心中最放心不下的牵挂。生活的重担之下，我不得不选择背井离乡，到陌生的外地打捞生活。于是，随着我离去的脚步越走越远，母亲心中的远方也就越来越远。

孤独的夜晚，月光都是冰冷的，唯有思念，在我们彼此的心头像火一样，熊熊燃烧。

倚窗而立，我举起一杯凉凉的月光，与远方的母亲同饮，这从一首古诗中淌下来的光芒，总在不经意间变成寒霜，苍凉在思念的心头。

我全身沾满泥土的气息，所以多少年来，我一直未曾迷失方向。现在的漂泊，只为有一天隆重地回归。

远方不远，他就住在我和母亲的心里。

母亲的手

母亲没有读过书，却用自己勤劳的双手，教会我们做人的道理。

我一直坚信母亲是会写字的，真的，你看她手拿锄头，多么灵活地在土地的大纸上，飞舞着属于她自己的书法，她对书写火候与分寸的拿捏之准，让这么多的庄稼，一起欢笑着为她鼓掌。

做饭时，母亲切菜的手，像是一个无法停下来的机器，“嗒嗒嗒”一个声音，一气呵成，这不就是在写文章吗？ 粗细均匀的菜丝，正是她俊秀的字迹。

常年的劳累，让母亲的双手布满老茧，布满皱纹，也布满伤痕。 冬日里母亲习惯了用热水烫烫自己的双手，我知道她是想驱除这隐藏着她骨缝里的寒冷与疼痛。

母亲的双手，为这个家庭托举出一片天空！

陈惠琼主编《中国散文诗年选》（花城出城出版社）

莫鸣小猪

莫鸣小猪，本名郭瑞芳，1980年生，现居广东清远。出版散文诗集《雅歌》。诗作发表于《诗潮》《诗林》等刊物，作品入选《中国散文精选》《中国散文诗年选》等选本。

华丽背后

一

近了吗？ 近在咫尺！ 中国的紫禁城，明清的紫禁城，我们的紫禁城！

沿着那些汉白玉的台阶，一步步靠近明朝和清朝的兴衰荣辱，一层层深入那些曾让王族和历史生痛的往事。

触摸一砖一石，我把脸贴在光滑的栏杆上，试图聆听出一些人或者神的声音。

余晖映照那些王公贵族曾经无数次走过的深幽曲径。 一阵曾经吹过古人头顶的风，如今从我们的头顶吹过。

宫殿那么大，历史那么远，文化那么厚重！ 一些古旧而深刻的细节，不经意就缱绻留连在心灵深处，最柔软的地方。

五百多年，历史，故宫，没有过安宁。 建造以来，历经无数繁华、战乱，唯独没有经过寂寞。

二

斜阳下，晚风里，故宫里有红墙，隐约着一些繁华退尽的荒芜。

翻看史料，俯视偌大的建筑群，华丽却又带点儿阴森。

都说皇宫里困住过很多灵魂，兜兜转转或不愿意离开，或离开不了，又或认不得来时的路。那些关于宫女太监夜间出没于雕梁画栋之间的鬼神说，会否类似海市蜃楼般，在月光下晒出一幕幕或气势磅礴，或哀怨婉转，或色彩斑斓的野史？

总有一些隐约的悲凉，仿如青衣的唱腔，在黑色的夜里叫醒了我的耳朵，挑起我心中最脆弱和敏感的那根弦。我久久无法相信那些远古时代的往事真实地上演过。这谜一般的宫殿，如果给我一个夜晚，不，只需半个，就足以把我迷失。

有一种冲动，飞回去，看清历史的来龙去脉……

三

在雨花阁外的宫墙之中，听到华丽的宫廷乐章，在断虹桥外，我见到一些宫女对影自怜，那些每日里只在后花园赏花观鸟、操琴作诗的王公贵族，也许正偷偷乘着月光的船，在花间饮酒对歌。

我愿意相信那些明朝的旧臣，那些清朝的遗老，每逢初一十五，会在半夜里到此地偷偷哭泣和拜祭。

如今那些栖息于树上的鸟儿，它们的祖先是否也曾被皇族喂养和囚禁过，它们的语言中是否也流传着一些我们人类无法读懂的历史细节？

就在文华殿外，你看见了吗？海棠树依旧活着，据说每到春天同样满树繁花。那曾在花间下和蝴蝶共舞的女子啊，如今，你又去了哪里？入画了吗，还是已经快乐飞翔于诗词当中？

四

那是一棵歪脖子的槐，已经很老，并且开始失忆了。

有一种物是人非的伤感自它的根部而来。 关于明朝那些事儿，有如虚无的幻象，在行色匆忙的游人眼里，恐怕薄如烟尘，转瞬即逝。

崇祯和明朝的悲哀，在人的情感荒漠里，早已经来去如风。

请原谅吧，现代人脆弱的心灵，已经无法承受，无法承受那些历史转身后遗下的萧索与沉重。

无论大明，也无论大清！ 已然藏匿在历史舞台的背后。

如果说故宫的经历是一出大型史诗，那么明末的崇祯和清末的溥仪呢？ 那些曾经至高无上的孤家寡人呀，最后却连谢幕的时间和机会都没有。

今天，站在景山的脚下，请与我一起为那些逝去如风的帝王深深鞠躬，补上庄严的谢幕吧，然后回身对着护城河日夜吟唱的流水，对着某个湖中睡莲的影子，挥挥手，说再见！

五

太阳的脸斜倚在半山里，阳光老迈，空气中弥漫着蜜桃的芬芳，如神话般的绚烂。

海棠树下，有斑驳的光影，那桥下的水流静静流淌，我倾尽了想象和词句，也无法给故宫一个完美的比喻。

如果再给我一个晚上，我想一个人。

在温暖而寂寥的宫灯下静静聆听，听那庭院深处若有若无的脚步由近而远，听花开花落伴随蝴蝶梦醉的咏叹，听蟋蟀们在某处角落窃窃私语传递小太监或老宫女的乡愁，看冷艳的鸟儿在月光下跳起凄清的独舞。

如果再给我一个晚上，我想走进故宫。

最好邀明月相陪，最好温暖如春。

那样，我可以看着水中的花儿静静开放，偷听莲的心事，观往昔如流水。

我忽然迷醉于这如梦似幻的宫殿，无论笃静，无论媚惑。

如果可以，在故宫，华丽背后，来一场思想的盛宴，无妨。

选自《2010 中国散文诗年选》，花城出版社

朝　颜

朝颜,原名钟秀华,畲族,1980 年生。中国作协会员,瑞金市作协副主席,鲁迅文学院第二十九届高研班学员,参加第十六届全国散文诗笔会。作品见于《人民文学》《诗刊》《散文》《文艺报》等报刊。获《民族文学》年度散文奖、《人民文学》《诗刊》《星星》征文奖,作品入选多种选本。出版散文集《天空下的麦菜岭》。

在大禹渡,留下带体温的修辞(三章)

一　缓慢是靠近的方式之一

我从江南泅渡而来，以一尾鱼的姿势。 路途有多么遥远，我挥动的鳍就有多么吃力。 只因远处星光灿烂，远处笑语连连，我的缓慢的摇晃便有了指向和意义。

一本书，有十三种情态，足以医治孤单、抵挡黑暗。 我枕住铁轨，吐出三个三重奏的鼾声，是夜不曾失眠。 还有很多的言语需要在梦里练习倾吐，还有很多的人需要在梦里练习相见。

这个世界上的快有许多种：快餐、速配、闪婚、飙车……我都不甚喜欢。

我愿意用缓慢的触觉，从空气里辨别由湿润向干燥的过渡；我愿意用缓慢的目光，打探车窗外的平原与荒坡、小米和高粱；我愿意羊群从我的视线里缓慢经过，我愿意大禹渡的风景从我的想象中渐次明朗。

我愿意缓慢地爱一处风景，爱一个人，用尽一生的荒凉。

靠近大禹渡，你有你的飞翔，我有我的缓慢。

二 清澈是生长在骨头里的美

夜空是清澈的，星光是清澈的，三只羊羔的叫声也是清澈的。

如果说黄河不是清澈的，那么为何岸上的沙粒如此晶莹，如此剔透？ 为何水中的鱼儿如此清醒，如此灵动？ 为何被黄河水浇灌的良田如此丰产，牛羊如此肥壮？ 为何黄河边上生长的小麦如此清香，玉米如此金黄？

我猜想，一定有一种纯粹，是它灵魂里最为光辉的一部分。

我热爱世间一切纯粹的事物，比如高粱那透着血的红，比如你放在我手心里的那一捧芝麻的纯白，比如你想念我时闪动过的那一束晶莹的泪光。

我必须学习黄河之鱼，在浊浪里保持敏锐的视觉和敏捷的游弋，并生长出鲜美的肉身。 终有一天，我将交出我的鲜美，交出我的呼吸和唇印，只有我爱的人，可以享用它。

此刻，请让我再一次泅渡黄河，进入它绵延五千四百六十四公里的温度，温习它的纯粹和它的清澈。

我将忽略它脸上的尘垢，忘记它的咆哮和坏脾气，紧紧地，搂住它滚烫的内心和生长在骨头里的美。

三 每一朵篝火都是燃烧的疼痛

再没有比今夜更美的离别，再没有比今夜更美的疼痛。

在大禹渡，在黄河的岸边，羊皮筏子始终没有将我渡过对岸。 我住在和睦居，与一群粮食和一个名叫大禹的男人为邻。 如果我以涂山氏的口音说出渴望，他不会知道；如果我的生命里开出了彼岸的花朵，他也不会知道。 治水的人，他忘记了疏堵之道。

我常常想，是否需要一堆篝火，需要一万盏星光，才能照亮一个人回家的路？

此刻，篝火燃烧起来，星星是沉默的智者。我将告别大禹渡，在风动亭遇见风，轻飘飘地踏上归途，诗歌是我全部的行囊。

我的肉身很轻，灵魂太重。还未离开，已然开始想念。我喜欢那些奔走在风里的歌声，和一些被酒精燃烧的温度。今夜，我们练习拥抱，以泪水取暖；今夜，我们相互敞开，接下一些陌路天涯的叮咛；今夜，我爱上了喜欢流泪的姐姐。

每一朵篝火都是燃烧的疼痛，每一次离别都是下一个相遇的起点。就像眼前的黄河，每拐一个弯，都是为了伸向更远的远方。

选自《散文诗》2016 年 12 月下半月刊

冯　琳

冯琳,1981年出生,重庆人。任职于陆军军医大学新桥医院。作品散见于《延河》《中国诗人》《重庆日报》《散文诗世界》等。有散文诗集出版。作品入选重庆中学生语文考试试卷,被中国诗歌网评为2016年度重庆十佳新锐诗人。

蓝色的海洋,来自泸沽湖的召唤(组章)

一　泸沽湖,挤出湿漉漉的心事

泸沽湖的女子，趁黎明打盹，赶紧放心大胆地沐浴、梳妆，清洗悠长的辫子，赶在晨曦越过高山之时，个个出落得水灵灵。

绿色自有绿色的苍翠。

黄色自有黄色的妩媚。

她们像向日葵一样灼灼燃烧，麦芒一般粗犷而苗条。

笑声是古琴弦的回音，是母亲凝眸孩子的慈祥目光。

泸沽湖的女子，每天跳着水中芭蕾。

生在女儿国，湿漉漉的心事，挤出来。

二　蓝色的海洋,来自泸沽湖的召唤

盐源，路边，浅滩被一抹黄土打个顿号，树木顺着顿号生长，两旁被蓝丝绸

围着，偶有飞鸟伸懒腰，成群结队的天鹅练习碎步。

天，蓝得没有杂质，连经常路过的云也躲进了被窝。

天和丝绸的颜色是路上的主色调，树枝上的绿宝石，身披黄风衣的泥土，被扑面而来的风牵进蓝色的海洋。

蓝色的海洋，来自泸沽湖的召唤。

三　梅,是泸沽湖的一颗纽扣

梅是泸沽湖衣袂间的一颗纽扣。

解开，露出丝滑的肌肤。

梅是别在里格半岛腰间的玉佩。

大风起兮，滴滴答答的响声洒向湖面。

梅是大落水村口挂在树枝上的灯笼。

照亮游子归家的路。

梅在湖面轻抚水草，高举火把，映红羞涩的脸。

手握画笔，梅在蔚蓝的画布上涂抹粉红色的回忆。

梅和我一样，钻进蓝色的梦境，做着幽蓝幽蓝的梦。

四　女神湾,绝世的女子

女子在泸沽湖沐浴之时洒落在赵家湾的一滴清泉，很快沿着湖的方向漫出无边无际的湛蓝。

把心敞开，晚霞来了，沿着山坳，映红青春的容颜。

把手摊开，鱼游过来了，在你的目光深处把神的旨意传递。

把你的裙子拽到岸边，鹅卵石三三两两赶来，过着安稳的日子。

在你的关照下。

女神湾，绝世的女子，在泸沽湖畔闪动亮亮的眸子，唱着美妙的歌谣。

五　火棘,向我说出春天的消息

泸沽湖女儿出嫁时戴的花环，火棘，你在她的发髻上行走，吐出美丽的芳香。

晚霞涂在湖面的胭脂，映红女儿国久远的传说。

画框中闪闪的烛光，在小寒，用十二分热情驱赶人间的寒流。

你是窗户上的剪纸，贪婪呼吸新年的空气，向我说出春天的消息。

选自《散文诗世界》2017 年第 4 期

田字格

田字格，本名马莉，1983 年生于江苏武进，江苏省作家协会会员。作品散见于《星星》《诗潮》《上海诗人》《扬子江诗刊》《中国诗人》《文学报》等报刊，入选《中国当代爱情散文诗金典》等多种诗歌选本。著有诗集《灵魂的刻度》。

中年的清晨（组章）

中年的清晨

中年是一个刻度，为什么在温度计的下降里，低低地哭？

中年那背负的，除了时间之重，真相之轻，还有每一个鸟声啾啾的清晨，半亩曙光的骨灰。

站台

窗倒出光，倒出一个人剪纸一样的薄影子，声音挤碎声音，流入拇指的琴盒。 别用力，草木要呼吸，轻喘，蛐蛐咬紧耳朵，蝉透明地起伏。 叶抽出千瓣花，每一瓣都憋着皱纹。 世界坍塌之前，我已开始结霜，爱的每一善念都是月光系住粉颈。 华灯暗，残疾猫蹲在无人的站台，火车不肯鸣笛，青草沿路往后生长。

关于爱

一声叹息，我看见霜华满鬓，枯茎摇落。

一声应答，尾音拖长，来自前世，在那儿，我不是我，你也不是你。

我是寺庙的门环，那连夜扑打庙门是你吗？

我是清贫的瓦楞，那孤零零的麻雀，灰黄的竹叶是你吗？

我是家燕俯冲的线条，那蘸了一点水迅速飞走的是你吗？

爱这个字，轻轻一念，就成为咒语，两束苍老之光，合十。

小女孩和小男孩在大海边相遇，一声叹息，一声应答。

春秋堂

就爱这屋和屋外的芭蕉，坐下便忘了身在哪个朝代，便忘了活在哪一世。

秋雨连夜赶来，敲打一扇掉漆的木门，偶尔的叩门声就是我了，我斑驳苍老不想示人。黑白电视里走出一颗士大夫心，那是我吗？那抱柴回家烧饭的是我吗？那坐在每一滴茶水上入定的是我吗？

银杏叶扫着扫着，更多人找不到家了。满地都是心，心，心，金黄的渴念，褐色边缘的寂灭。

让葡萄藤一样的鸟声带我们回家，带我们爱上每个黄昏，直到爱上自己的来生。让炊烟重新供奉这座村庄，让我们告别般望着这一切，让我们重逢般望着这一切，让慈悲在暮色里得到加持，让万物在《大悲咒》里酣睡。

梦南飞

梦南飞，原名李晓园，1985 年出生于宁夏平罗。就职于某集团公司。著有散文诗集《飘香的梦影》，发表作品五百余篇，收入多种文学选本，获国际散文诗大赛金奖等多种奖项。中外散文诗学会理事、宁夏作家协会会员、平罗诗词学会副会长。

迟开的玫瑰最美(组章)

你走过的地方，盛开浓烈的阳光

你骑着一匹白马，裹挟着阳光向我的梦奔来，白色飘逸的马鬃抖动着我胸前的梦……

你是自由之子，勒紧了命运的缰绳，追逐着梦想的高地，人生的高地。

窗外的风景，揉搓着你英雄的长发，你托起倾斜的天空，托起我梦中失落的云朵和缤纷跌落的花雨。

你是我生命的英雄，英雄不是默立在风中的年画。

从春天开始，从绿草有韵律的摆动，从柳色无边的春意，从落霞满天飞的黄昏……

短暂的人生，让我们在一首诗中沉静

生命是一幅画，你是我画中闪耀的明星。

人生，是一首歌，你是我人生五线谱高音谱号明媚嘹亮的恋歌。

短暂的人生，缠绵抒情的欢歌。在人生的四季里，你芬芳，绚烂了我一季又一季的梦。

溪水流进酥润的潭水里，你润泽着我生命的每一段繁花锦绣的旅程。

鸟叫开了春天的眼睛，你唤醒了我沉睡的梦，凝神去听，春晓时鸟鸣颤动了春天的魂，一直听到你我心贴心炽热的跳动。

在爱情恣意疯长的春天里，我静默成一束相思的梅，期盼着明年的春天里，花朵沁出爱的蜜意，流淌着恋爱的时光。

那时我们静默成一首诗，在弥漫爱情的空气中，翻滚着蜜一样的暖意。

迟开的玫瑰最美

四月的花，美得发情。

四月的花，按捺不住相思的苦等。

四月，一朵玫瑰倚在春风里。

等待，一场迟来的爱情，奔放地开。

她绽放层层嫣红，

她绽放楚楚动人，

她为他打开了通向情欲的大门。

他向她飞来，衔来一枝迟开的玫瑰，在浓浓的夜色里，共同饮啜爱的蜜意。

一抹夕阳，酿着微笑的玫瑰。

夕阳落下，爱的星光铺满了他们的婚床。

夜，好静，好静，静得像一幅画，画中他忘情地吻着她每一寸如雪的肌肤，月光弥漫的岁月里，只听到他们沸腾的血在奔涌，两颗炽热的心紧紧贴在一起，迷醉，起舞，欢歌，放荡，昏睡。

呵，今夜，剥开你雪白透明的胴体，你穿着性感的红裙，在我荒芜的胸脯跳着霓裳羽衣舞，唱给那迷人的线条，唱给那漂亮丰盈的身体。

呵，举起醇香浓烈的酒，干杯吧！ 酒中更有一些温熟、妩媚的情绪。

今夜，我绽放成一朵迟开的玫瑰，等着你滑进我温热寂寞的灵魂，要我，要我！

迟开的玫瑰，美丽了夕阳的人生，灿烂了黄昏星的春梦。 要我，快来要我！

今夜，爱的银河春潮泛滥，灌醉了你生命的荒芜。

迟开的玫瑰楚楚动人。

迟开的玫瑰，长出耳朵和鼻子，听你霓裳衣褶的窸窣，嗅我身上飘来淡淡的脂粉香。

选自《作家报》2016 年 7 月(1—8 日合刊)

丘海念

丘海念，1986年出生，居住广州。海念艺术空间创始人。作品入选《2007年中国散文诗精选》《粤海散文》《桃李缘》《民族魂》等期刊、选本。

二十，境由心生

一

注定要发生的终究要发生。

生活的镜，把他投入心境。 心里有个月亮，那个月亮脉脉躺在水里，水里的月亮却要住在天上。

也许，天上才是月亮感觉最幸福的天堂。

可是，为什么要固守遥远的幸福呢？

人生有几何，又何必到达心中那个地方？

人活一世，草木一秋，其实，这只是境由心生……

二

有一种青春爱情的冲动与渴望会让人产生错爱的感觉。

桃子打开对桃花的珍藏，脉脉，或默默。

月华如水，幸福的月亮并没有向世人现出原本的温柔。

三

带者一颗虔诚的戏子心活在生活的假象里，走出生活的假象，幼稚的人只会扎入阴影的可悲中。

生活不是用来回首昨日的挫折与伤痛。 假如一个人永远生活在昨日，那么必将失去现在和将来。

时间，其实是一块橡皮擦，求证了昨日的错误，更刷新了今朝的启航。

无须活在昨日的阴影里，也无须做别人希望你做的……

有人为你默默付出，是你的幸运：

无人为你付出，亦是理所当然。

因为，路是用自己的双脚走出来的。

四

你是双脚的主宰者。

你更是上帝的逐客。

从脱离母体，你一生追求的道路，最终目的只是死亡而已。 只是其间有欢乐和痛苦伴随，而痛苦则是幸福的前提。

在呈现生命求索过程中，得与失，在某个角度是画等号的。 两手皆空而来，亦两手皆空悄悄而去。 到最后，我们失去了所有，包括荣誉，包括生命。

其实，每个人也是活着的，至少你会永远活在某个人的心灵深处。

选自 2007 年《粤海散文》

郑海银

郑海银，1988年生，广东清远人，现居江苏新沂。作品散见于《散文诗世界》《清远日报》《民族日报》等报纸杂志，入选《最受中学生喜爱的100篇散文》《最受小学生喜爱的100篇散文》等多种选本。

薰衣草之歌

薰衣草开了吗？

从邂逅的日子开始，我就不停叨念着那个山谷，念叨着那条流在远方的河流，念叨着你紫色的名字。

在浪漫的线索里，古老而遥远的故事是那么美丽安详。热情起伏的季节，只要手指轻轻掀动，相偎的身影就会在记忆里涌现，无论清晨还是黄昏，那梦幻的色彩格外甜蜜，让人心旷神怡。

亲爱的爱人呀，为你，我不怀拥有远航的岁月，在遥远的他乡踩碎月光和迷恋，那段漂移的旅途将是我们一生最幸福的情节。

薰衣草应该开了吧！

你不用说，内心深处，那片风景早已灿然成灾，而相思的微笑、优雅的诗句，已经把我的行囊塞得满满！

最爱的人呀，你也不用再给我灌输灵感，满纸的文字和孤独的笔尖已经唱了一夜又一夜！

我们的爱已经留在记忆中了，彼此的眼神只有对方可以读懂。牵手的那些日子里，我们没有放弃一丝热吻的机会，没有放弃把思念留在拥抱的身体里……

薰衣草的故事，是你说给我的，亲爱的，我已深深记住，为了那份永恒，我会静静地等到未来……

酒醉

我把步子调了又调，那微醉的姿态，在楼顶上依然倾斜！

旋转的大地，在我的俯瞰中流动，暧昧的灯光似在微笑，又似在轻声诉说，你在想我……

你一定在想我。是的。看着那些躲起来的星星，和满天的月亮，就知道你一定在远远的地方想我！

我能感受到你张开的怀抱，那有力的臂膀已穿透时光和空气抵达我的身体。我知道你的爱情，像我娇羞的容颜只为你变得酡红，眼睛只对你才有媚态，我双手环扣，身体像在你的怀里，四周都是你的拥抱……

我不知道在来来回回的楼顶走了多少圈，但脚下的地板肯定累了，那轻轻的震动，是叹息，也是妒忌！

好想用一个跳跃和你一起飞翔，在你的拥抱里让迷离的心事和酒醉的眼睛一起欢笑，被你温厚的唇捕捉……

可你不会让我跳，电话那端的焦急与牵挂，让我的心花都开了，连心口的纽扣也不知不觉中弯了腰……

你是我的公主。

我相信那是你说的话，可是当我认真地侧起耳朵——

只有一颗心在扑通扑通……

选自《散文诗世界》2009 年第 7 期

司　念

司念，1988年出生于安徽省安庆市，现居北京，工作于北京市海淀区教委。文学硕士，作品在多家报刊发表，并多次获奖。参加全国第十七届散文诗笔会。

云冈石窟的朝圣（组章）

一　拜谒千年

迟到了一千五百年来看你，就像迟到了一千五百年的约定。

除了一颗虔诚的心，我别无所有。

沙门统昙曜开凿了五窟。

在大门前，我记住了昙曜，一个瘦骨嶙峋、眼神有力的高僧。

犍陀罗、秣菟罗的风吹在佛塔的大象身上，在维摩和文殊高高的鼻梁上，在佛陀刚劲圆润的脚趾上。

六十余年的拜谒，六十余年的和平，是北魏和天竺的愿景。

护法、乐天、养人是他们共同的祈求。

兵戈铁马的拓跋们，在一千余尊神祇的佛龛前跪下了。

是佛陀归顺了拓跋，还是拓跋成就了千年的佛陀，没有人去争辩。

兵也荒了，马也乱了，在数次遭焚的时候，大佛岿然不动。

山门广开，你想来就来吧，他不计较你满身的罪孽。

二　开凿多艰

七彩祥云在正午时分出现，就如此生注定在武州山南完成一场修行。

菩提树下，佛陀吐气如兰。盘腿在莲花中央，弥勒轻笑，统筹四方。

后燕、南朝、胡夏、柔然、北燕集体朝拜，献上他们的汗血马、玳瑁珠。鲜卑的拓跋氏用勇猛征服北方，他们的草原退化进坚硬的山石里。

三军统帅、六镇将领灰飞烟灭，那庙宇楼阁鼎立在山前。

咿咿呀呀，叮叮当当，建造的呼声震天，光膀子的人来不及喝口水，把头埋进石窟的深邃里。

早已记不住尔朱荣、宇文觉，亦分不清刘库仁、刘卫辰，偶尔闪过慕容垂、苻坚的模样。也许，拓跋宏的不经之举，成全了他们一生的宿命。

战火烧了千年，从南到北，从草原到荒漠，迁徙的路途遥远，开凿的信念执着。

如果说是一场火的成全，不若说是自我甘愿的淬炼。

三　迁徙之路

不甘于游牧在漠北的草原，他们一路南下，联合西晋，与匈奴、羯相对抗。

曾经兼并十六国，统一北方。

亦不甘于野蛮地存在，他们选择同化。

从此隐藏血腥暴力，温顺如羊，带上匈奴和高车。

经历了千万里的路，驻扎在中原腹地。

偶然，还是必然？他们不问因果。

他们献上最本真的信任，最强劲的力量，开凿那坚硬如铁的崖壁。

内部的争吵和厮杀，将设想阻挡在悬崖上。他们杀身成仁，取义舍身，一颗赤心献给大地。

释迦、多宝二佛并坐，褒衣博带，神态自然。手掌朝外，给予他们安定与祥和。

余元英

余元英，生于1990年，四川省九寨沟县人。现居住四川省雅安市，供职于雅安市某机关。有诗作刊发于《四川文学》《星星诗刊》《诗歌月刊》《天津诗人》等期刊；有作品入选《2014年新诗排行榜》。

今生遇到的坝子都是家乡（组章）

今生遇到的坝子都是家乡

我的家乡是一座叫作“吊坝”的村子。

她像一个无限放大的椭圆形鸡蛋，稳稳地放在川西高原山脉的底端。在这里日复一日、年复一年地用自身的营养，喂养生于斯长于斯的人和动物、植物。

在吊坝，除了房子不能种庄稼，其余的地方决不让它空白着发呆，就算是石头，也要包裹一层青苔。

我最喜欢看记忆中乡亲们种庄稼时的场景——

三月，当雪线由山脚撤退至山顶，大地就露出她的慈祥。

那时耕种还用牦牛，男人们在前面犁地、聊天，也唱山歌给牛听。女人们在后面撒种子、撒肥料、掩土，种土豆、青稞、玉米，也种遍地的欢笑……

乡亲们点缀在一望无际的沃土上，像极了在吊坝这篇大文章上落下的标点，有的是逗号，有的是感叹号，有的是问号，有的是句号。

而我是生在吊坝的省略号，为了看到山脉外的景，早早地离开了她，但我无时无刻不爱着她啊，以至于今生遇到的所有平整的坝子，都忍不住叫上一声“家乡”！

黑河的水流进我的血液

一条河流有了名字就有了命。比如家乡的黑河，它的母亲是高原冰雪，子女是生活在沿河岸的村民，作为子民的我们用它灌溉庄稼，也灌溉自己。

黑河清绿，清绿如河岸白杨的嫩芽，在河水缓流处可以抓住飘进河底的云。我常常怀疑为河流起名的人必定是缺乏正义之人，否则，怎会黑白不分，颠倒是非？

面对黑河时，总有很多记忆，湿漉漉地爬上来。小时候，伙伴是一条没有性别的鹅，可以漂浮水面，也可以潜底。母亲的责骂惊扰垂在河边的柳枝，柔软地拍在身上没有疼痛，只有阳光的余温。

我和妹妹喜欢捞鱼，也捞走一些河水，沙滩上有我和妹妹用童年喂养着的鱼，陪我们长大，也陪岁月老去。

那些失去棱角而算不上石头的鹅卵石，是我和妹妹算术中一直宠爱着的宝贝，只是，“近朱者赤，近墨者黑”，在生活的染色缸里，我也渐渐沾染上鹅卵石的习性。

和老屋一起老去的父母

新年这根绳还是没能拴住一家人，能挣扎的都朝着既定的方向挣扎。多少次劝父母和我一起进城住，老人摆摆手，总说老屋老了，也需要人陪。

就这样，老人陪着老屋，老屋也陪着老人。

老人像一座电力不足的钟摆，从老屋的左边晃到右边，半晌，又从右边吃力的摆到左边，搀扶着把日子过成比日子更长的年。

闲暇时，老人喜欢给和自己儿女同名的小鸡说话，说子孙的乖巧，说邻里旧事，也说一些遥不可及的记忆。

夜逼近前，老人习惯与老屋相视而笑，这默契就如黎明安放在黑暗之后那么自然。

马 原

马原，1992 年出生于河南固始。中南财经政法大学、美国俄亥俄州立大学法律硕士。文学作品发表于《人民日报》《星星》《长江诗歌》《散文选刊》《奔流》等刊物。现供职于《人民日报》，任新闻采编记者。

母子

这片大陆被上帝遗忘了。

羚羊飞奔，角马迁徙，万物蓬发如野草，自生自灭。

大哥的裤子传给二姐，然后是三哥，缝缝补补又给了我。

中午太阳好大，沙地好烫。

我不怕，因为我踩在妈妈脚背上。

谷雨茶

暮春的最后一个节气由戴胜鸟唤醒。

润，是暮春的特色。

戴胜在雨汽里润足了嗓子，伶伶俐俐地立在桑树梢，摇摇冠羽，伸长脖子，一声啼鸣悠扬婉转。

透过这样的雨，这样的绿，这样层叠苍翠的青峰。

铺垫够了，渲染够了，再不来可就晚了。

谷雨，宛如睡迟的美人，终于轻移莲步，粲然一笑。

唯有到谷雨，才知道春到了多久。浅浅淡淡的绿被层层描摹，越浓烈，越动人。

也唯有到谷雨，风雨才不萧索，不凄冷。

柔雾轻笼一屏山水，宛如一轴水墨，画中应有一篷船，一炉火，一捧茶——茶，是春的眼睛。

上古仓颉造字，惊鬼神，愁风愁雨夜，仓颉也得先喝口茶，压压惊，方出门迎战。仓颉喝的，定是谷雨茶。清明太嫩，入夏太焦。谷雨的茶，才是浓淡适宜。

雨润百谷，润苍生，株株茶树被浸润得英姿勃发，枝条饱满慵懒，伸展在绵润的高山上。山那头，是未知的涳蒙水色。

只有最细尖的嫩芽有资格被摘下，多一分，少一分都不够味。

恰如暮春的春意，早一时略淡，晚一时则燥。清明与立夏的夹缝里，谷雨的春茶被采摘，被翻炒。

遥远的上古，无铁。仓颉的茶，大概是红泥瓦盆烘出的，盆上画着简笔的鱼儿，三角的人眼。

最秀丽的姑娘，最纤巧的手，上下翻动着新叶，文火细细，烘干水汽，茶香蒸腾一室。仓颉仰观飞禽，俯察走兽，闭上眼，耳听得牛皮鼓槌响，九黎苗夷的巫术燃起大火，山摇地动。

山是竖山，水是曲水，鸟雀振翅，日月轮回。龙隐于云端，凤栖于苍梧，仓颉胸中有波澜，他试着用最简明的笔画，记录轩辕黄帝的江山。

天机不可泄，泄了又如何？造化藏其密，揭了又如何？

龟甲被石刀刻出纹路，一笔横折，一笔竖钩。一笔新禾沐阳，一笔兵戈伐野。

茶好，字成。

数道雷电劈下，神明被撼动，洒下谷种亿万，是为谷雨。

原筱菲

原筱菲，本名郑迪菲，1993年出生于黑龙江省大庆市。黑龙江省作家协会会员。作品散见于《诗刊》《天涯》《星星》《散文诗》等百余种中外期刊，多次入选《诗选刊》中国诗歌年代大展，收入五十余种选本。获台湾“联合报文学奖”评审大奖等五十余种奖项。出版作品集多部。

坚硬的桃花

我的粉红深居在内部，是石头里的桃花。 有时冷若冰霜，有时坚硬无比。我不轻易释放芳香，整理好自己的花瓣，带着所有花朵的味道，就这样久远地贮存。

不是要做化石留给千年以后，我会在人们连石头都会遗忘的时候，悄然绽放。 在那些桃花盛开的季节，我就这样躲在石头里，静看一场场花开、花落。

一阵清风里，请允许我记起另一块石头，它悬挂在天上，而且明亮无比；它的姿势向上，并且圆润温暖。

我也知道一滴清露在外面等我，月华下这是我开放的唯一理由。 其实就是一滴露水，只不过需要漫长才能渗透我的内心。

坚硬的花朵，一生只开一次。

更改开花的意义

张开五指，张开了满手的阳光。 我让这温暖糅进风再洒落在花园里，让这一丛丛绿色枝繁叶茂，让含苞的时光无限延长，让花期和阳光一样绵长得没有止境。

更改开花的意义和它简单而通俗的一生，让枝蔓无限延伸，蓓蕾层出不穷；让种子的梦凝固在落叶深处，繁花似锦，年复一年。

让青青的果子只为装点花香，让花瓣永葆娇艳，不再脱落；让花枝抖擞，笑傲秋风和冬雪。 在四季轮回中，背叛的青果拒绝成熟！ 它要让花香浸满四季，艳丽的色彩不让任何一个季节苍白。

选自《大诗歌》(2010 年卷)

蔡佩珊

蔡佩珊,1993 年出生于香港,毕业于美国南加州大学。香港文联出版社社长、《香港文艺报》督印人。已出版《彩描诗籁》《诗画飘馨》等五本个人专著,获第六届冰心散文奖。

诗魂·丰碑

走进魏晋,走进唐宋,我看到了一个个矗立于文坛的诗魂。他们有高昂的头颅,有豪壮的诗思,有侠士的情性,有忧乐的襟怀。

陶渊明不为五斗米折腰,归隐南山。他的世界,仅一菊一篱笆?一人一南山?

陶渊明用丰富的想象,用看破红尘的锐敏,构建了一个留在中国人民心中的桃花源。他可愿意在桃花源里一醉方休、一睡千年吗?

李白斗酒诗百篇,为酒狂,为诗醉。他果真白发三千丈吗?是缘愁似个长!他不愿低眉折腰事权贵,而是有着庐山瀑布那种"银河落九天"的豪壮之情。喜欢在"疑是地上霜"的月光下思乡。听了"两岸猿声啼不住"之后,"轻舟已过万重山",是他心情最放松的时刻吗?

杜甫悲唱着《茅屋为秋风所破歌》,在"车辚辚,马萧萧"的咸阳桥,慨叹征战给人民带来的祸劫吗?"三吏"和"三别",是他看清了"朱门酒肉臭,路有冻死骨"之后,为黎庶的苦难而疾呼!

李白和杜甫,诗魂高高矗立,如泰岱,永远巍峨。

苏轼高唱"大江东去,浪淘尽,千古风流人物"那气壮山河的不朽佳句,难道只落得“一樽还酹江月”的悲叹吗？ 但他豪放的诗魂，始终站立，栉风沐雨，永不销蚀。

李清照一生寻寻觅觅，郁结在凄凄惨惨戚戚在孤独里，她揭示了南宋的腐败，并非一个“愁”字了得！

李清照的笔下，蘸着乱世的痛，爱情的泪，写下的婉约之词，凝固成千年不烂的化石。 在她的笔下，南宋无法苟安于秦淮河的脂粉水了。

一个个诗魂，中国文学史上一座座丰碑！

白菊

怡然回乡，踏着斑斓秋色，在外公家的阳台赏白菊。 我一直钟爱白菊的一片冰心和满怀素洁。

白菊，决绝尘埃的心灵，令我肃然起敬。 一种“不妆红粉、羞缀黄金”的淡泊情怀，在世间一直传为美谈佳话。 人心是秤，人言是秤称出的斤两，一点也不疏忽和出错，体现着公允和明智。

白菊，珍爱自己的生命，在悠悠的生命历程中，隐约慨叹着：生命是如此的渺小，又是如此的伟大；生命是如此的娇嫩，又是如此的顽强。

傲视寒霜冷露，与丹枫一起俏丽秋色；不重浓妆艳扮，与桂花一起芬芳秋魂。 在大气的绽放中彰显生命的张力。

是神农尝百草，发现了白菊的药用价值吗？ 白菊，在瓷罐的煎煮中，在茶壶的泡冲中，不惧高温酷热，不惧粉身碎骨，为人们消暑清热，奉献拳拳爱心，奉献青春真情。

白菊厚重的爱，抚慰着强者行走生活的身影和脚步，楔入沧桑深处。

感谢外公和故乡亲人，让我与之一起品读白菊，在大千中感受一首富有启迪的小令。

选自《诗画飘馨》，香港文联出版社 2015 年 2 月版

鲁芸妍

鲁芸妍，1996年出生，河南省周口市人。河南省作家协会会员。作品散见于《河南诗人》《大河》《散文诗世界》等报刊。现就读于郑州大学。

生命的茶园

一座花园，在他的眼中就是一片废墟。他说它们错过了自己的驿站。他说，它们还会错过打谷场、一阵雨，和一眼井。

从那里走过的人都会失忆。包括草木，包括虫鸟。直到遇见谷雨，遇见茶园。

油绿绿的山路上走过的身影，遮住了屋檐下所有的忧伤。

掀起茶盖，一碗茶汤闪出光芒，满园旖旎。篱笆墙外已少了春风。身后的蔷薇发出绿光。一只小蜜蜂，等待伸出的枝条。

花影疏漏，羽摇残梦。轻轻捧起茶盏，像捧着一鼎小香炉。

喝了一口茶，他停顿下来，凝视杯中的茶，默不作声。仿佛一座走失的茶园，正与退潮后的另一片茶园做秘密交谈。

午后，微雨，黄昏的窗外，几只鸟儿悠然飞过。

屋角，团在几张荷叶上的小青蛙的鸣叫，让佛龛上的檀香又短了几分。

杯中的叶片还在上下起伏着，探究着自己的人生。

我们拿出夜晚，拿出白昼，拿出星星和太阳来，唤醒沉睡在杯底的银河。

大队人马走过，一个人留了下来。

天边又响起滚雷。他从原木书架上取下一卷经书。他在里面松土、种茶，汲取甘甜的井水，滋润日益焦渴的尘世。 仿佛一个蹲下说话的人在探究他生命里的湖泊。

随手拈来的一注水，抹去历经尘世的慌乱。 一些人通过水路，脱离了苦海和险境。 一些人绕过倾斜的花架，被诚实的大地收留。

另外一些人，仿佛沾满时光尘埃的老梗茶叶，等着在喧嚣的岁月里，慢慢舒展。

唯有反复浸泡，独自把味，提醇。

才能减少内心沉寂的苦涩和疼痛。 远离尘世之苦。

谷雨。 茶。 岁月静好。

一片茶，就是一片大海

日月之长，足以冲泡出一壶好茶。

此刻，几片绿茶浮在水中，优雅地旋转了半圈，像在努力托起一片凝聚的大海。 它已经收复了雷鸣和闪电。 它放弃了浪花和海鸥。

有时，它用一滴水，轻轻地托起它的天体和宇宙。 用一个琥珀色的眼光，突然经过，拖着我们一起航行。

它总是先于一座云雾缭绕的高山抵达仙境。 然后，谷雨，把它隐藏在心底的星宿和大海，一一返给人间。

它撕破篱笆的网，让千万的海洋聚集于此，千万的种子生根发芽。 金色的王冠，在手中熠熠发光。

一片茶，是一片佛心，是一片大海。 是她动念的慈悲。

从此，我们在这里相聚，又从这里出发，向内、向深、向高处、向虚无守望。 沧桑的河流、山脉纷纷让开道路。 四周一片寂静。 我们准备好了一生的路径。

我们可以在它的叶面上翩翩起舞，也可以在它的根茎下安然酣睡。 而它，不仅盘旋于我们的舌尖之上，还是不离不弃依附于我们灵魂的核。 我们是陌生的，又是一体的。

此刻，它高出我，又低于我。沧浪之水。

不断的抽离又返回，拉长了我们与岁月的距离。仿佛，

我们是彼此蓬勃壮大的延伸。因为爱，我们更加偏爱这个人世。

选自《大河文学》2017 年第 3 期

爱斐儿主编《散文诗选粹》

（北岳文艺出版社）

百年女性散文诗集、散文诗评论集编目

冰心　《往事》　文学周报社 1930（目录 8）[①]

陈敬容　《星雨集》（散文与散文诗）　文化生活出版社 1946

刘再光　郭建英　梁彬艳　《流星雨》　湖南人民出版社 1983

王尔碑　《行云集》　重庆出版社 1984（目录 8）

陈敬容　《远帆集》　花城出版社 1984（目录 8）

华姿　《一切都会成为亲切的怀念》南方青年诗丛 1985（序 4）

森森　《难忘的河》　春风文艺出版社 1989

萧敏　《三月・女人的三月》　百花文艺出版社 1990

陈春琼等　《孤独的伊甸园》　广西民族出版社 1990

梁文淑　《走过春天》　广西民族出版社 1990

宋燕等　《山野红杏花》　广西民族出版社 1990

钱纪姗等　《花梦三叠》　广西民族出版社 1990

廖华歌　《朦胧月》　文光出版社 1991

萨仁图娅　《第三根琴弦》　辽宁民族出版社 1991（189）

郭建华　《别韵・别韵》　四川民族出版社 1992

园静　《远山也忧郁》　百花文艺出版社 1992

华姿　《感激青春》　长江文艺出版社 1992（302）

蓝蓝　《人间情书》（散文与散文诗）　东方出版社（1993）

秦薇　《红帆船》　广西民族出版社 1993

潇琴　《忧郁的美丽》　鹭江出版社 1993（69）

楚楚　《行走的风景》　海峡文艺出版社 1993（前言 11）

---

① 后面括号内为该书书影的页码。

郭建华 《圆梦》 北京师范大学出版社 1993
鲁溪 《纪念叶子》 长江文艺出版社 1993
华姿 《一只手的低语》 海南出版社 1993 年（117）
天涯 《无题的恋歌》 四川民族出版社 1994（前言 12）
园静 《黑郁金香》 成都出版社 1994（51）
赵雪梅 《月夜想你》 广西民族出版社 1994
王尔碑 《寒溪的路》 四川文艺出版社 1994（目录 8）
萧敏 《萧敏散文诗》 成都出版社 1994
蓝蓝 《滴水的书卷》（散文与散文诗） 东方出版社 1995（161）
嫣然 《醉蝴蝶》 国际文化出版社 1996
林歌尔 《夏天的女人》 四川文艺出版社 1997（270）
宓月 《夜雨潇潇》 四川文艺出版社 1998
梅卓 《梅卓散文诗选》 贵州人民出版社 1998（序 4）
天涯 《再见钟情》 四川文艺出版社 1998
雪漪 《灵魂交响》（新诗与散文诗） 远方出版社 1998（270）
蓝蓝 《飘零的书页》 河南人民出版社 1999（前言 12）
楚楚 《给梦一把梯子》 河南人民出版社 1999（83）
禹红霞 《叶子的低语》 宁夏人民出版社 1999
覃国平 《捧起我如诗的年华交给风》 中国文联出版社 1999
园静 《帘卷西风》 中国文联出版社 2001
雪漪等 《生命草原》 中国文联出版社 2001
陈惠琼 《西关写意》 中国文联出版社 2002（69）
文榕 《花语》 香港散文诗学会 2002（261）
丹菲 《温柔时看见你》 国际华文出版社 2002
雨霖 《想象漫于斗室》 南方出版社 2002（34）
雪漪 《我的心对你说》 内蒙古人民出版社 2004（前言 12）
蔡丽双 《春风》 香港散文诗学会 2004（66）
海若 《情绕心间》 香港散文诗学会 2004（235）
蔡丽双 《剑气书声》 作家出版社 2004
蔡丽双 《感恩树》 香港文学报社出版社 2004

郭建华 《风雨春秋》 大众文艺出版社 2004

琴子 《寂寞的情怀》 光明日报出版社 2004

夏玲 《感动的天空》 中国文联出版社 2005（172）

蔡丽双 《新季》 银河出版社 2005

杜青 《微尘》 大众文艺出版社 2005（122）

蔡丽双 《温泉心絮》 妙韵出版社 2006（前言 11）

贺晓彤《童话诗与散文诗》 湖南少年儿童出版社 2006

芊华 《外婆的发髻》 新加坡赤道风出版社 2006

王小玲 《守望爱情》 中国戏剧出版社 2006（347）

宓月 《人在他乡》 大众文艺出版社 2007（前言 12）

姚园 《空越岁月的激流》 美国天涯文艺出版社 2007（序 4）

秦华 《春天的玉兰》 大众文艺出版社 2007（336）

卢静 《穿越河流的鱼》（散文与散文诗） 作家出版社 2008（122）

王尔碑 《瞬间》 作家出版社 2008（42）

蓝蓝 《燕麦草》 中国华侨出版社 2008

伊云 《凌空舞蹈》 辽宁大学出版社 2008

雪漪 《只有远方》 内蒙古人民出版社 2009

郑小琼 《疼与痛》 大众文艺出版社 2009（序 4）

萧敏 《远水：萧敏散文诗精选》 大众文艺出版社 2009（105）

天涯 《只为你开花的树》 内蒙古人民出版社 2009

李见心 《五瓣丁香》（新诗与散文诗） 太白文艺出版社 2010

张凤玲 《把你的柔情给我》（新诗与散文诗） 哈尔滨出版社 2010

原筱菲 《时间之伤》 苏州大学出版社 2010

李健 《心头飘过》 北方文艺出版社 2010

天涯 《蓝的情人》 河南文艺出版社 2011（172）

爱斐儿 《非处方用药》 中国青年出版社 2011（序 3）

草馨儿 《神秘的武当》 中国文联出版社 2011

语伞 《假若庄子重返人间》 中国青年出版社，2011（序 3）

清荷铃子 《豆娘》 中国文联出版社 2011

唐蔓琳 《穿过河流的月光》 四川文艺出版社 2011（11）

染香　《染香散文诗》　大众文艺出版社 2011（139）

胡绍珍　《我一直轻轻地叫你》　中国文联出版社 2011

宓月　《明天的背后》　四川文艺出版社 2012（417）

孙新华　《结香花》河南文艺出版社　2012（175）

卜寸丹　《物事》　湖南人民出版社 2012（284）

庄庄　《隐喻》（新诗与散文诗）　湖南人民出版社 2012

木京　《大地沉香》　成都时代出版社 2012（150）

邱春兰　《似与不似》（新诗与散文诗）　河南文艺出版社 2012（175）

陈茂慧　《荼蘼到彼岸》　中国言实出版社 2012

丹菲　《背面》　河南文艺出版社　2012（133）

心蝶　《青铜雨》　大众文艺出版社 2012

李萍　《沿着风来的方向》　作家出版社 2012（408）

刘慧娟　《白云的那一边》》　四川文艺出版社 2012（93）

潇琴　《冷艳的原野》　敦煌文艺出版社 2013

叶依　《相见》　吉林文史出版社 2013（355）

爱斐儿　《废墟上的抒情》　河南文艺出版社 2013（133）

清荷铃子　《豆娘新章》　四川文艺出版社 2013（376）

郭瑞芳　《雅歌》　岭南美术出版社 2013（470）

南小燕　《一滴水的修行》　河南文艺出版社 2014（83）

爱斐儿　《倒影》　北京燕山出版社 2014（274）

语伞　《外滩手记》　北京燕山出版社 2014（445）

转角　《荆棘鸟》　北京燕山出版社 2014（438）

贝里珍珠　《吻火的人》　北京燕山出版社 2014（318）

章文哲　《在大陆上》　北京燕山出版社 2014（376）

水晶花　《大地密码》　北京燕山出版社 2014

白月　《天真》　北京燕山出版社 2014（404）

弥唱　《复调》　北京燕山出版社 2014（336）

余利红　《勿忘我》　宁夏人民出版社 2014

月光雪　《月光雪》　白山出版社 1014（192）

王舒漫　《耕云播月》　中国文联出版社 2014（261）

苏扬　《苏醒的波澜》　江苏凤凰文艺出版社 2014（442）

红筱　《筱露·斜阳》　暨南大学出版社 2015（51）

特鲁特·珊丹　《未完成的骑士像》　长春出版社 2015（89）

徐金秋　《长箫短笛》　长江文艺出版社 2015

霜扣儿　《虐心时在天堂》　华龄出版社 2015（333）

章闻哲　《散文诗社会》　北京燕山出版社 2015

王长敏　《虚无的流浪》　宁夏人民出版社 2015（258）

青蓝格格　《石头里的教堂》　长江文艺出版社 2015（380）

李萍　《给风一个理由》　河南文艺出版社 2016

文榕　《比春天更远的地方》　河南文艺出版社 2016（150）

苏扬　《青鸟》　华龄出版社 2016（161）

李明月　《思想者的狼》　北京燕山出版社 2016

瑞娴　《肋骨》　北京燕山出版社 2016

陈茂慧　《慧光》　北京燕山出版社 2016（80）

文娟　《暖色调》　北京燕山出版社 2016

香奴　《伶仃岛上》　北京燕山出版社 2016（294）

胡雪蓉　《幻境》　中国文联出版社 2016（102）

胡绍珍　《城市魂灵》　成都时代出版社 2016（105）

苏雪依　《明媚与绽放》　河南人民出版社 2016

李晓妮　《高原上那一片爱的水域》　吉林文史出版社 2016（80）

梦南飞　《飘香的梦影 》　四川文艺出版社 2016（478）

张翼　《散文诗文体学研究》　上海三联书店 2017

禹红霞　《星辰的光芒》　宁夏人民出版社 2017（102）

冯琳　《大地上的事情》　团结出版社 2017（473）

才登　《转山转水》　中国人民出版社 2017（274）

子薇　《小寒香》　河南人民出版社 2017（235）

朵而　《黑琴键》　河南人民出版社 2017（130）

侯立权　《七色之外》　中国戏剧出版社 2017（42）

三色堇　《悸动》　西安出版社 2017（117）

丹菲　《地理书》　北京燕山出版社 2018（130）

染香 《玻璃光》 北京燕山出版社 2018（34）

夜鱼 《老辰光》 北京燕山出版社 2018

李见心 《独角兽》 北京燕山出版社 2018（189）

清水 《水的声音》 北京燕山出版社 2018（312）

小睫 《光明岛》 北京燕山出版社 2018（139）

芷兰 《今夜有风》 团结出版社 2018（448）

布木布泰 《云朵屋》 内蒙古人民出版社 2018（93）

后记

2018年，是中国散文诗一百周年诞辰。依照传统，百年是一个需要认真总结和隆重纪念的年份。受中外散文诗学会之命执编《中国散文诗百年经典》期间，萌发了编选此书的念头。因为《中国散文诗百年经典》有名额限制，一些颇有成就的女诗人未能入选。于是，一不做，二不休；交稿之后，此书的编选便进入案头。

信心来自多年以来我对女性散文诗的关注。如果在十年前，还难以产生类似的想法：因为当时从事散文诗创作的女诗人数量少；以散文诗成名的女诗人则更稀缺。近十年，是中国散文诗蓬勃发现的十年，其间涌现出许多中青年新秀，而女性占有不容忽视的比例。该书附录“百年女性散文诗集、散文诗评论集编目”，便是一个雄辩的说明。十年来出版的女性散文诗集，数量上超过前九十年。中国散文诗史仅有的两部女性散文诗评论集，出版于近几年。适逢中国散文诗一百周年诞辰，对百年女性散文诗作一次集中展示，应该说是一件有意义的事。

编选兼顾少数民族作家以及港、台和海外华人散文诗作家。

体例：作者大致以出生年月先后为序，附百字文学简介，每人入选一至三章，配一幅肖像照。对前辈诗人，尽可能挑选她们年轻时代的照片，以示艺术青春永存。收入的作品不少都被多家报刊或选本采用过，为节约版面，选本只注明最初发表的报刊。另，对于选本所收入的20世纪上半叶发表的文章，本书尽量保持其发表时的原貌，不随意更改。

何为散文诗？一百个人也许会有一百种不尽相同的答案。为使读者对女诗人心中的散文诗有一个清晰的了解，选本选编了几代女诗人对散文诗独具慧眼的解说。

编选以编选者自选作品与部分入选作者自荐作品再经编选者筛选的方式进

行。谨向热情提供代表作及玉照、书影的诗友们致谢。尚有少量应该入选，但一时找不到有关资料又无法联系的诗人，在此说明，敬请海涵。

谨向在繁忙之中抽出宝贵时间为拙编赐序的才女爱斐儿致谢。

向几位为本书撰写推荐语的诗人朋友致谢。

向本书的责编和美编致谢。

期待每一位入选者及读者朋友赐教。

王幅明,2018 年 5 月,于郑州天堂书屋。

编后记

唤醒沉睡

王淑贵

千年以降，女性经验以女红、回文诗、女字以及口口相传等形式，在同性之间流传，在男权社会中一直处于被遮蔽的地下状态。男性经验在文学领域中占据着发言权，以累累硕果几乎成为人类的普遍经验。伴随着五四新文化运动登上历史舞台的女性，在个性解放、争得自我权利的同时，也以不同的文学形式，书写内心，发现自性。

之所以选择散文诗这一文体，是由于散文诗以其特殊的艺术手法，将情节、细节、人物等经诗化处理后，以抒情手法叙事，潜入内心。鲁迅的《野草》一经面世，即成为巅峰之作，为散文诗开创了一条探求内心幽微的通道。散文诗以其跳跃的思维、突转的情节、凝练的语言、自由的形式，便于表情立意，成为内心敏感、情感丰富的女性追求自性时，所喜爱的一种文体。正如冰心所说的，脑子里有一点诗意，却又懒得去找诗的格律，就赶紧用散文写出来，于是就成了散文诗。女性从事散文诗的人数也越来越多，成绩也越来越卓著。尤其是九十年代以后，随着女性受教育程度的加深，在各个社会领域参与事务的经验日益丰富，涌现出数量巨大、质量上升的散文诗佳作。

作为国内首部百年女性散文诗选，《蝴蝶翅膀上有星辰闪烁——百年女性散文诗选》精选了百年以来在散文诗领域中有代表性的几代女作家的作品。翻开此书，扑面而来一股幽芳，和水的明泽粼光。在自我形象建构中，她们时而是离奇古怪的梦，是流动的月光，流淌的音乐；时而又是激流，是火焰。贾宝玉说过，女儿是水做的骨肉。有精神洁癖的女作家，在取材立意、遣词造句、意境营造上虽风格各异，却大抵明净、澄澈。她常常独白、低语，不遮不掩，袒露心曲。她开放感官，用心感受世界的光影声色，面对自然、社会发言，既有传统女性的温婉含蓄，又有现代女性的视野和胸襟。现代社会里工作、家庭、事业的挤压，日常生活中的撕裂、压抑，给她的创作以丰厚的资源。裹挟在爱恨旋涡中的她，用文字澄清纠缠的心结，用女性特有的敏感去发现万物的幽暗蒙昧，倾听万物言说，体味自身繁复多味的生命体验。

作为一个女性，我很容易从女作家的诗文里，嗅出同类的气息。相近的感受方式，相似的直觉气质，相近的生存体验，使得这些私语像是从心底涌出的，又像暗夜的烛光，使一向习焉不察的生活经验——关于爱的感悟、生存的逼仄、女性命运的悖论，使蒙尘的旧物被一一点亮，有了发现般的惊喜。

在对自然世界物象的静观中，她反观内心，参悟生命实境。张烨在《猫与门》）描绘了雨雪中一只浑身湿透的黑猫，正扒着门叩抓的图景。"突然，一道刺眼的车灯掠过幽黯的街面——一只浑身湿漉的黑猫，直立着身子趴在街角处一扇紧闭的门上不停地叩抓，叫声呜咽凄凉。"这图景让作者顿悟而沉默：这不是人生与艺术的隐喻吗？这门是生活和艺术的化身，这猫是企图冲破桎梏、达到自由之境的探索者的象征。冰心的名篇《笑》，从记忆深处打捞出几个关于爱与真的片段，如诗如画，动人心魄，在稍纵即逝的生活场景中品味深蕴其间的人生，况味与哲思。《山中杂记》则以诗意的语言描绘了山中的所见所闻，将其提升为"无限之生中的一刹那"，通过与万物的内在交流，营造圆满通融的艺术境界。经验往往一闪而过，淹没在时间烟尘里。她用跳转的思维、突转的逻辑，将过去现在未来，打破时空糅合在一起，隐喻成为一幅画面鲜明寓意深刻的人生图画。

在对自然物象的凝视中，蓝蓝以梦一般沉思的语调，讲述那些被遮蔽的部分："它的根在大地深处比天空更远，远到别处的黑暗泉水，远到黄土下面的瓦楞——紫色的瓦棱被一阵不知来自何处的风吹着。/它会沉思地说出一个词，使地下的一条河醒来——"老槐树成为一种隐喻，成为这片土地的思索者、守望者。而它沉思之后说出的那个词，足以唤醒沉睡，唤醒蒙昧。写作给予人的力量即在于此——唤醒自身的灵性，唤醒内心最真实的自我，以此修行。从另一个层面看，老槐树那深植大地的根何尝不是一种对于无限的执着的探索？只有足够丰厚的积累和研究，才能找到那个词，使地下河醒来，使被遮蔽的万物，被这个词擦亮，而苏醒。

一棵年老的狗尾草在路边，谁能注意到它卑微的一生？蓝蓝却从它垂老的身躯中，回顾它的一生；从它的宁静安详中，体验到生命的充盈。"一切都已过去——雷雨、烈日、蜂蝶的嬉闹。 它在静静度过安详的余下的时光”，并从静默的凝视中发现生命的意义：“散步的人被它的静默突然拦住了——一棵年迈的草！它以它应该成为的样子使一个找寻生命意义的人深深弯下了腰……”(《散步》)

爱是一团火焰，首先照亮了恋人的眼睛，使她重新发现万物的声色光影。 随后，使她发现自己的内心，及万物的内在。 她借由这火焰去照亮蒙昧与黑暗，同时也在烈焰中浴火重生。 爱情对女性来说，不是人生的点缀，而是生命，是宗教，是恋人心中流淌着的温柔而微妙的情愫，是亦真亦幻的漩涡暗礁。 在白梦的《情人之夜》中，从女性角度讲述爱由矜持成长为炽烈，其间的孤独、绝望、煎熬、狂喜，令恋人们焚烧又重生。 在爱情中，女性总是扮演等待者的角色。“每一个白天都像夜晚一样过去了，我就在这儿等。 我等了一百年了，每一个时辰都是最后一个时辰。”绝望的等待之余，女性总是预约生命的终点，坚贞又悲哀。

在爱的不断揭秘中，她终于发现，爱是忧伤，是执念，是悲欣交集。“谁会在命里遇见你？ 仿佛火遇见了金”。“风不吹，它也会吐出悬在舌尖上那个滚烫的名字，苍茫抱紧夜色，你在火焰中制造飞雪降临。”总有命运的捉弄，使爱情之火燃了又熄。 多年以后，她们依然记得“百年后，荒原会记得那个瞬间”(王尔碑《瞬间》)。 因为，那个瞬间的电光火击，将照亮此前此后深长的黑夜。

她说，这颗心能刺穿黑夜，这份爱不可阻挡。 当我们的情感已超于男女欢爱之上，还有什么理由能扼杀我们？ 一旦陷入爱情，女性整个地奉献自己。“以神的光辉普照你，以人性的谦卑崇拜你，以母性的情怀关心你。”她一旦投身其中，完无体肤。“爱情是女人的最高使命，当她把爱情投向男人的时候，她是在通过他去寻找上帝。”(波伏娃《第二性》)在爱的烈焰中，在宗教般的献身中，她得以超越庸常，内心升腾起一种对于世界万物的存在无比深沉的大爱，达到精神的纯粹。

黑夜紧跟爱情，如影随形，如此黏稠宽厚，给被迫缄默、无力成就自我的女人以安慰，以隐藏式的保护，使她安全。 翟永明的黑夜系列以后，黑夜意识成了女性主义的代名词。 被浅薄者划伤的大海，布满碎片的淹过又干的河滩，灵魂里充满不安的飞鹤，岁月走过的痕迹，弧形的，努力上扬，却又微微下垂……勾勒出女性命运的图景。 在感知生命悲凉底色的同时，她也呼唤并命名着隐藏在黑夜里的卑微之物、无名之物。 这些女性精神领域的拓荒者，用这呼唤唤醒沉睡，使大地丰饶，使心灵丰沛。

从跃上历史舞台起，女性就对当代生活经验有着犀利的透视能力，对于书写当代生活经验有着良好的消化能力。她执着地拷问人性，对社会生活、对历史发言，对自身生存处境投以深切的一瞥。她不回避人生苦难，直面人世真相，在世态百相中拷问人性，在幽深的历史中触摸历史脉搏。

叶梦是一个具有自觉女性意识的作家，也是一个具有高超艺术手法、能将个人经验转化为人类普遍经验的作家。其散文组诗《女人的梦》塑造了一个在黑夜里有着透视能力的黑衣女人形象。她睁着一双具有透视能力的黑眼睛中，裙据飞扬，在夜风中招摇，旁若无人，成为女性形象的自我建构。在第二个梦里她将尘世上攀爬的日常场景寓意为世俗中人盲目从众、不择手段向上爬的象征，表达了追求真我的渴望。当她庄周化蝶一般从梦中醒来，不禁发出了“我是谁”哲学疑问。她们有足够的睿智识破一切虚假，但看穿了又如何？女性生存的悖论依然存在。因此她在文学里修行，以期走出狭隘庸常，进入无限宽广丰富的心灵世界，进入对万物静默的灵魂的观望与深沉的爱之中。在语伞的《庄子系列·蝶》中，她体认着生死的循环，体味着生命的大欢喜与大悲哀：“谁也溶解不了这种悲哀——/如蝶。咬破自己的生死。涅槃。羽化。在喧闹里浮动云和波涛……/从一滴滴艰苦的胚胎开始”。借由万物，潜入那份亘古以来便已存在的、一直未被言说的幽暗之地，探寻爱与童真，叩问生死之谜，触摸艺术的真谛、生命的真谛。

说到底，散文诗虽然在形式上类似散文，但在神韵上还是讲究诗的节奏、诗的意境。正如散文诗大家耿林莽指出的那样，“散文诗本质上是诗，是诗的发展和延伸，是她的一个支脉和变体”。它以象征、隐喻的手法，瞬间的顿悟，电光雷击般穿透事物的表象，直击内核。在行文上，采用反复、复沓、回环等修辞的使用，在客观上造成连绵不绝的内在节奏。它如同一只美丽的蝴蝶，对称神秘，个性十足，有扑朔迷离的舞姿，精巧的结构，诗歌的精确与音乐的节奏，令人流连忘返。

这 176 位散文诗作家，以其独特的带有心灵色彩的语调，沁人心脾的情感，如盐化水的哲思，以丰厚的创作实绩将散文诗推向繁荣，显示了这一文体的非凡活力，以及她们在精神领域里孜孜不倦的探索。对于她们来说，如何走出私人生活，将个体经验上升为人类共同的经验，如何在当下生存环境中开拓出有深度的女性自我，唤醒更多沉睡的自性，依然是一个需要认真思考的命题。